TERMS AND CONDITIONS

LAUREN ASHER

TERMS AND CONDITIONS

TOME 2

DREAMLAND BILLIONAIRES

Traduit de l'anglais (États-Unis)
par Anaïs Goacolou

BMR

Hachette Livre, 58 rue Jean Bleuzen, 92170 Vanves.

PLAYLIST

The Man – The Killers
I am not a woman, I'm a god – Halsey
If I Ever Feel Better – Phoenix
Glitter – BENEE
Enemy – Imagine Dragons, JID & League of Legends
Wicked Games – Kiana Ledé
Fallen Star – The Neighbourhood
Altar – Kehlani
Slow Dancing in a Burning Room – John Mayer
Trip – Ella Mai
Shivers – Ed Sheeran
Angels Like You – Miley Cyrus
Animal – Neon Trees
Unlearn – benny blanco & Gracie Abrams
Earned It – The Weeknd
safety net – Ariana Grande ft. Ty Dolla $ign
Iris – The Goo Goo Dolls
Daylight – Taylor Swift
Someone To Stay – Vancouver Sleep Clinic
Great Ones – Maren Morris
Marry Me – Train
Paper Rings – Taylor Swift

À toi qui mènes un combat invisible,
Je te vois.

CHAPITRE 1

Iris

— C'est un crime de passer un jour de fête toute seule.

Je repose mon téléphone. C'est Cal, mon meilleur ami, qui est aussi le frère de mon patron. Malgré son costume froissé et ses cheveux blond foncé en bataille, il capte l'attention des serveuses qui passent à côté de notre table. Je m'efforce de sourire.

— Ce n'est pas moi qui me marie.

— Non, mais tu es la marionnettiste qui a accompli l'impossible, répond-il en me scrutant.

— C'était pas si horrible.

— Et maintenant, je suis sûr que tu n'es pas dans ton assiette. Tu es… triste que ce soit le mariage de Declan ? demande Cal, la voix plus grave que d'habitude.

J'éclate de rire.

— Quoi ? Mais non !

— Alors où est le problème ?

Je penche la tête en avant, et de petites boucles en spirale glissent devant mes yeux. Je lisse ma robe, éliminant des plis qui n'existent pas. Le tissu violet avec ses motifs vivants contraste avec ma peau brune, me donnant une apparence plus joyeuse que ce que je ressens réellement. J'explique à Cal :

— Je viens de recevoir un mail : je n'ai pas le boulot.

— Merde, désolé d'entendre ça. Tu avais beaucoup bossé pour cet entretien.

C'est peu de le dire. J'ai passé des mois sur une présentation pour le département des ressources humaines de Kane, mais la société a rejeté ma demande de mutation. Ça ne devrait pas être aussi douloureux, mais je suis blessée. Je ne cherche pas à être cadre sup' mais j'ai une idée valable à l'avenir prometteur, qui pourrait bénéficier à d'innombrables travailleurs dyslexiques dans l'impasse. Si l'entreprise voulait bien me donner ma chance, mon projet pourrait amener Kane à progresser.

Vous pourrez toujours réessayer.

Mon sourire faiblit.

— Ce n'était pas dans les astres, j'imagine.

— Alors ça, c'est débile.

— Je sais, dis-je en riant. Au moins, Declan ne l'a pas su. Tu imagines, si je l'en informais et qu'ensuite, je n'avais même pas le poste ? Il ne me laisserait plus jamais en paix.

— C'est vrai qu'il a tendance à voir les choses en grand.

— D'où la fête.

Je montre l'arche en ballons de baudruche complètement disproportionnée. Cal lève un sourcil devant le panneau lumineux clignotant « Elle a dit oui ! »

— Très sobre. Il va adorer.

Je bats des cils avec une douceur feinte.

— J'ai juste prévu une fête comme il me l'a demandé. Il n'avait qu'à spécifier le genre de réception qu'il souhaitait.

— Rappelle-moi de ne jamais te fâcher.

— J'ai tout un plan en tête pour le jour où ça arrivera.

Cal fait mine de frissonner de peur.

— Et où est sa promise ?

— Declan voulait la rencontrer avant d'annoncer les fiançailles.

Il ouvre des yeux horrifiés.

— Et tu le laisses faire ?

— Ben… ils ne se sont pas encore vus !

— Justement ! C'est pour ça que c'est une très mauvaise idée ! s'exclame Cal en passant les mains dans ses boucles épaisses.

— Tu crois qu'elle changerait d'avis ?

— Connaissant mon frère, elle ne mettrait pas longtemps à s'enfuir.

— Elle a signé un contrat. C'est comme si c'était fait.

— Si tu le dis…

— Je devrais aller voir si ça se passe bien entre eux, dis-je en me tournant vers les ascenseurs.

Cal passe le bras sous le mien.

— Non, non. Tu vas prendre ta soirée.

— Mais…

— Tu as raison, Declan ne va pas risquer de tout perdre en déconnant. Même lui, il sait se tenir quand il faut.

— Et là, c'est moi qui sais que tu mens.

— Allez, fait Cal en riant, on n'a qu'à entrer et attendre Declan. Pense comme il va essayer fort de prendre l'air aimable et ne pas y arriver. Pff, je ne crois pas l'avoir vu regarder en direction de quelqu'un sans mépris depuis...

— Depuis ?

Il évite de me regarder dans les yeux.

— Depuis des années. Je te parie qu'il a la bite irritée en permanence à force de se palucher tous les soirs.

Je le frappe à l'épaule avec un rire.

— Arrête ! C'est mon boss !

— C'est pas pour ça que c'est faux. Je suis surpris que l'organe susdit ne soit pas tombé à force qu'il abuse d'onanisme.

— Callahan ! tonne soudain Declan.

— On peut dire qu'il sait vider une pièce, commente Cal.

La lueur de joie dans ses yeux disparaît aussitôt que Declan, avec une expression renfrognée, s'arrête près de nous. Son regard froid et l'atmosphère glaciale qu'il dégage semblent capables de contrer le réchauffement climatique. Sa stature imposante bloque ma vue sur le hall. Derrière lui, la lumière du projecteur souligne ses traits taillés à la serpe, ses yeux sombres et les arêtes de sa mâchoire.

Comparé au côté *golden boy* de Cal, cheveux blonds et yeux bleus, Declan me rappelle les profondeurs de l'océan : froid, obscur, d'un calme inquiétant. Comme un monstre qui rôde à proximité, prêt à fondre sur une proie. De ses cheveux noirs à l'expression sardonique qu'il affiche en permanence, il dégage une aura négative qui fait fuir tout le monde.

Tout le monde sauf moi, évidemment. On pourrait croire qu'il gagne ma loyauté par son carnet de chèques, mais ce n'est pas le cas. Notre respect mutuel résiste à l'épreuve du temps. Si nos premiers mois à travailler ensemble ont été orageux, je me suis accrochée pour rester son assistante, ce qui a contribué à forger notre relation actuelle.

Nous parvenons à bien nous entendre, même si nous sommes opposés à presque tous points de vue. Je suis une femme noire, c'est un homme blanc. Je souris, il fait la tronche. Il se réveille très tôt tous les matins pour faire de l'exercice alors qu'il faudrait me payer cher pour entrer dans une salle de sport, à part si c'est pour y prendre un milk-shake. On ne pourrait pas être plus différents, mais on arrive à faire fonctionner notre équipe. Ou en tout cas, j'y arrive.

Je me place entre les deux frères.

— Declan, qu'est-ce que vous faites là ? C'est déjà le moment de l'annonce ?

Il pose les yeux sur moi. La plupart des gens sont mal à l'aise sous son regard, mais je me redresse et le soutiens tête haute, comme m'a appris ma grand-mère.

— Elle a abandonné.

— Qui ? L'organisatrice de mariage ?

— Non. La femme à épouser. Belinda.

— Bethany ? Elle renonce ?

Cal a le culot d'afficher une expression signifiant : « je te l'avais bien dit ». Declan ne prend pas la peine de baisser la tête pour confirmer qu'il a fichu en l'air tous mes plans soigneusement élaborés.

— Oui, elle.

— C'est pas possible.

Je refuse de croire qu'il a réduit à néant des mois de dur labeur. Lui trouver une femme prête à l'épouser et avoir un enfant avec lui afin qu'il puisse devenir PDG et toucher son héritage, c'était quasiment impossible.

Refuser de croire ne change rien du tout.

— C'est vraiment pas agréable pour moi de signaler que je te l'avais bien dit… lance Cal.

— Tout est ta faute, dis-je en le fusillant du regard.

Cal lève les mains.

— Non ! Si mon frère a un melon plus gros que sa bite, je ne suis pas responsable.

Declan lui met une calotte. Sans tenir compte de leur échange d'amabilités, je fais les cent pas autour d'eux.

— Tu aurais dû te marier avec la première venue quand tu en avais l'occasion, opine Cal en terminant son verre avant de s'emparer de ma flûte à moitié pleine.

— Tu parles d'expérience ? lance son frère aîné.

Cal serre les poings, prend une grande inspiration et contient son énervement. Il s'adresse à moi.

— Voilà pourquoi mon grand-père a établi cette clause. Il savait que Declan n'était pas prêt à devenir PDG et il s'est dit qu'avoir une famille l'adoucirait. C'est vrai, comment quelqu'un comme lui pourrait inspirer les masses alors qu'il ne cherche qu'à détruire tout le monde autour de lui ?

Declan serre les dents et son frère lève un sourcil en une provocation silencieuse.

J'interviens :

— Cal, arrête de te comporter comme un enfant et utilise ton fameux cerveau pour nous sortir de cette panade. (Declan a déjà les yeux sur moi quand je me tourne vers lui.) Et vous, arrêtez de passer votre colère sur les autres. Si vous avez bousillé vos chances, ça n'a rien à voir avec Cal, c'est vous.

Il se contente de me dévisager de ce regard vide que je déteste par-dessus tout.

— Bien sûr qu'il s'est foiré, ricane Cal. Sa dernière mise à jour de logiciel ne comprenait pas de manuel sur comment devenir un être humain acceptable.

— Vous êtes tous les deux désespérants.

J'essaie de contacter Bethany, mais au bout de deux sonneries, je tombe sur la messagerie. Quand je rappelle, c'est la messagerie aussitôt.

— Merde !

— Pas de réponse ? s'enquiert Cal, qui a l'audace d'être amusé.

— Qu'est-ce que vous avez fait à cette fille ? demandé-je à Declan.

Celui-ci ôte un grain de poussière invisible de sa veste, comme si cette conversation l'ennuyait profondément.

— Elle n'était pas taillée pour ce boulot.

— Et que voulez-vous que je fasse de cette information, sachant que nous avons une centaine de personnes en train d'attendre que vous annonciez vos fiançailles avec une femme mystère ? Je vous écoute.

Nous nous fusillons mutuellement du regard. Cal aspire bruyamment mon champagne comme pour nous rappeler sa présence.

— J'aimerais bien savoir aussi ce que ça va donner. Notre père va être ravi de savoir que les fiançailles sont annulées.

Oh, mon Dieu. Certes, son père ne connaît pas l'existence de la lettre de Brady Kane à Declan qui détaille les prérequis pour son héritage, mais il n'est pas idiot. S'il a eu un tel succès en affaires, ce n'est pas pour rien. S'il a le moindre doute sur la véracité des fiançailles, il courra voir l'avocat de Brady, c'est évident. Et si l'avocat le suit, Declan pourrait tout perdre.

Réfléchis, Iris. Réfléchis. J'essaie encore une fois d'appeler Bethany, espérant que la troisième fois soit la bonne. Le message de la boîte vocale s'entend parfaitement par le petit haut-parleur du téléphone.

Cal siffle longuement et termine par un bruit d'explosion.

— C'est la bande-son de l'avenir de Declan.

— Tu n'as pas rendez-vous quelque part ? Dans un bar louche, peut-être ? lance l'intéressé d'un ton sec.

— Pourquoi payer alors que je peux profiter de l'alcool que tu offres à tes invités ?

Souriant, Cal agite la flûte de champagne en l'air.

J'essaie de ne plus les écouter et de réfléchir aux possibilités.

Que faire ? Renoncer une bonne fois pour toutes ?

Non. Je refuse d'abandonner maintenant, alors que j'étais si près de faire atteindre son objectif à Declan.

Il y avait une autre femme en option de repli, mais Declan l'a fait pleurer...

— Tu sais, Iris est célibataire, lance Cal avec un sourire machiavélique. On n'y verrait que du feu, puisque personne ne la connaît mieux que toi.

— Non ! crie Declan.

Attendez...

Mais si.

Moi !

Ce n'est pas comme si j'avais de quoi m'empêcher de faire substitut. Sans véritable petit ami ni engagement, je pourrais facilement remplacer Bethany.

Ce n'est pas parce que tu le peux que tu le dois.

Oui, mais si ce n'est pas moi, qui le fera ? On manque de temps et de fiancées valables.

J'ouvre la bouche, mais je suis interrompue par Tati, l'organisatrice du mariage de Declan.

— Ah, vous voilà ! Je me demandais où s'était caché le futur marié !

Sa voix aiguë résonne dans la pièce.

— Un tel divertissement, ça n'a pas de prix, se réjouit Cal en terminant mon verre avant de s'appuyer à la table.

— Où est la mystérieuse fiancée ? demande Tati en agitant son bloc-notes comme une baguette magique.

Je suis contente d'avoir maintenu l'identité de Bethany secrète au cas où un scénario de ce genre se produirait.

Tu ne peux quand même pas envisager sérieusement de l'épouser. Tu ne l'aimes même pas !

Je n'ai pas besoin de l'aimer. C'est un contrat, pas un vrai couple.

— Beverly… commence Declan.

— Elle s'appelle Tati, mon chou.

Je pose la main sur son torse. Il se raidit entièrement et je le tapote encore d'une manière qui signifie : « sois naturel ».

Il fronce ses sourcils noirs et regarde ma main comme s'il voulait arracher chaque doigt et les jeter aux lions.

— Qu'est-ce que tu fais ?

Sa voix est assez cassante pour pourrir mon personnage parfaitement composé.

— Je t'épargne l'effort de devoir me présenter et raconter notre histoire, réponds-je en lui lançant le plus joli sourire dont je sois capable dans ces circonstances.

Tu te lances vraiment là-dedans, Iris ? me demande la voix de la raison.

Je ne vois pas trop d'autre choix.

On parle de mariage, là ! Tu ne pourras pas reculer si tu prends peur.

Je ferme les oreilles à toute pensée contraire à mon plan. Il ne s'agit que de quelques années de ma vie.

Et d'avoir un enfant !!

Mais j'ai toujours voulu être mère.

Oui, d'ici cinq ans !

Je pourrai commencer mon plan quinquennal un peu en avance.

Je ravale la boule dans ma gorge et me concentre sur Tati. Je m'écarte de Declan, raide comme un piquet, pour lui prendre la main. Les muscles sous son costume se contractent.

Super. Il faudra régler le problème de son aversion à ton contact plus tard.

— Tati, je n'ai pas été entièrement honnête avec vous quand on s'est parlé au téléphone.

Elle sourit moins franchement.

— Oh.

— J'hésitais un peu à me présenter autrement que comme l'assistante de Declan avant de vous rencontrer en personne. C'est que je travaille à la société Kane depuis un moment, et vous savez comme les rumeurs vont vite.

Elle hoche la tête et ramène le bloc-notes contre elle.

— Bien sûr, je comprends.

— J'avais peur du qu'en-dira-t-on si les gens savaient que j'étais en couple avec mon patron, mais on ne peut plus le cacher. On ne *veut* plus le cacher.

Ma voix tremble sans que j'aie besoin de feindre.

Le seul signe que Declan est perturbé est le fait qu'il cligne des yeux vers moi deux fois. Je ne l'ai jamais vu ciller deux fois.

Pas quand le gros coup qu'il préparait depuis deux ans est tombé à l'eau et certainement pas quand son grand-père est mort.

Ça me… déstabilise.

Je m'arme de courage pour expliquer à Tati :

— Nous sommes prêts à avancer vers notre avenir. Il n'y a plus de raison de garder notre amour secret.

Derrière elle, Cal lève les pouces avec enthousiasme. « Digne d'un Oscar », mime-t-il sans articuler les mots. Il fait signe à Declan de sourire tout en changeant ses doigts pour les majeurs.

Tati prend nos mains, radieuse.

— Ça alors ! Cette soirée doit être très spéciale pour vous, pour diverses raisons.

Ses yeux se posent sur mon annulaire nu.

— C'est vrai. La bague ! dis-je à Declan.

Le tic de sa joue est visible de tout le monde.

Désolée, Declan, je t'empêche de gâcher tout ton avenir, même si tu n'y crois pas, là, tout de suite.

Declan lâche ma main et sort de sa poche un anneau en platine sertie d'un magnifique diamant. Cette élégante bague me surprend un peu. Elle est totalement différente de l'énorme et surréaliste monstruosité que j'avais choisie pour sa future épouse, ce qui me rend perplexe. Y a-t-il eu une erreur lorsqu'il l'a récupérée à la bijouterie ? Je n'aurais pas dû lui faire confiance pour une tâche aussi importante, mais il avait insisté.

Tati prend un air ostensiblement interrogateur et je me justifie :

— J'ai dit à Declan de la garder parce qu'on doit la remettre à ma taille. Le jour où il m'a demandée en mariage, elle est tombée de mon doigt dès que je me suis jetée dans ses bras.

— Ah, la tuile ! s'écrie Tati, compatissante.

Cal se replace dans le champ de vision de l'organisatrice.

— J'avais prévenu mon frère que c'était une mauvaise idée de faire sa demande au beau milieu d'une pluie diluvienne, mais il y tenait parce qu'Iris adore la pluie.

— Je n'ai jamais vu quelqu'un se mettre à genoux devant moi aussi vite que lui.

J'envoie un clin d'œil à Tati, qui rougit. Declan se rembrunit encore plus, ce qui me fait rire.

— Il a failli déchirer son pantalon Tom Ford en deux en courant après la bague, enchaîne Cal. Il n'avait jamais autant paniqué, donc heureusement qu'il l'a retrouvée avant qu'elle tombe dans une grille d'égout.

Cal passe le bras autour des épaules de Declan, qui l'écarte vivement.

— Vous avez filmé ? Ce serait trop bien de montrer la vidéo aux invités ! s'exclame Tati.

Je sens ma nuque chauffer.

— Oh, non. La demande de Declan était spontanée. C'était d'un ro-man-tisme !

J'aspire de l'air : ce démon prend ma main gauche et j'ai la chair de poule. Il me passe la bague au doigt.

— Oh, mais en fait, elle vous va ! piaille Tati.

Sincèrement, je crois qu'elle n'a que deux réglages sonores : très fort ou perce-tympans.

— Il a dû trouver le temps dans son emploi du temps chargé pour la faire ajuster.

Mes joues s'enflamment et Declan tire une fois sur l'anneau pour vérifier qu'il tient bien avant de mettre la main dans sa poche.

Je passe le doigt sur le diamant avant d'imiter son geste. L'anneau ne bouge pas… du tout. Je m'éclaircis la voix et me force à sourire.

— Je crois qu'elle est coincée.

Tiens, Bethany a le doigt plus mince que le mien. Il ne pourrait pas y avoir un truc facile pour moi ce soir ?

— Dans tous les sens du terme, me souffle Declan.

Quelque chose dans sa voix grave me fait encore frissonner. Il s'éloigne de moi et je reprends une grande inspiration. Rajustant sa veste, il déclare :

— Il est temps d'aller se donner en spectacle.

Un spectacle. Ni plus ni moins. Un faux mariage qui permettra d'éviter à mon patron de perdre ce pour quoi il a travaillé toute sa vie.

Cette pensée me met de nouveau en panique, et encore plus qu'avant. J'essaie de me raisonner : c'est un mariage blanc. Mais non, rien ne calme les battements de mon cœur.

Declan croise exprès mon regard, comme s'il sentait mon anxiété croissante. La réalité se pose sur moi comme une brûlure sur la peau et je découvre que ma capacité respiratoire décline avec chaque seconde qui passe.

Je viens de signer pour aider Declan… pour le meilleur et pour le pire.

Jusqu'à ce que la mort nous sépare.

CHAPITRE 2

Declan

— Je voudrais m'entretenir un moment avec ma fiancée en privé.

Les mots raclent ma gorge comme du papier de verre.

Iris ouvre de grands yeux, puis les tourne vers Cal en une demande d'aide silencieuse. Pour son boulot, sa capacité à me déchiffrer comme un détecteur de mensonges la rend très efficace, mais en ce moment, c'est pénible.

Cal s'apprête à parler, mais le regard que je lui lance le fait reculer lentement.

— À tout de suite dans la salle.

Il envoie à Iris un petit salut avant d'entrer dans la salle de bal.

L'organisatrice regarde l'heure.

— Je reviens dans cinq minutes. Ne me refaites pas le coup de disparaître !

Sur un clin d'œil, elle se dirige vers la cuisine.

Le cœur tambourinant dans ma poitrine, je tente trois respirations destinées à ralentir mon souffle.

C'est toi qui lui as dit de trouver n'importe qui doté de deux chromosomes X et capable de procréer. Tu n'as à t'en prendre qu'à toi-même.

J'ai dépassé le point de non-retour. Jamais je n'aurais imaginé qu'Iris recourrait à ce plan sans même me demander si j'étais d'accord. C'est une très mauvaise idée de risquer tout ce qu'on a construit ensemble sur des années.

Du calme.

Un… deux…

Eh merde.

— Mais putain, qu'est-ce qui vous a pris ? Ou plutôt, qu'est-ce qui t'a pris ?

Iris a pour seule réaction de pincer ses lèvres charnues avec dégoût.

— Je te sauve la peau, tiens !

— Je ne vois pas bien comment.

— Tu veux que je te prenne rendez-vous chez l'ophtalmo ? Il paraît que la vision empire avec l'âge.

Elle a l'habitude de plaisanter sur le fait que j'ai douze ans de plus qu'elle, mais aujourd'hui, ça tombe à plat.

— Ne me provoque pas.

— Et toi, ne me regarde pas comme ça. (Elle pose sa main sur sa hanche comme dans une posture guerrière. Le diamant à son doigt se détache sur sa peau sombre.) Si je n'avais rien fait, tu aurais dû expliquer à une centaine de personnes qu'il n'y a pas de fiancée. Qu'est-ce que tu aurais dit ? Qu'elle a été perdue par La Poste ?

— Non, dis-je en serrant les dents. Même si à l'heure actuelle, une fiancée commandée sur Internet me paraît une meilleure solution.

Ses yeux noirs pétillent presque. Comme si c'était drôle !

— Avoue que tu n'as plus trop de temps ni de solutions.

— Clairement.

Je la jauge de la tête aux pieds.

Une lueur s'allume dans ses yeux avant de disparaître. Elle relève le menton avec défi tout en me dévisageant droit dans les yeux.

— Il y en a qui savent comment s'y prendre pour qu'une femme se sente spéciale.

— Spéciale, c'est le dernier mot que j'emploierais pour te décrire.

C'est bien trop passe-partout pour quelqu'un comme elle.

Iris pousse un soupir et esquisse un geste de découragement.

— Je ne sais pas pourquoi j'ai pu penser que c'était une bonne idée.

— Alors, on est deux. Quelle est ta raison, exactement ?

— Je t'apprécie assez pour vouloir te sauver. C'est sûrement un déséquilibre quelque part, donc ma psy en entendra parler lundi.

— Ne me dis pas que tu m'épouses par bonté d'âme ? dis-je, interdit.

Elle se redresse.

— Et si c'était le cas ?

— Oh, arrête. Ces choses-là, ça n'existe que dans les films de Dreamland.

— Je ne joue pas la comédie, même si au vu de ta réaction, je préférerais.

Il y a quelque chose qui ne cadre pas dans tout ça. Pourquoi Iris se porterait-elle soudain volontaire pour être ma femme après des mois à rechercher la candidate parfaite ?

Parce qu'elle ne voulait pas te voir en épouser un autre, suggère une toute petite voix dans ma tête.

Non. Impossible.

Ou alors… ?

Voilà qui expliquerait son comportement illogique. Je suis son regard, qui se pose sur la bague de fiançailles. Elle passe lentement le doigt autour du diamant. Avec révérence, si j'ose dire.

Oh, putain.

L'attirance, c'est une chose. Le fait de croire être amoureuse, c'est un tout autre jeu, mortel, auquel je n'ai aucun intérêt à participer pour l'instant.

J'écrase mes molaires les unes contre les autres.

— Est-ce que tu fais tout ça parce que tu es secrètement amoureuse de moi ?

Les mots quittent ma bouche avec précipitation. Mon cœur cogne, cherchant à s'échapper de ma poitrine.

Je n'ai jamais imaginé qu'Iris puisse éprouver envers moi autre chose que de l'indifférence. Merde, je n'ai jamais voulu y penser de toute façon, pour des milliers de raisons, mais avant tout parce que c'est la meilleure assistante que j'aie jamais eue. Hors de question de la perdre. D'autant plus qu'elle est une partie essentielle de mon plan pour reprendre le poste de mon père.

Mon hypothèse vole en éclats quand je vois Iris se plier en deux pour hennir de rire. En trois ans passés en sa présence, je n'ai jamais vu de faille à sa santé mentale. Qui aurait cru qu'en lui passant la bague au doigt, j'allais la faire craquer complètement ?

Elle tend la main pour retrouver l'équilibre et attrape la première chose à sa portée, en l'occurrence, moi. Chaque muscle de mon corps se tend et la chaleur monte dans mon bras comme si j'étais consumé par des flammes. Je reste droit comme un i tandis que son rire se transforme en un sifflement asthmatique.

Plutôt que soulagé, je suis dérouté par sa réaction. À l'idée qu'elle trouve si ridicule d'être amoureuse de moi, je sens des aigreurs d'estomac.

Personne ne pourra jamais t'aimer. La voix de mon père s'insinue dans ma tête aux moments les plus mal choisis.

Je détache un à un les doigts d'Iris de mon biceps.

— Tu es en crise, quelque chose ?

— Mais non, idiot. Et je ne suis pas amoureuse de toi !

Elle s'esclaffe à nouveau, ce qui produit un horrible son chaque fois qu'elle inspire.

— Je fais ça parce qu'on est amis.

— Je ne serai jamais ton ami.

Et je ne veux jamais l'être.

— Mouais… Tu mens. Les amis s'entraident quand l'un d'eux est malade.

— Quel rapport ?

— Tu te souviens, quand j'ai eu la grippe ?

Je croise les bras.

— Je ne suis toujours pas entièrement convaincu que c'était vrai.

— Alors tu te rappelles !

— Seulement parce que j'ai dû engager une équipe de ménage pour m'assurer que chaque centimètre carré était nettoyé.

— OK. Et quand je t'ai aidé parce que tu avais trop bu lors d'un voyage d'affaires ?

— Je ne t'avais rien demandé.

— Tu trébuchais tout seul et tu me demandais de te présenter ma jumelle que tu ne connaissais pas.

Je supporte la vodka aussi bien que je tolère les gens : pas du tout.

— Tu es beaucoup plus gentil quand tu es bourré. Tu m'as demandé de te border dans ton lit et de te chanter une berceuse.

— Alors là, c'est toi qui mens. Tu as l'une des pires voix que je connaisse.

Je ne suis pas loin de sourire, mais j'opte pour une grimace.

— Bon, j'avoue, j'ai inventé. Mais si tu m'avais demandé, je n'aurais pas refusé ! Parce qu'entre amis, on s'aide.

Je suis tenté de payer n'importe quel prix pour que le mot ami soit effacé de tous les dictionnaires. Je n'en ai pas. Je n'en veux pas et je ne veux pas l'être, surtout pas celui d'Iris.

Son rire rauque se transforme en quinte de toux. Je ne peux pas m'empêcher d'attraper son sac à main minuscule sur la table et de lui mettre entre les mains.

— Fais cesser ce bruit infernal.

Elle fouille et trouve son inhalateur.

— Tu t'inquiètes de mon bien-être ?

— Seulement pour des motifs égoïstes.

— Évidemment. Comment ai-je pu oublier ?

Iris sourit tout en retirant le couvercle avant d'inhaler le médicament.

— Mettons quelques points au clair.

Elle fronce les sourcils et se prépare à répondre, mais je continue :

— Toute gentillesse que j'ai pu avoir envers toi dans le passé est strictement due au respect que j'ai pour toi en tant qu'assistante. Je ne perds pas mon temps à des choses aussi inutiles que l'amitié, donc si tu crois qu'il y avait quoi que ce soit de platonique entre nous, c'est dû à toi et pas à moi.

Contrairement à la plupart des femmes, qui pleurent facilement en ma présence, Iris se contente de hausser les épaules.

— Comme je suis bête, d'aller imaginer que tu pourrais éprouver pour quelqu'un des sentiments autres que le mépris. Je peux t'assurer que ça ne se reproduira pas.

— Je ne ressens rien hormis un désir brûlant d'atteindre mon but ultime.

— Il y a mieux dans la vie que détruire ton père, soupire-t-elle.

Je fais mine de ne rien avoir entendu et regarde ma montre en observant que le temps est compté.

— Je dois établir des règles dès maintenant.

— Des règles.

Elle écarquille les yeux.

— Chaque regard…

Les battements irréguliers de mon cœur envahissent mes oreilles. Quand je pose la main sur sa joue, elle a le souffle coupé. Du pouce, je caresse sa peau douce, plusieurs fois, comme si je pouvais y imprimer mon nom par mon seul toucher. Je continue :

— Chaque contact…

Elle ferme les yeux. Tout mon corps souhaite se rétracter. Mettre de la distance entre nous, parce que je ne devrais pas la toucher comme ça. Ça rend les lignes trop floues. Mais je n'arrive à rien. Je hume son odeur de noix de coco et mes poumons protestent contre cette invasion.

— Chaque baiser…

J'effleure le coin de sa bouche de mes lèvres et c'est comme si mon corps avait été activé par des pinces croco.

— N'est qu'un mensonge.

Iris rouvre les yeux d'un coup quand je me détache, et je vois la tempête intérieure qui se déchaîne clairement en elle. J'enfonce les mains dans mes poches, en apparence impassible, alors que sa poitrine se soulève et s'abaisse de façon saccadée.

— Tu… moi… que…

Son discours est aussi emmêlé que ses pensées. Je devrais être flatté de ma capacité à l'embrouiller, mais ça me déconcerte plus qu'autre chose. Si elle avait été honnête en affirmant qu'elle m'épousait parce qu'elle est mon « amie », le fait que je la touche ne devrait pas causer ce genre de réaction.

J'essaie à nouveau de reprendre le contrôle de la situation, d'élever un semblant de barrière pour me protéger.

— Je suis prêt à tout pour toucher mon héritage. Repenses-y si jamais tu oublies que tout ça n'est qu'un jeu pour moi.

Elle n'a pas le temps de réagir. Une voix stridente qui me hantera jusqu'à ma mort nous interrompt :

— Bon, tous les deux, les invités commencent à s'impatienter. Ils veulent voir les futurs mariés.

Tati pointe son bloc-notes vers l'entrée de la salle de bal comme un commandant de l'armée.

— Tu es prêt ? me demande Iris en me prenant la main.

Son sourire est une version atténuée de celui qu'elle a adressé à Cal tout à l'heure.

Je garde le silence, conscient que tout ce qui sortira de ma bouche ne sera qu'un mensonge.

CHAPITRE 3

Iris

— Je vous invite à applaudir bien fort les futurs M. et Mme Kane !

Mes yeux s'agrandissent d'horreur à l'annonce du DJ.

Alors on va la jouer comme ça ?

C'est toi qui as tout orchestré comme une grande cérémonie. Je m'en veux pour cette fête de fiançailles. Si j'avais su que ce serait moi la cible de tous les regards, j'aurais choisi un simple post sur les réseaux sociaux.

Les jambes flageolantes, je scrute l'assistance. Je me raidis pour éviter de tomber. Le nombre de vêtements de créateur réunis dans une seule pièce est effarant et les sourires hypocrites sur les visages me donnent des boutons.

Declan me regarde dans les yeux et c'est comme si nous échangions des centaines de mots.

— Respire profondément.

Il presse ma main et la chaleur de sa paume imprègne ma peau. C'est troublant qu'il sache détecter mon angoisse sans que je l'aie exprimée.

Tu travailles pour lui depuis trois ans. C'est normal qu'il voie quand tu es stressée.

— Iris et moi, nous allons nous marier à la fin du mois.

À la fin du mois ! C'est dans deux semaines !

La musique s'arrête et quelqu'un toussote. Un serveur fait tomber son plateau.

Nous sommes entourés d'un panel de réactions plus choquées les unes que les autres. C'est compréhensible. Je croyais que Declan et moi avions un mois pour régler tout ça, mais en fait, tout doit se faire en quinze jours.

Le silence est assourdissant. Mon estomac menace de répandre son contenu sur le sol de marbre étincelant, mais je parviens à ravaler l'acidité qui monte dans ma gorge.

Tu vas y arriver.

— Surprise !

J'affiche un air rayonnant, dans l'espoir de contrebalancer l'annonce absolument dépassionnée de Declan. J'arrache ma main à la sienne pour lever ma bague au vu de tous. Un million de couleurs se réverbèrent sur le diamant, attirant l'attention de tout le monde sur ce symbole de mon destin tragique.

— Bienvenue dans la famille, Iris.

Rowan, le plus jeune frère de Declan, vient d'émerger de l'assemblée. La plupart des gens pensent qu'il ressemble à son aîné, avec ses cheveux châtains et ses yeux sombres, mais je les trouve très différents. Là où Rowan montre quelques traces d'humanité çà et là, Declan n'a aucune compassion.

Cal fend la foule à son tour et lève son verre.

— La séance de thérapie familiale est le jeudi soir. Sois ponctuelle !

Quelques personnes rient et la tension descend suffisamment pour rendre l'atmosphère respirable.

— Une heure et on y va, souffle Declan tout bas, de façon que je sois seule à l'entendre.

— J'allais proposer une demi-heure, mais si tu y tiens…

Il ne sourit pas, mais ses yeux s'éclairent en se posant sur moi. Son expiration est presque un rire. Nous savons tous les deux qu'on ne pourra jamais s'en sortir en trente minutes. Declan est quand même le premier Kane à se marier depuis Seth, il y a plus de trente ans. Par ordre d'importance, ça suit le prince William qui annonce avoir eu un enfant. Tout le monde va vouloir quelques minutes avec lui.

C'est alors que le père de Declan, Seth Kane, sépare la foule comme Moïse. L'intensité de sa contrariété pourrait mettre à genoux un homme moins armé.

Mes défenses s'activent automatiquement. J'ai passé suffisamment de temps en sa présence pour savoir qu'il se nourrit de la faiblesse des gens.

Declan feint l'indifférence, hormis un petit tic dans sa mâchoire ; il est maître dans l'art de dissimuler ses émotions, mais de temps à autre, ce mouvement réapparaît. La mâchoire qui se serre un peu. La main qui se referme. Les yeux qui se plissent brièvement.

— Détends-toi.

Je m'approche de lui et passe la main sur son torse où son cœur bat à tout rompre.

Tu n'es pas la seule à être stressée. On dirait que Declan est plus humain que je ne croyais.

— Mon fils.

Seth ne prend pas en compte ma présence, comme à son habitude. C'est très simple : comme je ne lui suis d'aucune utilité, je n'existe pas.

— Père.

Declan relève le menton.

Ils ont des traits en commun, avec leur couleur de cheveux et leurs yeux sombres, mais la ressemblance s'arrête là. Je ne doute pas que Seth ait été beau à un moment de sa vie, mais son abus d'alcool l'a fait vieillir d'une manière que le Botox ne peut pas rattraper.

— Les félicitations sont de mise, apparemment. (Seth me sourit pour la première fois depuis qu'il me croise, et c'est tellement faux que j'en ai la nausée.) Mon fils a de la chance de vous avoir dans sa vie.

Mais bien sûr. Il ne sait rien de moi. Même au bout de trois ans, il m'appelle encore Irene quand il me demande Declan au téléphone.

— Garde les grandes démonstrations pour les caméras, lui répond Declan en m'enlaçant.

Même si son geste est robotique, j'apprécie son effort pour faire paraître notre relation comme amoureuse. « Effort » étant le mot important de la phrase. Il est plus raide que les cocktails de ma grand-mère, qui sont capables de saouler n'importe qui en un seul verre.

— Beau conseil de la part de quelqu'un qui se donne en spectacle.

Declan m'agrippe la taille avec une force punitive.

— Ce n'est pas parce que tu as fait un trait sur l'amour qu'on doit tous être pareil.

— Bah ! Tu ne connais rien de l'amour.

— Il paraît qu'on peut apprendre beaucoup des erreurs des autres, donc je te remercie.

Le sourire carnassier de Seth se déforme. Si brièvement que je le manque presque, mais la douleur dans ses yeux me surprend.

Ne te fais pas avoir. Ce n'est pas vrai.

— Tu ne sais rien de ce que ta mère et moi avons traversé, et je te souhaite de ne jamais avoir à vivre une telle épreuve dans ton couple.

Tournant les talons, Seth ressort de la salle sans regarder quiconque autour de lui.

Pour jouer la famille heureuse et unie devant tout le monde, c'est raté.

Peu de choses peuvent perturber Seth, mais parler de sa femme provoque toujours une mauvaise réaction. Difficile de ne pas avoir de peine pour un homme qui a perdu son épouse à cause d'un cancer. Mais je me souviens alors qu'avec ses fils, c'est un gros connard, et ma pitié s'évapore.

Quelqu'un s'approche et interpelle Declan.

— Allez, faut en passer par là, me marmonne-t-il.

— Je n'aurais jamais cru voir le jour où Declan Kane se fiancerait.

Sans m'accorder la moindre attention, l'homme tape Declan sur l'épaule et lui parle à l'oreille.

Un à un, les invités viennent présenter leurs félicitations. Tous m'ignorent, mais lèchent copieusement les bottes de Declan, ce qui ajoute à l'acidité dans mon estomac. Ma seule source d'occupation de la soirée est d'observer les réactions forcées de Declan, mais au bout d'une heure, c'est lassant aussi.

Tu pourrais aussi bien être invisible.

*

Le DJ demande à tout le monde de libérer la piste de danse et une mélodie lente s'échappe des haut-parleurs. Je comprends aussitôt que je suis dans la mouise.

Declan s'en rend compte, parce qu'il m'envoie un regard depuis l'autre bout de la salle. D'habitude, je rirais de voir le petit tic sur sa mâchoire, mais comme je suis partie prenante de cette torture, je parviens à peine à sourire. Il vient me rejoindre et me prend la main.

— Tu sais danser ? lui demandé-je tout bas.

— Évidemment.

Le visage de Declan demeure imperturbable, mais sa façon de serrer ma main beaucoup trop fort révèle ses sentiments au sujet de ce qui nous attend.

Il déteste l'attention autant que toi.

Mon corps entier est en feu. Une centaine de paires d'yeux transpercent mon apparence soigneusement composée et mon anxiété ne fait que monter pendant que Declan me rapproche de lui. Il passe une main derrière mon dos pendant que l'autre tient la mienne, tremblante, avec assez de poigne pour me couper la circulation sanguine.

Il effleure le haut de mes fesses du bout des doigts et je sens des étincelles éclater sur ma peau. J'inspire avec difficulté et, à travers mon sourire forcé, je lui demande d'arrêter.

— Arrêter quoi ?

— De me toucher *comme ça.*

— Tu es ma fiancée, réplique-t-il comme si ça expliquait tout.

Sa main repart et je pousse un soupir, avant de sursauter quand il me tire vers l'avant, si bien qu'il ne reste pas l'ombre d'un espace entre nous. Respirer devient officiellement une option.

— C'est quoi, ce slow ?

— Le slow qu'on danse quand tout le monde nous filme.

Mon visage s'embrase pendant que je balaie la salle du regard.

— Oh, la vache…

Il pose son visage contre le sommet de ma tête et à ce stade, sincèrement, je lévite presque. Pour quelqu'un qui ne voit aucun intérêt à être en couple, il simule vraiment bien. Je remets en question tout ce que nous avons vécu au boulot jusqu'ici, parce que je me demande où était cet homme-là. Et, plus important, pourquoi le cache-t-il ?

Quelle importance ? Tout ça n'est même pas vrai.

Cette pensée me calme et je me sens dépitée. On ne fait que jouer la comédie. Je me suis peut-être prise au jeu un instant, mais je dois me souvenir de ma raison de me lancer là-dedans. Ce n'est pas une vraie relation, quelle que soit la quantité de bisous sur le front ou de contacts intimes.

Tiens-t'en au programme et tu ne souffriras pas.

Je me répète ce principe plusieurs fois pendant que Declan nous fait évoluer sur la piste en musique. À la fin du morceau, je me sens plus forte et prête à faire la part entre fiction et réalité.

Balance la sauce.

*

Au bout d'une demi-heure supplémentaire à me tenir aux côtés de Declan en silence, je peux enfin m'éclipser aux toilettes.

Je me passe de l'eau froide sur les joues.

— Tu gères, Iris. Ne les laisse pas te perturber.

Facile à dire. Personne n'a jugé utile de m'adresser plus qu'un salut rapide, en revanche, j'ai été examinée comme une souris de laboratoire. Le nombre de femmes qui ont demandé ce que je buvais ou si mon ventre était dû à un début de grossesse est hallucinant. Je n'ai jamais eu honte de ma silhouette, mais leur façon de m'analyser m'a donné chaud sous mon foulard de soie.

Tu t'en fiches, d'elles. Je redresse les épaules et retouche mon rouge à lèvres avant de sortir des toilettes.

À peine suis-je de retour dans la salle de bal que je suis déséquilibrée par une main qui m'agrippe le coude.

— Il te paie combien ?

Le père de Declan me fait pivoter pour que je me retrouve face à lui. Je dégage mon bras.

— Je ne sais pas de quoi ou de qui vous me parlez.

— Je suis prêt à t'offrir le double de ce qu'il t'a proposé pour mettre fin à ces fiançailles.

— Pardon ?

— Tu ne peux pas être bête à ce point.

— Puisque j'ai du mal à saisir les concepts complexes, faites en sorte de vous exprimer simplement.

— Declan doit être aux abois, pour te choisir.

Non, mais quel toupet !

— J'ai de la chance. Épouser Declan, c'est comme une histoire de Dreamland devenue réalité.

— Ne te flatte pas, gronde Seth. Declan veut se marier seulement pour l'héritage.

— Il… quoi ?

Je contrôle ma voix afin qu'elle se brise au moment parfait.

— Tu ne savais pas, fait-il, les sourcils froncés.

J'ai réussi à lui faire croire exactement ce que je voulais.

— C'est quoi, cette histoire ? Il ne m'a jamais parlé d'héritage.

Je force ma lèvre inférieure à trembler et les résultats sont miraculeux.

— Son seul motif pour te passer la bague au doigt, c'est qu'il convoite mon poste. Sans toi, il n'a aucune chance de devenir PDG.

Je bats des cils exagérément.

— Quoi ?

L'amertume de son rire me donne envie de reculer.

— Tu ne crois quand même pas qu'il veut t'épouser par amour ?

— C'est la seule raison possible…

J'agrippe le tissu de ma robe comme si je voulais m'arracher le cœur. Si Cal était là, il me remettrait un trophée pour mes talents d'actrice. Quant à Declan, peut-être qu'il m'augmenterait.

— Je vais te donner une autre raison : l'héritage. Sans femme ni enfant, il n'a pas le droit de devenir PDG.

— Vous êtes sérieux ? Qu'est-ce qui cloche chez vous tous ?

Je prends un ton aigu comme si j'étais prête à fondre en larmes.

— Malheureusement.

— Comment savez-vous ça ?

— C'est sans importance.

Je me retiens très fort de lever les yeux au ciel.

— Vous avez des preuves ? Vous ne me croyez pas assez idiote pour vous accorder ma confiance plutôt qu'à mon fiancé.

Seth étrécit légèrement les yeux comme pour me répondre par l'affirmative. Au moins une victoire de mon côté.

— Lui et moi, nous avons parlé de tout ça quand il m'a demandé conseil. J'ai essayé de le prévenir qu'il ne devait pas continuer, mais il n'a pas écouté.

Et hop. Juste ce que je recherchais. Il est strictement impossible que Declan parle de l'héritage à son père, ce qui signifie que toutes les idées de Seth Kane se basent sur des hypothèses. Je manque de rire de ma découverte, mais je ne dois pas encore sortir de mon personnage. Je m'amuse trop à jouer avec le plus gros connard de Chicago.

Je me tamponne ostensiblement le coin des yeux.

— Excusez-moi. C'est beaucoup à digérer d'un coup.

M. Kane secoue la tête, visiblement dégoûté par le choix de Declan. Il traîne un nombre incalculable de casseroles, mais il joue très bien la comédie. Presque mieux que moi.

— Mon fils devrait savoir qu'on ne joue pas avec les sentiments d'une femme innocente. Je croyais lui avoir mieux enseigné la vie que ça.

Alors là, je ne sais même pas par où commencer.

Ne le laisse pas t'atteindre. Il essaie juste de te faire peur pour que tu annules le mariage.

Je me prépare mentalement avant de répliquer :

— Il n'y a qu'une seule personne qui joue avec mes sentiments, et elle est en face de moi. Je vous remercie pour toutes ces informations, en tout cas. Je suis sûre que Declan sera intéressé d'apprendre que vous cherchez à briser notre couple.

Son visage se transforme en une vision tout droit sortie d'un cauchemar d'enfant.

— Tu te crois futée ?

— Oh, je sais que je le suis.

— J'essayais de te sauver d'un mariage sans amour, mais apparemment, vous vous méritez l'un l'autre.

— J'espère bien, sachant qu'on va se marier.

— Il ne t'aimera jamais. Il en est incapable.

— Si je voulais des conseils condescendants d'un père minable, j'appellerais le mien.

Il contracte la mâchoire suite à ma pique sur l'enfer qu'il a fait vivre à ses enfants.

— Ce n'est pas fini.

Quelques invités passent à côté de nous et j'envoie un sourire éclatant à mon adversaire.

— J'espère bien que non. J'aime beaucoup vous voir vous ridiculiser.

Je le laisse derrière moi, dans le merdier qu'il vient de créer.

*

— Ton père est au courant.

C'est la première chose que je dis quand Declan entre dans la voiture, une Mercedes-Maybach. Harrison, le chauffeur, ferme la portière avant d'entrer dans la cabine privée réservée au conducteur.

Declan penche la tête.

— Comment ça ?

— Disons qu'on a eu un petit tête-à-tête quand il m'a coincée à la sortie des toilettes.

L'air de dégoût de Declan rivalise avec le mien.

— Raconte-moi exactement.

Je relate toute notre conversation, des suppositions de son père à son offre de me payer double pour rompre les fiançailles. Declan garde les lèvres serrées tout du long.

— Il n'a pas de preuves, déclare-t-il enfin.

— Mais il pourrait en chercher jusqu'à trouver.

— Alors on montrera à tout le monde le spectacle tant demandé.

— Mais tu n'as pas peur qu'il commette un acte irréfléchi ?

À la perspective de ce défi, ses yeux s'illuminent.

— Il n'a qu'à essayer ! Je serais ravi de l'abattre une bonne fois pour toutes.

Un frisson me parcourt l'échine.

— Et donc, quel est notre plan ?

— *Notre* plan ?

Je lui montre ma bague.

— On est devenus une équipe, c'est automatique.

Il serre les dents à nouveau.

— Tu ne sais pas dans quoi tu t'engages.

— Si ce que m'a raconté Cal a un fond de vérité, je crois que j'en ai une bonne idée.

— Tout ce qu'a pu te révéler Cal est une version édulcorée de la vérité.

— C'est-à-dire ?

Declan n'explicite pas ses dires et le silence s'installe entre nous.

Je lève les yeux au ciel.

— Bien, je te remercie pour ta sollicitude, mais ton père ne me fait pas peur, donc tes avertissements ne serviront à rien.

— Tu dois être suicidaire. Il n'y a pas d'autre explication à ce comportement irrationnel.

— C'est sûr ! Sinon, je n'aurais jamais accepté de t'épouser !

CHAPITRE 4

Iris

— Tu… quoi ?

Sous le choc, ma mère joint les mains pour s'empêcher de les passer dans ses boucles formant des spirales parfaites.

— Elle a dit qu'elle était fiancée ! répond Nana bien fort avant d'aspirer son café à grand bruit.

Et ma grand-mère change de position dans son fauteuil en osier face à moi, faisant remuer ses torsades sénégalaises grisonnantes.

— Mais comment ? Où ? Et à qui ?? Aux dernières nouvelles, tu étais célibataire !

La peau brune autour des yeux de ma mère se plisse.

— C'est compliqué.

C'est une façon de présenter les choses.

Je n'étais peut-être pas préparée à cette conversation dès le lendemain de ma fête de fiançailles infernale.

— Bon, ne nous fais pas attendre. Je ne sais pas combien de temps il me reste sur cette terre et à te voir bégayer, je me dis que vous allez organiser un enterrement avant le mariage, lance Nana, l'air parfaitement sérieux.

C'est sans doute grâce à elle que j'ai été capable de supporter aussi longtemps mes fausses fiançailles devant une salle pleine d'inconnus.

— Il n'y aura pas grand-chose à organiser parce que ce sera sans cérémonie.

Le souffle saccadé de ma mère fait faiblir mon sourire.

— Pardon ? Absolument pas ! Tu es mon seul bébé et il est hors de question que je te laisse faire un mariage au rabais dans une arrière-salle de tribunal.

— Où est le problème ? C'est comme ça que moi, je me suis mariée ! s'indigne Nana.

— C'est bien ce que je dis, Maman, confirme ma mère.

— Le lieu était pratique. J'ai ramené mon cul fraîchement marié à Bourbon Street, et ton père et moi, on a fêté ça toute la nuit.

— Je suis parfaitement au courant du jour de ma conception. Inutile de refaire le film.

Je ne sais pas comment ces deux-là arrivent à vivre sous le même toit sans moi pour faire tampon.

— Vous voulez en savoir plus ou vous préférez continuer de me traumatiser à vie ?

— En savoir plus, répondent-elles en chœur.

Je leur raconte que Declan et moi avons pris conscience de nos sentiments lors des turbulences d'un vol pour Tokyo. Effrayée à l'idée de mourir, je pleurais et Declan m'a embrassée pour me rassurer. La partie la plus difficile du mensonge est de prétendre que j'ai gardé cette relation secrète pendant un an de crainte que ça se termine mal.

C'est drôle, ce mensonge est le plus crédible de tous, étant donné mon passé avec les hommes.

— Tu essaies de me dire que tu es fiancée à Declan Kane ? De ton plein gré ? demande ma mère d'une voix sifflante.

— C'est si dur à croire ?

Elle arrête d'arpenter la pièce pour me regarder.

— Non. Pour être honnête, pas vraiment.

— Ah bon ?

Ma grand-mère rit.

— Arrête ! Tu as raté Noël l'an dernier pour passer du temps avec lui à Tokyo.

— Je travaillais !

Nana éclate de rire.

— Mais oui… Ma chérie, on aime tous « travailler ». Certains « travaillent » plus que d'autres. Et si possible, ils font des heures sup'.

Je m'étrangle avec mon café.

— Je croyais que la libido déclinait avec l'âge.

— J'ai des souvenirs pour une vie entière.

Maman gémit :

— N'hésite pas à les emporter dans ta tombe, s'il te plaît.

Nana hurle de rire.

Ma mère s'assied à côté de moi et prend ma main gauche dans la sienne. Elle examine ma bague sous tous les angles.

— Tu es sûre de toi ?

— Bien sûr !

Tu mens à ta mère. Tu iras en enfer.

Au moins, Declan et toi pourrez être réunis dans l'au-delà.

— C'est tellement…

Ma mère ne trouve pas les mots.

— Soudain ?

— Voilà !

— C'est… spécial. Je l'aime vraiment, dis-je en mobilisant toute ma volonté pour garder mon sérieux.

Ma mère penche la tête. Elle a toujours réussi à me soutirer la vérité, d'une manière ou d'une autre. Je me mords la lèvre avant de dire une idiotie.

Genre, la vérité ?

Oh, tais-toi. J'oblige ma conscience à prendre ses distances.

— C'est ton patron.

— Je sais.

— Il est largement plus âgé que toi.

— Est-ce que c'est censé être une mauvaise chose ? demande Nana. Parce que je ne vois que le positif.

— On ne choisit pas de qui on tombe amoureux, déclaré-je avec aplomb.

Ma mère soupire.

— Non. C'est vrai.

Une pointe de culpabilité m'entaille le cœur. Elle est l'exemple type de celle qui est tombée amoureuse de quelqu'un qui n'était pas indiqué pour elle, et j'en suis le résultat inattendu.

— Tant que tu es heureuse, je suis heureuse pour toi, me rassure-t-elle.

Je hoche la tête, ne faisant pas confiance à ce qui pourrait sortir de ma bouche ensuite. Si ma mère connaissait la vérité derrière mes fiançailles, je ne pense pas qu'elle me soutiendrait autant. Elle angoisse facilement, alors si elle savait que je lie ma vie à celle d'un homme qui m'apprécie tout juste et que je vais avoir son enfant dont il ne veut pas… Elle voudrait que je fasse mieux que suivre ses pas.

Mon anxiété ne fait que s'accentuer quand Nana demande :

— Et quand est-ce que tu nous le présentes ?

*

J'ouvre ma porte d'entrée pour trouver Cal appuyé au chambranle.

— Tu m'évites, déclare-t-il.

— C'est plutôt que je dois assumer les conséquences de mes actes.

Je m'efface pour laisser passer mon ami et aussitôt, l'espace semble dix fois plus petit. Mon appartement est loin d'être luxueux, mais il est à moi, après des années de dur travail et de gens qui doutaient de moi.

Cal circule parmi le champ de plantes en pot avant de s'asseoir sur mon canapé en cuir.

— Pourquoi tu as fait ça ?

Je me place sur un fauteuil en face de lui et ramène mes genoux contre ma poitrine.

— Parce que je suis débile.

— Comment tu es passée de rompre avec tous les petits amis que tu as eus avant que ce soit trop sérieux à prévoir d'épouser *mon frère* ?

— Présenté comme ça, c'est un peu inattendu de ma part.

Il éclate de rire.

— Tu te souviens que tu avais renoncé aux hommes pour toujours ?

— Ah, quand on y réfléchit, pour toujours, c'est long…

— Tu trouvais que « ça allait trop vite » si un petit ami t'achetait une brosse à dents pour chez lui.

— C'est pas pareil.

Bien sûr, mon histoire avec les mecs n'est pas jolie-jolie. C'est toujours moi qui prends la fuite avant que la relation devienne sérieuse parce que je suis poussée par la peur et que les regrets ne viennent qu'après. Mon schéma n'est pas des plus sains, mais il m'a empêchée de reproduire le passé de ma mère. Je l'aime fort, mais grandir en assistant aux violences conjugales de mon père m'a coupé toute envie de me retrouver un jour avec la possibilité d'être dans cette position. L'amour, c'est renoncer à beaucoup de choses dont je ne veux pas me séparer.

— C'est sûr, c'est différent, dit Cal, m'arrachant à mes pensées. Tu vas te marier et avoir un enfant ! Je vais devenir tonton.

Je sens mon estomac protester.

— Je sais, on dirait que c'est de la folie…

— Parce que *c'est* de la folie.

— Alors, pourquoi tu l'as encouragée ?

— Je ne croyais pas que tu le ferais !

Je reste bouche bée. Il soupire.

— Mon frère est le dernier homme que tu devrais épouser.

Mon cœur se serre.

— Pourquoi ?

— Parce qu'il va te faire souffrir. Pour lui, c'est une seconde nature et tu vas forcément te prendre un revers.

— C'est mignon à toi de t'inquiéter, mais notre relation est uniquement contractuelle. Il n'aura pas l'occasion de me faire souffrir.

Voilà pourquoi j'ai accepté l'idée. Si je m'étais inquiétée pour mon cœur, jamais je ne me serais risquée là-dedans. Mais avec l'absence d'intérêt de Declan pour les relations et ma peur de l'engagement, nous sommes au diapason.

— Tu pourrais tomber amoureuse de lui.

Je ris aux larmes.

— Declan et moi, on pourrait être les deux dernières personnes sur Terre et je choisirais quand même mon vibromasseur plutôt que lui.

— Merci pour les détails, fait Cal, la mine dégoûtée.

— C'est vrai !

— Et comment tu comptes t'y prendre pour avoir un enfant avec lui ?

— Avec l'aide de quelqu'un en blouse blanche.

Je n'ai pas regardé en détail le contrat établi par Declan pour une autre, mais je connais ses attentes vis-à-vis de la fécondation in vitro.

— Avoir un enfant ensemble, ça crée un lien entre deux personnes qui ne peut jamais être rompu.

Une ombre passe sur son visage et la douleur dans ma poitrine s'intensifie. La gorge serrée, je réponds :

— Je suis au courant.

— J'espère que tu sais ce que tu fais.

Non. Pas le moins du monde. Mais plutôt que de me laisser engloutir par l'angoisse, je dégage les épaules et je fais face à ma réalité.

— Le mariage peut être compliqué, mais je suis prête à tout donner.

J'espère juste que je ne regretterai pas amèrement le moment où j'ai choisi d'épouser Declan.

CHAPITRE 5

Declan

Après nos fiançailles, j'ai passé le week-end à préparer les papiers pour m'assurer qu'Iris n'ait aucun moyen d'échapper à notre accord.

Je lance le contrat à peine imprimé sur mon bureau. Les feuilles rose pastel détonnent par rapport aux autres documents sur le bois. Iris relève les yeux.

— Qu'est-ce que c'est ?

— Notre contrat de mariage.

— Pourquoi il est rose ?

À son expression, on croirait que je viens de lui demander de sacrifier sa précieuse collection de chaussures.

— Quelqu'un a laissé ce papier dans l'imprimante et je ne savais pas comment changer.

Elle laisse échapper un rire.

— Qu'est-ce que tu ferais, sans moi ?

— Ton estime de toi complètement surévaluée m'inquiète.

— Tu n'es pas obligé de faire semblant de me détester autant.

— Ta première erreur est de croire que je fais semblant !

Elle se contente de sourire.

— Il paraît qu'entre amour et haine, la frontière est mince.

— Pas assez mince, marmonné-je dans ma barbe.

Elle rit encore en prenant le contrat rose.

— Il faut parapher le bas de chaque page quand tu l'as lu, dis-je en lui tendant un stylo.

— C'est quoi, ce pavé ? On dirait la Bible, dit-elle en regardant la liasse, l'expression renfrognée tout à coup.

— Ça pose problème ?

Iris se reprend aussitôt.

— Non, mais je vais passer toute ma pause déjeuner à le lire.

— Prends le temps qu'il te faudra, mais ce contrat ne quitte pas le bureau.

Hors de question que je risque qu'un œil inconnu se pose sur notre arrangement.

— OK. Mais je compte repasser trois fois sur chaque page pour m'assurer que tu ne prépares pas d'entourloupe, donc ne t'agace pas que je t'enlève de ton précieux temps en solitaire.

Cette réponse a franchi ses lèvres sans l'ombre d'une hésitation.

Et elle t'accuse de mentir.

— Épargne-moi les détails et mets-toi au boulot. J'ai autre chose à faire.

Je m'assieds dans mon fauteuil qui grince sous mon poids.

— Si tu prends encore un tant soit peu de muscle, ce siège va casser un jour.

Je déboutonne ma veste, mes muscles jouant sous mon costume.

— Je parie que ça te plairait.

— Seulement si j'arrive à avoir une photo.

Je l'ignore et tape le mot de passe de mon ordinateur. Je n'ai le temps de répondre qu'à quelques mails, et déjà, Iris proteste.

— C'est une mauvaise blague, ou quoi ?

— De quoi tu parles ?

Elle agrandit les yeux à un point inquiétant.

— Tu comptes me laisser la garde complète de notre enfant ?

— C'est un problème ?

— Oui ! Un gros problème !

— C'est le moment de t'apprendre que ce contrat est non négociable.

Elle relève le menton.

— Alors, rends-le négociable.

— Non.

— Dans ce cas, j'arrête.

Sans détacher le regard de mon écran, je réponds :

— J'attends de voir.

Iris se lève, jette le contrat sur le bureau et récupère son sac à main.

— Si tu ne peux pas être un père responsable, alors ça ne m'intéresse plus de t'aider.

— Tu rigoles, là.

— Tu veux tester ta théorie ?

Et merde ! Les règles du jeu continuent de changer sans mon consentement, tout ça parce qu'Iris ne joue pas comme il faut.

Elle n'a jamais joué selon les règles.

— Tu vas rejeter cent millions de dollars à cause d'un mode de garde ?

— Le problème, ce n'est pas l'argent. C'est ta décision.

Elle tourne les talons. À chaque pas qu'elle fait, je me contrôle un peu moins.

— Je te donne deux cents millions.

Elle se dirige toujours vers la porte en m'ignorant complètement. Le balancement de ses hanches est une provocation silencieuse à les attraper. À faire n'importe quoi d'autre que la laisser me lâcher.

— Trois cents millions !

Elle ralentit le pas, mais ne s'arrête pas et pose la main sur la poignée de la porte. J'appuie sur le bouton sous mon bureau et elle se verrouille devant elle. Iris gronde :

— Ouvre-moi cette porte.

— Pas avant que tu sois revenue t'asseoir pour signer le contrat.

— C'est non.

Elle essaie d'actionner la poignée, sans résultat. Ces verrous automatiques sont prévus pour empêcher d'éventuels intrus d'entrer, mais ils se révèlent tout aussi efficaces pour garder mon assistante à l'intérieur.

J'attends qu'Iris se lasse. Elle est dotée d'une forte volonté, mais la mienne est de fer. Et avec autant en jeu, il n'est pas envisageable qu'elle abandonne, même si elle doit me détester.

Elle pose le front sur le battant.

— Et ce que je veux, moi ?

— Tu as renoncé à tes droits en te fiançant à moi.

— Attention, Declan. Ton soutien au patriarcat se voit.

Je souris.

— Tu n'as pas de moyen de négociation.

— Et ça ?

Elle me fait un doigt d'honneur, mais avec celui qui porte la bague.

— Comme c'est mignon, répliqué-je sèchement.

— Soit tu écoutes mes conditions, soit j'appelle le premier journaliste venu et j'annonce notre rupture.

— Tu me menaces ?

— Moi ? Certainement pas, fait-elle en battant des cils. Je préfère le terme « motiver ».

Son grain de folie mène le mien à bout.

— Tu me fais chier.

— Non. C'est toujours le manche à balai coincé là-dedans qui te gêne.

Et dire que je la paie davantage que tous les autres assistants de ce bâtiment, pour être traité de cette façon.

Parce que vous connaissez tous les deux sa valeur.

Je lâche un soupir négligent.

— Vas-y, énumère tes conditions.

J'entends ses talons sur la moquette et elle s'assied sur son fauteuil habituel. Le cuir est décoloré par des années de maltraitance de sa part.

— Je veux une garde alternée. C'est à prendre ou à laisser. Tu vas être parent cinquante pour cent du temps, que tu penses le vouloir ou non.

— Si tu essaies d'utiliser notre enfant pour me soutirer davantage, ça ne va pas fonctionner.

Agacée, elle répond :

— Je sais que c'est un concept étrange à comprendre pour toi, étant donné tout ce que font les gens pour te satisfaire, mais le monde ne tourne pas autour de toi.

— Et maintenant, tu vas me révéler que la Terre n'est pas plate.

Elle fronce le nez.

— Je déteste quand tu essaies d'être drôle.

— Pourquoi ?

— Parce que je préfère quand tu n'as pas de personnalité.

Ses yeux brillent et sont comme toujours le miroir de son cœur.

Son satané cœur.

— C'est important pour moi. Vraiment important. (Elle baisse tant la voix que je dois m'approcher pour entendre sa phrase suivante.) Je ne veux pas qu'un enfant grandisse en pensant que ses parents ne l'aiment pas.

Je serre les poings. Et voilà, il fallait que tu te lies avec quelqu'un qui a encore plus de problèmes non résolus avec son père que toi.

Le regard lointain, comme si elle était dans ses souvenirs, elle ajoute :

— Je sais ce que c'est de ne pas être désirée par un de ses parents. C'est un ressenti que je ne souhaiterais pas à mon pire ennemi, donc sûrement pas à mon propre enfant.

Comme si je pouvais un jour être un bon à rien comme celui-là. J'en ai entendu assez par Cal sur le père d'Iris pour savoir que je ne lui ressemble absolument pas, mais le regard qu'elle me lance menace mon plan parfaitement établi. Je n'avais pas prévu d'être en lice pour devenir père de l'année.

J'ai appris à mes dépens que les chefs d'entreprise ne sont pas doués pour la vie de famille, même s'ils simulent pour des motifs publicitaires.

Et si tu donnes ton accord, que peut-il se passer, au pire ? Tu engages une nounou pour t'aider ?

Je transpire en envisageant les conséquences de répondre à la demande d'Iris. Je sais comment ça marche. On cède à une demande, puis à deux, et puis chaque fois, elle n'aura qu'à me menacer de partir pour avoir gain de cause. Je m'y attendrais de n'importe qui, mais pas d'elle. Pour autant, je ne suis pas étonné par sa capacité à utiliser mon point faible contre moi.

Décevant, c'est le moins qu'on puisse dire. Je me lance :

— Un week-end par mois.

Elle se racle la gorge.

— C'est un bon début…

— Alors, c'est réglé.

— Mais non.

— Putain de bordel !

Elle sursaute en réaction à mon éclat.

Calme ta colère, Declan.

Elle poursuit, comme si je n'avais pas fait preuve d'une rare émotion.

— Je ne veux pas être coincée avec tous les trucs ennuyeux, style devoirs et tâches ménagères.

— Tu prendras un professeur et une femme de ménage. Tu en auras les moyens.

Iris secoue la tête.

— Ce n'est pas ce que je veux dire. Il faut qu'on échange chaque semaine pour offrir un foyer plus stable et cohérent. Et comme ça, on pourra tous les deux être le parent fun.

— Je te promets que je ne serai jamais décrit comme « le parent fun ».

Elle lève les yeux au ciel.

— Les enfants, c'est pas compliqué. Tu les nourris, tu joues avec eux, tu mémorises tous leurs personnages préférés pour chaque dessin animé, et automatiquement, tu es la personne la plus cool de la pièce.

— Tu me décris l'enfer.

— Au moins, tu te sentiras chez toi.

Je regarde à nouveau mon écran.

— Bien. On se fera passer l'enfant une semaine sur deux.

— Tu vois, je savais que tu pouvais faire des compromis si on t'en laissait l'occasion.

— Le chantage fait des miracles.

— Tu n'es pas le dernier à en être conscient. C'est ta tactique de prédilection.

Si tu savais… Iris est au courant de ma capacité à extorquer des renseignements des gens, mais elle ne se doute pas de jusqu'où je suis prêt à aller pour manipuler des situations à mon profit. J'obtiens toujours ce que je veux. Le fait qu'elle soit aux manettes de cette négociation me rendra service à long terme, même si elle est actuellement en position de force.

— Autre chose, ajoute-t-elle.

Je n'ai pas le temps d'objecter quoi que ce soit qu'elle continue :

— Ma mère veut un mariage traditionnel, à l'église.

— Non.

— Mais…

Je l'interromps.

— On se marie à la sauvette.

— Non, on ne peut pas. On ne peut plus.

— Parce que… attends je devine : sinon, notre accord ne tient plus.

Prévisible, mais efficace pour que je cède.

— Quoi ? Non, non. Mais j'apprécierais vraiment que tu acceptes. S'il te plaît…

Voir sa lèvre inférieure trembler me fait regretter d'avoir suivi son idée de me fiancer à elle. Masquant ma surprise, je réponds :

— Donc, c'est une demande.

— Une grosse demande, étant donné ton point de vue sur le mariage, mais je ne le ferais pas si je n'étais pas obligée.

— Tu me seras redevable.

Elle agite sa bague sous mon nez, les yeux brillants.

— Considère qu'on est quittes.

Un son dégoûté reste coincé dans ma gorge.

— Signe ce contrat et dégage avant que je change d'avis.

Elle me rend les papiers.

— Bien sûr. Une fois que tu auras intégré les changements, y compris une hausse du montant à trois cents millions, je le signerai.

Espèce de petite…

— Et tu te trouves maligne !

Son sourire ne fait qu'augmenter la chaleur dans mes veines en ébullition.

— Je n'ai jamais demandé d'augmentation de salaire, mais puisque tu as proposé avec une telle générosité…

Merde. Je masque mon petit sourire par mon poing fermé.

— Bien joué.

— Je vous remercie, monsieur Kane. C'est vous qui m'avez tout appris.

Et je le regrette jour après jour.

CHAPITRE 6

Iris

Si j'avais cru que mes responsabilités au travail allaient être réduites parce que j'ai tout un mariage à préparer en deux semaines, je me suis trompée. À peu près tout se déroule comme d'habitude, ce qui est bien le problème. Je suis submergée. Par le boulot, par ce qu'on attend de moi et par un tas de questions sans intérêt, comme la couleur des serviettes ou le style d'écriture cursive pour les cartons où figurent les noms des invités.

L'écriture cursive, je n'arrive même pas à la déchiffrer…

— Il faut que tu relises le rapport pour Yakura, m'annonce Declan en s'arrêtant à mon bureau.

— Encore ? C'est la troisième fois en six mois.

Il dépose une pile de feuilles orange clair à côté de moi.

— Tu as du mal avec l'impression sur la photocopieuse ? Je peux te montrer comment ça fonctionne, si tu as une seconde.

Il ne prend pas la peine de considérer ma question.

— Je veux tes corrections pour ce soir.

— Aujourd'hui !

— Ça pose problème ?

— Non. Je caserai ça entre l'organisation de notre mariage, le choix de la robe et la dégustation pour choisir le gâteau tout à l'heure, dis-je avec un sourire crispé.

— Parfait. D'ici 21 heures.

Et Declan retourne dans son bureau.

D'ici 21 heures. Je tape mon mot de passe à grands coups sur le clavier.

Tu peux y arriver, Iris. Si tu gardes ce boulot depuis aussi longtemps, ce n'est pas pour rien.

Mon téléphone s'allume : c'est un message de Tati pour me confirmer le premier cours de danse de salon pour demain après-midi.

Génial. Quelque chose d'autre de la part de l'univers ?

— Iris ?

Un souffle agacé m'échappe.

— Oui ?

Nos regards se croisent et je sens ma nuque picoter. Je romps le contact la première, mettant fin à cette sensation étrange avant qu'elle ait l'occasion de s'étendre.

— Merci pour tout.

Je relève aussitôt les yeux.

Merci pour tout ? Je n'ai jamais entendu Declan exprimer de la gratitude sans une dose d'ironie.

Je peine à trouver les mots et mon silence ne fait qu'ajouter à la tension insolite qui s'intensifie entre nous. Heureusement, il entre dans son bureau et ferme la porte.

Je sors de ma stupeur pour envoyer un message à la seule personne susceptible de m'aider à comprendre ce qui peut se passer dans l'esprit de Declan.

Moi : Ton frère vient de me dire merci.

Cal : Rowan ? Il te remercie de quoi ?

Moi : Non. DECLAN !

Cal : Qu'est-ce que tu as foiré ?

Moi : Rien.

Cal : Il aurait vraiment dit « merci »
en le pensant ?

Moi : C'est ça !

Cal : Tu le tenais en joue ?

Je ris en tapant ma réponse.

Moi : Non.

Cal : Tu lui appuyais un couteau sur la gorge ?

Moi : Le coupe-papier que tu m'as offert
est parfois tentant, mais non.

Cal : Merde alors.

Cal : Il était peut-être de bonne humeur.

Moi : Il y a une tragédie internationale
qui a pu lui donner le sourire, ce matin ?

Cal : D'après les infos, pénurie de crevettes,
mais sinon, je ne vois pas.

Declan déteste les fruits de mer, donc ça ne peut pas être ça. En fait, je ne trouve rien qui puisse expliquer son comportement irrationnel.

Seulement une idée, assez ridicule pour que mon estomac fasse des bonds.

Il le pensait vraiment.

*

— Ton gentil bienfaiteur est là avec des renforts.

Cal dépose un sac en papier contenant de la nourriture sur mon bureau.

— Oh, trop bien. (J'ouvre en déchirant et prends un gros sandwich.) Je t'aime.

— Je sais bien.

— Merci de ne pas déranger, je suis en pleine conversation privée, dis-je en montrant mon déjeuner.

Cal rit en s'asseyant.

— Comment ça se passe, les corrections ?

— Très mal. Je ne sais pas ce que M. Yakura attend de nous. C'est la centième fois qu'il nous renvoie notre proposition pour Dreamland Tokyo. Cette fois-ci, il n'y avait qu'un seul commentaire.

— Lequel ?

— Il manque quelque chose.

— Sans déconner ? C'est tout ?

— Oui ! Mais je ne sais pas ce qui manque.

— Tu en as parlé à Rowan ? Il peut examiner tes dernières idées.

Je secoue la tête.

— On l'a vu avec Declan il y a un mois, et ça ne s'est pas bien terminé.

— Declan lui en veut toujours pour toute l'histoire de Dreamland ?

Depuis que Rowan a décidé de rester directeur du premier parc d'attractions en Floride, Declan est en froid avec lui. Manifestement, il est vexé que Rowan ait tourné le dos aux attentes familiales pour la femme qu'il aime. Mais comme Declan essaie d'implanter son propre parc Dreamland à Tokyo, il se pourrait que nous devions réessayer.

Je pousse un soupir.

— Oui, je crois que la pression de Yakura lui pèse. On cherche à conclure cet accord depuis des mois, sans résultat.

— Vous pourriez trouver un autre sponsor prêt à vendre son terrain. Il y en a beaucoup qui tueraient pour un pourcentage sur les bénéfices de Dreamland.

— Non, Declan tient à ce que ce soit là. Je crois bien que Yakura le sent, c'est pour ça qu'il fait des difficultés sur tout. Il veut peut-être une plus grosse part.

— Soit ça, soit il apprécie d'être l'une des seules personnes à pouvoir emmerder Declan.

— C'est possible ! dis-je en riant. Le refus n'est pas plus facile pour autant.

— Ne le prends pas à titre personnel. Tes idées sont géniales, donc il cèdera. Ce n'est qu'une question de temps.

— Facile à dire.

Mon syndrome de l'imposteur refait toujours voir sa sale tête quand on reçoit un mail de refus de Yakura. Cal doit sentir mon changement d'humeur, parce qu'il me propose :

— Tu veux un coup de main ?

La voix de Declan se fait entendre :

— On n'en a pas besoin.

Il est appuyé à l'encadrement de la porte, la posture défensive.

— Salut, frère de moi, lui dit Cal. Comment te portes-tu, cet après-midi ? Tu as fait pleurer quelqu'un, aujourd'hui ?

— Non, mais il n'est que midi.

— Je ne sais pas pourquoi tu as décidé de l'épouser. Il est impossible.

— Oh, je me suis attachée à sa personnalité.

— Tu dois souffrir d'un genre de syndrome de Stockholm version travail. Il n'y a pas d'autre explication.

Declan tire sur les poignets de Cal pour lui faire quitter son fauteuil.

— Allez, dégage. Il y en a qui bossent, ici.

— Oh, mais être la déception de la famille Kane, c'est un boulot à plein temps. Par contre, les bénéfices sont minables.

— Je te jure, si tu es venu sur cette terre, c'est seulement pour me pourrir l'existence, fait Declan en entraînant son frère et en appuyant sur le bouton de l'ascenseur.

Celui-ci fait mine de renifler.

— J'ai enfin trouvé le sens de ma vie, et c'est grâce à toi.

Declan pousse Cal dans la cabine.

— Au revoir, Iris ! On se voit à la dégustation de gâteaux tout à l'heure.

Cal me fait un signe de la main et enchaîne avec un doigt d'honneur pour Declan, qui ne décolle pas de devant la porte avant qu'elle se referme. Il se retourne pour m'assassiner du regard.

— De quoi il parlait ?

Pour échapper à son regard noir, je me tourne vers mon ordinateur.

— J'ai proposé à Cal de venir goûter des gâteaux de mariage.

— Tu n'as pas pensé à me demander, à moi ?

Je lève les sourcils.

— Euh… non. Tu n'avais pas l'air intéressé quand j'en ai parlé tout à l'heure.

— Je n'imaginais pas que tu allais inviter mon frère.

Incroyable… Il est jaloux ?

Non, c'est impossible. En fait, c'est aussi malvenu que la pointe d'excitation que je ressens à cette idée.

Mais qu'est-ce qui t'arrive ?

Je m'éclaircis la voix.

— Quand je lui ai dit que j'y allais seule après le boulot, il s'est invité.

La poitrine de Declan se soulève et il expire fort.

— Dis à Cal que tu n'as plus besoin de lui.

— Non.

— C'est à quelle heure ?

Sans me regarder, il sort son téléphone.

— Pourquoi ?

— J'y serai. Envoie l'adresse à Harrison.

Sans laisser la place à un désaccord, il retourne dans son bureau. Sa porte se referme, me laissant avec des questions auxquelles je n'aurai jamais de réponse.

*

— Iris.

Quelque chose me touche l'épaule.

— Partez. Je dors.

Je fais un geste pour repousser le bruit.

— Il faut qu'on y aille.

— Quoi ? Maintenant, tu me déranges aussi dans mes rêves ? Je ne pourrais pas avoir un peu de répit ?

Un rire grave dans mon oreille, et je me redresse d'un coup. Ma vision s'éclaircit et je vois Declan debout à côté de mon bureau, avec le plus minuscule sourire possible pour un être humain.

— On est en retard, dit-il en retirant un Post-it de mon front.

— En retard ? À quoi ? demandé-je d'une voix râpeuse.

— La dégustation de gâteaux.

— Oh, non ! (Je me lève en chancelant.) Il est quelle heure ?

J'ouvre le tiroir du bas de mon bureau pour en extraire mon sac et j'enfile vite mes talons, malgré mes pieds enflés qui protestent.

— 22 heures.

— 22 heures ? On devait y être à 21 heures !

— J'ai appelé pour les prévenir qu'on aurait du retard.

Je me fige un instant.

— Toi ? Tu as appelé ?

— J'en ai eu pour deux secondes.

— Pourquoi ne pas m'avoir réveillée ?

Silence.

— Je dors depuis longtemps ?

— Deux heures.

— Deux heures !

Oh, non !

— Declan, je suis vraiment désolée… Les corrections…

Il lève une main.

— Tu les enverras demain matin.

Je reste bouche bée.

— Je ne voulais pas m'endormir…

— Laisse tomber.

— Mais…

— Tu veux que je m'énerve ? demande-t-il d'une voix beaucoup moins calme.

— Sincèrement ? Oui.

— Je ne suis pas un complet connard. Je sais que tu jongles entre beaucoup de responsabilités, dit-il d'un ton sec.

— Arrête.

— Quoi ?

— D'être aussi… compréhensif. Ça me fait trop bizarre.

Un Declan irrité, je peux composer avec. Un Declan gentil, qui se fiche que je m'endorme sur un travail et que je loupe une échéance… Des événements imprévisibles dans ce genre me paralysent.

Avec un tic de la mâchoire, il lance :

— Allons-y. Je n'ai pas le temps pour tes conneries.

Cette réponse-là me fait sourire.

— Ah, revoilà mon gros ours grognon !

Il baisse la voix.

— Un jour, ce qui sort de ta bouche va te causer des ennuis.

Je ne sais pas ce qui est le plus dangereux : sa promesse implicite ou ce qui prend vie dans mon ventre rien qu'à entendre cette phrase.

*

— Je suis au paradis.

Je soupire de plaisir avant d'inspirer à nouveau. Les différents arômes qui nous entourent me font saliver. Declan me suit dans la pâtisserie faiblement éclairée, faisant tinter à nouveau la clochette.

La porte de l'arrière-boutique s'ouvre et nous inonde de lumière vive pour laisser entrer une femme blonde d'à-peu-près mon âge.

— Bienvenue ! Je suis ravie que vous ayez pu venir !

— Désolée pour le retard, réponds-je, gênée.

— Oh, mais pas de problème, voyons ! Je vous propose de vous asseoir au fond, et j'apporte les échantillons.

Elle désigne une petite table éclairée aux chandelles avant de disparaître.

— L'ambiance est agréable, dis-je pour essayer de rompre le silence pesant.

En fait, je suis interrompue par une musique romantique douce. Declan me tire une des chaises. L'échange entre nous est fluide, nous l'avons pratiqué des centaines de fois. Et je me rends compte que je n'y fais plus attention avec les années.

— Merci.

La chaise en bois grince sous la pression de sa main.

— De quoi ?

Je bafouille :

— De toujours faire ça. Tu sais… m'avancer une chaise…

Il s'assied face à moi sans rien dire… ce qui me rappelle très bien pourquoi j'ai arrêté de le remercier quand il a un geste sympa.

— Nous y voilà ! annonce la pâtissière, qui revient avec un plat de gâteaux miniatures. Je vous laisse à votre dégustation. Si vous avez besoin de quoi que ce soit, n'hésitez pas à m'appeler.

Elle repart aussitôt.

Alléchée, je parcours le plat du regard.

— Tu as une préférence pour ce que tu veux goûter en premier ?

— Comme tu voudras, ça me va.

Il se met à consulter ses mails sur son téléphone.

— Sérieusement ? Tu n'arrêtes pas pour la soirée ?

— Non.

— Alors pourquoi avoir pris la peine de venir ?

Encore le silence. Je commence à en avoir assez qu'il se renferme dès que je pose une question exigeant plus de quelques mots en réponse. Au lieu de le lâcher, j'insiste :

— Tu sais ce que je pense ?

— Je ne doute pas que tu vas m'en faire part dans tous les cas.

Je donne un coup dans le pied de sa chaise. Il ne bouge pas d'un centimètre, mais me regarde à nouveau.

— Je crois que tu ne voulais pas que Cal vienne ce soir, parce que tu es jaloux.

— Pff ! Je n'ai aucune raison d'être jaloux de mon frère.

— Vraiment ? Aucune ?

Je lui agite sous les yeux mon téléphone avec sa notification d'appel manqué.

— Aucune.

Declan prend un petit gâteau et y plante sa fourchette comme il manierait un poignard.

— Parfait. Dans ce cas, on n'a qu'à faire un FaceTime avec Cal pour qu'il participe. Si tu voulais qu'on soit amis tous les trois, il suffisait de demander…

Il me chipe mon téléphone.

— Je te l'ai déjà dit : je ne veux pas être ton ami.

Il cligne des yeux, trahissant sa nervosité.

— Oh, là, là, mais si ! Ça se voit !

— Arrête de parler.

Mais c'est impossible, avec la précieuse information que je viens de recevoir.

— Cal ne sera peut-être pas d'accord pour que tu te joignes à notre duo, mais je suis sûre que si…

Declan m'enfonce une grande cuillerée de gâteau dans la bouche.

— Enfin j'ai trouvé la manière parfaite de te faire taire.

Je le foudroie du regard tout en savourant le dessert le plus délicieux que j'aie jamais mangé.

Il garde le regard rivé sur mes lèvres en retirant la cuillère vidée.

— Tout ce que j'ai à faire, c'est garder ta bouche occupée en permanence.

C'est là que je m'étrangle gracieusement.

CHAPITRE 7

Declan

En annonçant qu'Iris et moi allions nous marier dans les deux semaines, j'ai peut-être agi un peu vite. Je voulais m'assurer qu'elle ne saisirait pas le premier prétexte pour se rétracter. Mais maintenant, je dois assumer les conséquences de mes actes. En passant à côté du bureau d'Iris, j'annonce :

— Je veux que tu sois chez moi d'ici la fin du week-end.

— Quoi ? fait-elle en relevant les yeux de son ordinateur.

— Tu pourras payer le déménagement avec ma carte.

— Tu veux que j'emménage ce week-end ? Là ?

— Oui.

— Mais on est vendredi !

Je prends une profonde inspiration en m'appuyant à la porte de mon bureau privatif.

— Et tu veux en venir où ?

Elle se passe la main dans les cheveux et gémit :

— Mais aucun déménageur ne sera disponible à la dernière minute.

— À partir d'un certain prix, si.

— Mais je devrai rompre mon bail.

— Je couvrirai les frais.

— Ou alors, je peux garder mon appartement, juste au cas où…

— Tu t'imagines les réactions si jamais la rumeur court que tu as gardé ton appartement « juste au cas où » ?

Sa lèvre inférieure tremble.

— Mais je l'adore…

— Je suis certain que c'est pittoresque de vivre à proximité de scènes de crime, mais tu t'en remettras.

— J'habite à Hyde Park, pas en zone de guerre.

— Tu habitais. À partir de demain, tu n'y es plus.

— Alors, c'est comme ça ? Tu claques des doigts et je dois faire ce que tu me dis, comme une femme obéissante et sans poser de questions ?

— Tu pratiques depuis des années, donc tu ne devrais pas mettre longtemps à apprendre.

Je récolte une balle antistress dans la tête et un rire sifflant qui s'entend encore à travers la porte de mon bureau.

*

Pense à ton avenir. Mon œil droit cligne de lui-même tandis qu'Iris transporte encore une plante dans ma maison. À ce rythme, ma maison va être transformée en véranda. Des traînées de terre marquent les beaux planchers, comme pour me rappeler que ma vie parfaitement organisée est en train d'être mise à sac.

Je contourne trois autres pots qui contiennent des espèces de petits arbres avant d'atteindre la porte d'entrée. Iris parle à l'une des plantes sur un ton doux et caresse même une feuille en lui présentant ses excuses de la chambouler. Elle est cinglée. Il n'y a pas d'autre moyen de décrire une personne qui s'adresse à des plantes en pot comme à des enfants.

Au moins, ce sera une bonne mère.

Je coupe le micro de mon téléphone pour éviter que le chef de notre département Audit nous entende.

— C'est tout ? Tu fais partir toute la chaleur.

Je lui montre la porte ouverte et juste à ce moment, un souffle de vent s'engouffre dans l'entrée. Iris se frotte les mains et souffle dessus.

— Tu sais, ça irait bien plus vite si tu m'aidais.

— Je ne donne pas dans le travail manuel.

— Alors heureusement qu'on n'aura pas notre enfant de manière traditionnelle, sinon, ce serait à moi de faire tout le boulot.

Mes répliques restent coincées dans ma gorge, ce qui la fait rire.

— Tu te trouves drôle ?

— C'est toujours mieux que d'être une étoile de mer.

Iris se hâte vers la porte, visiblement ravie de m'avoir réduit au silence.

Quand la personne que j'ai en ligne se remet à parler, je l'ai presque oubliée. La présence chaotique d'Iris met déjà le bazar dans ma vie et je ne sais pas si je vais y survivre pendant trois ans. Tout mon espace est envahi par ses affaires, des couvertures colorées jetées sur mon canapé immaculé aux cadres photo montrant deux femmes que je n'ai pas encore rencontrées.

J'essaie de mon mieux de reprendre ma conversation téléphonique, mais je ne fais qu'à moitié attention. Ma capacité de concentration est gravement mise à mal depuis que le camion de déménagement est arrivé devant chez moi.

Vingt minutes plus tard, Iris s'effondre au sol.

— Fini !

Ses deux tresses s'étalent autour d'elles, couvertes de neige. Quelques boucles en spirale s'en sont échappées pendant le processus et s'accrochent à son visage. Sa doudoune rose layette semble complètement décalée ici. De mon côté, c'est costume noir, chaussures noires, âme noire.

Je balaie la pièce du regard et ne vois même pas dix cartons.

— Tu as plus de plantes que d'affaires.

Elle rit vers le plafond.

— Je suis une folle de plantes, que veux-tu que je te dise ?

— De préférence, rien.

Son buste remue en un rire silencieux et elle se redresse.

— Quel effet ça fait d'avoir quelqu'un dans ton espace ?

— Bruyant.

— Imagine une fois qu'il y aura un enfant en train de courir et crier.

— J'investirai dans un collier anti-aboiements.

— Dis-moi que c'était une blague…

Je pose la tête sur ma main.

— Oh, putain. Évidemment !

Elle pousse un soupir de soulagement.

— Cela dit, une chambre insonorisée, ça ne serait pas une mauvaise idée.

— Pour le bébé ou pour toi ?

— Le bébé. La mienne a été rénovée il y a quelques années.

Aussitôt, son regard se porte sur tout, sauf mon visage. Je serais prêt à payer cher pour connaître une seconde de ses pensées.

Des millions. Peut-être même des milliards.

— Et donc… fait-elle en évaluant ses affaires. Comment on la joue ?

C'est vrai. On s'en tient au plan.

Avec un grognement, je prends un gros carton en haut d'une des piles.

— Qu'est-ce que tu as mis là-dedans ?

Elle regarde ce qui est écrit sur une face.

— Mes talons.

— Ils rendront très bien dans la cheminée.

Elle bondit et essaie de m'arracher son précieux chargement.

— Tu n'oserais pas !

Pour détruire sa collection de chaussures, ça vaudrait le coup de la mettre en colère. Elles sont sur ma liste depuis qu'Iris a trouvé une faille dans son contrat de travail. Au lieu de suivre le code vestimentaire du bureau, qui demande de rester neutre, elle met ma patience à l'épreuve avec des talons qui mettent sa vie en danger à chaque instant et des accessoires de toutes les couleurs de l'arc-en-ciel.

Au moins, elle fait honneur à son prénom.

— Tu devrais savoir qu'il ne faut pas me sous-estimer, après tout ce temps.

Elle met une main sur sa hanche.

— Declan Lancelot Lane. Je te promets que s'il me manque une seule de ces chaussures, je…

— Ne m'appelle pas comme ça !

Elle m'envoie un large sourire.

— Tu préférerais peut-être sire Lancelot ?

— Ce que je préfère, c'est ton silence.

— Pff, t'es pas drôle.

— Ce n'est pas censé être drôle.

Cela dit, on ne peut pas dire que ça ressemble à du travail.

Voilà pourquoi tout ça est une mauvaise idée.

C'est facile de se couler dans une dynamique confortable avec Iris. Presque trop facile…

— C'est pas possible, tu vas mourir d'une crise cardiaque, avec toutes ces angoisses refoulées. C'est mauvais pour ta tension.

Je me dirige vers l'escalier sans réagir à sa réplique.

— Je vais te montrer notre chambre.

— *Notre* chambre ? s'exclame-t-elle en trébuchant sur ses bottes.

— Je ne voudrais pas que la femme de chambre puisse témoigner contre l'authenticité de notre accord.

— Ah. Évidemment.

Elle ouvre des yeux de biche, à des années-lumière de ses rebuffades habituelles.

Elle est nerveuse. Je passe devant elle dans l'escalier pour masquer mon sourire. Elle m'aide à ouvrir la porte de ma pièce préférée. Les murs bleu clair et les meubles blancs se détachent sur le plancher sombre.

— C'est beaucoup plus clair que je ne l'imaginais.

— Contrairement à une croyance populaire, les cercueils ne sont pas confortables pour dormir.

Iris part dans un éclat de rire que je dois lutter pour ne pas imiter. Je pose le carton près de l'entrée de son dressing vide.

— Tu pourras mettre tes vêtements ici.

— Mais je ne suis pas… On n'est pas… Tu ne veux pas que je…

Elle darde le regard partout dans la pièce sans l'arrêter nulle part. J'éprouve une intense satisfaction d'être le seul à pouvoir la déstabiliser. Je complète :

— Que tu dormes dans le même lit que moi ?

— Voilà. Ça.

— Non.

Le pouls battant fort dans sa gorge, elle se mord la lèvre.

— Ouf ! Ç'aurait été gênant.

— C'est sûr, réponds-je, non sans ressentir un chatouillis sur la nuque. Dans la maison, c'est quartier libre. Mais en public, je veux que tu te montres affectueuse.

— Tu es certain de pouvoir supporter que je te touche pendant une période prolongée ?

— Je devrai prendre sur moi, mais ça ira.

J'entre dans son dressing et j'ouvre la porte du fond.

— Tu as fait mettre une porte cachée vers une autre pièce ? Dans un placard ?

— Oui.

— Mais pourquoi ?

— Je me préparais à quelque chose dans ce genre, dis-je tranquillement.

— Attends. Les gens se préparent à un mariage blanc ?

— Une fois arrivé dans une certaine tranche d'imposition, c'est à prévoir.

Elle plisse le nez avec dégoût.

— C'est dégueu.

— Non, c'est la vie.

Iris me dévisage, les lèvres entrouvertes, pendant que je me retourne pour entrer dans la deuxième chambre. Les couleurs sont complémentaires de ma suite, avec du jaune pâle aux murs plutôt que du bleu.

— C'est beau.

D'une main, elle caresse le dessus-de-lit au crochet. La pièce est grande et dispose d'une partie salon, d'une salle de bains et de fenêtres qui donnent sur le vaste jardin de derrière.

— Tu peux décorer comme tu veux. Je te demande juste de te charger du nettoyage, parce que la femme de ménage ne pourra pas y entrer.

— Tu as vraiment pensé à tout.

— Tout à part toi.

*

— Je vois qu'Iris fait comme chez elle. Tu dois adorer.

Cal regarde l'une des plantes qu'elle a disposée dans le coin du salon. Ma maison s'est progressivement transformée en pépinière, avec des nouveaux pots de fleurs qui s'ajoutent jour après jour pour remplir les angles vides et les murs blancs.

Je n'écoute pas et bois mon verre.

— Comment ça progresse sur le testament de Grand-père, de ton côté ?

Il hausse les épaules.

— On n'est pas pressés. Tu ne vas pas devenir PDG demain.

— Non, mais si tout va comme je veux, je le serai d'ici la fin de l'année.

— Eh bien ! Iris est au courant de cet emploi du temps précipité ?

— Elle connaissait l'accord en signant le contrat.

— Elle n'est pas prête pour autant à avoir un enfant tout de suite.

— Heureusement qu'elle aura neuf mois de plus pour se faire à l'idée, alors.

Un son naît au fond de la gorge de mon frère.

— Dire qu'on s'imaginait que le mariage allait t'humaniser un petit peu.

— Pourquoi cette idée ?

— Parce que tu la respectes.

— C'est le cas.

La capacité d'Iris à travailler à mes côtés en étant une ressource et non un obstacle la met déjà largement au-dessus de quiconque. Elle est rapide et prête à se mettre en quatre pour s'assurer que je réussisse, même si ça implique de m'épouser et d'avoir un enfant avec moi. Pour ce genre de loyauté, je ne pourrais pas payer. J'ai essayé, mais après avoir fait fuir des fiancées à répétition, je me rends très bien compte que j'ai besoin d'Iris. Si elle croit qu'on va devenir les meilleurs amis du monde en conséquence, alors qu'il en soit ainsi.

— Et on sait qu'elle t'attire.

C'est nouveau, ça.

— Et c'est qui, ce « on » dont tu parles tout le temps ?

— Rowan et moi.

— Vous n'avez rien de mieux à faire que cancaner dans mon dos ? Genre, je ne sais pas, aller retrouver Alana et faire ce que Grand-père exige de toi ?

Cal évite son ex-petite amie, mais ça ne durera qu'un temps, surtout sachant que notre grand-père a fixé une date limite à son héritage. Il veut que Cal renoue avec elle d'ici la fin de l'année, sinon, envolées les parts de la société. Après tout ce que j'ai subi de la part de mon frère pour la clause qui me concerne, la moindre des choses est de lui rappeler son p

ropre manque d'initiative.

— Tu ne vas pas y arriver, répond-il, un tic nerveux agitant sa mâchoire.

— À quoi ?

— Tu essaies de m'énerver parce que tu es sur la défensive vis-à-vis d'Iris.

— Pourquoi j'aurais besoin d'être sur la défensive ?

— À toi de me le dire, puisque c'est toi qui prétendais que tu te fichais bien de qui tu épousais, du moment qu'elle était… Comment tu l'exprimais, déjà… ? Ah, voilà : « pragmatique, fertile, et le visage suffisamment proportionné pour être considéré comme attirant ».

Je crispe la main sur mon verre.

— Je sais ce que j'ai dit.

— On dirait que ça n'a pas bien tourné.

— Tu cherches quoi, à me rappeler tout ça ?

— C'est un avertissement.

Je ne dis rien, préférant avaler une longue gorgée.

— Tu es peut-être mon frère, mais Iris est ma meilleure amie, poursuit Cal. Et je veux que tu réussisses à devenir PDG, mais je ne te laisserai pas la détruire en recherchant ce que tu t'imagines te rendre heureux.

Je lui renvoie un regard endormi.

— Si Iris s'inquiète, elle peut s'adresser à moi en personne. Pas besoin de m'envoyer son chien de garde.

— C'est moi qui suis inquiet, pas elle.

— Si c'est ça, l'amitié, je suis bien mieux sans.

Il pince les lèvres.

— Ne lui brise pas le cœur.

— Alors là, ça devrait être le dernier de tes motifs d'inquiétude.

— Au contraire. Tu es un salopard sans cœur qui ne connaît rien au fait de prendre soin de quelqu'un.

— J'ai contribué à vous élever, et vous avez plutôt bien tourné.

Cal serre les dents.

— On est de ton sang. Tu es obligé de nous aimer, que tu le veuilles ou non.

— Le sang, ça veut dire que dalle pour moi. Tu es bien placé pour le savoir.

M'occuper de mes frères, ça n'avait rien à voir avec notre A.D.N. en commun. Avant la mort de ma mère, je lui ai promis que je serais là pour eux et j'ai rempli ma part du contrat, sans me soucier des conséquences pour moi. Cal détourne le regard.

— Prends soin d'elle, c'est tout.

Agité, je trouve un sens nouveau à toute cette conversation. Un frisson me parcourt l'échine. Sur un ton bien plus nerveux que je ne voudrais, je demande :

— Tu es amoureux d'elle ?

— Non ! s'exclame-t-il en riant.

— Je ne sais pas pourquoi, mais j'ai du mal à y croire.

À sa façon de parler d'Iris, je serais bête de m'imaginer que c'est seulement une relation platonique.

— On s'est embrassés une fois.

Je sens mes oreilles bourdonner et rougir.

— Quoi ?

Ma voix impitoyable retient l'attention de Cal, qui précise :

— C'était une erreur.

— Il y a intérêt, je te préviens.

Mon verre tremble dans ma main et il sourit.

— Je savais que tu serais jaloux.

— Comme s'il pouvait m'arriver d'être jaloux de quelqu'un comme toi !

L'air entendu, il me lance :

— Ton regard meurtrier ne dit pas la même chose.

— Ma vengeance préférée, c'est la torture, juste pour information.

Le sourire de mon frère s'élargit.

— Le baiser était nul, si ça peut te réconforter.

Et en quoi je devrais me sentir mieux ? Je n'arrive pas à m'ôter l'image d'eux en train de s'embrasser, et pourtant, ce n'est pas faute d'essayer.

Et pourquoi ça te dérange, d'abord ?

Parce qu'elle m'a dit qu'ils étaient amis et rien d'autre.

Mais oui, c'est ça.

— Tu me donnes vraiment envie de l'épouser, dis-je d'une voix froide, malgré la colère qui flambe en moi.

— Rien à voir avec elle, répond Cal gaiement. J'étais saoul, elle se sentait seule. Le résultat a été bizarre, je te le dis.

— Elle se sentait seule ?

— Bien sûr qu'elle se sent seule. Elle est amie avec moi, c'est un bon indice.

— Je ne savais pas.

— Tu aurais voulu qu'elle t'en parle ? Contrairement au reste du monde, tu aimes être tout seul.

Je me mords la langue pour éviter de trop en révéler. S'habituer à quelque chose ne signifie pas l'apprécier. J'ai simplement appris à préférer ça à l'autre option, qui implique de laisser des gens devenir trop proches de moi. Quel intérêt, sachant qu'ils finiront par partir ?

Je bois une gorgée pour évacuer le goût amer de la faiblesse.

— Tu l'embrasses encore une fois et j'aurai le plaisir de t'arracher la langue.

— Si je t'ai raconté ça, c'est seulement pour que tu arrêtes de t'imaginer que je vais tenter le coup avec elle. Je ne m'intéresse pas à Iris de ce point de vue. Crois-moi.

— Parce que le baiser était nul, répété-je d'une voix dépourvue de toute émotion.

— Parce qu'Iris n'a jamais été la femme pour moi.

Ça, putain, non. Mariage truqué ou pas, Iris est destinée à être avec un homme, un seul.

Moi.

CHAPITRE 8

Iris

— Oh, bordel, je me suis levé tôt pour quoi ? Pour voir cette merde ?

En entendant crier, je me redresse d'un coup dans mon lit. Mon cerveau désorienté met quelques secondes à comprendre que je dors chez Declan.

Ou plutôt, chez moi.

Je passe une main sur les draps froissés et j'essaie d'effacer la preuve que j'ai passé la nuit à tourner dans le lit. Dormir dans un nouvel endroit, c'est toujours étrange, mais dans la même maison que mon boss ? Je n'ai pas encore assimilé l'idée. Peut-être parce que j'essaie encore d'enregistrer que ma vie tout entière est retournée.

— Encore un report pour cause de pluie ? Depuis quand les organisateurs ont peur d'une petite averse d'été ?

La voix tonitruante de Declan me fait sauter du lit et je gémis en regardant l'heure.

— Six heures du matin ? Réveiller quelqu'un aussi tôt pour son seul jour de repos, ça devrait être passible de peine de mort.

Declan est très règlement, donc il est temps que j'édicte quelques décrets moi-même, à commencer par le calme entre 23 heures et 7 heures. Je retire rapidement le foulard qui protège mes cheveux la nuit, je me coiffe et je remplace mon short de pyjama par un legging avant de sortir de ma chambre.

La maison de Declan est un labyrinthe de longs couloirs et de pièces vides sans utilité. Si j'arrive à le localiser vite, c'est parce que je suis le son de sa voix jusqu'à une salle télé.

Un immense écran occupe presque tout un mur, bien orienté pour une vue parfaite depuis un canapé profond qui donne envie de s'y affaler. Declan fait les cent pas entre la télé réglée sur une chaîne sportive et une table basse couverte de choses à grignoter.

— C'est un mimosa que je vois ? dis-je d'une voix horrifiée.

Je le dévisage sans masquer mon effroi. Le seul mot que je trouve pour qualifier la scène face à moi est « surnaturelle ». Des cocktails. Des donuts. Un cigare pas encore allumé qui attend à côté d'une bouteille de champagne à moitié vide.

C'est quoi, ce bordel ?

Declan s'arrête et pose les yeux sur moi d'un coup. Je me pince pour être certaine de ne pas rêver. La douleur est sans appel : tout est réel.

Qui que soit cet homme, il devrait être le produit de mon imagination. Il n'existe pas d'autre explication à la casquette à l'envers, au pantalon de jogging et au tee-shirt saupoudré de sucre glace.

Je n'ai jamais vu Declan autrement qu'en costume. Jamais. Qu'on prenne un vol durant vingt-quatre heures ou qu'on s'attarde toute la soirée au bureau, il ne supporte pas de porter autre chose qu'un Tom Ford. J'ai envie de me cacher les yeux, parce que je vois ses avant-bras en entier ; c'est comme s'il était à moitié nu.

— C'est comme ça que tu t'habilles ?

Il parcourt mon corps d'un regard dur, ce qui me donne l'impression d'être déplacée en sweat et legging.

— Tu peux parler, dis donc. Les donuts sont censés aller dans ta bouche, pas sur ton tee-shirt.

Il sourit légèrement avant d'épousseter son torse. Je ne peux m'empêcher de suivre le mouvement de ses muscles. Mon regard est attiré par les veines sur ses avant-bras…

Stop ! Qu'est-ce qui te prend ?

— Tu as loupé un endroit, dis-je en montrant sa bouche où il reste un peu de sucre.

Parfait. Sers-toi de ta gêne pour alimenter la sienne.

Mais Declan n'est pas du tout mal à l'aise. Il s'avance vers moi, ne laissant que quelques centimètres entre nos visages.

— Alors, aide-moi, comme une gentille fiancée.

Je pourrais m'éloigner et lui dire de trouver un miroir, mais cela ne ferait que lui montrer mon embarras.

Ce qui rendrait l'ambiance bizarre.

Comme si elle ne l'était pas déjà.

J'époussette le blanc au coin de sa bouche et il suit chacun de mes gestes. Ces trois secondes équivalent à trois minutes quand il me fixe ainsi. Malgré tous mes efforts pour éviter le contact, mon doigt atterrit sur sa lèvre inférieure, charnue. Il a le souffle coupé un instant et nous nous regardons dans les yeux.

Il plisse les siens.

Il est énervé.

Mais alors, il n'avait qu'à pas me demander mon aide !

Il ne s'attendait pas non plus à ce que tu en profites.

Comment ça, j'en profite ?

Houlà...

Je lâche le bras de Declan comme si je m'étais brûlée.

Tu t'es appuyée sur lui pour garder l'équilibre en te mettant sur la pointe des pieds. C'est tout.

Je mets fin à mon dialogue intérieur et je couine :

— C'est fait !

L'expression de Declan est remplacée par des lèvres serrées et un regard vide. Je me distrais en rangeant le désordre sur la table basse.

— Je peux savoir pourquoi tu t'extrais du lit volontairement à cette heure-ci ?

— C'est dimanche.

— Peu importe qui tu es, personne ne devrait avoir le droit de crier à six heures du matin.

La télé capte son attention, puis, avec un son dégoûté, il lève les mains en l'air.

— Va te faire foutre, Cruz. Personne n'en a rien à battre de ton départ.

J'ai du mal à associer cette vision avec le Declan habituel, froid et réservé.

— J'ai l'impression de ne pas te reconnaître.

— Et c'est bien ou pas bien ?

— C'est... bizarre !

La façade de Declan se craquelle pour laisser la place à un tout petit sourire. Le temps que je cligne des yeux, il s'est envolé.

C'est comme si porter des vêtements normaux et boulotter de la junk food lui rappelait qu'il a un véritable être humain à l'intérieur, qui a besoin de sortir de temps en temps.

— Tu regardes quoi ? demandé-je en m'installant sur le canapé avant de prendre un donut.

— La Formule 1.

— Il n'y a pas une course dans l'Indiana, un truc comme ça ?

Son soupir de déception s'étire pendant des heures entières.

— Tu avais raison. Ce mariage ne fonctionnera jamais.

— Arrête.

— Tu veux un mimosa ?

Je cille encore une fois, lentement.

— Qui aurait cru qu'un fin amateur de whisky comme toi pouvait apprécier un cocktail à base de champagne et de jus d'orange ?

— Ma mère aimait bien en boire les jours de course.

Il prononce cette phrase avec détachement, alors que c'est la première fois que je l'entends évoquer sa mère. Le fait de l'avoir perdue aussi jeune est une horreur. Je n'arrive pas à m'imaginer ne pas avoir ma mère qui me gronde ou blague avec moi. Mes yeux me trahissent et je cligne des paupières à répétition pour chasser les larmes. Ravalant la boule dans ma gorge, je demande :

— C'est elle qui t'a initié aux courses de voiture ?

— Non, c'est mon grand-père le responsable.

Il dirige à nouveau son regard vers le grand écran.

— Et si je devine bien, il a appâté ta mère avec l'alcool.

— Bienvenue du côté obscur. On a des réserves de boisson.

Il me tend un verre plein et je ris.

— Et qu'est-ce qui se passe pour que tu fasses une crise devant la télé ?

— J'imagine que tu n'as jamais assisté à une course.

— Non, mais ce mec-là me donne envie d'en voir.

Le pilote interviewé a quelque chose dans ses yeux bruns et sa combinaison rouge qui me pousse clairement à m'intéresser à la Formule 1.

— Il est marié.

— Il pourrait être tenté par la polygamie, tu crois ? J'ai toujours eu l'esprit de partage.

— Je vais reprendre ce verre.

Declan essaie de m'arracher mon mimosa, mais je le serre contre ma poitrine.

— Non !

— Arrête de baver sur Alatorre, c'est écœurant.

— Hmm-hmm.

Je prends mon téléphone et tape *Alatorre Formule 1.* Les résultats sont prometteurs.

Très prometteurs.

— Tu le cherches sur Internet, c'est ça ?

Je n'ai pas besoin de le regarder pour savoir que Declan est amusé. Si je le prends sur le fait, je parie que son sourire disparaîtra.

Les réseaux sociaux de Santiago Alatorre sont tout aussi alléchants que les résultats de recherche.

— Tu sais quoi ? J'ai un soudain intérêt à apprendre tout ce qu'il y a à savoir sur la Formule 1.

De façon tout à fait atypique, Declan lève les yeux au ciel.

— Évidemment.

*

Je n'ai absolument rien compris à la course, hormis le pic d'adrénaline que je ressens au moment où Santiago Alatorre franchit le premier la ligne d'arrivée, à la grande déception de Declan.

— Tu es juste énervé que mon chouchou ait gagné.

— « Ton chouchou » gagne tout le temps. C'est chiant comme la pluie de le voir être aussi parfait à longueur de temps.

— Tu auras peut-être plus de chance la prochaine fois. Ton poulain pourra remporter le prix, s'il arrive à rester plus d'un tour sur le circuit.

— Il a intérêt, ne serait-ce que pour effacer ce sourire idiot de ton visage chaque fois que le nom de Santiago est prononcé.

— Mais dis donc, Declan Kane. Tu serais jaloux de mon petit coup de cœur ?

— Petit ? Ça fait deux heures que tu baves sur mon coussin tout en le traquant sur Internet !

Je lâche le coussin en question pour l'inspecter.

— Menteur.

— Tu me dégoûtes.

Je souris jusqu'aux oreilles.

— Dimanche prochain, même heure ?

— Non.

J'arrête de sourire.

— Oh.

Quelle façon de s'immiscer dans ses projets.

J'avais juste pensé…

Quoi ? Qu'il pourrait avoir envie de faire quelque chose avec toi un jour de repos ?

Peut-être…

Tu es bête, Iris. Ce n'est pas comme ça que cette relation va fonctionner.

Il se racle la gorge.

— Il n'y a pas de course le week-end prochain, mais comme tu étais d'une compagnie supportable aujourd'hui, tu pourras venir le dimanche d'après.

Une étincelle jaillit dans ma poitrine, ce qui devrait me décourager de passer davantage de temps avec Declan. C'est sûrement le signe qu'il faut maintenir une limite entre ma vie personnelle et professionnelle, mais je n'en tiens pas compte. Au contraire, je hoche la tête pour instaurer notre nouveau rituel.

*

— Tu me déçois, dit Cal en s'asseyant dans le canapé du salon.

— Allez, qu'est-ce que j'ai fait ?

Je suis installée à la table basse. Une fois que Declan a dégagé les confiseries de contrebande, j'ai décidé de prendre mes aises et de me mettre au travail. Entre la planification du mariage et les heures sup', je ne trouve pas assez de temps dans ma journée pour tout faire. Pas avec notre mariage samedi prochain, en tout cas.

Cal regarde les tas de papiers étalés sur la table avant de se renfrogner.

— Alors c'est tout ? On se retrouve comme avant que tu fasses une demande de mutation dans la société ?

Mon cœur s'arrête. Je bondis du tapis où j'étais assise et balaie la zone du regard. Les couloirs sont vides et je n'entends pas Declan là-haut, donc il doit être hors de portée d'oreille.

Après notre moment sympa de ce matin, je voudrais encore moins qu'il connaisse mon petit secret.

Celui que j'ai rangé dans le tiroir « ça arrivera jamais » de mon cerveau.

— Il est parti.

— Parti de la maison ?

Je m'assieds sur le canapé à côté de Cal.

— Il franchissait la porte au moment où je me suis garé devant.

— Oh.

Je ne sais pas pourquoi, mais le fait que Declan parte sans m'en informer me serre la poitrine et me met mal à l'aise. Il n'a pas de comptes à me rendre, mais un petit « Je sors », ce serait la moindre des politesses. Surtout que je pensais qu'on s'était rapprochés ce matin.

— D'après ce que j'ai vu de la maison, tu vas rester ici, c'est ça ?

— Oui.

— Pourquoi ?

— Parce que j'ai échoué.

Cal secoue la tête.

— Tu pourrais quand même essayer ailleurs. N'importe où, du moment que tu y es appréciée.

— Declan m'apprécie.

— Tant que tu fais tout ce qu'il te demande.

— C'est faux et tu le sais !

Je ne fais pas absolument tout ce qu'il me demande. C'est mon patron, OK, mais je n'hésite pas à m'opposer à lui et à lui faire part de mes idées. Je pense d'ailleurs avec une certaine fierté que c'est pour cette raison que j'ai duré plus longtemps que ses précédentes assistantes.

— Son appréciation se base sur le moment, comme tout chez lui.

— Et qu'est-ce que tu veux que je fasse ? On se marie !

Nous regardons tous les deux ma bague de fiançailles.

— Tu pourrais lui exposer tes idées.

Je ris à gorge déployée, ce qui contrarie Cal.

— Quoi ?

— Si je ne lui ai pas dit que je cherchais à partir dans un autre service, ce n'est pas pour rien.

— Je le sais, mais désormais, il ne s'en prendra pas à toi comme à Rowan, je te le garantis.

— Parce que je l'épouse ?

Il acquiesce, ce qui me fait rire encore plus fort, mais il m'envoie un regard sévère.

— Tu as quelque chose dont Rowan est dépourvu.

— Si tu dis un vagin, je vais te faire regretter de ne pas en avoir un toi-même.

Il grimace.

— J'allais dire « un contrat de mariage ».

— Bah, comme si ça avait de l'importance.

— Pas encore, peut-être, mais laisse passer du temps. Si Declan a un faible pour une personne, c'est toi.

— Tu trouves que toute cette paperasse, c'est avoir un faible ?

— Tu pourrais démissionner. Partir avec tes idées et recommencer ailleurs.

— Je ne peux pas le quitter maintenant. Notre relation complique les choses.

— Non. Au contraire, c'est plus logique que tu partes. Travailler pour ton mari, ça crée un conflit d'intérêts.

Je soupire.

— Mais il a besoin de moi.

— Il n'a besoin de personne. Il fait en sorte que ce soit bien clair chaque fois que quelqu'un n'est pas au courant, rappelle Cal, plus agité que de coutume.

— Il ne sait même pas comment imprimer un document tout seul.

— Il ne *veut* pas savoir.

— Pourquoi ?

— Parce que sinon, à quoi tu servirais ? fait Cal avec un grand sourire.

Je lance un coussin à sa tête d'idiot.

— Pour info, je viens de repérer une faute d'orthographe dans le rapport trimestriel de Declan, dis-je en la lui montrant.

— Les enfants dyslexiques du monde entier se réjouissent de ta réussite dans la vie.

Je lui fais un doigt d'honneur avec le sourire.

— Je ne sais pas pourquoi je t'ai dit la vérité un jour.

— Parce que tu avais besoin d'une épaule pour pleurer quand Declan t'avait encore engueulée après une faute impardonnable.

Je couvre ma bouche pour étouffer un gémissement.

— Tu avais promis de ne jamais en reparler.

C'était mon premier mois au poste d'assistante de Declan et il a bien failli me virer pour une faute. J'aurais pu lui avouer la vérité, mais reconnaître ma faiblesse, ç'aurait été me trahir moi-même. Comme si je ne pouvais pas supporter un environnement de travail exigeant à cause d'un trouble de l'apprentissage que j'avais passé ma vie à combattre. Plutôt que de demander des aménagements à Declan, j'ai préféré travailler plus dur pour atteindre le niveau qu'il me demandait.

Exemple : relire des rapports le dimanche.

Pourquoi m'embêter à trouver un équilibre entre travail et vie perso alors que je peux faire de ma vie entière un travail ?

— Tu as parcouru beaucoup de chemin depuis. Declan te respecte même assez pour te mettre à la tête de certaines de ses présentations. (Les mots sincères de Cal me réchauffent le cœur.) Mais pour autant, tu ne dois pas renoncer à ton rêve en pensant que ceux de mon frère sont plus importants.

Mon sourire faiblit.

— Ce n'est pas le bon moment.

— Il n'y a jamais de bon moment pour faire un choix difficile.

— Tu as fumé quelle quantité, ce matin ?

— Pas assez pour être la voix de la raison dans cette conversation.

Je lui lance un regard noir.

— Je ne vais pas lâcher maintenant, donc laisse tomber.

— Lâcher quoi ?

C'est la voix de Declan et je frémis de l'entendre si grave et autoritaire. Je dois rassembler tout mon courage pour tourner les yeux vers son visage.

— C'est vrai, Iris, tu envisages de lâcher quoi, exactement ? (Cal lève un sourcil sans prendre la peine de dissimuler son expression triomphale.) Marrant de te voir de retour aussi vite, frangin. Tu as oublié quelque chose ?

Declan ne répond pas, mais après un échange silencieux entre les deux frères, il pose le regard sur moi.

— Hmm… En fait…

Je balaie la pièce du regard, essayant de trouver une idée. Une pub pour un refuge pour animaux passe à la télé sans le son.

— Elle ne voulait pas te dire la vérité… commence Cal.

Je bondis pour me placer devant lui.

— Je ne lâcherai pas avant qu'on adopte un chien.

Oh, mon Dieu, tu as vraiment dit ça ? De toute ta vie, tu n'as jamais voulu de chien !

L'expression de Declan me confirme que oui, j'ai bien dit ça.

— Un chien, répète-t-il.

— Oh, oui. Iris adooore les chiens, m'appuie Cal sans parvenir à dissimuler la moquerie dans sa voix.

Si les regards pouvaient tuer, il serait actuellement en train de s'étouffer.

— Ma mère ne m'a jamais permis d'en avoir un et ma résidence ne les autorisait pas, donc ce serait le moment parfait pour moi.

Après tout, avoir un chien, ce n'est peut-être pas si désagréable. Il pourrait me tenir compagnie, dans cette grande maison vide.

— Tu veux un chien.

Declan affiche une expression étrange. Une idée me frappe pour me sortir de ce merdier.

— Oui. Un grand chien tout poilu qui me suivra partout.

— Non.

Défends-toi. Ne renonce pas trop rapidement, tu éveillerais ses soupçons.

— Je ferai tout moi-même. Je sais que l'apprentissage de la litière peut être délicat, mais pour les aboiements, ça m'étonnerait que tu les entendes par-dessus tes ronflements.

— Hors de question que je donne mon accord à ça.

— Mais pense à toute la sérotonine qu'on pourrait développer grâce à un toutou !

— Ma décision est prise.

Il tourne les talons et sort de la pièce.

— « Ma décision est prise. » Quel prétentieux, celui-là, commente Cal.

Je retombe sur le canapé, soulagée.

— Sale con, pourquoi t'as fait ça ?

— Tu aurais pu lui dire la vérité.

— Surtout pas !

— Alors, ne t'étonne pas si un jour, tu rentres à la maison pour trouver un mignon toutou à la recherche d'un foyer aimant.

Je le pousse de l'épaule.

— T'as pas intérêt ! Si tu fais ça, il te tue !

— Tu dois reconnaître que ce serait un peu rigolo que tu adoptes un chien alors que tu les détestes.

— Je ne déteste pas les chiens ! Pour quel genre de monstre tu me prends ?

— Le genre qui aime travailler pour mon frère.

CHAPITRE 9

Iris

— Tu es sûr de vouloir y aller ?

Je regarde vers Declan qui me suit en étranglant une bouteille de vin blanc.

— Ma réponse n'a pas changé depuis tout à l'heure.

Il lève les yeux vers l'immeuble de ma famille avec curiosité.

Je n'ai jamais eu honte du quartier où j'ai grandi. C'est sans doute très éloigné de la vie de luxe que mène mon père, mais j'ai eu la chance de m'endormir tous les soirs en sachant que ma mère et moi étions heureuses et en sécurité sans lui. Grandir à Chicago sur le salaire d'une prof d'arts plastiques m'a appris à être reconnaissante pour ce que j'ai, parce que beaucoup d'enfants vivent pire.

— Bon, il faut en finir, dis-je en menant la marche dans le hall aux lumières vacillantes, puis vers l'escalier.

— On ne prend pas l'ascenseur ?

— Seulement si tu veux être sauvé par les pompiers.

À côté de moi qui halète bruyamment, il ne paraît pas essoufflé le moins du monde par les trois volées de marches.

— Joli, assène-t-il en regardant d'un œil critique le papier peint qui se détache et la moquette tachée.

— Ne juge pas avant d'avoir vu l'intérieur.

— Je meurs d'impatience.

— Salaud.

Je ne sais pas pourquoi son jugement me dérange autant. Il ne mâche jamais ses mots, mais ça le tuerait, un minimum de politesse parfois ?

Sûrement. La pauvre Bethany n'a pas tenu cinq minutes avant de s'enfuir en courant.

Je cogne le heurtoir sur la porte un peu plus fort que d'habitude. Nous nous tenons côte à côte, nos deux corps raidis par cette proximité inusitée. J'essuie mes mains moites sur ma robe. Ma nervosité semble déplacée quand on voit l'indifférence tranquille de Declan.

Nana ouvre la porte en grand. Elle toise Declan de la tête aux pieds avant de me regarder.

— Je comprends maintenant pourquoi tu acceptes de passer tes week-ends et tes vacances à travailler. Si mon patron avait été moitié aussi beau gosse que lui, je n'aurais jamais pris ma retraite.

Je voudrais me cacher dans un trou de souris. Le regard habituellement impassible de Declan a disparu, remplacé par des yeux brillants qui ne lui ressemblent tellement pas que je vérifie pour m'assurer que je n'invente pas.

Il trouve la situation… drôle ?

Juste parce qu'il se repaît de la gêne des autres.

— Enchanté, je suis Declan, dit-il en tendant la main.

— Enchantée aussi, dit Nana à la bouteille de vin coûteux.

Declan la lui remet et elle disparaît dans la cuisine. Je détourne le regard, la poitrine secouée d'un rire silencieux.

— Je vois d'où tu tiens ta personnalité pétillante.

La chaleur de Declan m'imprègne : il passe le bras autour de ma taille. Si j'avais la moindre envie de m'amuser de notre situation, elle s'évapore immédiatement, remplacée par les battements irréguliers de mon cœur.

Je crois qu'on va simuler jusqu'à y arriver…

Ensemble, nous entrons dans l'appartement. Declan déplace sa main pour la poser au creux de mes reins, et l'embrasement de mon corps est tel que je trouverais presque ce geste déplacé. Pendant les années que j'ai passées à travailler pour lui, Declan n'a jamais fait mine de me toucher. Il avait plutôt tendance à éviter toute situation pouvant causer proximité et contact. C'est peut-être pour cette raison que je suis déstabilisée par le moindre effleurement de sa peau.

Ou alors, je suis la fille la plus en manque de tout Chicago, et j'en subis les effets secondaires. On verra avec le temps.

Ma mère passe la tête par la porte de la cuisine. Une odeur divine envahit l'appartement.

— Je suis là dans cinq minutes ! Declan, fais comme chez toi.

Il inspecte l'appartement où j'ai passé mon enfance comme on regarderait une exposition dans un musée. Je suis sûre qu'il rêve de chercher la sortie. Comparé à chez lui, notre intérieur déborde de couleurs, de tissus et de photos.

— C'est ici que tu as grandi ?

Il s'arrête devant chacun des dessins encadrés que j'ai faits pour ma mère quand j'étais petite.

— J'y ai passé la plus grande partie de ma vie.

Cette réponse semble l'horrifier et juste à ce moment, il repère une tache due à une vieille fuite d'eau. Je précise :

— Mais la moquette était en meilleur état, à l'époque.

— C'est à espérer.

Il prend un cadre photo de ma mère, Nana et moi à ma remise de diplôme d'études secondaires. Malgré son grand sourire, Maman pleure à chaudes larmes. Nous ne pouvions pas savoir si je pourrais porter le chapeau de diplômée un jour, mais j'ai vaincu mes défis personnels et j'ai persévéré. Il m'a fallu un redoublement et des centaines d'heures de cours particuliers pour y arriver.

Declan évalue la photo comme si c'était une pièce à conviction. Ma peau picote, dans l'attente de ce qu'il va dire. Comparé à son silence, n'importe quoi ferait l'affaire.

— Vous êtes proches, toutes les trois.

— Tout dépend du jour, de si Nana a pris ses médicaments le matin…

— Eh, j'ai entendu ! crie ma grand-mère de loin.

Les yeux de Declan me paraissent plus chaleureux que d'habitude.

— J'imagine que grandir dans un tel environnement a… ses avantages.

Son nez froncé me fait rire.

— Je n'aurais jamais cru voir un jour ma fille tomber enfin amoureuse, nous coupe Maman.

Declan émet un son qui peut être assimilé à un rire et je foudroie ma mère du regard.

— Tu aimes me mettre la honte, toi !

— Tu trouves ça honteux ? Je n'ai même pas encore proposé à Declan de regarder ton album photo de bébé.

— Tu n'oserais pas.

Ma mère répond par un rire. Elle s'essuie à son tablier avant de tendre la main à Declan.

— C'est un plaisir de te rencontrer, Declan. J'ai entendu beaucoup de belles choses à ton sujet.

— Ne mens pas, Maman. Ça donne des trucs flippants sur son ego.

Declan regarde de l'une à l'autre avant de serrer la main de ma mère avec fermeté.

— Tout le plaisir est pour moi.

C'est comme s'il n'avait pas ronchonné pendant tout le trajet en voiture.

— Venez vous asseoir, voyons. Je vous sers un verre ?

Nous prenons place tous les deux sur le canapé rétro de ma mère. Les fleurs sont complètement passées de mode et à l'opposé de la maison design de Declan, mais ça me rappelle les films du vendredi soir et Nana qui s'endort devant ses séries coréennes.

— De l'eau, ce sera très bien.

Maman, penaude, s'exclame aussitôt :

— Mais bien sûr, j'arrive. Je suis désolée pour ma mère tout à l'heure. Elle ne sort plus beaucoup.

— Seulement parce que tu m'as piqué mon permis de conduire, lance Nana depuis la cuisine.

— Excuse-les. Elles doivent souffrir d'une fuite de monoxyde de carbone. Elles ne sont pas comme ça d'habitude.

C'est au tour de Nana de passer la tête par la porte.

— Pourquoi lui mentir ? On est toujours comme ça.

Je tapote la cuisse de Declan pour le rassurer.

— Bienvenue dans ma famille.

Je ramène ma main devant moi, mais Declan la reprend et la serre fort, ce qui me cause une véritable brûlure. Ma mère agite un doigt sévère.

— Pas encore. Avant d'être officiellement intronisé, il doit réussir le test d'entrée Landry.

Declan attend l'explication.

— J'espère que tu aimes les épices, déclare Nana en débarquant dans le salon, verre de vin en main.

Nous éclatons de rire toutes les trois en voyant l'expression de Declan.

Finalement, ça ne sera peut-être pas si pénible, ce soir.

*

— Ça va ?

Je remplis une troisième fois le verre de Declan en vingt minutes. Une fine couche de sueur lui couvre le front et ses cheveux habituellement lissés en arrière sont hérissés dans tous les sens. Il a même retiré sa veste.

Ce mec n'enlève jamais, au grand jamais sa veste, et il ne se retrousse certainement pas les manches. J'ai essayé de mon mieux de garder les yeux sur tout ce qui est au-dessus de son cou, mais l'étalage de veines devant moi me garde fixée sur ses avant-bras.

Ça devrait être illégal de cacher ce genre de bras sous un costume.

Merde, ça devrait être illégal d'avoir des bras de cet acabit au départ. C'est trop distrayant pour les braves gens.

La fourchette de Declan racle dans son assiette, emplissant le silence. Il regarde son morceau de poulet épicé comme s'il souhaitait remonter le temps et tordre lui-même le cou à l'animal.

— Et donc, Declan, quand est-ce que tu t'es rendu compte que tu étais amoureux de ma fille ?

Declan lâche son couteau qui tombe sur la table à grand bruit.

— Oh, tu le stresses, constate Nana en buvant du vin pour masquer son sourire.

Ces deux-là et leur talent pour les interrogatoires. J'ai de la chance que Declan ait élevé la compréhension des gens au rang de science, parce que moi, je n'ai jamais supporté leurs inquisitions.

— Je crois que quelque part, j'ai toujours su qu'Iris était ma femme idéale. Il a juste fallu du temps pour que le reste de mon cerveau comprenne, répond-il finalement sans croiser mon regard.

Je me mords la langue pour m'empêcher de rire. Sa capacité au mensonge en toute circonstance est admirable. C'est assez étonnant, mais on dirait que ça fonctionne. Ma mère est tout émue.

— Et pourquoi tu as attendu aussi longtemps ? l'interroge Nana, qui ne succombe pas comme Maman.

— Ce n'était pas le bon moment.

Comme toujours, il esquive. Ça l'aidera à garder le fil de ce tissu de mensonges.

Ma mère sourit.

— En tout cas, je suis surprise qu'elle t'ait laissé ta chance. J'essaie de lui faire rencontrer des profs de l'école où j'enseigne, mais elle refuse toujours…

— Parce que je n'étais pas intéressée, à l'évidence, dis-je en désignant Declan.

Il ne m'accorde même pas un regard. Il va falloir qu'on révise ce genre d'interactions, parce qu'il a besoin d'entraînement.

— Iris laisse une série de cœurs brisés où qu'elle aille, déclare Nana en levant son verre vers moi, comme si j'avais débloqué une récompense.

— T'exagères… dis-je en baissant la tête.

Nana s'épanouit en voyant ma gêne.

— Tu savais que son dernier petit ami l'avait demandée en mariage et qu'elle avait refusé ?

— Nana !

— Quoi ? Je trouve intéressant que tu veuilles enfin te poser. Tu n'avais pas résolu d'arrêter les hommes pour le restant de tes jours ?

— Ton ex t'avait demandé de l'épouser ? demande Declan, les yeux plus joyeux que d'habitude.

Je ne lui ai jamais avoué pourquoi j'avais rompu avec Richard il y a un an. Declan pensait sans doute à une séparation à l'amiable.

En vrai, j'ai décliné la proposition de Richard, et il a pleuré.

Moi qui croyais qu'on était sur la même longueur d'onde sur tous les plans. C'est ma faute, je n'ai pas remarqué les signes assez tôt. La clé de son appart. La brosse à dents qu'il s'était mis à laisser chez moi. Son offre très enthousiaste pour que je prenne une moitié de sa commode *et* de son placard (et l'espace, à Chicago, c'est denrée rare).

Après lui avoir brisé le cœur, j'ai arrêté de voir des hommes. Ce n'est pas juste de les faire marcher si je ne suis pas prête à m'engager.

Mais tu vas épouser ton patron, me glisse la petite voix dans ma tête.

Ce n'est pas pareil. Il n'y a pas de préjugés ni d'attentes. J'aide simplement Declan à atteindre ses objectifs et une fois que ce sera fait, je pourrai passer aux miens.

C'est ce que tu dis depuis des années.

— Le pauvre homme, il avait réservé tout un restaurant pour l'occasion, ajoute Maman.

— La bague dans un verre de champagne ? demande Declan.

— Oh oui. Iris a failli s'étrangler avec.

Je lui envoie un regard assassin.

— Des pétales de rose sur la table ?

— Oui ! crie Nana. Des rouges, ses préférés.

Je déteste les fleurs coupées. Je trouve que c'est gâcher une plante en parfait état.

— On dirait bien qu'il y avait tout ce que tu adores, fait Declan en captant mon regard, ce petit salopard. Je me demande bien ce qui a pu foirer.

Il se retourne vers ma mère et ma grand-mère. Comme ça m'énerve qu'il sache tout ce que je déteste !

— Ça ne devait pas suffire, parce qu'Iris l'a éjecté, répond Nana.

— Quel dommage.

Le ton de Declan dit tout ce que ses paroles ne révèlent pas. Il s'amuse à chaque seconde.

Ce n'est pas de cette façon que le dîner devait se dérouler. Ma famille aurait dû mettre Declan mal à l'aise, pas moi.

— Oui, dommage, dit Nana en levant son verre vers lui. Imagine s'il elle avait accepté.

— Avec cette demande bateau, c'est vraiment étonnant qu'elle ait refusé, dit-il en buvant une gorgée d'eau.

Quand j'écrase son mocassin, il ne bronche pas. Je change de tactique guerrière en caressant du talon son mollet musclé, et je suis récompensée en entendant son souffle se couper. La chaleur monte dans mon ventre, qui devient bouillant quand Declan pose la main sur ma cuisse.

Arrête, me signale sa poigne sur moi.

Quand tu auras laissé tomber le sujet, répond mon sourire sage.

Il presse une dernière fois ma cuisse avant de l'abandonner. L'impression de sa paume sur ma peau demeure et je frissonne légèrement de son absence.

— Est-ce le bon moment pour raconter la fois où Iris a mis le feu à l'église ? demande ma mère avec le sourire.

— Je suis impatient d'entendre cette anecdote, répond Declan, cette fois sans cacher l'amusement dans sa voix.

Je jure qu'à la façon dont ma mère et Nana se comportent, on croirait que c'est la première fois qu'elles ont affaire à un être humain. Je pousse un soupir.

La soirée va être longue.

*

— Je valide ton choix, me glisse Maman en me tendant mon manteau.

Heureusement, elle a gardé ce commentaire pour le moment où Declan passe aux toilettes avant notre départ.

— J'espère bien, après le traumatisme que vous venez de me faire subir.

— Pourvu qu'il me pardonne pour le poulet, s'esclaffe-t-elle. Il suffisait qu'il ingurgite quelques bouchées, mais non, il a mangé toute son assiette ! Pourtant, je crois bien que j'ai vidé le pot de piment de Cayenne dedans.

— Je suis dépitée qu'il ait battu le record de ton grand-père. Il avait perdu la moitié de ses papilles quand je lui avais fait du poulet.

— Tu crois qu'il savait que c'était un test ? demandé-je.

— Maintenant, il le sait, répond Declan en se dirigeant vers moi, le regard sombre.

Maman sourit sous cape.

— C'est une tradition familiale, dis-je pour me justifier.

— D'autres traditions que je devrais connaître ?

— Nooon, répondons-nous en chœur.

Declan nous considère avec méfiance.

— J'ai du mal à vous croire, toutes les trois.

Maman et Nana finissent par exploser de rire.

— On y va, dit-il en prenant son manteau des mains de ma mère. Merci pour ce repas intéressant. Je dirais bien que c'était un plaisir, mais je ne sens que la moitié de ma langue.

Nana caquette de rire et Maman se balance d'un pied sur l'autre en souriant. Quand Declan m'aide à enfiler mon manteau et retire mes cheveux du col, elle n'est pas loin de s'évanouir.

De mon côté, je manque de tomber à la renverse quand Declan se met à boutonner le vêtement sans se presser. Son parfum imprègne mes poumons et se grave dans ma mémoire. Je suis étrangement tentée de m'approcher pour l'inhaler encore.

Il se débrouille tellement bien pour convaincre tout le monde autour de nous qu'il a de l'affection pour moi que, l'espace d'une seconde, j'y crois aussi. Il recule et la chaleur de son corps est remplacée par la froide réalité.

J'ai aimé qu'il prenne soin de moi.

Les épices du poulet ont dû détruire une partie de mon cerveau, parce que c'est impossible.

Non ?

*

— Alors, c'était aussi horrible que tu te l'imaginais ?

J'ai mis cinq minutes à trouver le courage de rompre le silence depuis que nous sommes dans la voiture.

— La bouffe m'a tué.

Je regarde par la vitre pour éviter de montrer mon sourire.

— Et sinon ?

— Sinon, la compagnie n'était pas trop déplaisante. Même si j'aurais pu me passer de l'embuscade devant les toilettes.

Je me mords l'intérieur des joues. Quand Declan s'est levé, Nana a foncé pour aller le retrouver.

— Qu'est-ce qu'elle t'a dit ?

— Elle m'a menacé.

— Mais non !

— Avec tous les détails gore possibles.

— Et qu'est-ce que tu as dit ?

— Quelle est la réaction adéquate, quand on t'avertit que tes intestins feraient une jolie écharpe pour l'hiver ?

— Elle est très mafia, dernièrement.

— Ce qui explique ses connaissances approfondies sur l'acide sulfurique et les différents moyens de se débarrasser d'un corps.

— J'ai vraiment essayé de t'avertir sur ma famille. Ma mère et ma grand-mère sont un peu…

— Possessives ?

— Elles s'inquiètent pour moi.

— Elles ont de bonnes raisons.

— Ah bon ?

— Tu viens de te fiancer par surprise avec quelqu'un qui n'est pas connu pour être l'homme le plus recommandable de Chicago.

— Oh, allez. Au moins, tu n'es pas le pire.

— Ce qui les aide sûrement à bien dormir la nuit.

Cette façon de se déprécier m'attriste.

— Le grand Declan Kane se soucierait de l'avis de ma famille à son sujet ?

— Bah, ne sois pas ridicule !

— Peut-être juste un peu ?

J'approche deux doigts de son visage, mais il les repousse.

— J'ai cessé il y a bien longtemps de me préoccuper de ce que les gens pensent de moi.

J'ai envie de lui demander pourquoi. Mince, j'aurais cent questions à lui poser après notre soirée, en commençant par celle-ci. Mais des questions personnelles lui donneraient implicitement la permission de m'interroger aussi.

Je garde donc le silence pendant le reste du trajet. Avoir de la curiosité vis-à-vis de Declan, ça ne ferait que compliquer la situation, donc mieux vaut garder mes distances. Vivre l'un avec l'autre, c'est une chose, mais partager des détails intimes, c'est tout à fait différent. Après tout, ce n'est pas comme s'il voulait que je le connaisse mieux. Il s'est montré tout à fait clair, et je serais bien bête de croire que ce mariage n'est autre chose qu'une convenance pour lui.

CHAPITRE 10

Declan

Si la seule raison pour que mon grand-père veuille que je convole était de me pousser à la limite de la folie, c'est réussi. J'arrive officiellement au point de rupture, et il a suffi qu'Iris planifie un dîner de répétition. Ou plutôt, qu'elle soit assise à côté de moi dans une robe blanche très près du corps, prête à sortir de la voiture devant une foule qui attend pour entrer dans le meilleur grill de tout Chicago.

— Il n'est pas trop tard pour dire à Harrison de faire demi-tour.

C'est ma dernière tentative d'annuler le dîner de ce soir. Si ça n'avait tenu qu'à moi, on se serait mariés au tribunal et on aurait contourné tous les passages obligés. Iris examine sa manucure parfaite et répond :

— Je n'ai pas envie d'y aller non plus, tu sais.

— C'est comme ça que tu espères me réconforter ?

Gentil, mais sans résultat.

— Il paraît que ça fait du bien de partager.

Le rire d'Iris qui fuse est comme le chant d'une sirène à mes oreilles. Je me tourne vers elle et mes yeux sont captés par son sourire. Ses lèvres s'ouvrent et je me demande l'origine de son changement d'humeur. Je plonge les yeux dans les siens et c'est comme si j'étais frappé par un éclair en pleine poitrine, qui doit anéantir tout mon sens commun, car rien d'autre n'explique que je lui prenne la main.

Le souffle coupé, elle ne me quitte pas des yeux.

— Tu es prête ?

L'explosion d'énergie mystérieuse que j'avais ressentie à notre contact oculaire s'évanouit avec sa confusion. Je lui lâche la main et elle les serre ensemble.

— Autant qu'on peut l'être pour un événement de ce genre.

— Souviens-toi que dans deux jours, tu n'auras plus à organiser aucune fête.

— Il peut se passer beaucoup de choses en quarante-huit heures.

— Tu as envie de te rétracter ?

— Depuis trois jours environ, mais même rétractée, j'irai jusqu'à l'autel.

Elle rit encore et je suis frappé par une nouvelle vague de chaleur qui me fait assez peur pour ouvrir la portière et affronter le moindre des deux maux. Tout plutôt qu'analyser l'étrange attraction que j'éprouve envers la femme entre toutes qui ne pourra jamais être mienne.

Future épouse ou non, Iris est la dernière à qui je peux me permettre de faire des avances. Elle fait partie intégrante de mon plan pour devenir PDG, et je refuse de perdre mon atout le plus valable pour quelque chose d'aussi fluctuant que l'attirance. Rien de bon ne pourrait surgir d'un petit truc temporaire, donc il vaut mieux que je reste seul.

*

Iris et moi survivons à plusieurs séries de conversation futile. Contrairement au jour de nos fiançailles, nous sommes séparés par nos familles. J'ai une bonne raison de toujours emmener Iris aux manifestations auxquelles je suis obligé de participer. Là où elle s'épanouit en répondant aux questions des gens et faisant semblant d'être intéressée, je rame. Ce soir, tout est une pure torture. Sachant que le bla-bla inutile est sans fin et que je ne peux pas me mettre une murge pour ma propre répétition de mariage, je n'ai qu'une hâte : me tirer de là.

Pour empirer les choses, mon père est venu pour jouer son rôle de parent modèle. Son sourire factice est à son réglage maximum et il sillonne la salle avec le charme d'un gourou. C'est écœurant de voir le nombre de personnes qui lui mangent dans la main, salivant presque à la perspective qu'il leur accorde cinq minutes.

Je me réfugie dans le coin le plus sombre du restaurant et je l'observe de loin. Je ne sais pas combien de temps passe. La douleur sourde dans ma tête s'apaise un peu pendant ce temps de répit et je m'en réjouis.

J'entreprends de retourner à la lumière, mais Iris arrive devant moi et pose la main sur ma joue.

— Je t'ai cherché partout ! J'aurais dû penser à commencer par les recoins sombres improbables !

Ses doigts s'attardent, réchauffant mon menton où pousse une ombre de barbe.

— Dire que tu me connais mieux que personne.

Elle rit et ce son efface tout mon agacement.

— Tu tiens le coup ? me demande-t-elle.

Elle retire sa main, mais je la retiens et la presse contre ma poitrine. Elle prend l'air surpris et je lui dis tout bas :

— On nous regarde.

Elle constate qu'en effet, nous sommes sous les feux de plusieurs paires d'yeux. Avec un petit sourire, elle me souffle :

— Pas étonnant que tu détestes ces sorties. C'est épuisant.

— Enfin elle comprend ! me moqué-je.

— Je ne voyais pas pourquoi tu détestais parler aux gens, mais maintenant, je suis entièrement d'accord. Qui le voudrait, avec une famille comme la tienne ?

— Si l'enfer avait un parc à thème, ils auraient des billets à vie.

Ma blague m'attire un rire sifflant.

— Comment tu as réussi à survivre au milieu de tous ces nouveaux riches qui veulent prendre l'ascenseur social ?

— Facile. Si tu évites le côté social, ils n'ont pas d'ascenseur à prendre.

— Hi, hi. Bon, je ferais mieux de redevenir celle qui a le sourire. Si tu te caches, l'un de nous doit être présent.

Elle essaie de se libérer, mais je la serre fort.

— T'en va pas.

Mais qu'est-ce que tu fais ?

— Pourquoi ?

C'est une question tout à fait logique. L'avoir à mes côtés, c'est la seule chose naturelle de la soirée, que le mariage soit faux ou pas.

— Je ne sais pas, tu rends la soirée plus vivable.

Tu n'avais besoin de personne ! Qu'est-ce qui te prend ?

Je reviendrai là-dessus demain. Pour ce soir, j'accepte d'être plus faible que d'habitude, avec des heures d'échanges dépourvus de sens qui me poussent à bout.

Elle regarde nos mains jointes, l'expression un peu crispée.

— Ça, c'est du compliment.

J'effleure du pouce l'intérieur de son poignet.

— Tu en veux d'autres ?

— Non merci.

Un petit sourire se forme sur mes lèvres avant que j'aie le temps de le supprimer.

— Et pourquoi ?

— Je préfère quand tu es grognon et prévisible.

— Impossible.

Tu ne serais pas en train de flirter avec Iris ?

Merde. J'ai beaucoup bu, ce soir ? Je regarde mon seul verre de la soirée, seulement à moitié vide.

Tu dois t'égarer en raison du stress du moment.

Oui. C'est un petit écart n'ayant rien à voir avec Iris, entièrement dû à ma patience très limitée envers les gens qui veulent me faire de la lèche toute la soirée.

— Attention, monsieur Kane. Si vous continuez d'être gentil avec moi, je pourrais bien m'y habituer.

Elle sourit et la chaleur que je ressens n'est absolument pas liée à mon whisky.

Tu détestes quand les gens sourient.

Mais faire sourire Iris, c'est comme une victoire personnelle.

Tu n'es pas censé t'exciter sur les sourires de la femme que tu paies pour signer un contrat de mariage.

Je m'extrais de cet étrange sentiment qui m'a possédé. D'un ton sans réplique, j'exige :

— Reste avec moi.

Son sourire semble gagner encore en éclat.

— Tu es plutôt mignon quand tu es en stress.

— Je ne suis pas en stress.

Iris passe les deux bras autour de ma taille pour m'attirer contre elle. Nos corps s'imbriquent parfaitement, tels deux pièces de puzzle. C'est un réflexe de l'enlacer en retour, mais le sentiment qui s'épanouit en moi n'est pas du même ordre. Une satisfaction qui enrobe mon cœur comme un vin enivrant. Il n'y a qu'un mot pour la décrire.

Hygge[1].

— Qu'est-ce que tu as dit ? me demande Iris.

Merde. Tu as dit ça tout haut ?

J'ai deux possibilités : avouer la vérité ou nier qu'elle se soit produite.

Nier.

— Rien.

Mais ce n'est pas rien. Mon cœur bat fort dans ma poitrine et j'espère qu'elle n'entend pas cet organe traître. Je suis pris de nausée en pensant à ce dérapage. J'ai arrêté d'utiliser ce genre de mots il y a des années, après la mort de ma mère. Il n'y avait plus d'intérêt, alors que la seule personne qui me comprenait n'était plus là et me laissait le cœur vide et le cerveau plein de mots vides.

Mais là, c'est ce terme qui te vient avec Iris.

---

1. Hygge : nom, danois ; sentiment de bien-être qui donne à une personne confort et satisfaction.

Merde.

Je me passe la main dans les cheveux pour me donner autre chose à faire que toucher Iris. Apparemment, rien de bon ne se produit quand je le fais. Iris resserre son étreinte autour de moi, me faisant signe de la regarder.

— Tout va bien ?

— Évidemment.

Je me retiens de me dégager. Elle prend beaucoup trop l'habitude des câlins, je trouve.

— Parfait, parce que ton père se dirige vers nous et son sourire est tout simplement maléfique.

C'est au tour d'Iris d'essayer de me lâcher, mais je la ramène à mon côté. Ma main se pose sur sa hanche comme si c'était sa place.

— Tiens, le couple que je cherchais, dit mon père en arrivant.

Iris marmonne quelque chose avant de se composer un sourire.

— Monsieur Kane, comme c'est gentil d'avoir pris le temps de venir.

J'émets un léger bruit moqueur en entendant sa politesse.

Malgré son sourire tranquille, mon père plisse les yeux avec méfiance.

— Appelez-moi Seth, voyons. Nous sommes quasiment de la même famille.

Je réagis au quart de tour :

— Tu ne connais même pas le sens de ce mot.

— Payer pour avoir une famille ne te rend en aucun cas expert en la matière.

— Être un alcoolique absent qui hait ses enfants non plus.

Iris retient son souffle.

Mon père vire au cramoisi.

— Tu oses t'adresser à moi de cette façon ?

— Je viens de le faire, donc, oui.

Son sourire est forcé et n'atteint jamais ses yeux froids.

— Je fais un effort pour être courtois et vous soutenir.

— Pour le public.

— Les apparences, c'est l'essentiel.

Je serre les dents. Cette leçon, je l'ai apprise bien trop de fois depuis la mort de ma mère. Notre maison n'était que chaos dans la sphère privée, mais pour le reste du monde, nous étions la famille américaine modèle. Mes professeurs à domicile n'ont jamais demandé pourquoi j'avais parfois des yeux pochés ou des bleus. Ils étaient facilement achetés, comme tous les autres, alimentant le cercle vicieux de mon enfance. Celui que je voulais à tout prix éviter à Cal et Rowan, même si ça voulait dire affronter mon père seul.

— Merci pour votre présence. Désolée de ne pas pouvoir rester bavarder, mais je souhaite présenter Declan à ma cousine avant qu'elle parte.

Iris tire sur ma manche et je la suis sans un regard pour mon père. Je suis trop préoccupé pour remarquer grand-chose d'autre.

Ce n'est que quand Iris me pousse dans une petite pièce encombrée et allume la lumière que je m'aperçois que le niveau sonore est nettement plus supportable. Je regarde autour de nous.

— Un placard à balais ?

— Désolée, c'est la première porte ouverte que j'ai trouvée, répond Iris en riant.

— Pourquoi on se cache ?

— Parce que tu avais l'air prêt à exploser avec ton père. Ça pourrait te faire du bien de t'éloigner de tout le monde cinq minutes.

Iris a toujours le super-pouvoir de savoir exactement de quoi j'ai besoin et quand. Elle est véritablement inestimable.

— Merci, dis-je en m'appuyant contre une étagère supportant des produits nettoyants.

Après des heures à parler à des gens, je respire à nouveau. Mes tempes bourdonnent encore à cause de la surstimulation, mais j'ai beaucoup moins mal.

D'un bond, Iris s'assied sur une machine à laver.

— Cette soirée, c'est…

— Un supplice, terminé-je pour elle.

— Oui. Et si ça, c'est seulement la répétition, je ne peux qu'imaginer comment se passera le jour J.

— C'est toi qui voulais un grand mariage.

— Seulement pour éviter que ma mère me tue de l'avoir exclue.

— Alors on n'a qu'à partir se marier à la sauvette en l'emmenant. Ce serait notre seul témoin.

J'ai parlé sans prendre le temps de réfléchir. Elle rit, mais s'interrompt vite.

— Tu es sérieux.

Je hoche la tête, plus convaincu par l'idée à mesure que les secondes passent.

— On pourrait raconter que c'est un coup de tête. On peut être à Vegas en quatre heures ou même moins.

— On n'a pas subi tout ça pour abandonner juste avant la ligne d'arrivée.

— Ce n'est pas abandonner, c'est changer d'itinéraire.

Elle plaque la main sur sa bouche pour étouffer son rire. Son refus évident me donne des ailes et je ne veux pas accepter son non.

J'envahis son espace, la coinçant contre la machine à laver. Elle agrandit les yeux quand je m'avance entre ses jambes. Le tissu de sa robe longue est suffisamment extensible pour m'accueillir. Je lui prends le menton et la force à me regarder.

— Imagine. Toi, moi et une chapelle en drive-in. Pas de médias. Pas de tralalas. Pas d'attentes des autres.

— Le summum du romantisme, réplique-t-elle sèchement.

Je lui serre un peu le poignet.

— Pour que ça arrive, je suis prêt à ajouter cent millions de dollars.

Iris se dégage et rejette la tête en arrière. Son rire a un effet anormal sur mon rythme cardiaque, dont la pulsation devient irrégulière.

— Quelle que soit la somme, elle ne me fera pas changer d'avis : ma mère me tuerait avant que j'aie la chance de la dépenser.

Mon soupir déçu l'amuse et elle me tapote le torse en un geste rassurant.

— Si ça peut te consoler, l'idée me déplaît autant qu'à toi.

Sa paume consume ma poitrine, juste au-dessus de mon cœur.

Elle bat des cils et je suis partagé entre regarder ses yeux et ses lèvres. Être aussi proche d'elle est catastrophique pour ma retenue. Je ne sais pas si c'est le manque de contact humain habituel ou le désir de quelque chose d'interdit, mais j'ai tout le temps envie de la toucher.

— Tu as encore laissé la lumière dans le placard à balais ? Je ne t'ai pas dit d'économiser l'électricité ?

La poignée de la porte bouge et Iris ouvre de grands yeux.

— Dis-moi que tu as fermé à clé...

Elle plonge les doigts dans mes cheveux et incline légèrement ma tête. Ses lèvres se posent au creux de mon épaule, ce qui enflamme le sang dans mes veines. Elle noue les jambes autour de ma taille et m'attire plus près. Mon sang file dans mon entrejambe alors qu'elle sème des baisers dans mon cou.

On entend un bruit de clés et cette fois, la porte s'ouvre. Nous nous retrouvons face à deux serveurs qui nous découvrent, bouche grande ouverte.

— Je suis désolé... commence l'un d'eux.

— Partez, dis-je d'un ton sans réplique.

Iris glousse doucement contre ma peau et les vibrations vont droit vers mon membre dressé. Son rire est un puissant aphrodisiaque dont je n'ai en aucun cas à faire usage.

La porte se referme sur un bruit sec et Iris me pousse avant de descendre de la machine à laver.

— Bon, c'était rigolo, non ?

Tellement « rigolo » que mon pantalon est trop serré.

*

Une grande main brune se pose sur mon bras. C'est la mère d'Iris qui me lance un sourire timide.

— Vous cherchez Iris ? dis-je en balayant la salle du regard.

— Non, c'est à toi que je voulais parler.

Ai-je la possibilité de décliner poliment ?

Son sourire faiblit.

— Je n'en aurai que pour quelques minutes. Je sais que vous êtes quelqu'un de très occupé.

Je vois que ma réputation me précède.

— Allons dehors.

Après un geste vers le balcon vide, je la suis. Je prends une grande inspiration. La porte se referme derrière nous et le silence se fait.

— Iris m'a dit que tu détestais ce genre de cérémonies.

— Je les abhorre, même !

Elle rit, et cela me rappelle le rire sifflant d'Iris. Comme si l'oxygène tardait à arriver dans ses poumons.

— Et tu vis bien cette soirée ?

— Comme un introverti qui déteste les réunions, devoir faire la conversation et les gens de manière générale.

— Alors pourquoi avoir organisé ça ?

— Parce que c'est ce qu'on attend de moi.

Elle incline légèrement la tête, ce qui déplace ses tresses.

— Ça doit être épuisant de présenter une image au public.

— Vous n'avez pas idée.

— Je ne sais pas ce que c'est de grandir sous les regards, mais je comprends ce que c'est de devoir faire bonne figure pour tout le monde autour de soi.

— Ah oui ?

J'ai du mal à y croire. Son regard s'échappe vers la ligne des toits de la ville.

— Iris a dû vous dire que mon ex-mari avait des attentes très particulières.

J'ouvre la bouche, mais je me ravise. En réalité, je ne sais pas grand-chose du père d'Iris hormis que c'est un bon à rien.

Elle continue, m'épargnant une réponse difficile à trouver.

— Quand elle m'a dit qu'elle allait t'épouser, j'étais contente qu'elle ait enfin rencontré quelqu'un qui la traite bien. Quelqu'un qui pourrait lui prouver que l'amour peut guérir l'âme autant qu'il peut la détruire. Je sais comment elle parle de toi.

Soudain, cette conversation m'intéresse beaucoup.

— En quels termes ?

— Elle t'admire, c'est évident, et pas que d'un point de vue amoureux. Ton éthique de travail, l'amour que tu portes à tes frères. La chance que tu lui as donnée de prouver sa valeur. Et pour cette dernière chose, je ne saurais te remercier assez. Vraiment.

Je reste sans voix. Je ne sais même pas comment interpréter cette gratitude, sachant que la plupart des gens sont atterrés que mon assistante fasse plus d'heures que la moitié des cadres.

— Mais bien sûr, je suis sa mère, je m'inquiète pour elle et pour ce que l'avenir lui réserve. Je ne veux pas qu'elle subisse les souffrances que j'ai vécues. Je veux une meilleure vie pour elle, et je pense que tu peux la lui offrir, du moment que tu promets de toujours la respecter et d'honorer le serment que tu vas prêter ce week-end.

— Je peux vous assurer que j'aurai toujours les intérêts d'Iris à cœur.

Même s'ils mettent les miens en péril.

CHAPITRE 11

Iris

— Tu es belle comme tout.

Ma mère essaie de chasser les larmes qui apparaissent aux coins de ses yeux sombres. Elle rajuste mon voile d'une main tremblante en faisant bien attention de ne pas déranger mes boucles parfaites. Dans ma robe en dentelle de style vintage valant plus d'un an de loyer et des chaussures qui scintillent autant que le diamant à mon doigt, je me sens comme une vraie princesse de Dreamland.

Le bouquet de fleurs colorées tremble contre ma poitrine.

On y est.

Si ce n'était que moi, ce mariage aurait lieu seulement en présence de ma famille et mes amis proches. Mais ce n'est pas pour moi qu'il se fait. Pas pour Declan non plus, d'ailleurs, étant donné sa préférence pour aller au plus simple aussi. Accorder à ma mère son souhait d'une cérémonie religieuse, c'était le meilleur choix pour plusieurs raisons, mais surtout parce que nous devons montrer aux centaines d'invités, y compris l'avocat de Brady Kane, que nous formons un front uni. Que nous sommes amoureux.

Je fais tout mon possible pour ne pas froncer le nez à cette idée. Ma mère renifle.

— Je n'arrive pas à croire que mon bébé va se marier.

— Ne pleure pas, s'il te plaît.

Je ne pourrais pas supporter cette pression. Je parie qu'à la première larme, je craquerais et je lui avouerais tout le plan.

— C'est difficile de se retenir. J'ai toujours rêvé que tu trouves quelqu'un qui te rende heureuse.

Je sens mon cœur se serrer.

— C'est vrai.

— Bien sûr. J'avais peur de t'avoir traumatisée dans ton enfance. D'avoir laissé transparaître mon amertume envers ton père au lieu de te montrer comment tourner la page malgré la souffrance.

— Maman…

J'ai envie de lui dire qu'elle ne l'a pas fait, mais je n'ai pas la force de prononcer encore un mensonge. En vérité, l'expérience de ma mère a beaucoup pesé sur moi. Ça a changé quelque chose et ce n'est pas un mariage de convenance qui va régler le problème. Au contraire, il ne fait que prouver ce que je sais déjà : l'amour n'existe que dans les contes de fées et les films de Dreamland. La réalité est bien plus triste.

Comme si elle lisait dans mes pensées, ma mère ajoute :

— Tous les hommes ne sont pas comme ton père. J'ai mis longtemps à le comprendre, mais je suis contente que tu l'aies appris plus vite que moi.

— Oui.

Ma voix se brise et je suis à deux doigts de m'effondrer. Elle pose la main sur ma joue.

— Je suis fière que tu t'ouvres enfin à quelqu'un. Que tu risques ton cœur en connaissant toutes les possibilités. Les bonnes et les mauvaises. Tu as fait du chemin.

C'est au tour de ma gorge de se serrer de manière inconfortable et je détourne les yeux, inquiète qu'elle puisse y lire la vérité. M'ouvrir au fait d'aimer Declan ? Pas moyen ! Il ne veut pas de mon amitié.

Nana revient des toilettes.

— C'est fini, les trucs tristes ? C'est un mariage, pas un enterrement.

Maman et moi éclatons de rire et le moment est terminé comme s'il ne s'était jamais produit. Mais la gêne demeure dans ma poitrine longtemps après cette discussion. Les conversations au sujet de mon père réveillent toujours de vieux démons, mais les festivités du jour pourraient tout aussi bien leur être consacrées.

*

Beaucoup de filles rêvent du jour où elles iront jusqu'à l'autel. De mon côté, j'ai toujours redouté ce rappel du fait que j'ai grandi sans père. Ma mère m'a bien proposé de m'accompagner à sa place, mais j'ai préféré marcher seule. Je me suis promis il y a des années que je le ferais, juste pour me prouver que je n'ai pas besoin de lui. Ce n'était pas le cas à l'époque et ça ne l'est sûrement pas maintenant.

La musique arrive au moment prévu. Tout le monde se lève et se tourne vers moi. Tremblant de la tête aux pieds, j'expire doucement.

Tout va bien se passer.

Je souris derrière mon voile, les yeux piquant de larmes non versées. Je regarde vers ma destination et manque de trébucher en trouvant les yeux de Declan rivés sur les miens, mais je me rattrape. Son regard brûlant me donne la chair de poule. Je ne sais pas s'il m'a déjà regardée ainsi et mon rythme cardiaque s'emballe.

J'avance comme un soldat prêt à présenter les armes. Declan ne me quitte pas des yeux, peut-être pour s'assurer que je ne cours pas vers la sortie d'urgence la plus proche. À force, je me sens légère, avec la tête qui tourne un peu.

Ou alors, c'est à cause du champagne que Nana m'a fait boire à la dernière minute. Parce qu'il est strictement impossible que mon patron me donne des papillons dans le ventre. Cette seule idée me donne envie de ricaner comme une aliénée.

Oui, c'est clairement le champagne. Je n'ai jamais bien tenu l'alcool.

Comme moi, Declan est seul. Je ne sais pas pourquoi il n'a pas pris l'un de ses frères pour garçon d'honneur, mais je suis soulagée, étant donné mon manque d'options pour une demoiselle d'honneur. Ce n'est pas que je refuserais, mais je suis trop surbookée. Cal s'est porté volontaire et a même proposé de mettre un costume rose, mais j'ai décliné en lui disant que ça ne lui siérait pas au teint. On sait tous les deux que c'est un mensonge, mais c'est toujours mieux que d'affronter la réalité : il est mon seul véritable ami.

Je m'arrête devant l'autel et me tourne vers mon fiancé avec un sourire hésitant. Il m'examine avec attention, mâchoires serrées, et je sens ma peau s'embraser.

Il pose la main au bas de mon voile et tente de masquer le fait qu'elle tremble en empoignant le tissu. Il a toujours détesté les grands nombres. La foule le stresse, même si jamais il n'irait l'avouer à personne.

Mais moi, je le sais, et ce secret me fait sourire. Je chuchote :

— Détends-toi. Fais comme s'ils n'étaient pas là.

Il ne répond pas, mais relève mon voile et me regarde en cillant. Je lui demande tout bas :

— Tout va bien ?

Il hoche la tête imperceptiblement.

— Tu es mignonne.

L'espèce de frémissement qui parcourait mon corps des pieds à la tête s'éteint aussitôt.

Mignonne. Il se fout de moi ? Il aurait pu dire n'importe quoi, vraiment, et ç'aurait été mieux que « mignonne ».

Non, mais, dégage, je n'ai pas passé cinq heures au salon de coiffure et chez l'esthéticienne, à me faire tripoter et épiler, pour m'entendre dire que je suis « mignonne ».

Comme s'il me sentait bouillir, Declan prend mon bouquet de fleurs et tend le bras pour qu'on l'en débarrasse. Il me prend les deux mains et me les presse pour m'avertir de garder mon calme. Au lieu de me laisser gagner par la colère, je me compose un sourire factice et j'adresse un signe de tête au prêtre.

Je vais lui montrer, comme je suis mignonne. *Sale con.*

Le prêtre commence sa lecture, mais je l'entends à peine pardessus les battements endiablés de mon cœur. Declan referme sa main sur la mienne et le prêtre évoque l'amour, l'engagement et les difficultés qui nous mettront à l'épreuve. J'ai l'impression d'être une arnaqueuse, à approuver et feindre l'adoration. Je vérifie que ma robe n'a pas pris feu pour mensonge dans la maison du Seigneur.

Le reste de la cérémonie passe sans que j'imprime, avec un échange de serments sans rien d'original. Plus on approche de la fin, plus ma respiration est laborieuse, mais c'est au moment où Declan saisit ma main gauche que je frôle l'arrêt cardiaque.

— Iris, je t'offre cet anneau en gage de mon engagement envers toi, notre mariage et notre avenir. Qu'il serve de symbole de mon attachement à partir de ce jour.

Quelque chose dans ses mots me donne à réfléchir. Il aurait pu me promettre son amour éternel ou quelque chose d'aussi écœurant pour l'assistance, mais ce n'est pas ce qu'il a choisi.

Parce que Declan Kane ne montre pas ses cartes. Dire qu'il est fou amoureux devant une église bondée, ce n'est pas son style.

Il fait taire mes pensées en me glissant au doigt une fine bague de platine incrustée de diamants.

Les deux phrases que j'ai passé plusieurs semaines à préparer désertent mon cerveau quand je prends l'anneau de Declan de la main de ma mère.

— Euh…

Très joli, Iris.

Si Declan m'en veut de trébucher sur les mots, il parvient très bien à le masquer. Je prends sa main gauche.

— Declan, je te remets cet anneau en symbole de mes promesses, en tant que partenaire et amie. Qu'il serve de rappel : même dans les jours les plus difficiles, tu pourras toujours compter sur moi à tes côtés.

Je lui passe la bague au doigt et nos yeux se fichent. Son expression ressemble presque à de la colère, mais c'est impossible.

De la tristesse ? Je me retiens à grand peine de rire. *Non, Declan n'a aucune raison de s'attrister.*

Comme s'il se rendait compte qu'il a révélé une parcelle de lui au public, il reprend le contrôle de ce qui anime son visage.

Et retour au programme.

Le prêtre poursuit au sujet des épreuves et du caractère sacré de notre serment. Il nous bénit, ainsi que nos futurs enfants et toute l'assistance.

Puis vient le moment redouté que j'avais essayé d'occulter. Le prêtre recule vers l'autel pour nous laisser de la place.

— Je vous déclare mari et femme. Declan, vous pouvez embrasser la mariée.

Mes yeux s'agrandissent et le silence absolu se fait. Je n'ai pas besoin de regarder pour savoir que tout le monde est curieux de voir ça. Declan n'a jamais été vu en public avec une femme, alors certainement pas en train d'en embrasser une.

Le corps tremblant, je sens Declan me passer la main derrière la nuque et appuyer le pouce sur mon pouls affolé. Le monde disparaît pendant que mon patron se penche vers moi et m'envahit de l'odeur de son parfum coûteux.

Mes genoux se dérobent sous moi et il passe l'autre bras autour de ma taille pour me soutenir. Il me positionne de façon à dissimuler nos visages, pour que nous ayons notre intimité.

Nous y voilà. Il se penche à nouveau et nos souffles se mêlent. Je ferme les yeux et il effleure mes lèvres des siennes.

Non mais, attends ? Même pas un vrai baiser ? C'est juste destiné à apaiser les masses.

Il se détache, ne laissant qu'un centimètre entre nous, les yeux fermés fort, comme s'il souffrait.

Les yeux me piquent sous l'effet de la gêne. Je lui chuchote :

— C'était de loin le pire baiser de ma vie, et ce n'est pas peu dire, sachant que mon dernier ex…

Declan abat ses lèvres sur les miennes et je ne peux plus rien dire. Une vibration s'empare de mes lèvres et s'étend à tout mon corps comme un feu de forêt, et je me noie dans les sensations.

Je noue les bras autour de son cou comme pour m'accrocher à une bouée de sauvetage. J'ai l'impression d'être dans un courant violent. Le poids de son torse contre moi. Le feu de sa paume au creux de mes reins. Ses doigts sur ma nuque, si doux qu'ils semblent dans la vénération.

Je suis tirée du moment par un tonnerre d'applaudissements.

Declan presse encore une fois ses lèvres sur les miennes, comme pour me marquer. Son front se pose sur le mien et ce geste est si mignon que mon cœur menace de s'échapper de ma poitrine.

Qu'est-ce qu'il fait ? Ou plus précisément, pourquoi tu réagis comme ça ? J'ai perdu la tête, c'est clair. Je ne sais pas pourquoi, mais cette attraction alchimique envers Declan ne correspond pas vraiment à mes préjugés.

Il est peut-être considéré comme froid par le reste du monde, mais il me consume.

— Ils y ont cru.

Son murmure rauque est une douche d'eau glacée. Une boule se forme dans ma poitrine et grossit jusqu'à entamer mon cœur.

Ses paroles ne devraient pas me faire mal. Après tout, c'est une mise en scène. Mais la souffrance demeure.

Peut-être parce que toi aussi, tu y as cru.

CHAPITRE 12

Declan

J'ai du mal à détacher les yeux d'Iris alors que nous nous dirigeons vers la porte de l'église. Elle est l'incarnation de l'élégance et de la grâce, et son sourire est aussi éblouissant que la bague à son doigt. Celle qui sert de rappel de la promesse que je lui ai faite.

Je ne savais pas si nous allions vraiment arriver à ce moment. Après mes fiançailles ratées, je pensais qu'on tomberait sur un os. Qu'Iris se réveillerait un jour et se dirait que c'était une énorme erreur. Mais enfin, pour la première fois depuis deux semaines, je ressens du soulagement.

La pression sur ma poitrine s'allège à chaque pas qui m'éloigne de l'autel. L'une des clauses de mon héritage étant satisfaites, je n'en ai plus qu'une qui m'empêche de devenir PDG.

Essaie de survivre à la fin de la journée avant de t'inquiéter du reste.

Je fais tourner mon alliance, éprouvant la sensation du métal sur ma peau. Ce n'est pas aussi oppressant que je m'y attendais. Iris a choisi un anneau simple qui n'attire pas trop l'attention. Le message de nos deux bagues est sans détour.

Mariés.

On nous ouvre les portes. Ensemble, Iris et moi sortons à la lumière vive du soleil. L'un des photographes s'arrête devant nous et crie nos noms. J'enlace la taille d'Iris et je la rapproche de moi sans me préoccuper de sa raideur.

Sa réaction ne me surprend pas, mais me frustre tout de même. Je croyais qu'elle se serait habituée à mon contact, surtout après le baiser enflammé que nous avons partagé, mais je me trompais. Au contraire, elle a érigé une nouvelle barrière entre nous. Son expression détachée teste mes limites. J'ai envie de faire revenir celle qu'elle avait juste après notre baiser, avant que la réalité de notre situation ne nous tombe dessus.

Je passe la main dans son dos, suivant la rangée de boutons ivoire. Elle ne réagit pas, et se contente de m'envoyer un sourire froid que je déteste. Je lui chuchote à l'oreille :

— Qu'est-ce qui ne va pas ?

Je lui replace une mèche de cheveux et son sourire forcé me tape sur les nerfs.

— Qu'est-ce qui pourrait ne pas aller ?

Je grimace.

— Tu n'as pas l'air heureuse.

— Contrairement à toi, certains d'entre nous ne peuvent pas simuler 24 heures sur 24.

J'entends à peine sa voix à cause d'une rafale de vent.

— De quoi tu p…

— Une photo de bisou avant la sortie des invités ! crie le photographe.

Iris émet un rire nerveux qui me fait sourire. L'appareil photo se déclenche et capte ce moment.

— Je crois qu'ils arrivent, s'écrie Iris.

— Alors dépêchez-vous !

Je ne devrais pas céder à cette demande, mais ça m'intéresse de savoir si notre baiser était une coïncidence ou un témoignage de notre alchimie. Dans l'église, c'était électrique. Du genre qui, étant donné les circonstances, n'aurait pas dû être aussi agréable.

Le genre que je m'apprête à créer à nouveau, avec l'espoir que les sensations que j'ai éprouvées n'étaient que l'effet d'avoir franchi la première étape pour mon héritage.

Je serre Iris contre moi, sa bouche s'entrouvre et elle ferme les yeux quand je me penche sur elle. Des étincelles jaillissent sous ma peau quand nos lèvres se touchent et une chaleur liquide se répand dans mes veines. L'embrasser, c'est addictif. Époustouflant. Tellement mal que je ne peux m'empêcher de me demander pourquoi c'est mal.

C'est ton assistante.

Pour m'ôter cette idée de la tête, je lui mordille la lèvre inférieure. Elle prend une inspiration soudaine et j'étouffe le son pour éviter que le photographe ne l'entende.

Tu la paies pour qu'elle ait ton enfant.

Mon baiser se fait plus brutal et elle réagit très bien à mon déchaînement. Elle gronde légèrement et noue les bras derrière ma nuque. Son bouquet me chatouille la peau et je suis entouré de l'odeur des fleurs et d'Iris.

— Hum, hum… C'est bon, j'ai la photo.

La réalité me rattrape comme un poing en plein visage et je me détache pour ne pas être tenté de recommencer à des fins plus égoïstes qu'une photo. Notre baiser n'était pas une duperie, mes sensations n'avaient aucun rapport avec le testament. C'est bien pire.

Iris me regarde avec de grands yeux.

Elle aussi est affectée par toi.

Je pourrais être soulagé qu'elle soit également mise en difficulté, mais je suis bien trop inquiet des répercussions possibles de cette découverte.

Je n'ai pas le temps de réfléchir plus loin, car les portes se rouvrent derrière moi. Les centaines d'invités se déversent sur le parvis. Ils se rassemblent en cercle autour de nous, ce qui nous étouffe. Je suis presque aussi incommodé par les guirlandes de compliments qu'oppressé par la foule qui ne fait que s'agrandir.

Iris s'accroche à ma main.

— Détends-toi. Concentre-toi sur moi.

C'est tout le problème. Je ne vois qu'elle. Je ne supporte pas de la regarder plus de quelques secondes. L'envie de la subtiliser à la foule est difficile à réprimer et il ne me faudrait pas grand-chose pour essayer.

Souviens-toi de l'essentiel.

Iris garde le silence. Nous sommes tous les deux entraînés vers la Maybach. Je passe tout le trajet vers le lieu de réception en me rappelant qu'il m'est impossible de me laisser guider par mon attirance. Rien n'importe davantage que garder les choses professionnelles entre nous. Nous avons trop d'enjeux pour nous perdre dans une attraction passagère.

Mon avenir est plus important que satisfaire un désir momentané d'embrasser Iris. Il va simplement falloir que je me le dise en permanence.

*

Je déteste les mariages. C'est un prétexte complètement cliché pour que les gens boivent à mes frais tout en faisant mine d'en avoir quelque chose à faire que je m'unisse à quelqu'un. En fait, ils s'en foutent. S'ils sont là, c'est parce que personne ne serait assez bête pour décliner une invitation à ce qu'Iris a appelé le « mariage de la décennie ».

Malheureusement pour moi, j'ai encore trois heures à supporter, dont le rituel de découpe du gâteau qui commence.

Un photographe, pas le même qu'à l'extérieur, nous demande de regarder l'appareil.

— Je peux vous prendre tous les deux avec le gâteau ?

— Pourquoi on a donné notre accord pour autant de photos ? grommelé-je en prenant le couteau en argent sur le plateau présenté par une serveuse.

Iris me sourit.

— Parce qu'on va les partager avec le monde pour leur prouver à quel point on s'aime.

— Qu'est-ce que ça peut leur faire ?

Elle rit et le flash se déclenche.

— Tu es un milliardaire célèbre qui a pour boulot de vendre des contes de fées.

— La célébrité, c'est temporaire.

— L'inconfort aussi, donc prends ton mal en patience.

Elle pose la main sur la mienne pour que nous ayons tous les deux le couteau.

Être près d'elle, c'est ce qu'il y a de plus éloigné de l'inconfort. La chaleur de son contact envoie une vague de désir en moi. Je m'approche d'elle pour qu'on s'avance vers le gâteau.

Lamentable. Toi qui ne voulais devenir proche de personne…

Je secoue la tête. Je n'essaie pas de me rapprocher d'Iris, mais c'est difficile de l'éviter alors que tout le monde veut nous coller l'un à l'autre.

— Declan, un sourire un peu plus franc, s'il vous plaît ?

Je foudroie le photographe du regard.

— Euh, ce n'est pas grave !

Il actionne son flash et me capture en plein regard assassin. Iris éclate de rire.

— Celle-là, vous me l'envoyez dès que possible !

Je la regarde à son tour, et elle n'en rit que plus fort. Ma poitrine se serre. En comparaison avec le spectacle lisse et froid qu'elle a donné devant nos invités, c'est bon de la sentir moins glaciale envers moi.

Et voilà pourquoi tu dois te tenir à distance. Cette sensation dans ta poitrine…

Merde.

Le photographe prend un autre cliché, puis je le congédie. Mon humeur se dégrade et je me détache volontairement d'Iris pendant que nous coupons le gâteau. Nous exécutons les gestes requis. Elle me donne la becquée, je lui donne une becquée. Les gens s'exclament quand elle m'écrase un peu de gâteau sur le visage et je lui renvoie l'ascenseur en lui fourrant une bonne bouchée entre les dents alors qu'elle en train de rire.

Rien de tout ça n'est vrai. Je me montre indifférent, mais je perçois très bien la lueur de douleur dans ses yeux quand je l'abandonne pour aller au bar. Je suis un connard de la laisser avec le rassemblement qui s'est formé autour de nous. Je le sais dans toutes les fibres de mon être, tout comme je sais que rester avec elle affaiblit ma résolution.

Je ne l'ai pas épousée par amour ni par tendresse. Je l'ai épousée parce que je suis un gros con avide qui ne s'arrêtera pas avant d'avoir tout ce qu'il veut. Même si ça veut dire la soumettre à la même fin de contes de fées éclatée que moi. Quelques bisous, une ou deux caresses, ça ne changera pas notre destin, donc pourquoi faire comme si c'était autre chose qu'un arrangement ?

C'est pour le mieux. Du moins est-ce ce que je me raconte en prenant mon premier verre d'alcool de la soirée.

L'alcool ne résout jamais les problèmes.

Mon estomac se retourne. Rien à voir avec la boisson qui vient de me brûler. C'est l'idée d'utiliser l'alcool pour affronter mes problèmes. Un barman se précipite pour remplir à nouveau mon verre, mais je le mets hors de portée.

Tu n'es pas lui.

Avant de commettre un acte que je regretterais, je m'éloigne du bar.

CHAPITRE 13

Iris

— Encore des shots !

Zahra, la petite amie de Rowan, a une bouteille de tequila à la main. Elle chancelle sur ses talons hauts, heureusement Rowan la soutient à temps.

J'ai les larmes aux yeux à la vue de ce geste d'amour. Ils offrent une vision à donner la nausée, avec Zahra qui sourit à Rowan comme s'il venait de lui décrocher la lune. Je suis étrangement fascinée par leurs interactions, étant donné mon exposition limitée à des couples heureux. En fin de compte, il y a peut-être de l'espoir, si quelqu'un d'aussi grognon et isolé que Rowan a pu s'attacher à une femme comme elle.

Je ne devrais pas être amère au sujet de mon propre mariage, mais comme mon mari m'évite autant qu'il est humainement possible depuis que nous avons coupé le gâteau, je ne me sens pas très bien. Depuis l'église, un changement a eu lieu chez lui, et je me demande si c'est le baiser.

— Qu'est-ce qu'on avait dit à propos de la tequila ? demande Rowan en reprenant la bouteille à Zahra.

— Qu'on ne pouvait jamais faire confiance à un certain José.

Elle fait la moue, croise les bras et s'assied sur la chaise située à côté de moi, sa robe formant une corolle autour d'elle.

Rowan rit silencieusement et s'installe avec elle. Cal prend la bouteille et sert quatre shots.

— Vous ne pouvez pas partir d'un mariage sans avoir bu. C'est un sacrilège.

— Tu ne dois même pas connaître le sens de ce mot, réplique Rowan.

— Mon mariage, mon règlement, dis-je en passant un verre à Zahra.

— C'est la mariée qui fait la loi, approuve Zahra avant de vider son shot. Elle murmure quelque chose à l'oreille de Rowan, et celui-ci avale tout rond son premier verre avant de s'en resservir un.

Il lui chuchote en retour des mots qui la font rougir.

Beurk. Je lève mon verre mais il n'atteint pas mes lèvres, car on me le prend de la main.

— Tu as assez bu, je crois.

La voix rauque de Declan a un effet fou sur mon rythme cardiaque.

Cal agite la bouteille de tequila en direction de son frère.

— Allez, prends un shot avec nous pour fêter ça.

Declan assassine Cal du regard.

— Je crois qu'elle a assez fêté ça.

— C'est une grande fille. Si elle veut boire à son mariage, c'est son choix.

— *Elle* est juste là ! (Je me redresse. La pièce tourne autour de moi et je m'agrippe au dossier de ma chaise.) Je vais bien. Arrêtez de vous préoccuper de moi.

— Tu as une odeur d'étudiante en vacances au Mexique.

J'étouffe un rire d'une main tremblante. Declan se refrogne. J'esquisse quelques pas vacillants vers lui avant de m'accrocher à son costume. D'un doigt, je relève l'un des coins de sa bouche.

— Voilà. Un sourire, c'est mieux.

— On rentre à la maison, décrète Declan en m'entourant de son bras.

Cela me rappelle notre baiser dans l'église, ce qui ne fait que me chauffer le visage sous ma tartine de fond de teint. Je proteste :

— Pourquoi ?

— Tu es en état d'ébriété.

— On est à un mariage. Notre mariage ! (J'ai du mal à me focaliser sur la vraie tête de Declan, qui en a actuellement trois.) Pourquoi t'es pas cuit, toi ?

Ses trois têtes se rassemblent en une seule, énervée.

— Parce que l'un de nous doit avoir un peu de contrôle sur lui-même, répond-il durement.

— C'est la faute de Cal ! dis-je.

— Pas du tout ! s'offusque l'intéressé.

— C'est lui qui a piqué la bouteille au bar, rapporte Rowan.

— Toi, lui lance Declan, ne m'oblige pas à commencer à ton sujet.

L'interaction entre les trois frères me pousse à dire à Zahra :

— Tu vois ? Je t'ai bien dit, ils ne s'entendent pas.

— Pour l'instant, rétorque Zahra avec un sourire.

— Je l'aime déjà, elle, dis-je tout haut au lieu de dans ma tête.

— On y va, s'emporte Declan.

— Tu m'envoie un texto, surtout ! me crie Zahra. Je veux tous les détails.

Je lève le pouce à son intention. Avec Cal et Rowan, c'est la seule à tout savoir de la mascarade. Je n'en parlerai pas à Declan, j'imagine qu'il voudrait tuer son frère de risquer ainsi notre énorme secret.

Declan m'entraîne vers la sortie de la salle de bal.

— Attendez ! s'écrie l'organisatrice. Vous ne pouvez pas partir ! Vous n'avez pas encore lancé le bouquet !

Declan pousse un soupir interminable et je ris doucement.

— Qu'est-ce qu'il y a de si drôle ? maugrée-t-il.

— Tu détestes chaque seconde de cette journée.

— Et on s'amuse du déplaisir de l'autre, maintenant ?

— Tu es mal placé pour juger. Ce sont tes préliminaires préférés.

Ses joues rougies me font sourire.

Et un point pour la team Iris.

De sa voix stridente, Tati dit au DJ de demander à toutes les femmes de se rassembler sur la piste pour le lancer de bouquet. Declan me tient la main comme s'il avait peur que je m'étale à cause de mon manque d'équilibre. Sûrement parce qu'il veut que les gens croient à notre mariage.

Moi qui comptais oublier ce qu'il a dit à l'église…

Ma mère me passe le bouquet avec un sourire entendu.

— Je te l'ai gardé.

— Tu es la plus meilleure maman du monde entier.

Elle secoue la tête.

— Prends soin de ma fille, Declan. Essaie de la faire dormir avant qu'elle passe à la phase des pleurs.

— Dis-moi qu'elle plaisante, fait-il quand ma mère s'éloigne.

Je rigole.

— Tu m'as bien niqué…

Je lui tapote la joue :

— Dans tes rêves, mon très cher mari.

— Tu t'es explosé tous les neurones, ce soir ?

— Allez ! crie une femme. Vous l'envoyez, ce bouquet ?

Je me place dos aux jeunes femmes.

— Un, deux, trois !

Quand j'ai terminé, je me retourne et manque de déraper. Declan me rattrape, m'attirant contre son torse ferme.

Son torse ferme ? *Rhaa, finalement, tu es peut-être bourrée.*

Le bouquet atterrit dans les bras d'une femme avec un claquement. Je ne la reconnais pas, mais autour d'elle, des piaillements retentissent et on essaie de le lui arracher.

— Enfin.

Declan m'emmène vers la porte, mais le DJ annonce que c'est le moment de la jarretière.

Merde.

— Oh, putain, mais c'est une blague ?

Je me hérisse quand Declan pose une main possessive sur ma hanche. Cal donne un billet de 100 dollars au DJ et Rowan porte une chaise au milieu de la piste de danse.

Mon meilleur ami s'avance d'un pas léger pour m'aider à m'installer sur la chaise. Les épaisseurs de dentelle et de tulle gonflent autour de moi comme un parachute

— Attention Iris, ton mari mord !

Une chaleur invisible s'étend de ma tête jusqu'au bout de mes pieds.

— Je vous déteste tous les deux, déclare Declan en regardant ses frères.

C'est à ce moment que le DJ passe le morceau le plus sensuel de la terre. Des milliers de petites bulles de champagne éclatent en rythme dans mon estomac et mon pouls s'accélère.

Declan met un genou à terre et se place en face de moi dans une position confortable. Je vois sa main trembler avant qu'il ne serre le poing, comme tout à l'heure quand il a relevé mon voile.

Comme quoi, en fait, il est humain.

Je le tire de sa nervosité.

— Vous êtes pas mal à genoux, monsieur Kane.

— Que ça ne te monte pas à la tête.

Les coins de sa bouche se relèvent en un sourire inhabituel. Un appareil photo saisit le moment.

Sa main touche ma cuisse couverte, ce qui se voit à peine de l'extérieur, sous toutes les couches de tissu.

— C'est n'importe quoi, marmonne-t-il.

— Tu as raison. Je suis absolument scandalisée, dis-je avec un accent anglais plus ou moins réussi.

Secouant la tête, il émet un son que j'interprète comme un rire.

— Tu es raide bourrée.

— Non ! Je suis pompette.

— Quelle est la racine carrée de 64 ?

— 8, et je t'emmerde puissance 10.

Il hausse les épaules.

— Bon, relativement claire.

— Pour ?

Il ne répond pas mais relève ma robe avec précaution, de façon que personne ne voie ce qu'il y a dessous. Mes poumons se contractent, essayant de faire entrer de l'air alors que Declan disparaît sous mes jupons.

— Souviens-toi, on ne met pas les mains ! lance Cal, dans les exclamations enthousiastes de la foule. L'avant-bras de Declan ressort à l'aveuglette pour hasarder un doigt d'honneur en direction de son frère. Quelques personnes rient et d'autres semblent aussi choquées que moi devant ce rare étalage de sentiments de la part de Declan.

J'évite de les écouter, tout à mon expérience. La courte barbe de Declan qui frôle mon mollet. Ses cheveux qui chatouillent mes cuisses quand il les sépare en y insérant la tête. Ses dents qui effleurent la peau autour de la jarretière, ses lèvres douces qui s'appuient dessus pour tirer sur la dentelle frivole.

Je frissonne et je sens la gorge de Declan vibrer : il a remarqué et il rit.

Je le déteste. Je déteste tant mon mari qu'il a de la chance que je ne l'étrangle pas avec ce satané bout de tissu quand il l'aura entièrement retiré de ma jambe.

Declan termine son mouvement et ressort de sous ma robe, la dentelle blanche entre les dents. D'un geste rageur, il retire la jarretière de sa bouche et la lance en l'air sans y accorder un regard.

— Bonne soirée, tout le monde.

Plutôt que de m'aider à me relever, il me soulève dans ses bras comme une vraie mariée, créant des remous dans la foule. Je lui tapote l'épaule.

— Euh, Declan ?

— Oui, dit-il, le regard adouci.

— Selon la tradition, tu me portes comme ça pour entrer dans la maison, pas pour sortir d'ici.

Il soupire comme si j'étais le plus gros embarras qu'il ait jamais eu.

— Tu ne pourrais pas marcher droit jusqu'à la porte sans talons, alors certainement pas avec ces chaussures.

— Hmmm.

— Qu'est-ce qu'il y a ?

— Finalement, peut-être que tu te soucies un petit peu de moi.

— C'est l'alcool qui parle.

— José a du talent pour la parole.

— C'est qui, ce José ? gronde-t-il.

Je souris contre les revers de sa veste.

— Personne d'important.

— Parfait, comme ça, il ne manquera à personne quand il sera mort.

*

On pourrait imaginer que Declan se radoucisse un peu envers moi, maintenant que je suis officiellement son épouse.

Faux.

À peine Harrison arrive-t-il avec la Maybach que Declan me jette sur la banquette arrière. Je me retrouve sur le cuir capitonné dans un « ouf » et le tissu de mes jupons forme un nuage vaporeux autour de moi.

— Un peu de douceur, c'est trop demander ?

Declan m'ignore et me ferme la portière au nez. Je suis presque sûre que ma robe est prise dedans et qu'un pan de tulle va flotter hors de la voiture.

— Je vais prendre ça comme un oui.

Harrison, qui est un homme âgé, manque de trébucher pour arriver à la portière avant Declan. Le pauvre, s'il se fie au visage de son patron, il doit avoir peur de perdre son boulot, et je le comprends.

Mais d'où vient cette colère ? Sans m'accorder un regard, Declan s'assied, et le poids sur ma poitrine s'accentue.

— Tu te comportes comme un gamin.

Réaction : zéro.

— Tu vas simplement m'ignorer pendant tout ce temps ?

La seule réponse que j'obtiens est le bruit du démarrage.

— Très bien.

Je commence à tapoter le clavier pour mettre de la musique, mais le regard de Declan me retient. Après cinq minutes de silence, mon cerveau imbibé de tequila rend les armes.

— J'avais oublié que c'était aussi sympa, un mariage. Ça fait des années que je n'y étais pas allée.

Declan reste muet, occupé à regarder son téléphone.

— J'étais contente de voir Zahra. Elle est sympa.

Sa main se crispe sur l'appareil. *Tiens, intéressant.*

— Je ne vois pas pourquoi tu ne l'aimes pas. Ce n'est pas sa faute si Rowan a choisi Dreamland plutôt que la direction financière de la société. Tu devrais au moins lui laisser une chance.

Son tic à la mâchoire refait son apparition, mais il ne relève pas les yeux. *Allez, donne-moi du grain à moudre.*

— Ils nous invitent à manger chez eux demain soir, et comme on ne part pas en lune…

Declan redresse brusquement la tête.

— Hors de question qu'on aille dîner chez eux.

— Mais tu parles à peine à Rowan depuis qu'il a décidé de rester à Dreamland. Je pense que ce serait sympa de passer un peu de temps avec eux pendant qu'ils sont là…

— Je ne te paie pas pour te soucier de mes problèmes familiaux.

Je serre le poing sur le tissu de ma robe.

— Alors tu as de la chance que je le fasse gratuitement.

Il retourne à son écran.

— Te prends pas la tête. Je ne vais pas dîner avec Rowan et sa copine.

— Zahra. Elle a un prénom.

— Son prénom est aussi inintéressant que sa relation avec mon frère.

Je ne peux empêcher l'horreur d'envahir mon visage.

— Incroyable. Tu as une rancune terrifiante.

— Considère que c'est une leçon : il ne faut pas me contrarier.

— Ces derniers temps, on a l'impression que tout te contrarie.

— Qui aurait cru que ce serait aussi bon pour mon ego d'être marié ? lance-t-il, sarcastique.

— C'est à ta femme de te signaler quand tu merdes, parce que ce n'est sûrement pas le reste du monde qui va le faire. Les gens ont trop peur de toi pour te dire ce qu'ils pensent.

— Dans « On n'est pas un vrai couple », quelle partie de la phrase trouves-tu difficile à comprendre ?

Je sens mon cœur se serrer. Je croyais que Declan et moi étions sur un tempo d'amitié tranquille, mais son humeur de ce soir m'amène à me demander s'il ne cherchait pas juste à me faire plaisir pour éviter que je ne me rétracte.

Ses paroles le soir de nos fiançailles reviennent me hanter. Je suis prêt à tout pour toucher mon héritage. Repenses-y si jamais tu oublies que tout ça n'est qu'un jeu pour moi.

Était-ce seulement ça ? *Un jeu ?* Il a eu ce qu'il voulait, donc il n'y a plus de raison de jouer. Cette idée cause une étrange douleur dans ma poitrine, juste au-dessus du cœur.

Je ravale la boule dans ma gorge. Je suis la seule coupable. Declan a toujours été clair sur ses intentions et, bêtement, j'ai vu des choses qui n'existaient pas dans notre relation.

Pourquoi ça t'affecte ? Ce n'est même pas réel.

Peut-être parce qu'à un moment donné, j'ai oublié que tout ça était un mensonge.

*

Je n'adresse plus la parole à Declan pendant tout le reste du trajet. Si ignorer l'autre était un sport, on serait tous les deux capitaines de notre équipe.

Une fois que Harrison s'est garé, je me démène pour rassembler mes kilos de tulle et de dentelle, je décoince ma robe et je m'extrais de la voiture avec la grâce d'un poulain nouveau-né.

— Iris, m'appelle Declan.

Je ne me retourne pas, trop inquiète que mes émotions soient parfaitement lisibles sur mon visage.

— Je vais au lit.

— Tu as oublié ton sac.

J'ai envie de taper du pied, mais je me retiens.

— Ah.

Sac de merde. Je savais que j'aurais dû choisir une robe de mariée avec poches.

Je me retourne et, en évitant son regard, je rouvre la portière et cherche sur la banquette vide.

— Tiens.

Son torse se presse contre mon dos et je me retrouve coincée entre lui et la Maybach. Je me retourne pour éviter le contact peau contre peau, mais sans succès. L'avant de son costume effleure mon corsage, envoyant une onde de chaleur en moi.

Il me tend mon petit sac à main. Le *Mme Kane* en sequins scintille sous les lumières extérieures, tout aussi hideux que le jour où l'organisatrice me l'a remis. D'après l'expression sur le visage de Declan, il n'apprécie pas plus que moi ce nom customisé comme un poney d'apparat. Je n'ai pas connu les mêmes problèmes que lui en grandissant, mais je commence à le comprendre un peu mieux. Vu la façon dont on m'a traitée au mariage, devenir une Kane, c'est comme une invitation ouverte aux arrivistes et aux cherches-gloire pour me solliciter.

Ce sac est comme un rappel de mon devoir. De la promesse que j'ai faite à Declan d'être à ses côtés, quoi qu'il arrive.

Peu importe ses manipulations pour arriver à ses fins.

— Je peux ?

Je lui fais signe de reculer et quand il s'exécute, je tente de m'enfuir, mais il me retient par le coude. Sa poigne ne fait pas mal, mais c'est une demande silencieuse.

Reste.

Pourquoi ?

— Qu'est-ce qu'il y a ?

— C'est si terrible ?

— Quoi ?

— L'idée de devenir ma femme.

Je marmonne un juron. Ses sautes d'humeur de la soirée me rendent dingue.

— Et tout d'un coup, mon avis t'intéresse ? Je ne suis pas sûre que tu me paies assez pour ce genre de service.

Il serre la mâchoire.

— Réponds à ma question.

— Non !

— Dois-tu toujours être impossible comme ça ?

— Je ne sais pas… Dois-tu toujours jouer les salopards ?

— Ce n'est pas un jeu.

Je recule en dégageant mon coude.

— Crois-moi. J'ai peut-être mis plus longtemps que les autres, mais je comprends enfin pourquoi tout le monde te traite de connard.

Visiblement abasourdi, il me répond au bout d'un moment :

— Comment ça ?

— La façon dont tu m'as traitée ce soir… le soir de notre mariage, rien que ça ! C'est inacceptable. Mais j'imagine que tu t'en fiches bien, de si ou quand tu fais souffrir les gens, du moment que tu as obtenu ce que tu voulais.

— Ce que j'ai dit dans la voiture…

— Laisse tomber. C'est moi qui ai eu des attentes irréalistes pour nous.

Il étrécit très légèrement les yeux. Je continue, pour évacuer une fois pour toutes la mauvaise ambiance.

— Je n'ai absolument pas fait ça par amour. C'est évident. (Un rire étrange m'échappe.) Je voulais simplement t'aider parce que je nous croyais amis. Et oui, avant que tu répondes que tu n'as jamais voulu être mon ami, je suis consciente que c'était sans doute bête de penser ça. Depuis, j'ai compris. (Je continue en voyant qu'il veut parler.) Je me rends compte que moi non plus, je ne veux pas être ton amie. Être proche de toi, ça signifie m'interroger sur tes motivations sur tous les plans et, franchement, ça représente beaucoup trop d'efforts pour quelqu'un qui n'a même pas l'air de m'apprécier.

CHAPITRE 14

Iris

Pendant tout le temps que je mets à atteindre ma chambre, je garde la tête haute. Plutôt que d'être sur les nerfs après ma conversation avec Declan, je suis frappée par une vague de calme. On dirait que nous sommes enfin de retour à la case départ, là où nous en étions avant ces fiançailles éclair. Évidemment, la dégustation de gâteaux et le dîner en famille ont impliqué un changement de rythme sympa, mais ça en reste là.

Un spectacle pour les masses, un peu comme une tournée de la famille royale.

Il ne me faut pas moins de vingt minutes pour défaire ma coiffure et mon maquillage, qui ont pris des heures. J'ai failli arracher la moitié de mes cils, mais c'est un petit prix à payer pour enfin me sentir de nouveau moi-même.

Au moment d'enlever ma robe, je me démets presque la colonne vertébrale en essayant de défaire les jolis boutons à l'ancienne qui courent sur tout mon dos.

— Putain de merde.

Je me tords dans tous les sens devant le miroir en pied. Rien ne fonctionne et je suis condamnée à regarder mon reflet, les mains sur les hanches.

Tu ne vas jamais arriver à t'extirper toute seule de cette robe. Avec un soupir résigné, je ravale ma fierté et je sors de la chambre.

Mon poing sur la porte de Declan résonne dans le couloir aux plafonds hauts. Je reste là à attendre. Avec le temps qui passe, la pression dans ma poitrine s'aggrave. Dix secondes deviennent trente et bientôt, je frappe à nouveau.

— Declan ! J'ai besoin d'aide !

Pff, ça fait mal de l'admettre. S'il dormait, je suis sûre de l'avoir tiré de son sommeil. Le bruit de la poignée de porte me donne l'espoir de ne pas devoir me coucher dans ma robe de mariée.

Waouh, la pensée déprimante !

Quand Declan ouvre, j'ai envie de m'enfuir. Ma fréquence cardiaque fait un bond à la vue de son torse musclé entièrement nu.

Je m'étrangle en essayant de respirer.

Des gouttes d'eau dégoulinent le long de muscles pâles avant de disparaître dans une serviette blanche nouée autour de sa taille marquée. Ses abdos en V pointent comme une flèche vers une zone à laquelle je ne devrais vraiment pas penser actuellement. Une zone qui ne fait que prouver que Declan est bien monté, même quand il n'est pas excité.

La chaleur s'accumule dans mon ventre. Je relève les yeux vers son visage, espérant qu'il n'a pas remarqué ma perte temporaire de santé mentale.

Il hausse les sourcils, attendant en silence.

Oh, la vache. Il comprend que ce que tu vois te plaît.

J'essaie de trouver comment réagir, mais tout à coup, ma gorge est sèche.

— Tu voulais de l'aide ? finit-il par demander, s'arrêtant juste devant moi.

De l'aide ! C'est vrai !

— Je n'arrive pas à défaire mes boutons.

Ma voix est bien trop hors d'haleine pour que j'en sois fière. Après notre dispute dans la voiture, je pourrais au moins faire semblant d'être contrariée devant lui.

Declan tourne autour de moi tel un prédateur. Ses muscles jouent à chaque pas et il est surprenant que ma langue parvienne à rester à l'intérieur de ma bouche.

Il fait passer mes cheveux volumineux devant mon épaule et je suis prise de chair de poule.

Ça ne devrait pas du tout se passer comme ça.

Toute personne ayant des yeux est attirée par des abdos. C'est l'évolution qui nous pousse à choisir un partenaire en mesure de subvenir à nos besoins.

Quels besoins ? Des orgasmes à répétition ?

— Mais il y en a des centaines.

Cette réflexion me tire de mes pensées, ce pour quoi je lui voue une reconnaissance éternelle. Je ris.

— Ma grand-mère a compté cent vingt boutons.

Il pousse un grognement.

— Viens, que je puisse mieux les voir à la lumière.

C'est une invitation innocente, mais mon corps n'est pas au courant. Declan me fait entrer et avancer vers sa lampe de chevet.

— Attends, je m'habille.

Oh, c'est pas la peine…

À voir mon expression, il a un léger sourire.

— Je reviens tout de suite, précise-t-il.

Il se dirige vers son dressing, mais regarde par-dessus son épaule à la dernière seconde. Mes joues brûlent de me faire prendre en train de le mater.

— Ce n'est pas poli de reluquer les gens.

— Alors commence par ne pas te balader à poil. Problème résolu.

Bien dit, Iris !

Il secoue la tête et entre dans son dressing. J'en profite pour examiner ses objets personnels sur sa table de nuit. Un exemplaire fatigué de *Gatsby le Magnifique* est marqué par cinq Post-it différents, bien alignés à côté de la télécommande de la télé. J'ouvre de grands yeux en découvrant le petit cactus que je lui ai offert il y a deux ans pour Noël.

— J'y crois pas. Il est encore en vie ?

Je prends le petit pot marqué de l'inscription *Arrête de piquer.*

— Je suis quand même capable d'entretenir un cactus.

Je sursaute.

— Mais ça fait deux ans !

Et il l'a sur *sa table de nuit…* Malgré mon envie, je n'ose pas lui demander pourquoi.

Il me coupe le sifflet en faisant courir un doigt le long de ma colonne vertébrale, juste à côté de la centaine de boutons ivoire. La plante dans ma main tremble, je sens son souffle chaud sur ma nuque. Ma peau réagit et je repose le cactus pour cacher le tremblement de mes mains.

Declan commence par le bouton du haut, qui résiste. Son grommellement me fait rire.

— Tu trouves ça drôle ?

Je ris encore, il échoue encore.

— J'ai les mains trop grandes.

— Mais bien sûr…

— Je ne rigole pas !

Je tourne la tête pour lui lancer un regard peu amène.

— Eh bien, il va falloir trouver parce que je ne peux pas dormir comme ça.

— Je peux la découper.

— Non !

C'est une robe qui a coûté 50 000 dollars. Je ne vais pas la bousiller juste parce que Declan et ses mains de Hulk n'arrivent pas à se dépêtrer de quelques boutons.

Il essaie encore une fois et pousse un soupir.

— Couteau ou ciseaux ?

— Tu plaisantes.

— Tu préfères que je déchire ?

— Certainement pas !

Je recule pour l'obliger à me laisser plus de place.

— Je reviens.

Je me dirige vers ma chambre et ouvre mon carton *d'outils de jardinage*. Je brandis un sécateur, encore un peu taché de terre, mais peu importe. Ce n'est pas comme si je comptais porter cette robe une deuxième fois, même si l'option d'en faire don est envisageable.

— Ce débile de Declan avec ses grosses pattes, marmonné-je en revenant sur mes pas.

Il regarde le sécateur que je lui pose contre la poitrine.

— Hum, ce n'est pas comme ça que j'imaginais cette soirée.

— Tu es déçu ?

— Non, *amusé*.

Ses yeux plongent dans les miens et aussitôt, une étincelle jaillit entre nous. Ma peau s'embrase et je frôle l'arrêt cardiaque. Notre échange du garage est oublié. J'ai envie de m'en vouloir, mais quand il est question de Declan… Après tout, je savais que c'était un con avant de signer pour l'épouser.

— Allez, finis-en.

Je me retourne et relève mes cheveux avant qu'il puisse le faire. Moins de contacts on aura, mieux ce sera. Je me sens déjà assez faible comme ça.

Il agrippe le col en dentelle de ma robe.

— Ne bouge pas.

Le froid du métal à la base de mon cou me coupe le souffle.

Je n'oserais pas. Mes jambes menacent de me trahir à tout moment.

Le son du sécateur sur la dentelle me donne la chair de poule sur les bras. L'air frais s'engouffre en haut de mon dos et j'appuie sur l'avant de ma robe pour l'empêcher de tomber à mes pieds.

Declan coupe les fils plus lentement que nécessaire, et la partie émoussée de la lame effleure ma peau avec chaque coupe.

— On y est presque, me prévient-il d'une voix bien plus rauque qu'à l'accoutumée.

Après quelques derniers coups de sécateur, mon dos tout entier est dénudé devant lui. Il pose l'outil sur le lit. Aucun de nous ne bouge et mon angoisse monte avec chaque seconde qui passe. Je regarde par-dessus mon épaule pour le voir fixer mon dos comme s'il n'arrivait pas à résoudre une énigme.

— Merci.

J'essaie de m'éloigner, mais je m'arrête : il me caresse le dos. Mon cœur bat à tout rompre, manquant de bondir de ma poitrine quand la main de Declan s'arrête juste au-dessus de mon string en dentelle. Le désir me frappe comme un poing en plein visage. Je ne peux m'empêcher d'étouffer un petit cri quand il suit la ligne du sous-vêtement. Je frissonne.

Il tire et un dernier fil cède.

— Ça me chiffonnait.

Je regarde avec horreur le fil tomber à côté de ses pieds nus. Évidemment, pendant que je me mourais de désir pour lui, il pensait à une putain de ficelle qui retenait un bouton. C'est effrayant de penser que je voulais qu'il soit attiré par moi.

Ce soir, c'est le dernier rappel dont j'avais besoin. Ma réaction quand il me touche n'est que physique. Des composés chimiques qui réagissent à des phéromones. C'est juste la sélection naturelle qui parle, me poussant à m'accoupler avec le pire partenaire possible sur la planète, seulement parce qu'il est sexy et disponible.

Je refuse de me laisser encore avoir par son contact. Parce que la prochaine fois, il n'y aura peut-être pas de fil pour me faire réagir et m'empêcher de prendre une très mauvaise décision.

CHAPITRE 15

Declan

Hier soir, j'ai agi comme un mufle pour une multitude de raisons. La façon dont je me suis conduit à mon mariage était le premier faux pas d'une série de regrets, tout ça parce que je n'arrivais pas à réfréner mes sentiments. Après toutes ces années, on pourrait penser que je maîtrise l'art de n'en avoir rien à foutre. C'est décevant de savoir qu'il a suffi de voir Iris en robe de mariée pour saper tout mon travail.

Tu ne commettras plus cette erreur.

Pas si je peux l'éviter. Je me suis couché très tard pour mettre au point ma nouvelle façon d'aborder notre faux mariage. Ce qui s'est produit lors de notre nuit de noces fait partie du passé. Désormais, nous ferons plus attention à ne pas nous exposer à des situations pouvant avoir des conséquences désastreuses.

Genre, lui ouvrir vêtu en tout et pour tout d'une serviette ?

Exactement. Ce n'était pas très malin, mais je ne me planterai pas deux fois.

Je frappe à la porte de sa chambre. Elle crie un truc inintelligible d'une voix râpeuse et je frappe à nouveau. Un coup qui ressemble étrangement à un oreiller atterrissant contre la porte me fait sourire.

Iris est forte dans bien des domaines, mais elle n'est pas du matin. Je me racle la gorge.

— Je reviens de courir et je t'ai pris un café.

— De chez Joe's ?

Incroyable qu'elle le devine.

— Oui.

— Vanille et lait entier ?

— Évidemment.

Son petit gémissement crée un courant d'énergie dans ma colonne vertébrale.

— Et un supplément chantilly ?

Je soupire.

— Ouvre et tu sauras.

Son rire me parvient à travers la porte et s'insinue de la même façon dans ma poitrine. J'attends deux minutes entières pendant qu'elle s'affaire à allez savoir quoi. Enfin, elle ouvre, révélant des yeux rougis accentués par son mascara qui a coulé. Je ne devrais en concevoir aucun intérêt, mais mon sang entre en ébullition à la vue de son tee-shirt délavé lui arrivant à mi-cuisse, ce qui me fait remettre en question ma santé mentale. Au prix d'un effort considérable, je détourne le regard de ses cuisses. Je prends mon temps pour arriver à son visage, facilement distrait par le renflement du tissu serré sur sa poitrine.

Reviens à la réalité !

— Tiens.

Je lui tends le gobelet comme s'il était porteur d'un virus hautement contagieux. Nos doigts se frôlent et je sens ma peau vibrer. Elle relève soudain les yeux sur moi.

— Merci pour le café d'excuse.

— Ce n'est pas pour m'excuser.

— OK. Bien sûr. Tout ce qui permet à ta virilité fragile de rester intacte.

Le soupir qu'elle pousse en buvant sa première gorgée me va droit à l'entrejambe.

— Je vais le reprendre, tiens…

Elle attrape ma main au vol, d'une poigne d'acier.

— Même pas en rêve ! C'est le meilleur réveil de ma vie.

— Tout de suite, je comprends mieux pourquoi tes relations passées n'ont pas fonctionné.

Merde, Declan. T'aurais pu réfléchir avant de parler. Ça sort d'où, ça ?

— Tu ne viendrais pas de lancer une pique concernant ma vie sexuelle ? réplique-t-elle d'une voix de tueuse.

Alors là, je ne dis plus rien. Je serre les lèvres.

Tu aurais surtout dû ne rien dire au départ !

Son regard se fait dur.

— Je crois qu'il est temps d'établir quelques règles de base.

— Des règles, répété-je sèchement.

— Oui. Des règles. Tu te souviens des nôtres ?

— J'ai un vague souvenir.

Le sourire d'Iris pourrait mettre un homme à genoux.

— Rappelons-les. Chaque regard…

Elle promène les yeux sur mon corps, comme une caresse fantôme qui embrase chaque parcelle de peau sur son passage.

— Chaque contact…

Il lui suffit de m'effleurer la joue d'un doigt pour me faire avancer comme un homme crevant d'envie d'attention.

— Chaque baiser…

Cette fois-ci, elle m'agrippe le menton avec rudesse et abaisse ma tête. Elle frôle mes lèvres. Ce n'est pas une réplique exacte de notre baiser de la soirée de fiançailles, mais celui-ci provoque chez moi une réaction toute différente.

— … N'est qu'un mensonge.

Sous mon short de course, je suis dur comme un roc. Je m'éclaircis la voix, cille plusieurs fois pour éteindre l'excitation dans mes yeux avant qu'elle ne la perçoive.

Pour être sur la même longueur d'onde, c'est raté.

— D'accord. On ne parle plus des ex.

Je n'en ai aucune qui vaille la peine d'être évoquée devant elle et les siens sont là où ils le méritent : dans le passé.

— Parfait. Je suis contente qu'on soit d'accord là-dessus, dit-elle en sirotant son café.

— Cette conversation est très intéressante, mais j'ai du travail qui m'attend.

— Et alors, qu'est-ce que tu fais là ? Avec un café ?

— Je veux te parler d'hier.

— Quelle partie ?

— Tout.

— Bon, alors vas-y.

Elle scrute mon visage, mais elle n'y trouvera aucune émotion. J'ai bien fait en sorte de les effacer.

Je commence par le plus difficile.

— Notre baiser….

— Nos baisers. Au pluriel. Qui étaient tous les deux à ton initiative, pour mémoire.

Ma peau s'empourpre sous mon tee-shirt.

— Nos baisers. Qui ne devront jamais se reproduire.

Elle sourit.

— Très bien. Ce n'est pas moi qui vais protester.

Très bien ? J'attendais au moins un peu de résistance de sa part. Vu la façon dont elle me regardait hier soir, j'aurais cru qu'elle ferait autre chose que de me renvoyer un sourire satisfait.

Tu t'es peut-être fait des idées.

— T'embrasser était un mal nécessaire devant le public, mais nous n'avons plus besoin de faire semblant d'être attirés l'un par l'autre.

Une brève lueur s'allume dans ses yeux, mais elle la maîtrise aussitôt.

— Bien. Il ne faudrait surtout pas que tu doives *faire semblant* d'avoir de l'attirance pour moi.

C'est une sale manière de l'exprimer, mais qui a son efficacité. Mes mots font les dégâts prévus et c'est pour le mieux. J'en ai suffisamment vu avec mon irrésistible envie de la toucher hier soir alors que personne ne nous regardait.

— Maintenant qu'on a mis les choses au clair, reprend Iris, je vais savourer mon café.

Et elle me claque la porte au nez.

Super. Tout s'est passé à peu près aussi bien que selon mes prévisions.

*

Je savais que l'invitation de mon père à déjeuner était un piège, mais je l'ai acceptée malgré tout. Après ma conversation avec Iris, je souhaite déterminer la taille du problème qu'il va constituer. Mon intuition me souffle que rien ne sera facile dans mon combat pour devenir PDG.

Mon père fait passer ses yeux marron du menu à mon visage.

— Des projets de lune de miel ?

— Inutile de faire mine de t'intéresser à moi.

— Je fais la conversation, c'est tout.

Tu parles. Chaque question, chaque commentaire cache une idée qu'il a derrière la tête. À cause de lui, je suis devenu expert pour lire entre les lignes.

— Iris et moi, on part vendredi.

C'est décidé depuis deux secondes. Peu importe la destination, mais on montera dans la voiture.

— Et la réunion trimestrielle pour le budget ?

— Tu pourras sûrement te débrouiller pour éplucher mes rapports en dehors de ma présence. Je n'ai qu'une lune de miel, quand même.

Les coins de sa bouche menacent de se relever.

— Tu as la solution à tout, on dirait.

Je perçois bien le sous-entendu.

— J'ai eu beaucoup de pratique en réparant les dégâts causés par une certaine personne pendant des années.

— Est-ce que tu fais au moins semblant de m'apprécier encore ?

— Ce serait un effort inutile, je trouve. Tu me hais, je te hais, pourquoi faire comme s'il en était autrement ?

Mon père ose afficher un air peiné.

— Je ne te déteste pas.

— J'ai du mal à y croire, étant donné notre histoire.

Une histoire que je n'oublierai pas, tant que je serai en vie.

— Voilà pourquoi je te respecte plus que tes frères. Contrairement à Cal ou Rowan, tu n'as pas peur de dire ce que tu penses.

— Nous avons des définitions très différentes du respect.

— Malgré tout, je trouve tes efforts admirables. C'est pour cette raison que je te considère comme une menace.

— Et pourtant, je ne peux pas dire la même chose de toi.

Il rit doucement.

— Je croyais t'avoir mieux appris à ne jamais sous-estimer ton ennemi.

— T'inquiète ! Je te surestime, même.

— Tu es peut-être intelligent, mais tu te laisses aveugler par ton besoin de vengeance. Pourquoi épouser ton assistante, franchement ? Même moi, je ne te pensais pas prêt à tout à ce point pour toucher ton héritage.

Là, il me crispe.

— Tu t'avises de reparler d'Iris comme ça et je te jure que tes douze derniers mois en tant que PDG seront un enfer.

Je peux travailler avec ou contre lui. Pour la société, il serait préférable que ce soit avec, mais s'il continue d'insulter Iris, plus aucune règle n'existe. Elle m'a prouvé sa loyauté des milliers de fois, donc la moindre des choses, c'est de la défendre d'une ordure comme mon père.

L'expression de mon visage lui arrache un rire grave.

— Tu vas me raconter que tu as vraiment des sentiments pour elle ?

Je fais tout pour garder le regard vide et lointain.

Lentement, il secoue la tête.

— Dire que je te considérais comme le plus intelligent des trois. Quelle déception.

— Tu veux en venir quelque part, ou tu parles simplement parce que tu aimes le son de ta voix ?

— Je suis sûr que tu sais pourquoi je t'ai demandé de venir.

Son sourire cruel me met en alerte.

— Avec la déception que te cause mon manque d'intelligence, il va falloir que tu t'expliques.

— Considère ça comme un avertissement, d'un père à son fils.

— À quel sujet ?

— Ton grand-père t'a donné une occasion de m'usurper mon pouvoir, mais ça ne signifie pas que tu vas la concrétiser. Je ne compte pas me rendre sans me battre.

— Ce qui rendra la victoire d'autant plus savoureuse.

Il lève son verre d'eau.

— Que le meilleur Kane gagne.

Je trinque.

— C'est déjà fait.

*

— Il faudrait que tu réserves un voyage, dis-je en m'arrêtant au bureau d'Iris. Après tout le trajet retour passé à réfléchir à cette conversation avec mon père, j'en suis venu à une conclusion.

Je dois bien me tenir à mon rôle de mari amoureux, lune de miel comprise.

Iris me demande, l'expression méfiante.

— À Tokyo ?

— Non. Choisis un endroit. N'importe où, du moment qu'il y a l'eau courante et le Wi-Fi.

Elle regarde partout dans la pièce, puis sous son bureau.

— Tu cherches une caméra cachée ?

L'ombre d'un sourire se dessine sur ses lèvres.

— Soit ça, soit une puce. Qu'il soit bien clair que je n'ai jamais pris et ne prendrai jamais de drogue. Si jamais tu trouves une substance bizarroïde dans ma chambre, c'est Cal qui l'y aura laissée.

— Très drôle, dis-je sèchement.

— Est-ce qu'il t'arrive de rire ?

— Seulement quand je fais pleurer les gens.

Elle porte la main à son cœur.

— Cal avait raison. Tu es effectivement un monstre.

— Un monstre qui veut que tu aies choisi une destination de lune de miel avant la fin de la journée de travail.

— Une lune de miel ! Waouh !

Elle a l'air bien trop enthousiaste pour que je me sente à l'aise.

— Ne va pas te faire d'idées. C'est seulement pour les apparences.

— Les apparences ? répète-t-elle, le sourire envolé.

— Je suis certain que mon père va faire tout ce qui est en son pouvoir pour rendre notre mariage caduc. C'est à nous de déjouer sa tentative.

Elle pince les lèvres.

— En partant en lune de miel ? Et qu'est-ce que ça va régler ?

— Ça prouve que j'accorde assez d'importance à notre couple pour prendre mes premières vacances en plus de dix ans.

— Ta vie est si triste que tu crois que sacrifier quelques heures de travail pour une lune de miel, c'est une déclaration de tendresse ?

— Et ça ne l'est pas ?

N'a-t-elle pas entendu un mot de ce que j'ai dit ? Je ne prends pas de vacances. Une lune de miel devrait faire taire tous les doutes sur notre relation.

Non ?

— Non, ça ne l'est pas.

— C'est moi qui en serai juge, dis-je avec une grimace.

— Ben voyons. On peut interpréter les choses à ta manière, puisque tu as une expérience si étendue en matière de relations.

Iris marmonne au sujet des hommes qui croient toujours tout savoir. Je tape du poing sur son bureau.

— Réserve l'avion pour vendredi.

— Ce vendredi ?

— Ça posera problème ?

— Non ! s'écrie-t-elle. Et même si ça en posait, je refuse de laisser filer cette occasion en or. Je n'ai pas eu de vacances depuis des années.

— Au moins, tu tireras enfin quelque chose de bien de cette affaire.

C'est à son tour de taper sur son bureau. Elle affiche un air sévère.

— Tu veux dire qu'il pourrait exister quelque chose de mieux que t'épouser ? Je ne veux pas le croire.

Je me détourne pour me diriger vers la porte et masquer ainsi le sourire qui s'épanouit sur mon visage. Iris est la seule à savoir me donner le sourire. Elle n'est pas au courant, bien sûr. Je fais tout pour lui cacher l'impact qu'elle a sur mes humeurs.

CHAPITRE 16

Iris

Si quelqu'un m'avait dit il y a un mois que Declan me remettrait sa carte ultra-gold personnelle en me demandant de planifier une lune de miel pour tous les deux, j'aurais envoyé cette personne aux urgences pour un scanner du cerveau. Et pourtant, c'est ce que mon patron est en train de faire.

— Ne regarde pas à la dépense, précise-t-il avant de disparaître derrière sa porte à double battant.

Je pousse un cri de joie en faisant tourner mon fauteuil à roulettes.

— Doucement ! me sermonne-t-il depuis son bureau.

Je serre les lèvres et prends mon téléphone pour envoyer un SMS à Cal.

Moi : Devine qui part en lune de miel !

Cal : Comment tu l'as fait craquer ?

Cal : Supplice de la baignoire ?
Cal : Privation de sommeil ?
Cal : Sexe ???
Cal : Attends, si c'est la dernière réponse, ne me dis pas. Je ne veux pas savoir.

Je tape ma réponse en riant.

Moi : Ton père.

Cal : *Sous le choc.*

Moi : Tu veux m'aider à planifier un truc ?

Cal : Je suis là dans un quart d'heure.

*

— Non.

Je fourre un ravioli chinois dans ma bouche.

— Mais c'est Bora-Bora, répond Cal, exaspéré.

— On va s'ennuyer.

Heureusement que Cal ne peut pas voir mes joues s'enflammer de ce mensonge.

— T'es folle, ou quoi ?

Non, je suis loin d'être folle de vouloir choisir une destination de lune de miel qui exclut de voir Declan torse nu et mouillé à longueur de journée. Même moi, je connais mes limites, et c'en est une. Après le petit spectacle auquel j'ai eu droit la dernière fois, il est préférable de ne pas me remettre à l'épreuve.

Avec la souris, Cal fait défiler sur mon écran d'ordi l'article *Les Dix Meilleurs Endroits au monde où passer sa lune de miel.*

— Maui ?

— Bof.

— Fidji, alors.

— Non merci.

— Sincèrement, on dirait que tu ne veux pas avoir de lune de miel du tout.

— Mais si ! Je veux juste éviter qu'on doive enlever nos fringues.

Mon ami me regarde de haut.

— L'Afrique du Sud ?

Ah, ça pourrait être une idée…

— Dis-m'en davantage.

Il semble absolument horrifié par mon intérêt.

— Tu ne peux pas être sérieuse. Tu choisirais un safari-photo plutôt que Bora-Bora ?

— Pourquoi pas ?

— Parce que ce n'est pas romantique.

— Ce n'est pas vraiment un voyage romantique.

— À l'évidence, sinon, tu choisirais autre chose.

Plus Cal insiste, plus je trouve l'idée intéressante. Rien de mieux pour annoncer « on se touche pas » que l'antimoustique, le mal des transports et le spectacle d'animaux qui s'entre-dévorent. Avec un programme chargé, le risque qu'on dérape retombe presque à zéro.

Je jette ma serviette sur la table et tapote mon ventre satisfait.

— C'est décidé. On part en Afrique du Sud.

Le gémissement de Cal me fait sourire.

Problème réglé.

*

Planifier un voyage pour dans quelques jours en Afrique du Sud, c'est stressant. Je dois jongler entre l'emploi du temps plein à craquer de Declan, les rendez-vous pour nos vaccins, les appels pour savoir quels organisateurs d'expéditions peuvent nous prendre à la dernière minute… le tout en travaillant de neuf heures à vingt et une heures tous les jours.

Declan est complètement inutile quand il est question de planifier, donc je dois me débrouiller seule. Les vols, les itinéraires de voyage, les réservations. Tout repose sur moi, parce que pour Declan, la destination est indifférente pourvu que je poste quelques photos du voyage montrant que nous passons un bon moment.

Du fait de son attitude, je n'ai aucun regret à réserver dans le *safari lodge* le plus cher. Je prends même rendez-vous chez la coiffeuse pour me faire tresser les cheveux, et sur la carte personnelle de Declan aussi. Voilà ce qu'il récolte pour sa froideur. Il aurait au moins pu me demander si j'avais besoin d'aide, voire me remercier d'avoir tout organisé en catastrophe, juste pour pouvoir prouver à tout le monde que nous sommes un couple heureux.

Ce sont les petites choses qui font qu'on se sent apprécié, mais Declan s'en fiche bien.

Je soupire en regardant par la vitre.

— Qu'est-ce qui ne va pas ?

Declan ne prend pas la peine de lever les yeux de son téléphone.

— Rien. Je pensais juste que je dois terminer nos valises à tous les deux ce soir.

Le mensonge me vient facilement. De toute façon, Declan s'en tamponne de ce que je ressens. Il garde le silence.

— Il y a quelque chose en particulier que tu veux emporter ?

— Non, répond-il, concentré sur un message qu'il est en train de rédiger.

Est-ce ainsi que je vais passer ma vie pendant les trois prochaines années ? Parler à quelqu'un qui est scotché à son portable en permanence ?

La sensation de vide dans ma poitrine s'intensifie avec les minutes qui passent. Declan ne se rend compte de rien et je ne fais que m'immerger davantage dans la tristesse.

Tu t'attendais à quoi ? Vous vous mariez et, hop, il change d'avis aussitôt ? Le monde ne fonctionne pas comme ça.

Il pourrait au minimum m'accorder un petit peu de temps, sachant que je suis désormais sa femme.

Ne souhaite pas des choses qui ne se produiront jamais.

Je soupire à nouveau, sans commentaire de Declan, cette fois-ci. Impossible, puisqu'il vient de prendre un appel et qu'il est occupé à engueuler la personne qu'il a en ligne.

L'histoire de ma vie.

*

Mon téléphone vibre dans ma main. C'est un SMS de Cal.

Cal : Tu as pensé à remercier mon père
pour votre lune de miel improvisée ?

Moi : Je n'oublierai pas de lui envoyer
un panier de fruits pour le remercier à mon retour.

Cal : Je dois lui dire de vérifier s'il n'entend pas un petit tic-tac ?

Moi : Ne lui gâche pas la surprise ! Ce sera le meilleur moment.

Cal réagit par une série d'emojis qui rigolent.

Declan prend place dans le siège ultraconfortable qui fait face au mien dans le jet privé. L'hôtesse lui demande aussitôt s'il a besoin de quelque chose, mais il tape sur l'écran de sa tablette sans l'écouter.

— Monsieur, je suis là pour vous rendre tous les services que vous voudrez. N'hésitez surtout pas si vous avez besoin de quoi que ce soit pendant ce long trajet, dit-elle en battant des cils.

« Tous les services que vous voudrez » ? Beurk.

Declan ignore superbement son sous-entendu évident. Il ne prend pas la peine de la regarder alors qu'elle reste à côté de son siège à baver sur la moquette. Je me racle la gorge.

— Excusez-moi ?

Elle ne me regarde même pas et enchaîne à l'intention de Declan :

— Le commandant annonce un voyage tranquille. Je me demande bien pourquoi vous avez choisi l'Afrique du Sud ?

— J'ai toujours voulu faire un safari.

Toujours depuis trois jours, quoi.

Elle ose me lancer un regard noir. Compte-t-elle vraiment me snober tout en flirtant avec lui ? Merde, il porte une alliance !

— Mon mari et moi allons prendre un verre de champagne, s'il vous plaît.

Je lève la main pour attirer son attention et le diamant envoie un arc-en-ciel de couleurs vers le plafond. L'hôtesse me regarde, interloquée.

— Je vous demande pardon ?

« Demande pardon, oui », ai-je envie de dire.

— Oh, et puis vous n'avez qu'à nous donner toute la bouteille. Nous sommes d'humeur festive.

— Vous êtes mariés ?

Son regard passe de l'un à l'autre avant de tomber sur l'alliance de Declan. La disparition de son sourire fait naître le mien.

— Donnez à ma femme tout ce qu'elle veut, dit Declan sans relever les yeux de sa tablette.

Mon estomac s'agite, et ça n'a rien à voir avec la nervosité de prendre l'avion.

— Bien entendu, monsieur, tout de suite.

Elle se précipite à l'arrière de l'avion.

— Tout de suite ! répété-je en levant les yeux au ciel.

Declan relève un peu les coins des lèvres, comme s'il s'intéressait vaguement à ce qu'il voit sur son écran.

Je le fusille du regard.

— Tu t'amuses bien ?

— Je trouve ta possessivité divertissante.

— Je ne suis pas possessive !

— Mouais…

Il tapote plusieurs fois l'écran. Je m'agite dans mon siège, les extrémités de mes tresses effleurent mes reins.

— OK, comme tu veux. Dans tous les cas, ce serait normal. Elle n'avait pas à flirter avec toi alors que tu portes une alliance.

— Je vois.

Il passe le doigt sur le hublot.

— Qu'est-ce que tu ne dis pas ?

— Je suis curieux de savoir pourquoi tu éprouves le besoin de brandir ton état civil dès que tu te sens en insécurité.

Je suis choquée.

— Je ne suis pas en insécurité !

— Je suis au courant de tes problèmes pour faire confiance.

Il ne serait pas gonflé, un peu ? Il peut parler de problèmes de confiance, lui qui a un code à dix-sept caractères juste pour déverrouiller son téléphone !

— C'est le moment de notre relation où on partage tous nos problèmes à cause de notre papa ? demandé-je sur un ton roucoulant pour plaisanter, malgré les battements effrénés de mon cœur. Parce que je crois bien qu'on pourrait passer tout le vol à débattre de qui a eu le pire.

Il hausse les épaules.

— Toujours sur la défensive.

Mais quel c…

On se calme. Il a le don pour repérer les insécurités des gens et les retourner contre eux. Plutôt que de répondre à ses provocations, je sors mon téléphone et m'occupe de ma boîte mail. Le tri des messages est une tâche apaisante qui garde mon esprit en léthargie.

Malgré tous mes efforts, mes pensées divaguent.

Des problèmes de confiance ? Il est qui pour me signaler ce genre de choses ? Tout chez lui est méfiance, du contrat de mariage de trente pages que j'ai signé au fait qu'il ne s'ouvre toujours pas à moi alors que je le connais depuis plusieurs années.

— Tu peux compter sur moi pour rester fidèle.

— Comme si c'était une inquiétude, rétorqué-je.

Il me questionne du regard.

— Tout le monde connaît tes habitudes.

— Lesquelles ? demande-t-il, amusé.

— Tu ne couches pas à droite et à gauche, tu n'as pas de relations sérieuses. La moitié de la société Kane pense que tu es gay, l'autre moitié se dit que tu fais une visite hebdomadaire en club privé pour te défouler.

— Je suis déçu par leur manque de créativité, répond-il, la voix plus agacée.

— J'ai essayé de les aider en répandant une rumeur sur une femme qui venait à ton bureau en secret le vendredi, mais ça n'a duré qu'un an.

— Mais pourquoi tu es allée raconter ça ?

Son expression neutre se transforme en un visage terrifiant, ce qui me rend presque fière de l'avoir fait réagir. Ce n'est pas un maigre exploit d'arriver à énerver le grand Declan Kane.

Je m'absorbe dans l'étude de mes cuticules.

— Ça a forcé les gens à m'envoyer les choses à faire plus tôt, parce que personne ne voulait interrompre tes rencontres sexy pour une signature. C'était vraiment gagnant-gagnant. Je pouvais préparer tes briefs du lundi et eux, ils étaient promus pour leur efficacité.

Il me regarde, ébahi.

— Tu leur as fait croire ça pendant un an ?

— Tu es fier de moi ?

— Non.

— Tu devrais. Je tenais tellement à cette histoire que j'ai même payé quelques femmes pour quitter ton bureau à 17 heures, dis-je d'un air suggestif.

— Dis-moi que tu ne les as pas rémunérées avec ma carte perso.

— Ta carte pro ! J'ai considéré que c'était une dépense de boulot.

Il se frotte les yeux.

— Parfois, j'ai l'impression de tout savoir de toi, et puis tu ouvres la bouche pour balancer un truc comme ça.

Mes joues me brûlent et je cache ma timidité par un sourire.

— Tu gardes l'œil sur moi ?

— C'est normal.

— Parce que je suis ta femme ?

Sa réponse est interrompue par l'hôtesse qui revient avec notre bouteille de champagne. Elle fait sauter le bouchon et reprend nos flûtes en se penchant délibérément. Un coup d'œil sur son décolleté me pousse à l'action.

— C'est bon, je vais le faire.

Rougissante, elle pose la bouteille sur notre table et déguerpit.

— La jalousie te va bien.

— Oh, la ferme.

Je nous sers nos verres. Declan récompense mon attitude par un gloussement si grave que je l'entends à peine par-dessus le bourdonnement du moteur.

Je souris en retour en levant ma flûte.

— Aux vacances dont j'ai désespérément besoin.

Il prend l'autre verre à contrecœur.

— Et à la lune de miel que je n'ai jamais voulue.

Je trinque avec lui.

— À la nôtre !

*

Il me faut deux jours entiers pour me remettre d'un décalage horaire difficile. Au troisième matin, je me sens super bien. La taie d'oreiller en soie est toute douce sous ma tête quand je me tourne sur le côté pour regarder par la fenêtre panoramique qui donne sur la savane. La lune se reflète à la surface de notre piscine privative et je suis tentée d'y faire un plouf pour me réveiller.

J'étends les jambes avant de me tortiller de joie dans le lit. Je n'ai pas eu de vacances depuis que je travaille pour Declan, donc l'idée de passer dix jours sans rien me donne envie de danser.

Mon alarme de téléphone brise le silence. Si je n'étais pas habituée à me lever tôt pour le boulot, ce réveil à 5 heures du matin m'aurait vraiment contrariée. Étant donné mon choix limité en vêtements appropriés pour un safari, je ne mets pas longtemps à me préparer.

Quand j'arrive dans notre salon, je m'attends à ce que Declan soit agacé par mes dix minutes de retard. Mais en réalité, il n'est pas là. Je tourne sur moi-même avant de repartir dans notre villa privée. Sa chambre est située du côté opposé à la mienne, ce qui lui permet une vue tout aussi belle sur la piscine.

Un son étouffé me parvient derrière la porte. J'ouvre pour le trouver penché sur un bureau, frais et dispo dans son costume trois-pièces. J'essaie de ne pas reluquer ses fesses mises en valeur, mais je ne suis pas aveugle. Malgré tout, le petit soubresaut de mon cœur m'inquiète suffisamment pour que je parvienne à poser les yeux sur son visage.

— Mais tu ne peux pas y aller habillé comme ça. Les lions vont te dévorer vivant !

Sans me répondre, il note quelque chose sur un bloc de papier. Je regarde l'heure.

— On doit retrouver le gardien du parc dans cinq m…

— Excusez-moi, monsieur Kane, qu'est-ce qui se passe ? me coupe une voix de femme.

Il me gratifie d'un regard assassin et me fait signe de me taire.

— C'était juste mon assistante. Poursuivez, madame Tanaka.

Tanaka. Évidemment, Declan répond à l'appel de l'assistante de M. Yakura. Elle et son patron V.I.P. font partie des quelques personnes à avoir accès direct à la ligne personnelle de Declan.

Mme Tanaka dit quelque chose en japonais et Declan répond du tac au tac. C'est toujours impressionnant de le voir passer d'une langue à l'autre. Qu'il s'exprime en espagnol, portugais, mandarin ou japonais, sa facilité à formuler des phrases est admirable. J'ai essayé de me souvenir de quelques termes en suivant ses conversations, mais je n'ai jamais été douée pour les mots, alors encore moins dans une langue étrangère.

Pendant que Declan continue avec Mme Tanaka, j'entre dans son dressing et je me mets à déballer ses affaires. Comme c'est de toute façon moi qui avais fait la valise, je n'en ai pas pour longtemps. Le costume est une surprise et je suis assez perplexe que Declan l'ait ajouté à ses bagages. On était censés être sur la même longueur d'onde : pas de boulot.

Quel intérêt à se prêter à cette mascarade, si c'est pour qu'il travaille tout le temps ? Ça n'envoie pas un message d'amour fou.

Mme Tanaka termine enfin l'appel et je sors du dressing avec une tenue compatible avec un safari.

— Tiens, mets ça.

— On n'y va pas.

— Euh, pardon ?

Il baisse les yeux sur mon bras tremblant, ma main crispée sur ses vêtements.

— Yakura veut faire une visio dans quelques heures pour parler de la dernière proposition.

— Tu plaisantes.

— Non. Il est impossible, ce mec. Je ne suis pas loin d'abandonner cette parcelle et d'envoyer du monde pour me dénicher un nouvel emplacement.

— Mais…

— Je ne vais pas renoncer alors que je suis tout près de conclure l'accord, surtout après avoir promis au conseil d'administration que je conclurais l'affaire Dreamland Tokyo.

Il arpente la chambre. Son grand corps me donne l'impression que les murs se referment sur moi.

— Je crois que je ne suis pas ce que tu me dis.

— Il m'a enfin fait des retours concrets sur ma proposition et il voudrait approfondir…

— Je ne parle pas de la proposition !

Je jette les fringues sur son lit, regrettant de ne pas les lui envoyer en pleine face.

— Tu es contrariée, constate Declan, surpris.

— Non, Declan. Je suis déçue.

— Tu es pourtant la mieux placée pour comprendre l'importance que ça a pour moi.

Je lève les bras au ciel.

— Justement ! J'intègre tes besoins, même aux dépens des miens.

J'ai aussitôt envie de retirer mes paroles, ne serait-ce que pour effacer l'expression terrifiante de son visage.

— C'est-à-dire ?

— Ça fait trois ans que je passe ma vie à m'assurer que tu as tout ce que tu veux, même si je dois sacrifier mon bonheur dans ce but.

On ne peut pas dire que tu te sois retenue…

Il pince les lèvres au point qu'elles blanchissent.

Click, annule.

— Laisse tomber…

— C'est vraiment ton ressenti ? m'interrompt-il.

Je garde les yeux dans les siens au prix d'un grand effort de volonté.

— Oui.

— Pourquoi ?

Cette question me désarçonne. S'inquiète-t-il vraiment de ce que j'éprouve ? Jusqu'ici, il n'a jamais pris la peine de me demander de quoi j'avais besoin, et les occasions n'ont pourtant pas manqué. J'ai quand même raté un Noël à cause d'un voyage d'affaires et dû annuler des projets à la dernière minute à cause d'une urgence ou d'une autre de la société Kane.

Ces trois dernières années, ma vie a lentement disparu au profit de l'identité de « l'assistante de M. Kane ».

C'est le moment de lui avouer que tu n'aimes plus ton boulot. Je m'apprête à parler, mais son regard m'arrête. Ses yeux s'assombrissent.

Son téléphone sonne, rompant le silence. Sa main hésite dessus.

Il ne veut pas gérer ton humeur alors qu'il a plus important au programme.

Je me compose mon plus beau sourire, même s'il n'est pas réel.

— Oublie. Je suis grognon à cause du décalage horaire et du réveil matinal pour le safari. Un petit café et ça ira mieux.

Son téléphone cesse de sonner.

— Écoute…

— C'est bon.

— Je ne pensais pas…

La sonnerie stridente nous coupe à nouveau.

— Tu devrais répondre, ça a l'air important.

Je hoche la tête et lui envoie un sourire tendu.

Il ouvre la bouche, mais je ne reste pas. La dernière chose que j'entends avant de fermer la porte derrière moi, c'est sa voix qui aboie un ordre sur un interlocuteur innocent.

*

Fidèle au gros connard qu'il a tendance à être la plupart du temps, Declan m'envoie un message audio pour me demander un PowerPoint car, on ne sait jamais, M. Yakura pourrait vouloir un support visuel pour leur entrevue.

Le seul support visuel dont j'ai besoin, c'est l'image de mes mains qui se referment sur la gorge de Declan pour l'étouffer.

Bon. Calme-toi sérieusement.

Une fois que j'ai apaisé ma colère, je me mets au travail. Il me faut deux heures pour créer un PowerPoint à partir de nos notes confuses combinées. Cela me prend presque le double du temps qu'y passerait quelqu'un d'autre, parce que je dois relire et vérifier chaque diapo trois fois pour m'assurer qu'il n'y a pas d'erreur. Mon dernier souhait, c'est que Declan me dézingue pour une faute d'orthographe ou un signe de ponctuation incorrect.

Une fois que j'ai terminé la présentation, j'envoie à Declan un message lui demandant non sans ironie s'il a encore besoin de moi. J'aurais dû me douter que ça allait me retomber dessus. Il m'envoie demande après demande, chacune plus irritante que la précédente.

Vois avec les sponsors de Tokyo s'ils sont toujours intéressés.

Contacte le responsable du marketing et demande-lui un rapport sur les investissements estimés.

Programme une réunion de dernière minute avec Rowan avant que Yakura ne soit sur l'appel vidéo.

Plus il est exigeant, plus ma colère monte. Je devais avoir dix jours de vacances. Après trois ans sans prendre mes congés payés, je veux mon temps de pause.

J'en ai besoin.

Peut-être que tu veux autre chose aussi.

Je me prends la tête entre les mains avec un soupir de frustration. J'apprécie mon boulot et toutes les opportunités que Declan m'a offertes, mais je ne sais pas si je vais pouvoir garder ce poste encore longtemps.

C'est surtout que je ne veux pas le garder.

Je vais avoir 24 ans cette année et que puis-je dire de moi ? En gros, ma vie tourne autour de Declan et consiste à m'assurer qu'il a tout ce qu'il lui faut pour réussir. Je l'ai même épousé pour qu'il puisse atteindre tout ce dont il rêvait. Tout ça parce que j'ai pour lui une affection qu'il serait incapable de me rendre. Il m'a donné une chance quand personne ne croyait en moi, et pour cela, je lui suis redevable.

Mais mes actions sont très révélatrices.... Je mets de côté mes besoins parce que je croyais que ça me rendrait heureuse d'aider les autres. Et bien sûr, c'est super de voir tout le monde réaliser ses rêves, mais ça me laisse avec un trou béant dans la poitrine.

Si tu ne changes pas, rien ne changera.

Cal avait peut-être raison. Si je continue de me trouver des excuses, je ne trouverai jamais le bon moment pour passer à la prochaine grande étape de ma vie.

Et pourtant, tu as déjà essayé et échoué.

Je pousse un soupir. Malgré tous les autres échecs que j'ai connus, ne pas être recrutée pour un poste de base aux ressources humaines, c'est ce qui fait le plus mal.

Tu t'es plantée, et alors ? Si tu restes dans ta zone de confort, tu n'accompliras jamais rien d'intéressant.

Et Declan, alors ? La voix qui s'est beaucoup trop prononcée sur mes décisions précédentes s'élève encore. Et comme toujours, je l'écoute. Je range mes autres pensées et commence à m'occuper de la dernière exigence de Declan.

CHAPITRE 17

Declan

Iris n'est plus la même depuis que j'ai annulé notre safari prévu aujourd'hui. Je croyais que d'ici midi, elle aurait changé d'humeur, mais je me trompais. Elle ne communique avec moi que par mail alors qu'elle est à quelques pas, et elle évite toutes les parties communes du bungalow. Je suis bien plus contrarié que je ne voudrais l'admettre d'être ignoré ainsi.

J'envisage plusieurs fois d'aller la voir, mais je me ravise. Après tout, quand elle est agacée au boulot, je préfère la laisser seule pour décompresser. Elle connaît les enjeux et elle sait parfaitement combien ce contrat est important à mes yeux. Elle n'imaginait tout de même pas que j'allais refuser la proposition de Yakura ! Après la galère que ça a été pour réussir à avoir un rendez-vous visio, ce serait ridicule.

L'heure de la réunion approche et Iris n'est même pas venue préparer le matériel. Au moment où je m'apprête à lui téléphoner, elle entre dans le salon, son ordinateur portable calé sous le bras.

Comme toujours en sa présence, je sens ma poitrine se serrer, mais en la regardant de la tête aux pieds, ce phénomène est encore accentué. Plutôt que ses robes et ses talons habituels, elle porte une tenue toute noire qui dévoile chacune de ses courbes.

Je me redresse de toute ma hauteur, ne serait-ce que pour me faire remarquer. Mais elle s'affaire à tout mettre en place pour la visioconférence sans m'accorder un regard.

Je résiste je ne sais comment à la tentation de lui prendre le menton pour l'obliger à me regarder, mais je me place quand même sur son chemin.

— C'est prêt ?

Elle se met à serrer le câble du chargeur comme si elle allait étrangler quelqu'un avec.

— Oui.

Elle n'a toujours pas relevé les yeux vers moi. J'ai plus important à faire, donc son attitude ne devrait pas me soucier, mais je suis intensément conscient de la tension qui monte entre nous.

Je n'aime pas ça, mais alors, pas du tout.

— Iris…

— Oui ?

Son attention est fixée sur l'écran de connexion comme s'il était écrit en morse.

— Dis-moi ce qui ne va pas, qu'on puisse poursuivre notre journée.

À en juger par ses doigts qui claquent sur le clavier, ma question ne lui plaît pas.

— Qu'est-ce qui pourrait ne pas aller ?

— Sors du mode passif-agressif et parle-moi.

Je pose la main sur la sienne pour l'empêcher de taper.

— Tu es la dernière personne à qui j'ai envie de parler en ce moment.

Elle dégage sa main et, enfin, ses yeux me transpercent.

Je ne m'attendais pas à trouver ce que j'y distingue. Elle aurait aussi bien pu porter un drapeau rouge au-dessus de la tête pour me prévenir de ne pas l'approcher. Pourtant, il m'est impossible d'occulter que ses yeux brillent.

Je prends conscience que, même si j'ai un faible pour son sourire, ses cils recourbés seront sûrement ce qui annoncera ma chute. L'oxygène peine à atteindre mes poumons contractés.

— Tu as pleuré ?

— Non.

— Tu mens très mal.

Iris gonfle les narines et se redresse, ce qui signifie qu'elle m'arrive tout juste au menton.

— Tu veux que je sois honnête ? demande-t-elle d'une voix dangereusement basse.

— Oui.

— Même si ce que je dis t'irrite au plus haut point ?

— Je peux te promettre que j'ai entendu pire.

Un bref instant, le mur de glace qu'elle érige fond.

— Ne fais pas ça.

— Quoi ?

— Ne me rappelle pas qu'il y a un être humain enfermé quelque part en toi.

— Mais de quoi tu parles ?

Elle détourne le regard vers un coin de la pièce.

— Je…

Elle est interrompue par une notification à l'écran. Son rire amer emplit le salon.

— Je te laisse.

Putain de réunion.

Cette pensée agit comme un coup de poing. Mon inspiration ne parvient guère à me calmer et mon cerveau est hors de contrôle.

Tu perds de vue l'essentiel.

Je secoue la tête pour me calmer, je déboutonne ma veste et m'installe sur le canapé, face à l'ordinateur.

— Nous poursuivrons cette conversation tout à l'heure, dis-je sans laisser place à la contradiction.

— Bien sûr, monsieur Kane.

Je ne m'arrête pas à son sous-entendu. Elle accepte l'appel et sort du cadre.

— Bonjour, bonjour ! commence un Yakura souriant.

J'essaie de me montrer joyeux moi aussi, mais mon sourire forcé le fait rire.

Je ne comprends pas comment il peut avoir autant d'entrain à longueur de temps. On dirait un labrador : joie et bons moments. Ça me tue que quelqu'un comme lui, avec tout le pouvoir de son côté, puisse se comporter ainsi.

Tout le monde n'est pas un pauvre con malheureux comme toi.

— Vous n'êtes pas obligé de sourire pour moi ! s'exclame Yakura.

— Parfait. Ce n'est pas naturel.

Et ça sollicite trop de muscles du visage à mon goût.

Il pouffe, ce qui libère un peu de tension de mes épaules.

— Où est Iris ?

— Ici !

Iris s'avance derrière moi, se servant du dossier du canapé comme d'une barrière entre nous. Son parfum enivrant m'enveloppe, évoquant une chaude journée à la plage. Je respire par la bouche.

— Comment allez-vous ? demande Yakura.

La tension s'efface un peu. Iris brille toujours dans ce genre de circonstances, moi je déteste ça. Faire la conversation, c'est ma forme la moins aimée de communication, juste après les signaux de fumée et les groupes WhatsApp.

Avec un sourire bien moins forcé que le mien, Iris lance :

— Tout se passe très bien. La routine, vous savez. Je prends la vie un jour de boulot après l'autre.

Nos regards se croisent sur l'écran et je plisse les miens en un avertissement silencieux.

— Vous avez besoin de vacances, je crois. Peut-être même une lune de miel, si j'ai bien compris ?

Le sourire d'Iris faiblit, mais elle se reprend très vite.

— Je vois que vous avez reçu la nouvelle ?

— Je suis un peu vexé de l'avoir apprise par ma femme. Je pensais que nous étions amis.

Je ne sais pas pourquoi, mais ce mot me met mal à l'aise, quelle que soit la personne. Je ne comprends pas pourquoi les gens tiennent tant à devenir mon ami. Ils me trouveraient défaillant sur tous les plans : j'oublierais leur anniversaire et je ne lirais pas leurs messages.

— Comme tout est allé si vite, j'ai envoyé une invitation au mariage par mail à votre assistante, mais vous n'avez pas dû la recevoir.

Iris affiche une mine désolée sur demande, comme si l'absence de Yakura à notre mariage était un crève-cœur.

— Madame Tanaka ne l'a sans doute pas vue. Je reçois tellement de mails tous les jours que j'utilise presque tout un cloud d'espace de stockage.

— Oh, ce n'est pas grave. C'était très improvisé de toute façon.

Iris pose sa main ornée du diamant sur mon épaule et Yakura suit ce geste des yeux. Je reste raidi dans le canapé, envahi par une sensation de brûlure dans le bas-ventre.

— C'est sûr. Je ne me doutais pas du tout que vous étiez ensemble, même si mon épouse avait des soupçons. Je suis un peu agacé qu'elle ait raison depuis tout ce temps.

— Votre femme est quelqu'un d'intelligent, répond Iris.

— Comment avez-vous fait pour garder votre relation secrète aussi longtemps ?

— Vous connaissez Declan, il fait toujours la part des choses entre sa vie personnelle et professionnelle.

— Je ne vous le fais pas dire. Même sa couleur préférée, il a refusé de me la donner.

— Vert, comme un beau billet de cent dollars tout neuf, répond-elle avec le sourire.

J'ai très envie de lever les yeux au ciel.

— C'est vrai ? me demande Yakura, amusé.

— Oui.

C'est faux.

Iris me tapote l'épaule avec approbation. Quand elle m'a posé cette question, je lui ai dit que je n'avais pas de couleur préférée. Naturellement, dans l'un de ses fréquents coups de folie, elle en a adopté une pour moi. C'est devenu une blague récurrente de sa part, et tous ses cadeaux font intervenir du vert, comme si me saturer de cette couleur allait me la faire aimer.

Ce n'est pas le cas. En fait, maintenant, le vert me rappelle… Iris.

— Bon, je ne vais pas vous retenir trop longtemps, mais tant que vous êtes là tous les deux, je voudrais que nous discutions d'une occasion unique concernant la proposition pour Dreamland Tokyo.

Voilà ce que tu attendais. Je retiens mon souffle en attendant qu'il continue.

— Je suis partant pour mettre en route le projet, à quelques conditions.

Je ne cille pas. Je ne souris pas. Je me contente de fixer l'écran en me demandant comment notre proposition l'a convaincu plutôt qu'une autre.

Qu'est-ce qui a changé ?

Et puis qu'est-ce qu'on en a à battre ? L'important, c'est qu'il veuille travailler avec nous.

— Magnifique. La société Kane serait ravie de travailler avec vous et de faire de Dreamland Tokyo une réalité.

— Je suis aussi ravi que vous, mais j'aimerais vous voir régler quelques détails avant que je ne présente le contrat à mon conseil d'administration.

— Bien entendu. Nous ferons ce qu'il vous faudra, réponds-je, malgré la petite grimace d'Iris que je vois apparaître à l'écran.

Yakura joint les mains tout en énumérant les modifications qu'il souhaite me voir apporter, y compris les sponsors japonais qu'il veut amener au projet.

— Parfait. Serait-ce trop vous demander de m'envoyer une proposition mise à jour avec un programme prévisionnel afin que je puisse la partager avec le CA ce vendredi ?

La main sur mon épaule se crispe, mais Iris garde le silence.

— Aucun problème.

— Fantastique. Je savais que vous seriez à la hauteur.

Je serais idiot de ne pas l'être. Ce projet doit être mon premier grand geste en tant que futur PDG, et je n'ai pas passé deux années de ma vie à travailler nuit et jour pour le piétiner.

Les ongles d'Iris s'enfoncent dans le tissu de mon costume. À l'écran, son visage est dépourvu d'émotion, ce qui est un signe d'avertissement.

Sa colère est justifiée, mais il y a des priorités. Les opportunités ne dépendent pas de la chance mais plutôt d'un dur labeur et de sacrifices. Quelques jours de plus ne vont pas la tuer. Elle aura toutes les occasions de regarder des bestioles chier, baiser et pioncer, du moment qu'on accomplit d'abord la requête de Yakura. Ce dernier m'adresse un signe de tête.

— Je suis impatient d'avoir bientôt de vos nouvelles.

Au moment même où il met fin à l'appel, Iris s'éloigne de moi le plus vite possible.

— Je suis repoussant à ce point ?

Elle plisse les yeux.

— C'est déconseillé que j'aie les mains à proximité de ton cou en ce moment même.

— Je ne savais pas que c'était ton truc.

— Le meurtre ?

— Le BDSM extrême.

— Là, tu enfreins une règle, s'indigne-t-elle.

— Laquelle ?

— On ne flirte pas.

— Intéressant. On ajoute des règles à mesure, maintenant ?

— Oui, sachant qu'il n'existe pas de manuel *Comment simuler votre mariage en 10 leçons.*

— Tu te sens mieux comme ça ? demandé-je d'une voix teintée d'ennui.

Elle fronce les sourcils.

— Quoi ?

— À ériger un mur entre nous quand ça devient trop réel pour toi.

Elle éclate de ce rire profond et sifflant à la limite de l'agaçant.

— Sachant comment tu traites tout le monde, je suis estomaquée que tu parviennes à prononcer ces mots sans rigoler.

— Je ne te traite pas comme je traite les autres.

Iris en sait davantage sur moi que mes propres frères. Qu'elle l'oublie, ça… fait monter ma tension.

— C'est vrai.

Le souffle que je retenais quitte mes poumons. *Enfin elle comprend.*

— Il y a des moments où tu me traites très bien, poursuit-elle. Ce serait bête de le nier. Mais il y a des tas de fois où j'ai l'impression de ne pas avoir d'importance. Mes besoins sont simplement un dommage collatéral dans ta recherche de ce qui, tu le penses, te rendra heureux.

J'ai envie de la prendre par les épaules et de la secouer jusqu'à ce que ses propos aient du sens. Je me contente de hocher la tête.

— Je vois.

— Non, pas du tout, réplique-t-elle avec un sourire qui n'a rien de naturel. J'ai planifié ce voyage en pensant qu'on allait passer de bons moments ensemble. Je croyais… (Elle rit, mais le son est faux également.) Sincèrement, je ne sais pas ce que je croyais, mais je m'en veux d'être surprise que ça se passe comme ça. Je suis encore plus déçue d'avoir pu imaginer que ton travail ne pouvait pas attendre une journée.

Mon triomphe à l'issue de la réunion avec Yakura disparaît devant son expression. Dans ma tête, toutes les alarmes s'allument.

— Iris…

— Laisse tomber. C'est pas grave. Je vais marcher un peu.

— Non.

On est au milieu de nulle part, entourés d'animaux sauvages et il fait encore sombre. Je me fous qu'elle soit en colère, je ne vais pas la laisser sortir. Elle relève le menton avec défi.

— Je ne t'ai pas demandé la permission.

Je me sens rougir.

— Alors, en tant que supérieur, je t'ordonne de commencer les mises à jour demandées par Yakura. Le temps, c'est de l'argent.

Elle se raidit entièrement.

— Évidemment. Je m'y mettrai dès que je t'aurai présenté ma démission sous quinze jours, connard.

Oh, putain. Prenant avantage de mon état de choc, Iris quitte la suite avant que je n'aie pu l'arrêter. La porte vibre, puis claque derrière elle.

Ça va être compliqué de régler ce bordel.

CHAPITRE 18

Iris

J'aimerais dire que je suis la fille badass qui était prête à faire un bon petit tour dans les environs du bungalow. En toute honnêteté, c'est ce que j'avais l'intention de faire, surtout après ma dispute avec Declan.

Mais je ne suis pas badass. Loin de là, en fait. Il m'a suffi d'entendre des bruissements de feuilles pour me carapater vers le jardin et me réfugier sur un transat. Pour éviter de signaler ma présence au gros connard qui se trouve à l'intérieur, je n'allume pas les lumières. Je pourrais me raconter que c'est pour mieux voir les étoiles, mais en réalité, je veux être seule. Il était catégorique sur le fait que je ne quitte pas les lieux, si bien qu'il s'est comporté en gros con. Pour moi, c'est donc normal.

Oui, mais tu as quand même dit à ton patron que tu démissionnais. Ça, c'est un truc de fille badass dont Cal serait fier.

Je gémis. C'était vraiment débile de ma part. Plutôt que de me mordre la langue, je me suis laissée emporter par la colère. Mon téléphone vibre pour la quatrième fois depuis mon départ. Le nom de Declan s'affiche à l'écran et je pousse un soupir.

Comporte-toi en adulte.

— Dis-moi où tu es, tonne-t-il quand je décroche.

— Dehors.

Ce n'est pas très mature, pour le coup. Mais sérieusement, pour qui il se prend, de me donner des ordres comme ça ? Il n'a rien appris de ce qui s'est passé tout à l'heure ?

— Je te jure que dès que je te trouverai…

Sa menace à demi-formulée m'émoustille.

Merde, qu'est-ce que j'ai ?

— Je vais bien.

— Tu es au milieu de la jungle, putain !

— D'un point de vue technique, ça s'appelle la savane. Ce que tu ne peux pas savoir, puisque tu m'as fait planifier un voyage dont même moi, je ne peux pas profiter.

— Arrête et dis-moi où tu es.

Je lâche un petit rire.

— C'est exactement notre problème, dis-je d'une voix douce, au cas où il s'approcherait des portes vitrées. Tu continues de me donner des ordres comme à une femme désobéissante d'une époque révolue, et je continue de désobéir.

— Si tu ne me dis pas où je peux te trouver…

— Je suis allongée à côté de la piscine.

Notre appel est coupé. Les battements de mon cœur se font plus rapides chaque seconde qui passe. Je serre les mains pour leur éviter de trembler. Je ne veux pas que Declan voie ma nervosité.

Les poils de mes bras se hérissent au son de la porte coulissante. Je refuse de regarder en arrière, donc je garde les yeux rivés sur le ciel étoilé, malgré la sensation de brûlure sur ma peau quand je sens qu'il m'examine.

Pendant une minute entière, Declan ne bouge pas. Je le considère comme expert en matière de torture, étant donné la façon dont il me fait attendre sans rien dire. Attention, j'ai toujours admiré sa capacité à faire craquer les gens sous pression, mais aujourd'hui, je trouve ça insupportable. Je cède presque à la tentation de jeter un œil par-dessus mon épaule, mais je reste forte.

Le vent masque mon soupir de soulagement quand j'entends les pas de Declan sur la terrasse en bois, qui résonnent au rythme de staccato de mon cœur. La porte vitrée se referme, mais il reste à proximité.

Il pourrait crier. Quelque part, j'ai l'impression de le mériter, après être partie au milieu d'une dispute. Je sais que ce n'était pas très adulte de ma part, mais je suis humaine. Il m'en faut beaucoup pour exploser, mais une fois que c'est lancé, l'enfer ouvre ses portes.

Ma part rebelle s'en tient à ma décision : il doit savoir que j'ai besoin qu'il fasse des efforts aussi et que je ne suis pas un robot. J'ai des sentiments, des rêves, et l'espoir de ne pas passer le restant de ma vie à l'assister pour qu'il atteigne ses objectifs, tout en mettant les miens en suspens. Et s'il ne peut pas le voir, alors il est sans doute temps que je change de poste.

On m'a déjà refusé une mutation, mais je peux réessayer.

— Il faut qu'on parle.

Mes yeux quittent les étoiles pour se poser sur son visage. J'ouvre la bouche, mais les mots semblent prisonniers de ma gorge. Je ne sais pas quoi dire. Declan n'est pas du genre à vouloir « parler ». Rien que ce fait me stresse et je perds mon assurance habituelle.

Il s'assied sur un transat à côté du mien, mais ne s'allonge pas. Les ombres l'entourent comme une cape et masquent la plus grande partie de son visage. Je n'ai pas besoin de lumière pour savoir qu'il me fixe. Mon corps s'en charge, envoyant un frisson dans mon échine qui n'a rien à voir avec la température extérieure.

— Je suis désolé, déclare-t-il d'une voix à peine audible par-dessus une rafale de vent.

Je détourne le visage pour qu'il n'y discerne pas ma stupéfaction.

Prenant sûrement mon silence pour une approbation, il ajoute :

— J'ai commis une erreur.

Il va peut-être falloir que j'apprenne la langue des signes, parce que c'est fini, je ne sais plus articuler un mot. Declan ne présente jamais d'excuses et jamais, au grand jamais, il ne reconnaît avoir eu tort. Ça devrait être mon premier avertissement : quelque chose cloche entre nous.

— Je ne veux pas que tu démissionnes, poursuit-il alors que son aveu pèse entre nous.

— Pourquoi ? Parce que ce serait pénible de trouver une remplaçante ?

— Personne ne peut te remplacer.

Comment une affirmation peut-elle faire autant de dégâts sur mon cœur ? Il bat la chamade, comme s'il voulait réagir à ma place.

— Je n'en peux plus.

— Je sais, soupire Declan.

— Je mérite mieux.

— C'est incontestable.

— Je ne suis pas heureuse.

Cette fois-ci, il ne répond pas tout de suite. Ce silence grignote ma façade de calme, et je tapote sur mes cuisses sur un rythme dicté par le stress.

— Je n'aurais pas dû te faire travailler pendant tes vacances.

Je botte en touche par l'humour dans l'espoir de défaire le nœud dans ma gorge.

— Oui, tu l'as dit. C'était vraiment salaud de ta part.

La lueur de la lune éclaire sa petite moue.

— Cette bouche pleine d'insanités…

— C'est moi ou tu as une obsession malsaine pour ma bouche depuis peu ?

— Qui a dit que c'était malsain ?

Oh, Seigneur. Soit Declan flirte avec moi, soit j'ai été tuée par un animal sauvage et je suis au ciel.

Ou en enfer. Tout dépend du point de vue.

Je recroqueville les orteils dans mes bottes et mon ventre est inondé de chaleur.

Mais qu'est-ce qui te prend ? Les orteils ? Si ça continue, tu vas bientôt échanger ta carte au club de l'abstinence contre une bonne dose de bite de Declan.

Arrête de penser à sa bite !

Je me racle la gorge.

— C'est pas grave. C'est pardonné.

Je suis prête à dire à peu près n'importe quoi pour le faire partir. Trop d'émotions m'étreignent pour que je puisse mener encore cette conversation. Des choses effrayantes que je refuse d'explorer pendant qu'il m'inspecte pour détecter mes faiblesses.

Il se frotte la nuque.

Il serait… nerveux ?

Non. C'est rigoureusement impossible.

Pas vrai ?

Mystifiée par cette idée, je n'ai même pas écouté ce qu'il disait.

— Pardon ?

— J'ai rappelé Yakura pour lui dire qu'on ne pourrait lui renvoyer la proposition qu'à notre retour de voyage.

Je me redresse si vite que je frôle la luxation du dos.

— Mais pourquoi ?

— Parce qu'il y a des choses plus importantes.

Ne va surtout pas demander lesquelles.

J'entrouvre les lèvres.

Non.

Mais…

Qu'est-ce que ça peut faire, la raison ? Lui demander de développer, c'est une très mauvaise idée. On aborde presque un interdit, ce qui me signale que c'est ridicule.

Sans tenir compte de la voix dans ma tête, je demande :

— Comme quoi ?

Au lieu de répondre, Declan lance tout à trac :

— Tu pensais vraiment ce que tu disais, tout à l'heure ?

— Tu vas devoir être plus précis, parce que j'ai dit beaucoup de choses.

— Que tu as passé les trois dernières années à mettre ton bonheur en veilleuse pour travailler pour moi ?

Je pousse un gros soupir.

— J'étais énervée…

— Ce n'est pas une réponse à ma question.

Je lui lance un regard assassin.

— Qu'est-ce que tu veux que je te dise ? Je travaille pour toi depuis trois ans, et pour quel résultat ? Je n'ai pas de vie, pas d'ami hormis Cal, et pas d'avenir en dehors d'accomplir le tien. Je t'ai épousé malgré tout ce qui m'avertissait de ne pas le faire, et je suis censée faire un enfant tout en sachant très bien que tu préférerais n'avoir aucun contact avec lui. Bien sûr que je ne suis pas heureuse. En fait, je flippe grave.

Ce dernier aveu est difficile.

Declan cille. Une fois. Deux fois. Trois fois.

Je croyais être libérée une fois que j'aurais vidé mon sac, mais en réalité, je me sens très mal. Declan est loin d'être parfait à de nombreux points de vue, mais ça ne fait pas de lui quelqu'un de mauvais. Il ne crie pas, ne m'insulte pas, ne me met pas mal à l'aise. Je reçois le double du salaire habituel pour ce type de poste, ce qui m'a permis de mettre une jolie somme de côté.

Est-il le patron le plus facile du monde ? Absolument pas. Il exige autant de moi que de lui-même. Ses exigences sont aussi impossibles que son attitude, mais ça ne signifie pas qu'il est injuste. En fait, il me pousse à me dépasser.

Et tu viens d'avouer que ça te pèse énormément.

J'ai mal à l'estomac.

— Ce que j'ai dit, euh…

— Qu'est-ce qui te rendrait heureuse ?

Je pense que je serais moins choquée si j'étais frappée par la foudre. Jamais Declan ne m'a posé ce genre de questions et je ne suis pas sûre de comment y répondre. Bien des choses pourraient me rendre heureuse, mais il y en a très peu qui sont vraiment en son pouvoir.

— Je…

— Ne réfléchis pas. Parle.

Je prends une grande inspiration.

— Tout d'abord, je veux être traitée comme un être humain avec des besoins et des sentiments.

— Malheureusement, l'évolution n'a pas encore réglé ce problème.

— Je suis sérieuse ! Ça signifie respecter mon temps, mon énergie, ma volonté de tout faire pour que notre faux mariage fonctionne. Tu dois te souvenir que ce n'est pas pour moi. C'est toi qui as fichu en l'air un contrat de mariage parfait avec Bethany, et moi, je suis le choix par défaut. Je peux être ton atout ou ton ennemie. C'est à toi d'en décider.

— Autre chose ?

— Tu te moques de moi ?

— Seulement intérieurement.

Je plisse les yeux.

— En fait, oui. Arrête de dire que Dreamland Tokyo, c'est « ton » projet. On travaille dessus ensemble depuis deux ans et au passage, j'ai perdu environ dix amis et un petit ami, donc que ça te plaise ou non, on est une équipe. Je voudrais être traitée comme coéquipière désormais.

Declan caresse sa barbe de trois jours.

— Effectivement, tu as raison.

Je ne sais pas s'il cherche à m'apaiser ou s'il a réellement de la considération pour mon ressenti. J'aimerais penser que c'est la seconde option mais le connaissant, il ne veut sans doute pas gâcher cette occasion unique de devenir PDG. Et s'il me mécontente, il risque beaucoup plus que perdre une assistante.

— Parfait. Maintenant que tout est réglé, je vais au lit.

Je me dirige vers la porte vitrée.

— Ne sois pas en retard.

— Pour quoi ?

— Pour notre safari demain.

— Tu veux y aller ? m'exclamé-je d'une voix un peu aiguë.

— « Vouloir », c'est un peu exagéré. Mais je suis d'accord.

Je souris jusqu'aux oreilles.

— Tiens-toi prêt à 5 heures.

Je traverse la terrasse et commence à rouvrir la porte-fenêtre.

— Iris ?

Cette fois, je *me retourne et m'adosse à la vitre.*

— *Oui ?*

— *Si tu essaies encore de me quitter, je te le ferai regretter.*

Pas démissionner, *le quitter*. C'est un étrange choix de mots pour un préavis, mais je pense que pour Declan, c'est la même chose. Il considère que ma démission serait un affront envers lui. Il irait peut-être jusqu'à la voir comme une trahison.

Il n'a besoin de personne, répète la voix de Cal dans ma tête.

Sauf de moi, peut-être.

CHAPITRE 19

Iris

Contrairement à hier, Declan m'attend déjà dans le salon à 5 heures.

— Tu es en retard, grommelle-t-il.

— De deux minutes.

— Tiens. On y va, dit-il en me plaçant une tasse de café dans la main.

Je la regarde sans comprendre.

— Merci ?

Je commence à boire et pousse un soupir quand la première goutte atteint ma langue.

Il émet un son guttural.

— Inutile de me remercier. T'offrir de la caféine, c'est uniquement pour mon profit personnel. Ça tend à te rendre bien plus souple.

— Pardon ? m'offusqué-je.

Sans prendre la peine de me répondre, il quitte le bungalow.

— Il y en a un qui a très envie qu'on y aille aujourd'hui, lancé-je en prenant mon sac à dos.

Le soleil n'est pas encore levé, donc je reste près de Declan et nous avançons vers notre lieu de rendez-vous à l'aide des petites lampes bordant le chemin.

— Plus vite on y sera, plus vite ce sera terminé.

— Je t'en prie, contiens ton excitation. J'ai peur que tu sois déçu après t'être autant fait d'idées.

Il me lance un regard noir.

C'est qu'on est de mauvaise humeur, ce matin.

À son expression, on croirait que je l'emmène à l'abattoir. Nous nous dirigeons vers le bungalow d'accueil et je bois mon café en marchant. Declan semble décidé à arriver à notre destination aussi vite que possible, m'obligeant à accélérer l'allure.

N'ayant pas des jambes de girafe, je reprends un rythme normal avant d'être à bout.

— Pourquoi tu es pressé ?

— On doit y être à 5 h .

— Ce sont des vacances, pas un rendez-vous chez le médecin. Ils peuvent attendre quelques minutes.

Declan marmonne dans sa barbe. Ostensiblement, je sors mon téléphone pour prendre quelques photos noires de plantes et il bout chaque seconde un peu plus. Il traîne des pieds sur le chemin, récoltant de la terre sur ses bottes, et n'arrête pas de taper sur son téléphone. Je demande :

— Tu ne devais pas prendre ta journée ?

Nos yeux s'entrechoquent. Aucun de nous ne les baisse.

— Je suis là, non ?

— Oui, avec une envie d'être ailleurs de la taille du Texas.

— Si je ne suis pas encore au niveau de l'Alaska, c'est que je n'essaie pas assez.

Je me plie en deux et ris jusqu'à avoir la respiration sifflante. La plupart des gens trouvent son humour sarcastique trop cassant, mais je l'aime bien. On dit que le sarcasme est la forme d'esprit la moins développée, mais c'est celle que je trouve la plus drôle. Qu'en conclure sur moi, je ne sais pas.

Je me reprends et lui propose une trêve.

— Une trêve ? s'étonne-t-il.

— Oui. Le temps d'une journée, on fait comme si le reste du monde n'existait pas. Pas de travail. Pas de Yakura. Pas de regrets. Donne-moi un seul jour de ta vie sans que tout ça pèse sur nous.

— Et qu'est-ce que j'en retire, moi ?

Bon, il n'a pas dit non.

— Une femme heureuse qui ne t'étranglera pas pendant ton sommeil.

— Tu y penses souvent ?

Mon sourire me fait mal aux joues.

— Tout dépend par quels faits divers sordides je suis inspirée.

Il retient manifestement un sourire. J'imagine qu'il a un sourire charmant, mais je ne peux pas le savoir. Malgré tous mes efforts, depuis trois ans que je travaille pour lui, je ne l'ai jamais vu.

— Bon. Mais seulement parce que je pense que tu ne tiendrais pas une journée en prison.

— Tu as raison. Et l'orange ne me va pas bien du tout.

Je suis sûre que Declan rit intérieurement.

*

Quand nous arrivons au point de rendez-vous, j'ai terminé mon café et je suis redevenue moi-même. Le chauffeur et le guide nous accueillent sans nous reprocher nos dix minutes de retard. Pendant qu'ils préparent le pick-up, je fais signe à Declan que je lui avais bien dit. Je regarde le parking vide.

— On est les premiers arrivés ?

Le guide me regarde, les sourcils levés.

— Vous ne saviez pas ?

— Quoi ?

— Nos circuits sont des expériences à deux afin que les couples profitent au maximum de leur lune de miel.

J'ai dû mal lire le site, alors. Je regarde Declan et constate que la veine au-dessus de son œil droit est apparue. *Magnifique.*

— Au moins, je n'aurai pas à faire semblant d'aimer les gens, aujourd'hui.

J'explose de rire, mais le chauffeur et le guide ont l'air un peu scandalisés. J'essaie de les rassurer :

— Il plaisante.

— Pas du tout, rectifie Declan.

Le chauffeur se force à émettre un petit gloussement, mais le guide se contente de me regarder d'un air gêné.

— Il faut y aller, les animaux ne vont pas nous attendre.

Le chauffeur se met au volant et le guide s'installe sur un strapontin. Declan monte le premier sur le plateau arrière et me tend la main. Il me hisse aisément à côté de lui. Sa main qui serre la mienne envoie une décharge électrique dans mon bras, puis il la lâche comme si elle était en feu.

— Alors, quels animaux avez-vous le plus envie de voir, aujourd'hui ? demande le guide.

— Un léopard ! m'écrié-je.

Avec un sifflement, le guide regarde le chauffeur et je m'inquiète :

— C'est possible ?

— Bien sûr. Nous faisons de notre mieux pour dénicher des léopards, mais ce sont des créatures rusées.

— Oh... dis-je, déçue.

— Nous ferons tout notre possible.

— Naturellement. Pas de pression.

Le guide se tourne vers Declan.

— Et vous, monsieur ? Quel animal avez-vous envie de voir ?

— Ce qu'elle voudra.

— Tu n'as pas d'animal préféré ? m'étonné-je.

— Je n'ai plus cinq ans, donc, non.

J'essaie de lui arracher une réponse.

— Allez... Je sais que c'était il y a longtemps, mais repense à ton enfance. Il y a bien un animal que tu aimais plus que les autres.

— Les éléphants, répond-il d'un ton sombre.

— *Les éléphants ?*

— Tu t'attendais à quoi ? Un lion ?

— En toute honnêteté, oui.

— Ils sont surcotés.

— Contrairement aux éléphants ?

Il tourne les yeux vers le paysage.

— Ma mère les aimait.

Mon cœur se serre. Le regard perdu de Declan n'est pas loin de me faire pleurer. Son attitude quand il parle de sa mère m'adoucit toujours comme par magie.

Je prends son poing serré pour entrelacer nos doigts.

— C'était une femme de goût.

Un son s'échappe de sa gorge et il pose l'autre main sur la mienne, la collant à sa cuisse. Mon corps vibre comme si j'avais touché un câble dénudé.

— Bon, vous l'avez entendu, dis-je au guide. Allons lui trouver des éléphants.

*

Après une longue journée bien remplie, nous nous retrouvons assis en tête-à-tête. Depuis que je travaille pour lui, Declan et moi avons partagé je ne sais combien de repas. La plupart étaient strictement consacrés au boulot, mais lors de quelques-uns, nous n'avions pas de point précis à discuter. Pourtant, c'est tout autre chose de me retrouver assise face à lui sans téléphones, sans notes à prendre, sans rien d'autre que nous pour nous occuper.

Et contrairement aux autres repas, ce dîner est romantique à souhait.

C'est une lune de miel. À quoi tu t'attendais ?

À quelque chose d'un peu plus discret, peut-être ? Quand il était question d'un repas à la belle étoile sur le site, j'imaginais un sandwich et du vin dans une gourde. En fait, il s'agissait de tout un dîner avec nappe blanche et champagne de première qualité.

Et des fleurs. Et un feu de camp. Et une tension à couper au couteau entre Declan et moi.

— Chouette, non ? dis-je avec un sourire crispé.

Declan me tire ma chaise avant de s'asseoir en face de moi. La lueur des bougies danse sur son visage, ce qui en fait ressortir les arêtes et les courbes.

Mon cœur bat plus fort dans ma poitrine, de le voir me regarder ainsi. Notre guide rompt le silence en ouvrant une bouteille de champagne frais. Un instant, j'envisage de lui proposer de se joindre à nous avec le chauffeur, mais il s'en va aussitôt.

— Donc…

Je sers un verre de champagne et j'en descends la moitié.

— Pourquoi tu es stressée ?

J'aurais dû me douter que Declan m'observait aussi.

— Je ne suis pas stressée.

— Tu engouffres le champagne comme si tu avais remporté le Grand Prix.

Je souris.

— Il paraît que c'est la première étape pour devenir une WAG de F1.

— WAG ?

Son expression perplexe est trop mignonne.

Non ! Pas mignonne ! Declan et l'adjectif « mignon » sont aussi faciles à associer que l'eau et l'électricité. Aussi mortels l'un que l'autre. Je reprends une longue gorgée.

— *Wife and girlfriend.* Les femmes et petites amies des coureurs automobiles.

Il fait tourner mon alliance.

— Ce crush sur Alatorre prend un mauvais tournant.

— Il a fondé sa propre asso pour donner des prothèses gratuites aux enfants, quand même ! C'est comme s'il exigeait que le monde entier tombe amoureux de lui.

— Je suis au courant.

— C'est vrai ?

Il hausse les épaules.

— J'ai équipé plusieurs enfants.

— Moui. Donner à une asso pour payer moins d'impôts, ça ne compte pas.

Son tic à la mâchoire refait son apparition.

— Heureusement que je ne les fais pas apparaître dans le décompte, alors. Il ne faudrait pas que mes dons soient nuls et non avenus.

L'amertume de sa voix me fait tiquer. Mais… il donne de son plein gré, alors ? J'entends Declan se plaindre de toutes les soirées de bienfaisance auxquelles nous assistons et chaque fois, j'ai un mal de chien à le convaincre de s'y rendre.

Son regard durci se dirige vers les étoiles. Je suis prise de culpabilité en entendant sa respiration devenir laborieuse.

Merde. Tu imagines des trucs sur lui alors qu'il essaie simplement de parler. J'ai envie de me gifler et de remonter le temps pour revoir son expression d'avant.

— C'était con de ma part de partir du principe que ta générosité avait seulement pour but de te profiter.

Il pousse un soupir sans détacher les yeux du ciel.

— Je ne te donne aucune raison de penser autrement. Je suis loin du prix Nobel de la paix.

C'est incontestable. Declan ne s'est pas taillé sa réputation d'homme d'affaires impitoyable pour rien. Les gens pensent que le PDG détient tout le pouvoir, mais c'est celui qui s'occupe des comptes qui tient les rênes. Si quelque chose ne rapporte pas aux Kane, alors ça n'a aucune utilité et c'est évacué du programme.

Bienvenue à la société Kane, où les salaires des employés sont aussi minimes que la moralité de l'entreprise.

Malgré tout, je souffre pour lui, parce que j'ai visiblement un faible pour les milliardaires incompris.

— C'était bête de ma part. Désolée.

— Tu sais ce que je pense des excuses.

— « À moins que ce ne soient des sacrifices de sang en ton honneur, t'emmerde pas pour ça ».

Une ombre de sourire se dessine sur ses lèvres. *Je l'ai eu.* Mon sourire s'élargit, ce qui fait disparaître le sien avant qu'il puisse devenir dévastateur.

— Qu'est-ce qui t'a donné envie de devenir donateur ?

Ma question est un calumet de la paix. C'est peut-être égoïste, mais je veux poursuivre cette conversation. Il s'agit d'une facette de Declan dont je ne connais rien, et je ne me pardonnerai pas s'il se referme encore à cause d'un préjugé bête.

Il repose lentement le regard sur moi.

— J'ai trouvé l'histoire de Santiago admirable.

— Tu vois ! Même toi, tu ne peux pas lui résister ! Avoue, Alatorre fait craquer tout le monde, même toi.

— C'est peut-être pour lui que j'ai commencé à donner, mais j'ai continué pour les enfants.

— Les enfants ?

Il effleure plusieurs fois son téléphone.

— Regarde.

Je prends l'appareil comme si c'était un trésor. Dès la première photo, je suis stupéfaite. C'est un garçon roux qui fait un doigt d'honneur… avec un majeur en métal.

— Trop mignon.

— C'est Freddy.

Et il connaît leurs prénoms.

Mon cœur n'est pas loin d'exploser.

— Je peux ?

Je voudrais parcourir les photos et en savoir plus sur l'homme qui se cache du monde.

Je veux tout savoir.

Il acquiesce. Je fais défiler des photos montrant trois enfants. Chacun d'eux a une prothèse différente, l'un d'eux en a quatre.

Je reconnais instantanément la localisation d'un des clichés.

— Ils sont venus à Dreamland ?

— Oui.

— Tu étais où ?

— Je travaillais.

— Tu ne voulais pas être avec eux ?

— C'est important ?

J'ai envie de crier oui, mais ma gorge s'assèche et je perds toute capacité à m'exprimer. Mon cœur se serre de plus belle en pensant qu'il a envoyé les enfants à Dreamland sans lui alors qu'il avait sans doute envie d'être avec eux.

Je ne sais pas pourquoi, mais je suis triste. Peut-être parce que Declan s'est fixé un objectif dont il pense qu'il sera la réponse à tout, mais que ce faisant, il passe à côté du meilleur. Et franchement, ce n'est pas une façon de vivre.

Pour quelqu'un de si déterminé à réussir en tout, il est nul dans sa vie. Je veux l'aider à prendre conscience que c'est bien plus que simplement exister. S'il continue sur le même chemin, il pourrait le regretter plus tard. Ou plutôt, il le regrettera forcément. Je peux le garantir, parce qu'il y aura toujours un nouvel objectif pour remplir le trou béant dans sa poitrine. Mais aucun ne remplira son rôle. C'est un cercle vicieux mené par une seule triste réalité. Il recherche le bonheur là où il n'est pas.

Je repère tous les signes qui me sont personnellement devenus familiers.

Et qu'est-ce que tu comptes faire, alors ?

CHAPITRE 20

Iris

Une pluie battante éclabousse la terrasse et obscurcit la vue sur la savane. Des nuages gris éclipsent la lumière. Mes espoirs de maintenir notre safari du jour se réduisent avec chaque goutte d'eau qui touche le sol.

— Tu crois qu'ils vont quand même nous emmener aujourd'hui ?

Un éclair transperce les nuages, suivi d'un coup de tonnerre qui fait trembler les vitres.

Declan secoue la tête.

— Quoi qu'il en soit, on ne va pas sortir sous l'orage.

— Mais…

— Non.

Je souffle avec humeur.

— C'est une averse d'été. Elle sera passée en cinq minutes.

Un nouvel éclair illumine brièvement le ciel et Declan me lance un regard qui se passe de traduction.

— Bon. Tu as raison, dis-je en esquissant une moue boudeuse.

— Tu abandonnes déjà ? Donne-moi un peu de challenge, au moins.

Ses yeux rivalisent avec la lumière aveuglante. Sa façon de me fixer en un défi silencieux me donne envie de répliquer.

— Quelque part, j'ai l'impression que tu aimes qu'on se dispute parce que c'est la seule façon que tu connais d'interagir.

— Et… pourquoi je voudrais ça ?

— Je crois que tu aimes bien me parler.

— D'autres personnes sont au courant de ton narcissisme pathologique ?

— Je suis surprise que tu l'aies remarqué, vu comme tu es imbu de toi-même.

Declan me régale d'un soupçon de sourire et j'éprouve la même fierté que si j'avais gravi le Kilimandjaro. Je lui renvoie un sourire et il pose les yeux sur mes lèvres. La chaleur dans ma poitrine se dirige vers une autre partie de mon corps.

— Reconnais que tu aimes passer du temps avec moi.

Tu flirtes, maintenant ?

— Je ne déteste pas, avoue-t-il.

— Venant de toi, c'est presque une déclaration d'amour !

Il reste interdit et je suis tentée de me gifler.

Merde, pourquoi t'es allée exprimer ça de cette manière ?

Parce que tu es trop occupée à le séduire pour te souvenir du bon sens.

J'essaie de désamorcer et me dirige vers la porte vitrée, cherchant à tout prix à remettre de la distance entre nous.

— Bon, c'est le signal pour aller me jeter sous la première voiture qui passe.

Fuis tant que tu peux.

— Qu'est-ce que tu comptes faire, aujourd'hui ?

Surprise par sa question, je me retourne.

— Pourquoi ?

— Pour savoir.

— Je doute que tu sois intéressé par mes projets.

Puisque je n'en ai pas.

Je ferais mieux d'en imaginer fissa, parce que je ne dois surtout pas passer encore du temps avec Declan. J'ai déjà une faiblesse en ce qui le concerne.

— Dis toujours.

Merde.

— Oh, je vais sûrement regarder la télé toute la journée jusqu'à ce que mon cerveau soit en bouillie.

— Voilà qui paraît absolument passionnant.

La baie vitrée tremble encore : l'orage tonne à nouveau. J'interprète ce bruit comme un signe pour sortir d'ici avant que Declan me pose d'autres questions.

— Au moins, tu pourras rattraper du boulot aujourd'hui. Je parie que ça t'a tué de t'éloigner de ton ordi pendant vingt-quatre heures.

Je lui envoie un dernier sourire avant de quitter la pièce.

Le son de ses chaussures en cuir sur le carrelage me suit jusqu'au salon. J'essaie de faire comme si de rien n'était, mais ça devient de plus en plus difficile parce qu'il s'installe à côté de moi dans le canapé, laissant seulement un coussin entre nous.

— Qu'est-ce que tu fais ?

— Une expérience.

— Je te demande pardon ?

— Je veux savoir combien d'heures sont nécessaires pour que ton cerveau se transforme en bouillie. Pour des raisons exclusivement scientifiques.

Oh, mon Dieu. Il veut vraiment passer du temps avec toi en dehors des mises en scène publiques et des réseaux sociaux ?

— Tu veux rester avec moi ?

— Je n'ai rien de mieux à faire.

C'est sans doute le plus beau compliment tordu qu'on m'ait fait, mais ça m'amuse. Declan ne manque pas de choses à faire. Il pourrait passer la journée à travailler sur tout ce qui s'accumule pendant nos vacances, mais il préfère se planter devant la télé avec moi.

Je sens des fourmillements dans mon ventre. Je ne devrais pas me monter la tête, c'est un détail minuscule, mais c'est un mec qui est capable de négocier des contrats depuis son lit avec 40 °C de fièvre. Prendre une journée pour traîner avec moi, c'est énorme.

Ne t'y habitue pas.

C'est vite dit. Si Declan continue à être gentil comme ça, je vais avoir envie qu'il poursuive, ce qui ne peut mener qu'à une chose.

La déception.

J'allume la télé, me connecte à mon compte de streaming et je choisis l'émission de déco qui m'apaise, dans l'idée de calmer mon anxiété. Je ramène mes jambes sous moi et je me mets à l'aise. Bientôt, le poids sur ma poitrine s'allège.

Quand on arrive à la fin, je m'attends à ce que Declan se lève et s'éclipse. Mais il reste là pendant que l'épisode suivant s'enclenche automatiquement.

— Tu n'es pas obligé de rester si tu t'ennuies.

Il répond en prenant la télécommande pour monter le son.

Bon, j'ai ma réponse.

Il veut passer du temps avec toi.

Je sens des picotements sur ma peau et je masque mon sourire derrière un coussin.

*

— Encore un ? marmonne Declan avant d'engloutir une poignée popcorn.

Je suis certaine qu'il est plus glouton que toute une équipe de foot. Si je ne gérais pas son emploi du temps de façon qu'il ait du temps pour faire de l'exercice, je m'inquiéterais du fait qu'il engloutisse tous mes en-cas en moins de quatre heures.

Je coupe le son de la télé.

— Ça te pose un problème ?

— Tu viens de regarder huit épisodes d'affilée.

— Et je pourrais en voir encore huit sans m'ennuyer.

Je pioche quelques grains de popcorn tombés sur ses cuisses. C'est apaisant de voir mes rénovateurs préférés restaurer des maisons. Les épisodes sont courts et prévisibles, ce qui en fait un bon choix quand je me sens mal.

— Pourquoi ? demande-t-il.

— Parce que je commence à être inspirée.

— Ne me dis pas que tu voudrais faire ça un jour ?

— Bien sûr que si. Ça a l'air tellement cool !

Bon, pour la plupart. Je pourrais me passer des fuites dans la toiture et des problèmes de vidange qui semblent arriver de nulle part.

— Dans la dernière maison, ils ont trouvé une famille de souris.

L'expression d'horreur sur son visage me fait mourir de rire.

— Il suffit d'adopter un chat sauvage, et c'est réglé.

— Je suis allergique.

— Heureusement, tu n'auras pas besoin de t'en inquiéter.

— Pourquoi ? demande Declan, la voix soudain grave.

— Parce que ce que tu vois en face de nous, ça va être ma maison. Et si je veux un chat, j'en prendrai un.

— Ma maison n'est pas assez bien pour toi ?

Sa voix est neutre, contrairement à ses yeux. D'où vient cette question et pourquoi son expression suggère-t-elle que je l'ai offensé personnellement ?

— Bien sûr que si. Pour l'instant, en tout cas.

— Pour l'instant.

— On n'a pas prévu que j'y vive pour toujours.

— Je sais.

— Mais elle est très bien, ta maison…

— Pas assez, marmonne-t-il.

Declan n'est pas du genre à se vexer, mais l'idée de l'avoir blessé me préoccupe. Après tout, si j'avais investi vingt millions de dollars dans une maison, moi non plus, je ne voudrais pas entendre de commentaires négatifs.

J'hésite entre honnêteté et politesse.

— C'est juste que… ce n'est pas mon style.

— Et quel est ton style, exactement ? Une forêt ?

— Non ! m'écrié-je en riant.

— Alors où est le problème ?

— Elle est vide, froide et dépourvue de toute personnalité. C'est une maison, mais on ne s'y sent pas chez soi.

— Il n'y a aucune logique dans ce que tu dis.

— Je vais essayer de m'expliquer.

— Je t'en prie, ça m'aiderait.

Je réfléchis avant de me lancer. Comment explorer une partie si noire de ma vie sans trop creuser mes émotions ? Declan ne connaît que des bribes de mon histoire. Si j'en révèle trop, je risque de me rapprocher de lui et c'est la dernière chose dont nous ayons besoin.

— Le divorce de mes parents n'a pas été très conventionnel...

Je déglutis avec peine. Declan garde un silence complet pendant que je rassemble mon courage pour la suite.

— Mon père... si on peut l'appeler comme ça... Ce n'était pas quelqu'un de bien. Il était... méchant.

C'est un peu l'euphémisme du siècle, mais je n'arrive pas à en dire plus. Declan serre les poings.

— Il était méchant avec toi ?

— Oui. Mais ce n'était rien par rapport à sa façon de traiter ma mère.

La mine dégoûtée, Declan me reprend :

— Ne fais pas ça.

— Quoi ?

— Minimiser ton vécu parce que quelqu'un d'autre a eu droit à plus dur.

Je suis touchée. J'ai passé toute ma vie à me dire que ça aurait pu être pire. J'ai vu les statistiques sur les violences domestiques. Le cercle vicieux continue jusqu'à ce que quelqu'un soit gravement blessé ou meure. Subir la colère et les mots haineux de mon père, ça semblait un petit prix à payer pour m'assurer l'avenir que j'ai maintenant. Pour celui de ma mère aussi.

Mes yeux s'embuent, mais je ne pleure pas.

Secoue-toi.

Je m'efforce de rester calme et reviens à ce que je cherchais à dire.

— Bref… Ma mère et moi, on est parties de la maison de mon enfance avec deux valises et l'argent qu'elle avait pu économiser pendant un an. Elle a essayé de son mieux de me convaincre que c'était chouette d'emménager dans un appart de la taille d'une boîte à chaussures avec Nana. J'ai passé une semaine à pleurer en lui disant que je voulais rentrer à la maison.

— Et ensuite ?

Son intérêt sincère me donne le courage de poursuivre.

— Elle m'a appris que n'importe qui peut acheter une maison, mais tout le monde ne sera pas chez soi pour autant. On peut acheter une maison, la revendre, la rénover. (Je désigne l'écran.) Mais être chez soi, c'est plus abstrait. Ce n'est pas un endroit, mais un sentiment que je ne peux pas décrire, donc tu vas devoir me croire sur parole.

— Un sentiment, répète-t-il d'une voix monotone.

— Tu sais, ces émotions gênantes que tu as désactivées il y a des années ?

Declan plisse le front.

— Je crois que c'est la plus grosse connerie que j'aie jamais entendue.

— Je savais que tu ne comprendrais pas, réponds-je en riant.

Je dois lui concéder qu'au moins, il m'a écoutée.

— Uniquement parce que tu es nulle en descriptions.

— Tu le sauras quand ça t'arrivera, dis-je en souriant.

Du moins je l'espère. L'idée que Declan ne trouve jamais un endroit où il se sente chez lui m'attriste davantage que tout le reste de son passé.

Et qu'est-ce que tu vas y faire ?

J'ai bien une idée, mais les risques qu'elle représente sont tout simplement catastrophiques. Malgré tout, je ne parviens pas à faire cesser l'excitation qui frémit en moi.

C'est toi qui pourrais l'aider à se sentir chez lui dans sa maison.

Je n'ai jamais eu une pire idée.

CHAPITRE 21

Iris

— Réveille-toi…

On me touche l'épaule.

— Mhhh… Je veux dormir.

Je prends un oreiller pour m'en recouvrir la tête et étouffer la voix de Declan.

— Je veux te montrer quelque chose dehors.

— Chuuut…

Je tire la couverture par-dessus ma tête.

Mais… Une couverture ? Je ne me rappelle pas m'être endormie, encore moins avoir eu l'énergie d'attraper une couverture.

— Ce sera peut-être ta seule occasion de voir un léopard, donc à ta place, je me lèverais. Tout de suite.

— Quoi ?

Je me redresse d'un bond sur le canapé. La télé est toujours allumée, sans le son. Je ne sais pas comment je me suis retrouvée étalée de tout mon long à prendre à la fois ma place et celle où Declan était assis avant.

Bizarre.

— Suis-moi.

Il sort du salon et je cours à sa suite.

La seule source de lumière est la lune qui projette sa lueur par les fenêtres. Declan parcourt toute la maison avant de me désigner sa chambre.

— J'espère que ce n'est pas un prétexte foireux pour me faire entrer dans ta chambre.

Malgré l'absence d'éclairage, je vois très bien le regard noir qu'il me lance.

— Je plaisante.

— Tant mieux, parce que je n'ai aucun intérêt à ça.

Parfait. Il n'a pas besoin de paraître à ce point opposé à cette idée.

— Et pourquoi on est là ?

— J'étais en train de prendre une douche quand j'ai remarqué du mouvement dehors, explique-t-il en se dirigeant droit dans sa salle de bains également plongée dans la pénombre.

Tout à mon empressement, je glisse sur une grande flaque. Je me heurte au dos de Declan qui manque de perdre l'équilibre, mais son réflexe nous évite à tous les deux de nous casser la figure, même si ma poitrine est malmenée à cause du mur de muscles sur lequel elle atterrit.

— Pourquoi il y a autant d'eau par terre ?

Le reflet de la lumière me permet de repérer le sillage de la douche à la porte.

— J'étais pressé.

Il a bondi hors de la douche juste pour moi ? Je ne sais même pas qu'en penser excepté qu'il faut que je me concentre sur ma respiration pour ne pas m'évanouir sous le choc.

Declan ne me laisse pas m'attarder sur cet épisode ; il me fait signe d'avancer et je saisis sa main tendue. Il m'aide à entrer dans la baignoire en porcelaine placée devant une grande fenêtre qui donne sur un ruisseau sur le côté de notre bungalow.

— Ici.

Je scrute l'obscurité.

— Je cherche.

— Juste là, dit-il en me montrant. Entre les deux arbres devant la rivière.

J'ai beau essayer, je ne vois rien.

— Non.

Il s'approche pour pointer ma main comme une flèche.

— Là.

— Oh, c'est pas vrai ! (Je cligne pour être sûre de ne pas avoir d'hallucination.) Un léopard !

— Plus bas, murmure Declan.

Qui aurait cru que ce serait l'endroit où j'arriverais à en voir un ? Avec le nombre de safaris que nous avons faits sans résultat.

— Comment tu as réussi à le voir ? Il fait très noir.

— Il a activé la lumière à détection de mouvement. J'ai cru qu'il serait reparti le temps que je vienne te chercher, mais il avait l'air plus curieux qu'effrayé. Il avait sans doute assez soif pour vouloir rester.

— Ou assez faim…

Je frissonne à cette idée. Declan et moi avons vu des tas d'animaux venir boire au ruisseau. Certains doivent même dormir à côté.

Je ne sais pas combien de temps passe, mais Declan et moi restons assis dans une baignoire vide pour regarder le léopard se pavaner dans le coin. La lune descend lentement.

Finalement, le fauve disparaît entre les arbustes.

— C'était à la hauteur de tes attentes ? me demande Declan.

— Oui ! dis-je en me jetant dans ses bras. Merci de t'en être souvenu.

Il finit par m'étreindre avec raideur, et je le serre encore plus fort. Aucun de nous ne prononce un mot. Ma poitrine se réchauffe de le sentir près de moi et je suis tentée de m'attarder. Il s'éclaircit la voix.

— On devrait aller dormir. Une longue journée nous attend.

J'ai l'impression que mon visage entier est en feu.

— Oui, bien sûr.

Je me détache de lui et bondis de la baignoire.

Declan me suit hors de la salle de bains. Je prends garde de ne pas glisser, même si apparemment, les flaques ont eu le temps de s'évaporer.

— Merci encore pour tout.

Il ne dit rien, mais son air satisfait s'en charge pour lui. Je m'éclipse et rejoins mon lit, un immense sourire aux lèvres.

Grâce à Declan.

*

Je laisse tomber ma valise vide au pied du lit pour répondre au téléphone.

— Dis-moi que tu n'es pas enceinte.

— Maman ? Tu viens de me demander si j'étais enceinte ?

Je donne de petits coups de poing sur mon torse pour m'aider à respirer.

— Oui.

— Pourquoi ?

Je consulte l'appli où je note mes dates de règles, alors que ça fait des mois que je n'ai pas eu de relations sexuelles.

— Tu n'es pas au courant, murmure Maman comme si elle se parlait à elle-même.

Les jambes tremblantes, je m'assieds au bord du matelas.

— Qu'est-ce qui s'est passé ?

— Il y a des… rumeurs qui circulent sur toi.

— Sur *moi* ?

— Et Declan.

— Oh. Envoie-moi ça.

— Je crois que c'est préférable que tu ne les voies pas.

Aïe. La bile dans la gorge, je n'écoute pas l'avis de ma mère et tape mon nom dans un moteur de recherche. Les résultats sont horrifiants. Chaque gros titre est pire que le précédent.

Des mots putaclics comme « faux mariage », « clause bébé » et « profiteuse ». Les articles, passe encore, mais les commentaires sont vraiment monstrueux.

Après le premier qui affirme que je ne mérite pas d'enfants parce que j'ai piétiné les liens sacrés du mariage, je quitte Internet. Si c'était le premier, je ne veux même pas imaginer le reste.

Mes profils sur les réseaux sociaux ne donnent pas de meilleurs résultats, pollués par des messages perso où se trouvent même quelques menaces directes. Mon estomac se retourne.

— Rien de tout ça n'est vrai.

Sauf qu'en fait, si.

Je coupe le micro de mon téléphone pour hurler dans un oreiller.

— Bien sûr, répond ma mère sans se douter de mon état. Je vous ai vus ensemble. Ces ordures sans âme cherchent juste à bousiller la vie des gens juste pour vendre.

Je ne sais pas ce qu'elle a pu voir entre nous deux, mais je ne vais pas lui demander. Il y a bien plus important.

— Qu'est-ce que je peux faire ? demandé-je, la voix tremblante.

— Ma pauvre chérie, me dit Maman, une fêlure dans la voix. Ça me démonte qu'ils racontent ces choses-là sur toi. Qu'ils te prennent pour une grippe-sou…

Elle ne parvient pas à terminer sa phrase.

Ne t'en fais pas, Maman. Je souffre autant qu'elle. Le nombre de personnes qui ont rédigé des commentaires dégueulasses sur mes posts sur les réseaux n'est rien comparé à celles qui m'ont fait part de leur opinion par message privé. Je passe mes comptes en privé, mais ça n'empêche pas leurs mots de faire mal.

Je suis tout près de craquer à chaque inspiration tremblante que je parviens à prendre.

— Ne les laisse pas t'atteindre.

La voix ferme de ma mère m'aide à soulager un tout petit peu de la tension dans mes épaules.

— Il est un peu tard pour ça, marmonné-je.

— Ce ne sont que des rumeurs.

— Sauf que tout le monde parle de mon couple, y compris des putains de revues de finance !

Si les accros aux tableaux Excel me rabaissent, c'est que j'ai vraiment touché le fond.

— Ils peuvent raconter ce qu'ils veulent, ça ne rend pas leurs articles vrais.

Maman, si tu savais…

— Mais…

— Pas de mais ! Ces journalistes sont prêts à cracher n'importe quoi pour vendre leurs papiers. C'est dégoûtant qu'ils s'en prennent à ton mariage, mais pas surprenant.

C'est vrai, en y réfléchissant. Le timing est presque trop parfait, Declan et moi étant incapables d'agir depuis ici, au milieu de la savane.

À chaque article, ma colère augmente. Je sais exactement qui a fait sortir cette histoire au grand jour dans l'attente de ce genre de réactions.

Seth Kane a de la chance que je sois à des milliers de kilomètres de lui, sinon, il m'entendrait.

Ou il sentirait mon poing dans sa figure.

Je ne pense pas qu'il existe quelqu'un capable de lire des commentaires de ce genre sur lui et ne rien ressentir. Mais ça ne m'empêche pas de savoir qui je suis et ce que je défends.

Rien de ce qui se dit ne changera ma décision, mais leurs paroles m'affectent malgré tout.

Contrairement à Declan, je n'ai pas vécu dans un tel monde. Je ne suis pas habituée à voir mon image placardée sur tous les sites de potins, avec des commentaires désagréables sur tout ce qui fait que je suis moi. Je voudrais me cacher pour que plus personne ne me voie, mais en même temps, ça me donne envie de me battre.

— Je vais arranger ça, dis-je en relevant le menton.

— Comment ?

Je ne vais pas me laisser impressionner par les détails logistiques.

— Je ne sais pas encore, mais je trouverai.

— Oh, ma chérie. C'est impossible de changer l'opinion des gens. Ils penseront ce qu'ils veulent à partir des faits qu'on leur présente et tu n'y pourras rien.

Ce que me dit ma mère fait surgir une grosse ampoule au-dessus de ma tête. Et si je créais une histoire tellement inspirante qu'ils ne pourront que changer d'avis ? Je peux contrôler la manière dont nous sommes perçus. Ce sera un peu de boulot, mais ça doit être préférable à ce qui se passe maintenant. Parce que si des articles dans ce genre continuent de se multiplier, l'avocat de Brady Kane va commencer à remettre en question l'authenticité de notre couple.

Non, pas question que je laisse ça se produire. Je ne me suis pas embêtée à épouser Declan pour que son père puisse tout détruire. Seth Kane a peut-être remporté cette manche, mais s'il croit que je vais me laisser intimider par quelques gros titres, il va pouvoir changer d'idée. Ses fils doivent rester diplomates avec lui pour les investisseurs et le conseil d'administration, mais moi, je n'ai aucun problème à jouer avec les limites.

Il a mis une cible dans son dos et je suis impatiente d'appuyer sur la détente.

CHAPITRE 22

Declan

Me déconnecter pendant le restant de ma lune de miel était une erreur. D'ordinaire, je ne passe jamais une heure sans regarder mon téléphone, alors certainement pas des jours entiers.

Voilà ce qui arrive quand on prend des vacances.

Pendant mon temps de déconnexion, quelqu'un a fait fuiter une histoire de mariage arrangé aux magazines people. Je ne doute pas que mon père soit derrière, mais ce sera difficile à prouver.

Je dois lui concéder qu'il a été méticuleux : il a même fourni une série de documents falsifiés détaillant des aspects qu'Iris et moi n'avons jamais fait figurer dans notre contrat. Il fait de moi exactement le monstre que tout le monde imagine. Les articles spéculent sur un héritage. On trouve des « bientôt-ex-employés » qui affirment que ma relation avec Iris a surgi de nulle part, simplement en raison d'une clause de mon grand-père sur la naissance d'un héritier ou d'une héritière. On voit même des échographies d'un enfant qui, que ce soit clair, ne peut pas être de moi. Personnellement, ça m'en fait bouger une sans toucher l'autre, mais leurs propos sur Iris sont inacceptables.

Tu te fichais bien de l'avis des autres, avant…

C'était avant d'avoir quelqu'un qui vaut le coup d'être protégé contre les pires raclures de la terre. Iris n'est pas naïve. Elle connaît mon traitement médiatique et ce qui pouvait se passer en m'épousant. Mais ça… Même moi, je suis scandalisé par certains commentaires. Je glisse mon téléphone dans ma poche pour éviter de le briser en mille morceaux.

— Tu appelleras l'avocat dès l'atterrissage.

— Pourquoi ? demande Iris, qui est sur sa tablette.

— Je suis d'humeur à rendre la vie impossible à certaines personnes.

— Si c'est un état constant, peut-on considérer ça comme une humeur ?

Je lui renvoie un regard noir et elle lève les mains en signe de reddition.

— Bon, bon. Qu'est-ce qu'il y a ?

— Je m'apprête à poursuivre la moitié de Chicago pour diffamation.

Elle arrondit les lèvres.

— Ah. J'en conclus que tu as vu les articles.

— Tu étais au courant et tu n'as pas eu l'idée de m'en parler ?

Son gros soupir entre en concurrence avec le bruit de démarrage des moteurs.

— Ma mère m'a appelée tout à l'heure pendant que je faisais mes valises. J'espérais qu'on puisse passer le vol avant que tu les lises, mais je vois que c'était cause perdue.

— Pourquoi tu ne m'as pas dit tout de suite ?

Et j'espère vraiment que tu n'as pas lu les commentaires…

— Je trouvais que ça ne valait pas le coup de pourrir notre dernière journée ensemble. Ton héritage…

— Qu'est-ce qu'on en a à foutre ?

Elle me répond par une moue crispée.

— Si tu t'inquiètes de ce que peut penser l'avocat, j'ai déjà un plan. Je refuse de laisser ton père nous avoir.

Nous.

L'idée qu'on travaille en équipe contre mon père me fait plaisir, mais pas assez pour effacer ma colère qu'elle mette mon héritage au premier plan.

— Merde au plan et merde à mon père. Ce n'est pas ça, l'important.

— Eh bien, Declan, dit-elle en battant des cils. Tu es offensé pour moi ?

— Tu t'es fait traiter de pute prête à tout pour du fric !

Je serre la mâchoire avec force.

— Et encore, pour celle-là, ils ont choisi une bonne photo de moi. Au *Chicago Chronicle*, ce n'est pas aussi flatteur pour annoncer ma grossesse.

— Quoi ?

Je reprends mon téléphone, des points noirs devant les yeux. Iris pose la main sur la mienne.

— Ne t'inquiète pas pour ça.

Je devrais la rassurer. Personne ne mérite de recevoir de telles insultes. Certaines phrases sont prévisibles, comme le fait qu'elle m'épouse seulement pour le chèque ou pour mon nom de famille, mais le reste est méprisable. Ils critiquent son physique. Son intelligence. Son cœur ! Chaque commentaire me donne envie d'aller débusquer les trolls qui ont dit quelque chose de négatif et de les étrangler avec les câbles de leur ordi. Je le désir brûlant d'effacer la liberté d'expression de la Constitution pour que ça ne se reproduise plus jamais. Elle me presse la main, m'arrachant à mes idées de meurtre.

— Ce ne sont que des mots.

Je bous intérieurement. À l'extérieur, je suis aussi froid et calculateur que les descriptions de moi dans les articles.

— Je ne m'attendais pas à cette réaction de ta part.

Tu croyais qu'elle allait faire quoi ? Crier ? Hurler ? Pleurer ?

Tout aurait été préférable au fait qu'elle soit en train de me rassurer. Je ne le mérite pas.

— Je savais que ça arriverait un jour ou l'autre.

Iris hausse les épaules comme si ça ne la dérangeait pas, mais ce n'est qu'un mensonge. Elle a le menton qui tremble et je serre les poings sur mes cuisses pour me retenir de la consoler.

Que moi, je la console, elle ? Je ne saurais même pas par où commencer. Ce serait ridicule.

— Je vais gérer.

— Comment ? Tu vas défendre mon honneur ?

— C'est le strict minimum.

Son rire m'apaise un tout petit peu.

— Ne fais rien de bête par colère.

— Non, non.

— Ni rien d'illégal.

— Est-ce illégal si on ne se fait pas prendre ?

Ses yeux brillent, faisant fondre légèrement le bloc de glace qu'est mon cœur.

— Être libéré sous caution, ça n'a rien de glorieux.

— Quel intérêt à avoir tout ce fric si je dois respecter la loi ?

— Il y a tellement d'indécence dans ce que tu viens de dire que je ne sais pas par où commencer.

— Alors, ne commence pas.

— Bref ! Il faut qu'on soit stratégiques. Je suis sûre que l'avocat de ton grand-père commence à avoir des doutes.

Le semblant de bonne humeur qu'elle avait créé disparaît. Comment peut-elle penser à l'avocat dans des moments pareils ? Putain, il y avait des menaces de mort envers elle parmi les commentaires !

— Je m'en fous, de l'avocat.

Au moins pour l'instant.

Elle me regarde comme si une deuxième tête venait de pousser à côté de la mienne.

— Ben voyons. Quoi que tu en penses à l'heure actuelle, j'ai le plan parfait.

Sachant qu'avec son dernier plan, nous nous sommes retrouvés mariés, je ne peux qu'imaginer ce que donnera celui-ci.

*

De retour au bureau, j'envisage d'aller chez mon père. La tentation de lui défoncer la mâchoire est vive, mais je me retiens. Ça ne m'apportera qu'un soulagement temporaire alors que détruire tout ce qu'il aime sera bien plus satisfaisant.

Le fait de grandir en étant élevé par quelqu'un de son acabit a impliqué de développer les mêmes traits. Pour lui survivre, j'ai dû évoluer. J'ai appris à mes dépens qu'il fallait cacher mes intentions, parce que si j'aimais quelque chose, je risquais de le perdre.

J'ai aimé et perdu, et ces deux sentiments me répugnent autant l'un que l'autre.

Une voix tonitruante résonne devant mon bureau, suivie par le rire aigu d'Iris. Je sors pour la trouver avec mon père, en plein milieu d'un concours de regards qui tuent.

Il m'envoie un sourire forcé.

— Tu arrives pile au bon moment. Dis à ta pute de se calmer.

Je n'ai le temps de faire qu'un pas : le poing d'Iris s'envole et s'abat sur la mâchoire de mon père. Elle crie de douleur et je sens l'angoisse m'étreindre.

Mon père se pose la main sur l'endroit qu'elle a malmené.

— Espèce de petite…

Je vois rouge et me jette sur mon père, mais un gémissement d'Iris détourne mon attention.

— Ouille, dit-elle en regardant son poing, une seule larme coulant sur sa joue.

Sans réfléchir, je me mets en action. J'essaie de palper sa main, ce qui me vaut des grognements de sa part, et elle essuie de nouvelles larmes. Son auriculaire a l'air d'avoir dégusté et quand je passe doucement le doigt dessus, elle grimace.

— Ça ne fait pas trop de bien…

— C'est ce que tu récoltes, à croire que tu peux me lever la main dessus !

Je vous jure, ce mec a envie de mourir.

— Oh, j'aimerais lever plus que la main sur toi, pauvre connard maléfique, lance-t-elle.

Iris essaie de me contourner, mais je lui bloque le passage.

— Je m'en occupe, dis-je en lui pressant doucement l'épaule.

Elle se renfrogne, mais ne dit plus rien.

— Je venais voir Iris pour m'assurer qu'elle va bien, après tous ces articles. Forcément, ça ne doit pas être facile d'être évoquée dans la presse comme une « salope écervelée ».

Les os craquent sous mon poing quand je l'envoie droit dans le nez de mon père. Je suis envahi d'une profonde satisfaction en le voyant reculer sous l'impact. Le sang coule sur son visage et goutte sur la moquette.

Je souris. Il essaie de ralentir l'hémorragie, mais rien ne fonctionne.

— Finalement, tu me ressembles plus que je ne croyais.

Un voile noir s'abat sur moi.

— Dégage ! hurlé-je en revenant sur lui.

Il recule et mes doigts se referment sur du vide. Il trébuche et redresse la tête. La pression dans ma poitrine ne diminue pas quand il disparaît par la porte à double battant. J'espère qu'il repart dans le coin d'enfer dont il était sorti en rampant, avant que j'aie l'occasion de remettre les mains sur lui.

— Bon, ça ne s'est pas trop passé comme prévu, souffle Iris.

Je me retourne ; elle a la main serrée sur le cœur et ses traits déformés me donnent un nouveau coup de stress.

— Dis-moi que ce n'était pas le super-plan que tu as mis au point.

— Ah, mais non ! J'ai un peu dérivé, mais ne t'inquiète pas, mon idée de départ est en béton.

— Connaissant tes antécédents, je réserve mon jugement.

Elle rit, puis grimace de douleur.

— Aïe.

— Attends, je vais regarder de plus près.

Mon pouls s'accélère. Je fais attention de ne pas toucher la peau gonflée autour des articulations. La bonne nouvelle, c'est que ça ne ressemble pas à une fracture ouverte.

— Tu es folle. Il n'y a pas d'autre explication au fait que tu donnes un coup de poing à quelqu'un sans savoir comment on s'y prend.

— Je pensais que ce serait comme dans les films, dit-elle en regardant les dégâts.

— On va aller aux urgences.

Je prononce ces mots avec difficulté, incapable de comprendre pourquoi je prends cette décision alors que j'ai horreur de ces putains d'hôpitaux.

— Non, non ! Je vais bien. Tu vois ?

Elle a un sursaut de douleur en agitant les doigts. J'ai très envie d'aller retrouver mon père, mais je chasse ce réflexe.

— Pourquoi tu l'as frappé ?

Iris serre la mâchoire et regarde ses escarpins violets. Je lui relève le menton.

— Dis-moi.

Elle pousse un soupir et ce n'est qu'au prix d'un effort surhumain que je me retiens de la secouer.

— Tu me promets de ne rien faire d'illégal si je te réponds ?

— Non ?

— Hm… ça ne va pas te rendre heureux.

— Je ne suis jamais heureux.

Hormis à de rares occasions, et Iris en fait partie chaque fois.

Elle me regarde et dans ses yeux, il y a un voile brillant qui n'a rien à voir avec sa main blessée.

— Il m'a proposé de l'argent pour…

— Pour quoi ?

— Pour que je ne puisse pas porter d'enfant. *Jamais.*

Elle détourne le regard, comme si elle pouvait me cacher les émotions orageuses sur son visage.

J'ai déjà franchi la moitié du chemin pour aller à la porte. Je suis brûlant et dans ma tête, une seule pensée a sa place : retrouver mon père et le foutre par terre à coups de poing.

J'aurais dû savoir qu'il tenterait une manœuvre dans ce genre. Quelque part, j'espérais bêtement qu'il lui resterait un minimum de correction, mais il n'a pas une once de moralité. J'avais sous-estimé les extrémités auxquelles il serait prêt à aller pour garder son poste de PDG. Si on le lui retire, il ne lui reste aucune raison de vivre. Ses fils le détestent et sa femme est morte. Le perdre, ce serait le dernier coup à sa vie de merde.

Iris me tire sur le bras.

— Non, attends !

— Je ne peux pas te parler, là, tout de suite.

Je ne peux parler à personne, et surtout pas à la cible de mon père.

C'est ta faute si elle se retrouve dans ce pétrin. À quoi tu t'attendais ?

Rougissant de fureur, j'essaie de me dégager, mais elle s'accroche plus fort.

— Il faut que tu m'emmènes à l'hôpital.

Je m'arrête et le nuage rouge qui obscurcit mon centre de décisions s'atténue un peu.

— Quoi ?

Ses yeux embués plongent dans les miens.

— J'ai très mal.

Putain de merde. Après une expiration saccadée, je ferme les yeux.

— Harrison va t'y conduire.

— S'il te plaît, ne me laisse pas y aller toute seule.

Et là, c'est ma perte. Mon projet d'aller plonger mon père dans le coma s'efface. Je hoche la tête.

— D'accord. On va aller voir un médecin.

CHAPITRE 23

Declan

Dans la voiture qui se dirige vers l'hôpital, comme Iris ne peut plus tenir un téléphone, j'ai pour mission de taper tout ce qu'elle dicte. Je savais qu'elle avait beaucoup de responsabilités, mais je ne me rendais pas vraiment compte de tout ce qu'elle devait gérer jusqu'au moment où j'ai dû la seconder dans chacune de ses tâches.

Pas étonnant qu'elle ne se sente pas bien dans son travail. Rien que le nombre de mails qu'elle doit trier en une heure rendrait n'importe qui cinglé. Ou alors, c'est moi qui deviens fou d'être aussi près d'elle. Je suis imprégnée de l'odeur de ses crèmes à la noix de coco alors qu'elle est tout contre moi et montre différents mails de sa main valide.

Je la vois stresser davantage à mesure que nous nous rapprochons de l'hôpital. Ses genoux s'agitent pendant qu'elle me dicte message après message à envoyer, ce qui bouleverse mon emploi du temps pour la journée.

Le travail ne s'arrête pas là. À notre arrivée, une infirmière nous tend un formulaire à remplir et Iris le regarde comme s'il allait prendre feu à tout moment.

— Tiens, dis-je en le lui tendant.

Les yeux se dirigeant vers la sortie, elle chuchote :

— Tu veux bien m'aider ? Je ne peux pas écrire comme ça.

— D'accord, tu me donnes les réponses et je note.

En regardant la première ligne, elle déglutit visiblement. Comme il lui faut bien plus longtemps que nécessaire pour répondre à la première question, je m'occupe avec mon téléphone.

— Ça ne te dérange pas de me lire les questions à haute voix ? Je suis trop stressée pour me concentrer, là.

Son grand sourire pour compenser m'agace.

— Tu es sûre ? Certaines doivent être personnelles.

Sois pas chiant, fais ce qu'elle te dit.

— C'est pas grave.

Sa posture rigide sur sa chaise infirme complètement cette affirmation.

Elle a l'air à deux doigts de craquer, donc je n'insiste pas. Avec un soupir, je prends le stylo et commence. La paperasse ne prend pas aussi longtemps que j'aurais cru, donc nous restons l'un à côté de l'autre en silence un long moment. Elle jette des coups d'œil vers la sortie, se mordille la lèvre, si bien que je me sens l'âme assez charitable pour la distraire de cette anxiété qui la ronge.

— Si ça peut te consoler, moi aussi, je déteste les hôpitaux.

Elle retourne la tête vers moi.

— C'est vrai ?

— Oui. Je n'ai pas mis les pieds dans un hôpital depuis tout jeune.

— Pourquoi ?

J'inspire en réfléchissant aux conséquences possibles qu'il y aurait à avouer mes raisons. Je garde les yeux rivés sur une télé qui montre des images muettes dans un coin de la salle.

— On y a passé beaucoup de temps quand ma mère était malade. J'en suis venu à détester tout ce qui a rapport avec un hôpital, même longtemps après son décès.

Iris pose sa main valide sur la mienne et la presse. Je suis reconnaissant qu'elle me comprenne assez pour ne pas poser d'autres questions. L'idée de lui soumettre encore une autre partie meurtrie de moi est comme une trahison de toutes les années passées à soigneusement élaborer mon personnage.

— Moi aussi, j'en ai horreur, dit-elle d'une voix éraillée.

— Pourquoi ?

Elle regarde sa main gonflée.

— Mon père… (Elle s'arrête et je fais le même geste dont elle m'a gratifié.) Disons que ma mère a atterri plusieurs fois aux urgences parce qu'elle était « maladroite ».

J'essaie de calmer la colère qui m'envahit avant de demander :

— Et toi aussi, tu as eu des problèmes de « maladresse » ?

Si elle me répond oui, je jure que ce soir, il y aura deux hommes qui flotteront à la surface de la rivière Chicago ce soir.

— Non, répond-elle en secouant la tête avec fermeté.

Mon cœur battant résonne dans mes oreilles.

— Si c'était le cas, tu pourrais me le dire.

Je ne peux pas promettre de ne pas agir, mais je peux promettre de faire mal à son père. Beaucoup.

Cet élan protecteur m'anime tout entier et je ne le réprime pas. Je ne déteste rien tant que les mecs qui cognent des femmes et des enfants innocents.

— Ça n'en est jamais arrivé là. Ma grand-mère s'en est assurée.

— Comment ?

— Elle a vu les signes et elle est intervenue avant que ça n'empire. Elle a utilisé l'assurance vie de mon grand-père pour aider ma mère à divorcer et commencer une nouvelle vie.

Une larme coule sur son visage et ça m'est insupportable.

Je l'essuie, mais l'humidité est encore là. Je suis étreint par le désir d'effacer cette tristesse de son visage.

— Est-ce que dans le plan de ta grand-mère, il y avait un litre d'acide sulfurique ?

Elle émet un rire forcé.

— Je crois qu'il était plutôt question de chaussures en béton.

Avec un frisson simulé, je réponds :

— Rappelle-moi de ne jamais la mettre en colère.

— Tu mets ma Nana en colère, c'est à moi que tu auras affaire.

Elle lève sa main blessée comme un trophée.

— Je flippe grave.

— Madame Kane ?

Iris ne bouge pas.

— C'est toi, lui signalé-je en lui pinçant doucement la cuisse.

Elle inspire brusquement et regarde ma main. Elle se lève d'un bond et sa chaise n'est pas loin de tomber.

— Je suis là !

Nous suivons l'infirmière dans la salle des urgences. Des lits alignés contre le mur sont séparés par un rideau en papier.

Le lit vide destiné à Iris est inacceptable. Entre le malade qu'on entend vomir d'un côté et celui qui crache ses poumons de l'autre, je refuse qu'elle soit examinée ici.

— Je veux que ma femme soit soignée dans une suite privée.

L'infirmière me regarde de la tête aux pieds en grimaçant.

— Vous êtes dans un hôpital, pas au Ritz. Asseyez-vous et attendez le médecin comme tout le monde.

Iris s'installe sur le lit sans se plaindre, et je suis tenté de l'emmener ailleurs. Absolument pas incommodée par tous les bruits autour de nous, l'infirmière prend la tension d'Iris et lui pose des questions de routine.

Iris répond à chacune sans cesser de mâchonner sa lèvre inférieure. Cette atmosphère ne peut mettre personne à l'aise, alors sûrement pas elle.

L'infirmière suspend les papiers au bout du lit et je tente encore une approche :

— Je paierai ce qu'il faudra pour qu'elle puisse être examinée dans un endroit plus calme. Votre prix sera le mien.

L'infirmière répond en me fermant le rideau en papier au visage.

Iris rit de me voir les yeux fixés sur le rideau, abasourdi d'être traité ainsi.

— Tu trouves ça drôle ?

Elle confirme de la tête, les yeux pétillants pour la première fois de toute la journée.

— La tête qu'elle a faite quand tu lui as sorti « Votre prix sera le mien » ! Heureusement qu'elle a vite rangé le bloc qui tient les papiers, sinon, elle t'aurait frappé avec !

— Ce n'est pas ma faute si elle ne sait pas comment fonctionnent les choses dans la vraie vie.

— Réveille-toi, très cher ! Tu es dans la vraie vie, ici !

— C'est terrifiant.

— Viens, je vais te rassurer.

C'est peu probable, mais dernièrement, je suis prêt à lui donner tout ce qu'elle veut. Le papier craque quand je m'assieds à côté d'elle. Je prends beaucoup de place sur le lit, ce qui ne lui laisse pas beaucoup de chances de s'écarter. Ma cuisse frôle la sienne. Elle essaie de s'éloigner, mais il n'y a pas assez de place.

— On est bien comme tout, non ? plaisante-t-elle tout en jetant des coups d'œil angoissés à la poche à perfusion avant de regarder vers la sortie.

— Qu'est-ce qu'il y a ?

Elle s'approche pour me chuchoter :

— Ce n'est peut-être pas le bon moment pour t'avouer que je m'évanouis si on essaie de me mettre une aiguille dans le bras ?

J'esquisse un sourire. Je trouve l'image hilarante, venant d'elle qui n'a peur de rien.

— T'as peur des piqûres ?

— Non, bafouille-t-elle, j'ai pas peur… C'est juste une réaction de mon corps que je n'arrive pas à contrôler.

— Tu es au courant que l'infirmière doit te poser l'intraveineuse à son retour ?

— Non ! Ne me dis pas ça ! Je croyais qu'elle était gentille !

Je hoche la tête en me retenant de rire.

— Elle m'a menti !

Iris bondit du lit et se serait sans doute entravée dans ses hauts talons si je ne l'avais pas retenue.

— Doucement.

Je la rassieds sur le lit et décide de me poster devant elle au cas où elle aurait l'idée de s'enfuir. Son regard passe de moi à l'espace entre deux rideaux, comme si elle se demandait comment passer outre ma surveillance.

— Je te fais marcher.

Elle me dévisage avant de m'assener un coup sur l'épaule.

— Salaud ! Je t'ai cru !

J'explose de rire, ce qui la stupéfait.

— Tu viens de rire ?

— Non.

— Si ! rectifie quelqu'un derrière un des rideaux. Vous voulez bien la fermer, maintenant ? Il y en a qui essaient de dormir après un lavage d'estomac.

Au diable cet endroit et le gens qui s'y trouvent.

— On décolle.

— Pas si vite, dit le médecin qui arrive dans notre espace. Vous ne pouvez pas partir avant l'examen.

Iris reste muette pendant qu'il regarde les données relevées par l'infirmière. Il lui pose des questions sur les circonstances de sa blessure tout en me toisant comme si j'étais celui qu'elle avait voulu mettre au tapis. Elle part faire des radios et je ne respire à nouveau normalement que quand elle revient.

Ça devrait m'alerter sur le fait que je ne maîtrise plus la situation. Je m'approche toujours plus d'un champ de mines sans disposer d'aucune carte et je vais risquer l'explosion à chaque pas.

— C'est la fracture classique du boxeur, constate le médecin en regardant les radios.

Le visage d'Iris s'éclaire.

— Ça fait badass.

Je la sermonne :

— Tout doux, Mohamed Ali. Je ne compterais pas cette matinée comme une victoire.

Le médecin prend un ton enjoué :

— La prochaine fois, évitez le contact initial sur le quatrième et cinquième métacarpien.

— Ne l'encouragez pas, s'il vous plaît.

Il secoue la tête avec un petit rire avant de donner à Iris une série de recommandations détaillées sur le temps de guérison. Je suis sceptique au sujet de cette visite, et, étant donné l'environnement, je ne me fie pas trop à la qualité des soins. Pas question qu'Iris garde des séquelles de ses blessures à cause de mon père. Cette idée me met en rage.

— Super, merci docteur !

Elle descend du lit mais je l'arrête du bras.

— Je voudrais avoir un deuxième avis, ne puis-je m'empêcher de dire.

Au fond de moi, je sais qu'une fracture du boxeur n'est pas le pire qui aurait pu se produire, mais quand il s'agit d'Iris, mon cerveau bugge désormais.

Le médecin ouvre de grands yeux.

— Pour une petite fracture ?

— Ne faites pas attention à lui. Il a tendance à être un peu protecteur.

Le regard qu'Iris m'envoie me ferait presque passer pour le fou de nous deux.

— D'accord…

Je dois perdre la raison. Sinon, pourquoi je me ferais autant de souci ?

Tu détestes quand elle pleure.

Tu serais prêt à tuer quelqu'un qui lui fait du mal.

Tu l'as emmenée à l'hôpital alors que c'est un lieu que tu as en horreur.

Tous ces signes indiquent une même conclusion : notre situation stable est en danger et je suis le seul coupable.

Iris interrompt mes pensées.

— Je porterai l'attelle quelques semaines et j'éviterai toute activité susceptible d'aggraver la blessure.

— Parfait. Et n'oubliez pas de programmer un rendez-vous chez votre généraliste pour une visite de contrôle. (Le médecin me regarde une dernière fois avant de remettre les papiers de sortie à Iris.) Bonne fin de journée, madame Kane.

— Tu veux bien m'aider ? me demande-t-elle en me tendant le nouveau formulaire.

Je souffle et remplis le papier.

Elle regarde l'heure.

— Bon, ça n'a pas pris aussi longtemps que je le craignais. Je suis sûre que tu meurs d'envie de retourner au boulot.

C'est bien ça, le pire. Je n'ai pas pensé une seule fois au travail depuis que nous sommes ici, parce que ma seule préoccupation était qu'on soigne bien Iris. Après quatorze ans de ma vie à ne penser qu'au boulot, il a suffi d'une femme pour me faire oublier complètement mes responsabilités.

Comme si ce n'était pas assez flippant, un seul coup d'œil à son attelle me met dans une colère noire. Je sais très bien pourquoi. C'est pour la même raison que je voudrais dégager Cal quand je le trouve trop proche d'Iris ou que j'ai mystérieusement envie de la voir dès qu'elle n'est plus là pendant quelques heures d'affilée.

Tu as des sentiments pour elle.

Merde.

*

Mon premier arrêt après avoir déposé Iris au bureau est chez mon père, dans sa maison de ville. Son assistante m'a informé qu'il avait pris le reste de sa journée en raison d'un « pépin de santé imprévu », donc il n'est pas difficile à débusquer.

Je m'attends presque à ce qu'il me laisse à la porte, mais j'aurais dû me douter qu'il a trop de fierté pour montrer de la faiblesse.

Il m'ouvre et je suis impressionné par les dégâts sur son visage. Son nez est un amas de cartilages et de bleus et j'ai l'impression de me voir dans un miroir. Je n'ai pas besoin de toucher le mien pour sentir la petite bosse dessus, celle qu'il avait causée d'un bon coup de poing alcoolisé. Mon estomac se noue du fait d'une prise de conscience : je ne vaux pas mieux que lui, à dégainer les poings dès qu'on me provoque.

Tu ne referas pas la même erreur. Tu peux apprendre à être meilleur.

Malgré ces pensées rassurantes, j'ai du mal à lutter contre ce constat glaçant.

— J'imagine que tu n'es pas venu pour admirer ton travail, donc dis-moi ce que tu as à dire ou casse-toi de mon perron.

— Je suis venu déposer quelque chose, dis-je en lui envoyant un gros dossier en plein torse.

J'en ai de ce genre sur toutes les personnes qui m'entourent. Les secrets ont autant de valeur que n'importe quelle monnaie et il se trouve que, grâce au détective privé que je fais travailler, je suis riche comme Crésus.

Mon père ouvre le dossier avant de le refermer en moins d'une minute.

— Je vois.

— Prends ton temps et regarde bien. J'aime surtout les rapports de profs que j'ai eus sur les dommages corporels que j'ai subis, mais les visites secrètes à l'hôpital pour des fractures sont très intéressantes aussi. Au dos, tu as une clé USB scotchée où on trouve des vidéos de nos altercations publiques, au cas où tu voudrais un contexte visuel de ce qui arrivera si jamais tu t'en reprends à Iris.

— Pourquoi tu me montres tout ça ? Tu pourrais aller le partager avec tout le monde pour pouvoir me remplacer.

Avec un rire amer, je réponds :

— Parce que je n'ai pas besoin d'avoir recours à tes méthodes pour prendre ton poste. Si tu refais un coup pareil, par contre, je suis prêt à le faire.

— Tu bousillerais la réputation de notre famille pour elle ?

— On n'est pas une famille, putain ! Tu t'en es assuré au moment où tu as dit à ma femme de se faire ligaturer les trompes, espèce de monstre.

Je serre les poings, mais je me retiens de l'assaisonner à nouveau. Je préfère les mots comme arme.

— J'essayais juste de t'éviter l'erreur d'avoir un enfant avec quelqu'un juste pour un héritage. Tu devrais me remercier.

Respire profondément, Declan. Pro-fon-dé-ment.

— Si je te revois parler à Iris, même pour le boulot, je rends tout ça public. S'il faut que tu utilises des signaux de fumée pour me contacter, je m'en fous, mais tu n'approches plus ma femme.

— Tu publierais ça même si ça te donne l'air faible ?

— Justement, *très cher père.* J'ai passé des années à croire que j'étais pathétique parce que je ne t'avais pas rendu les coups, mais finalement, je comprends que le seul faible dans l'histoire, il est en face de moi. Quelque part, je suis content que Maman soit morte. Au moins, elle n'a pas à regarder le simulacre d'être humain que tu es devenu.

Je me détourne et sens son regard me suivre jusqu'à ma voiture.

CHAPITRE 24

Iris

Depuis notre passage à l'hôpital hier, Declan est anormalement muet. J'essaie de l'arracher à son humeur massacrante par de petites blagues, mais il fronce les sourcils comme si je l'importunais.

Incroyable mais vrai, le lendemain ne fait qu'empirer progressivement. Je ne peux pas taper ni manier la souris avec ma main droite, donc je me débrouille comme je peux la main gauche. Le résultat est pitoyable et je suis tentée de jeter le clavier contre le mur au bout d'une demi-heure sur un tableur. Plutôt que de recourir à la violence, parce qu'on sait comment ça s'est terminé la dernière fois, j'envoie un SMS à mon preux chevalier chez qui l'Armani remplace l'armure.

Cal arrive au bureau tranquillement une demi-heure plus tard.

— J'avais toujours pensé que ce serait Declan qui montrerait à mon père ce que ça fait d'être le réceptacle de ses choix éducatifs, mais en fait, c'est toi qui lui fais cette faveur.

J'ai mal pour les enfants qui ont grandi avec un père aussi cruel. Si seulement je pouvais remonter le temps et donner un vrai bon coup de poing à Seth !

Cal me regarde avec suspicion.

— C'est quoi cette pitié ? Je suis loin d'avoir autant de problèmes avec mon père que les deux autres.

— C'est parce que tu as tout une batterie d'autres problèmes.

— Ce qui fait de moi quelqu'un de profond.

— Non. Ce qui signifie que tu devrais faire une thérapie.

Il rit en s'asseyant sur la chaise en métal en face de moi.

— Oh, je connais la musique. Il s'avère que si on ne voit pas l'intérêt de changer, ça n'aide pas beaucoup.

— Ça alors…

— Bref, tu as besoin de mes services ?

— Tout dépend. Tu as des projets pour les semaines à venir ?

— Pour toi, j'annule tout !

Je pousse un soupir.

— Tu vas me rendre un sacré service. Je ne peux pas faire grand-chose avec l'attelle, je mets vingt minutes à taper un paragraphe.

— Tu vas regretter de m'avoir demandé de l'aide.

— Sûrement, parce que tu es incapable de te concentrer, mais je n'ai pas d'autre solution. Je ne vais pas passer des heures avec une intérimaire. Au moins, mon boulot sera vaguement plus supportable avec toi.

— Tu sais t'y prendre pour flatter un homme.

— Je ne pense pas que Declan y soit sensible.

— C'est parce que la plupart du temps, il peut à peine être considéré comme un être humain, alors certainement pas un homme.

Oh, pourtant, c'est bien un homme. J'en ai vu les preuves en détail.

Cal frissonne devant mon expression.

— Au secours. Je ne sais pas ce qui t'a donné cette tête, mais ça doit disparaître. Tout de suite.

*

Au fil des jours qui suivent, l'humeur de Declan se détériore encore. J'hésite presque à présenter mon plan, mais après tout ce boulot, je ne vais pas reculer maintenant.

Nous sommes dans la voiture et quand Harrison se gare en plein Chicago, Declan s'étonne et s'apprête à appuyer sur le bouton de communication. Je l'arrête.

— Bienvenue en phase un de l'opération « fausse sortie en amoureux ».

— Qu'est-ce que tu racontes ?

— C'est mon plan. Ensemble, on va faire s'évanouir tous les doutes sur notre mariage, et ça commence dès ce soir.

Declan ne semble pas enthousiaste.

— Avec des fausses sorties en amoureux ? On est mariés de toute façon.

— C'est tout simple.

— Je brûle d'impatience de connaître cette simplicité.

— J'ai prévu quelques sorties en public pour nous assurer que nous soyons vus par le tout-Chicago.

— Tu m'as perdu à « public ».

Il cherche à nouveau le bouton, mais je lui prends la main pour l'arrêter.

Je la relâche aussitôt avec la peur qu'une nuée de papillons s'envolent dans mon ventre si je touche Declan une seconde de plus.

— Je sais que tu veux rester caché dans ta demeure de banlieue chic, mais éviter la presse ne va résoudre aucun de nos problèmes.

— Ça a fonctionné d'autres fois.

— Je veux bien, mais tu es prêt à parier ton héritage à vingt-cinq milliards de dollars dessus ?

Je suis surprise qu'il parvienne à répondre, à travers des dents aussi serrées.

— Non.

— Il va falloir que tu me fasses confiance.

Il garde le silence, j'en déduis qu'il veut bien m'écouter.

— Je nous ai réservé une table à La Luna avec vue sur la rivière. Il a fallu beaucoup négocier pour en dégoter une au dernier moment, mais je connais quelqu'un.

— Quelqu'un qui, par pure coïncidence, s'appellerait Benjamin Franklin, comme sur les billets de 100 ?

Je souris.

— La corruption fait des miracles. C'est toi qui me l'as appris.

C'est plaisant de revenir à nos habitudes, même si ce n'est que pour la soirée. Declan m'ignore depuis plusieurs jours et nos échanges me manquent.

— Ce pot-de-vin était inutile. Il te suffisait de dire que c'était pour moi.

— Tu as une haute opinion de toi-même, dis donc !

Il hausse les épaules.

— Pour info, reprends-je, ça n'aurait servi à rien parce que j'avais une demande très particulière qui exigeait une motivation financière.

— J'hésite à poser la question, mais comme je suis ton mari, je me sens légalement en obligation de le faire.

Je ris et joins les mains, dans une pose qui tient plus du génie maléfique que du petit ange.

— Il se trouve que notre table est située juste à côté de la principale journaliste people du *Chicago Chronicle.*

— Alors là, ça m'intéresse pour une raison très différente.

— Je t'avertis, je n'ai pas pris toute cette peine pour que tu fiches tout en l'air avec une connerie !

Il pousse un gros soupir.

— Comment es-tu si sûre de sa présence ?

— Je te le dirais bien, mais ça t'impliquerait dans le crime.

Declan secoue la tête et regarde par la vitre, mais je distingue un léger sourire dans son reflet.

— Tu espères que je reste à côté de quelqu'un qui t'a traitée de pondeuse sans cervelle et que je ne fasse rien ?

— Houlà, tu as vraiment eu l'air offensé, l'espace d'une seconde.

Il se met à marmonner dans sa barbe.

— Écoute, dis-je, le plan est simple. On va dîner, on boit un coup, on fait semblant d'être amoureux.

— Parce que tout est faux, répond-il d'une voix robotique.

Enfin !

— Exactement. Tu as compris.

— Une sortie en amoureux, ce serait…

— Douloureux. Tu n'as pas besoin de me le répéter.

Il serre les lèvres et sonde mon visage comme s'il faisait une IRM de mon âme.

— Oui. Douloureux, c'est bien le mot que j'appliquerais à cette situation.

Sa voix est dépourvue de toute émotion et je sens un frisson me parcourir. Ravalant mon incertitude, je me redresse.

— Parfait. Maintenant qu'on est au clair là-dessus, tu es prêt ? Si on n'y est pas dans les cinq minutes, ils vont donner notre table à quelqu'un d'autre.

— Si je donne mon accord pour ce plan, c'est parce que tu as dû agir dans l'illégalité pour le mettre au point.

— C'est rassurant de savoir que tu peux venir payer ma caution si jamais je suis arrêtée.

— Qu'est-ce qui te dit que je ne serais pas en prison avec toi ?

Mon sourire me fait mal aux joues, mais quand je vois son petit air enjoué, c'est toute ma poitrine qui me fait mal.

Ça ne devrait pas avoir lieu.

Éviter tes sentiments ne les rend pas moins réels.

Oh, la ferme !

*

L'hôtesse, désormais plus riche de cinq cents dollars grâce à moi, nous guide vers une table juste à côté de la journaliste.

Un dîner aux chandelles juste pour le spectacle, facile, qu'ils disaient.

Eh bien, non, personne n'a jamais dit ça.

C'est tout ce que je pense pendant que le masque d'indifférence de Declan se met en place et qu'il pose la main au creux de mes reins. La chaleur qui émane de lui imprègne ma peau et je suis tentée de me rapprocher de son corps en douce.

— Puis-je faire autre chose pour vous, monsieur et madame Kane ?

La journaliste rousse lève le nez de son menu et, surprise, toise Declan.

Je secoue la tête et Declan répond :

— Non merci.

Il m'approche ma chaise et, contrairement aux autres fois, il se penche vers moi plutôt que de s'écarter. Les lèvres effleurant mon oreille, il chuchote :

— Tu as intérêt à avoir raison.

— Fais-moi confiance, un peu.

— Étant donné ton historique, j'hésite.

Son rire grave met le feu aux papillons dans mon ventre.

— Je suis vexée.

— Toutes mes excuses.

Cette fois, Declan pose les dents contre mon lobe et je suis parcourue d'un courant d'énergie. Est-ce pour les faux-semblants ? Je suis très perturbée jusqu'au moment où je le vois lancer un regard à la journaliste.

Je souffle un coup quand Declan prend place face à moi. Le poids de son regard pèse sur ma poitrine comme une enclume, ce qui rend ma respiration difficile. Je regarde vers la journaliste qui est très affairée à taper sur son téléphone en ignorant superbement la personne qui l'accompagne.

Je ne sais pas pourquoi, mais je pense qu'elle prend des notes.

C'est le moment de te donner en spectacle comme jamais.

— Je regrette déjà notre lune de miel.

Je supplie Declan du regard de jouer le jeu.

— Moi aussi, répond-il sans la moindre trace d'ironie dans la voie.

Ça alors. Il est sérieux ou il ment pour le public ? La première option me pousse à creuser.

— Pourquoi ?

— Parce que finalement, les vacances, ce n'est pas la pire chose qui existe.

— Je te l'avais bien dit !

Il sourit mais garde le silence.

— Qu'est-ce qui t'a fait changer d'avis ?

— De ne rien avoir à penser hormis comment je voulais te baiser la fois suivante.

Ma respiration se bloque, et ce n'est pas de la mise en scène. De même que mon cœur, qui bat le tambour de guerre dans ma poitrine. Mes yeux passent du regard brûlant de Declan au visage de la journaliste, qui a rougi.

— Qu'est-ce que tu fais ? demandé-je avec un sourire forcé. Même si je suis focalisée sur lui, je sens que la journaliste guette le moindre de nos gestes.

Il me replace une tresse derrière l'oreille.

— Je lui raconte une histoire, chuchote-t-il.

— Alors du calme, Roméo. C'est une histoire d'amour, pas de porno.

Ses yeux brillent, et ça n'a rien à voir avec les bougies.

— OK.

Du pouce, il suit le contour de ma lèvre inférieure et la chaleur m'envahit.

— Et donc j'ai pensé… dis-je plus fort pour attirer l'attention de ma cible.

— Aïe, j'ai peur du résultat.

Je ris en lui donnant un coup sur l'épaule.

— Tais-toi. On sait tous les deux qu'en fait, tu aimes bien mon cerveau.

— J'aime encore plus ton cœur.

Pour quelqu'un qui ne sait utiliser quasiment que des grognements et des ordres pour communiquer, il sait comment me faire fondre en une seule phrase.

Mais c'est un mensonge.

— C'est… mignon.

Il pince soudain les lèvres et je me demande si c'est pour se retenir de rire.

— Bref… Je me disais qu'on pourrait faire un truc sympa ce week-end.

— Qu'est-ce que tu entends par « sympa » ?

— Une petite réunion familiale.

Ses yeux évoquent cent promesses qu'il tait. Jamais il ne pourrait être d'accord, mais c'est rigolo de faire semblant pour la journaliste.

— Quel genre de réunion ? demande-t-il, les dents serrées.

— On peut regarder les courses de F1 ensemble !

Cette fois-ci, mon sourire est sincère. Cette idée me semble parfaite pour que Rowan et Declan surmontent leurs différends. En plus, ça me plairait bien de passer du temps avec Zahra, même quelques heures.

— Non.

— Pourquoi ? Rowan sera là pour la réunion sur le budget, donc c'est le moment idéal pour se retrouver.

Il évite mon regard et se concentre sur le menu.

— C'est notre truc à tous les deux.

Cette réplique me fait légèrement vibrer.

— Si on t'écoutait, tout serait « notre truc à tous les deux », pour que tu n'aies jamais à me partager, espèce de Cro-Magnon.

— Enfin tu as compris ! Tu as mis le temps.

Du coin de l'œil, je capte le sourire de la fouineuse.

— Tu peux te calmer un peu. On est mariés, maintenant. Personne ne va venir m'arracher à toi. Quoique…

— Commence pas…

La journaliste rapproche légèrement sa chaise.

— Je te quitterais pour un homme seulement.

Il lève un sourcil et la bonne femme tombe presque de sa chaise à force de se pencher de notre côté. Je reprends :

— Bon, peut-être deux hommes. Trois maxi !

Il soupire.

— Cette liste de pilotes de F1 s'allonge de semaine en semaine, je trouve.

— C'est entièrement ta faute.

— Je suis bien conscient que je n'avais pas tout prévu. Crois-moi, je le regrette chaque jour.

Mon sourire se fait séducteur.

— C'est chou quand tu deviens tout possessif.

— Va savoir ce que tu en diras quand on sera dans l'intimité.

Je rougis, même si c'est invisible. Je m'attendais à ce que Declan accepte ce dîner seulement pour sa réputation, mais je ne pensais pas qu'il provoquerait toutes ces réactions chez moi. Mon corps n'a pas l'air de comprendre que ses promesses ne sont que de la poudre aux yeux. Merde, mon cerveau a du mal à interpréter ses yeux qui s'assombrissent, les pupilles noires chassant les iris marron foncé.

Je ravale la boule dans ma gorge en espérant arriver à tenir. Au fond, je sais que c'est du faux, mais mon corps est beaucoup trop demandeur à mon goût.

J'aurais dû savoir qu'un dîner aux chandelles était une mauvaise idée, mais je ne dispose pas d'une infinité de solutions. La seule chose que je peux contrôler, c'est le temps que je passe avec Declan. Parce que si cette soirée donne une idée de l'avenir, je ne suis pas certaine d'être en mesure de lui résister. Pas quand il dit des trucs qui me font battre le cœur et chauffer la peau.

Et si notre fausse union évolue en autre chose ? J'ai trop peur de me poser la question, même si je pense avoir la réponse.

Du sexe. De l'amour. Des cœurs brisés.

CHAPITRE 25

Declan

Je trouvais l'idée d'un dîner aux chandelles ridicule, jusqu'au moment où je me suis assis face à Iris et que j'ai compris que j'aurais son attention sans partage pendant au moins deux heures.

Ça me rappelle notre lune de miel avec notre repas à la belle étoile, mais cette fois-ci, elle cherche seulement à se montrer alors que je voudrais mieux la connaître. Pas la personne qu'elle est au travail, pas les petits aperçus que j'ai quand elle baisse sa garde, mais la vraie Iris.

Je profite d'un passage de la journaliste aux toilettes pour lui poser des questions.

— Si tu n'avais pas besoin de travailler, qu'est-ce que tu ferais de tes week-ends ?

— Si j'avais un jour de congé, par exemple ?

— Tu as tes dimanches.

— En général, arrivée à la fin de ma semaine, je suis trop morte pour bouger, donc je préfère végéter dans ma chambre. Je sors seulement pour me nourrir et m'hydrater.

— Pourquoi ?

— Parce que je suis crevée. Bosser pour toi, ça me vide de toute énergie.

Cette conversation est en train de revenir sur le travail, et pour une fois, je n'ai aucune envie d'en parler.

— Bon, alors qu'est-ce que tu ferais si tu ne travaillais pas et que tu n'étais pas fatiguée ?

Elle rit.

— Sincèrement, aucune idée. Ce que je faisais n'est plus trop valable.

— Comme quoi ?

— Un brunch avec des amis. Passer toute la journée au ciné. Observer les gens au zoo. Les options sont sans limites. Je me divertis facilement, du moment qu'il ne faut pas trop réfléchir.

— Et c'était quand, la dernière fois que tu as fait quelque chose comme ça ?

Elle regarde au plafond.

— Hum… Il y a deux mois, je suis allée au cinéma avec Cal.

— Ensemble ?

— Non, chacun a choisi un cinéma différent et ensuite, on s'est appelés pour discuter de l'intrigue. Bien sûr qu'on y est allés ensemble ! Avec qui d'autre j'irais ?

— Un petit ami ?

— Après le dernier qui m'a demandée en mariage, non.

Quel dommage…

— Des potes ?

— Cal est mon pote.

— D'autres, de préférence du même sexe ?

Son rire est plutôt triste.

— Je n'en ai plus.

— Pourquoi ?

— Quand tu ne fais que refuser des invitations, les gens arrêtent de te proposer.

— Pourquoi tu refusais ?

— On avait des styles de vie très différents. La plupart de mes amies bossent cinq jours par semaine, elles terminent à 17 heures. Au début, j'essayais de rester dans le move, mais je m'épuisais. J'ai dû choisir entre mon boulot et ma vie, et voilà le résultat.

Elle me désigne et son expression me fait passer l'envie de poser d'autres questions. Un étrange sentiment naît en moi et je ne peux lui donner qu'un nom.

La culpabilité. C'est ma faute si elle n'a plus d'amis en dehors de Cal et moi.

Tu lui as dit que tu ne voulais pas être son ami.

J'ai rejeté son amitié et, avec si peu d'amis restants, elle a dû le prendre très au sérieux. J'en ai mal au ventre.

C'est pour ça qu'elle t'a aidé. Elle te considère vraiment comme un ami.

Mais je ne veux pas être son ami. Toutes les sensations qu'elle éveille en moi n'ont rien de platonique.

Tu ne peux pas être tout à la fois ?

*

Je n'aurais jamais dû commander un autre verre une fois nos assiettes vides débarrassées. Le liquide ambré est un rappel de mon moment de faiblesse. Iris était prête à y aller quand la journaliste a payé l'addition et qu'elle est partie, mais c'est moi qui ai voulu rester.

Cette seule pensée me fait plus mal que je ne veux bien l'admettre. Je bois une toute petite gorgée. Iris a l'air légèrement perturbée que je fasse durer une dose de whisky plus longtemps que toutes ses relations passées additionnées. Je suis égoïste de la faire veiller ainsi en semaine, mais je ne peux pas m'en empêcher. C'est fascinant de la voir évoquer d'autres sujets que le travail.

Elle parle jusqu'à être hors d'haleine, compensant mon mutisme, et elle évoque tous les sujets avec passion et flamboyance.

Une maison délabrée qu'elle a vue en rentrant à la maison qui serait une bonne candidate à une rénovation. Les visites dans la classe d'arts plastiques de sa mère qui lui plaisent beaucoup. Le concours de lancer d'épis de maïs organisé par Nana avec son église, auquel elle compte assister la semaine prochaine.

Je ne savais même pas qu'il existait des concours de lancer d'épis de maïs, alors je ne pouvais pas me douter que Nana était championne en titre dans ce domaine.

Je passe un très bon moment avec Iris, au point que je n'ai pas envie qu'il se termine.

— Tu as bientôt fini ? me demande-t-elle soudain, pulvérisant mon bien-être.

— Quoi ?

— Ton verre de whisky hors de prix.

— Je peux me le permettre.

— Tu peux avoir la même bouteille à la maison pour la moitié de cette somme.

Mais aurais-je la même compagnie ? Sans doute pas. L'idée de boire seul ce soir me paraît insurmontable. J'ai passé toute ma vie seul, et avant, ce n'était pas un problème, mais progressivement, ça devient insupportable.

— Je profite de la vue.

— Dit celui qui n'a pas jeté un coup d'œil dehors de toute la soirée.

— Ce n'est pas de cette vue que je parle.

Iris relève les yeux vers moi et, à ma surprise, elle se met à s'esclaffer. Son rire rauque attire l'attention de nombreux autres clients. Je sens la chaleur monter en moi, même si ce son est la preuve qu'elle se fiche de moi. Elle en a les larmes aux yeux et n'arrive pas à inspirer assez profondément.

Je resserre la main autour du verre et je bois une nouvelle gorgée.

— Tu m'expliques ?

Elle se tamponne le coin des yeux.

— La journaliste est partie. Tu n'as plus besoin de faire semblant.

— Je ne fais pas semblant.

— C'est... inquiétant.

— Je ne trouve pas.

— Non.

— Non ?

Mais de quoi elle parle, d'abord ?

— Non, répète-t-elle d'une voix plus ferme. Ce n'est pas comme ça que ça doit se passer.

— Et ça devrait se passer comment ?

Je ne veux pas reconnaître que je suis troublé, mais merde, je le sens. Tout en elle me trouble, de la sensation de pincement dans ma poitrine quand elle rit à l'attirance que j'éprouve à son égard à toute heure du jour.

— On travaille ensemble.

— Et ?

Son profond soupir fait écho à celui qui monte en moi.

— On a un accord.

— Si tu enchaînes les évidences, c'est uniquement pour m'agacer ?

— Pas du tout. Je ne fais que souligner les enjeux. Nous ne pouvons pas bousiller notre relation avec tout ce qu'elle comporte, juste parce que nous sommes excités et troublés.

Son usage du pluriel ne m'échappe pas.

— Je ne suis pas troublé. Au contraire, je sais exactement ce que je veux.

— Et qu'est-ce que tu veux ?

— Toi.

Son rire me donne envie de le faire taire de mes lèvres. J'opte plutôt pour lui prendre la main, ce qui la calme assez pour arrêter de se moquer de moi. Elle essaie de la dégager, mais je la retiens.

— C'est une blague à la con, c'est pas possible.

Les muscles de ma mâchoire sont douloureux tellement je serre les dents.

— Pourquoi ?

— Tu ne peux pas me désirer. Pas comme ça, en tout cas.

— Je ne vois pas ce qui m'en empêche.

— Ce mariage ne devait être rien d'autre qu'une obligation contractuelle.

— Ce mariage est ce qu'on décide qu'il est, dis-je en caressant le diamant sur son doigt.

Elle ouvre de grands yeux.

— C'est pas vrai. Tu veux qu'on couche ensemble ?

J'ai toujours été direct, à l'excès, même.

— Oui.

— Pourquoi ?

— Parce que j'en ai envie.

Son ricanement amer me met mal à l'aise.

— Alors ça va être difficile pour toi d'accepter que ma réponse est « non ».

— Pourquoi perdre du temps à nier ce qu'on sait déjà tous les deux ?

— Parce que la dernière chose à faire, c'est de tout compliquer.

— Désolé de te l'annoncer, mais notre relation est compliquée de A à Z.

— Non, Declan. Notre relation n'est qu'une façade.

C'est le coup fatal. Je reste sans voix pendant qu'elle se lève et prend son sac. Le petit sourire qu'elle me lance est complètement faux. Je ne veux pas qu'elle parte, mais elle refuse de voir la supplique silencieuse dans mon regard.

— Il vaut mieux faire comme si rien ne s'était passé. Pour tous les deux.

Elle se penche pour m'embrasser sur la joue et c'est comme si sa bouche était imprimée sur ma peau.

— Je t'attends à la voiture. Prends ton temps.

Chaque pas qui l'éloigne de moi resserre l'étau sur ma poitrine. Je déteste cette sensation qui jaillit en moi comme une mauvaise herbe et encercle mon cœur.

Cette soirée n'a pas eu les résultats escomptés, mais je ne suis pas du genre à m'avouer vaincu.

Je planifie. J'agis. Je conquiers.

Iris a beau avoir refusé ma première proposition, je vais relever le défi et prouver que les choses peuvent se passer à merveille entre nous si elle me laisse ma chance.

Notre mariage est arrangé, mais les sentiments qui m'embrasent n'ont rien de faux. Ce n'est qu'une question de temps avant qu'elle soit à moi. C'est simplement qu'elle ne le sait pas encore.

*

À notre retour à la maison, la voiture n'est même pas encore garée qu'Iris prend la fuite.

Harrison ouvre ma portière, les lèvres serrées. Je sors et reboutonne ma veste.

— Vous êtes marié depuis combien de temps ?

Il tourne la tête d'un coup, comme si je ne lui avais jamais adressé la parole auparavant. Nous ne sommes pas des confidents, mais c'est mon chauffeur depuis avant même que j'aie mon permis. Bien sûr qu'il m'arrive d'interagir avec lui. Il a même mon numéro personnel, uniquement pour des raisons de coordination.

— Quarante ans que ça dure, me répond-il avec un sourire spontané.

— De manière volontaire ?

Par opposition à quoi ? Un accord contractuel comme le tien ?

Il rit avant de répondre :

— Si vous lui demandez, elle répondra peut-être que non.

— Ah, pourquoi ?

Il me regarde comme s'il doutait de mon intelligence.

— Parce que la vie conjugale, c'est compliqué. Apparemment, je ne suis pas la personne la plus facile et en plus, je ronfle.

J'étouffe un rire.

— Logique.

Je me tourne vers la porte, mais Harrison reprend :

— Puis-je vous faire une suggestion ?

— Seulement si vous estimez que c'est absolument essentiel.

Il a un petit sourire.

— Ce n'est pas parce que vous n'avez pas tout fait dans l'ordre que vous ne pouvez pas reprendre du début.

Ma nuque picote comme si on y enfonçait de minuscules aiguilles.

— Vous êtes au courant.

— Évidemment. Je vous conduis partout depuis un âge où vous n'atteigniez même pas les pédales. Si vous me devez quelque chose, c'est de ne pas insulter mon intelligence.

— Vous avez signé un contrat pour ne rien révéler.

— Je ne cherche pas à vendre votre histoire. Et si je courrais après l'argent, j'aurais accepté celui que votre père m'a offert et je serais à la retraite sur une plage du Mexique avec Gerty.

Mon masque d'indifférence tombe.

— Il a voulu vous acheter ?

— Ce n'est pas la question.

— Combien ? répété-je en serrant mes poings dans mes poches.

Harrison ferme la portière.

— Ce n'est pas la question non plus.

— Pourquoi n'avez-vous pas accepté ?

— Parce que je n'allais pas vous donner une raison supplémentaire d'en vouloir au monde entier.

— Vous auriez dû, parce que rien de ce que vous ferez ne pourra changer mon opinion sur l'humanité. Je peux vous le garantir.

— Sans doute, mais je crois qu'une personne le pourrait.

Je me raidis sous mon costume.

— Impossible.

Il rit et je m'énerve :

— Il y a un truc drôle que je loupe dans la conversation ?

Il se tamponne les yeux avec un mouchoir.

— C'est rassurant de savoir que l'homme le plus intelligent que j'aie jamais rencontré soit un idiot comme nous tous quand il est question de femmes.

— Vous ne cherchez même plus à garder votre emploi ?

— Vous pourriez me virer, mais vous savez très bien qu'Iris me reprendrait dès le lendemain.

Je le foudroie du regard, ce qui le fait sourire encore plus.

— Je me permettais juste un conseil parce que quelque chose me disait que vous en aviez besoin. Mais comme je vois que ce n'est pas le cas, je vous souhaite une bonne nuit, monsieur.

Après avoir touché sa casquette, il retourne vers la voiture.

— Harrison !

Sachant que je me suis déjà humilié devant lui, autant profiter de son éclairage.

— Oui, monsieur Kane ?

Je dois être en crise, parce que rien d'autre n'explique mes paroles :

— Qu'est-ce que vous feriez si la femme qui vous attire ne voulait pas de vous ?

Son nouveau rire me donne l'impression que je n'ai pas compris la chute d'une blague.

— Madame Kane peut raconter ce qu'elle veut, mais elle s'intéresse à vous. Je l'ai vu de mes yeux.

— Avec ou sans verres correcteurs ?

Il tapote ses lunettes épaisses.

— Les verres progressifs ne mentent pas.

— Peu importe ce que vous avez vu, elle ne dit pas la même chose.

— Oh, sûrement. Mais c'est à vous d'intervenir.

— Et je fais quoi, exactement.

— Vous la conquérez.

*

Je monte dans ma chambre avec les paroles d'Harrison qui tournent dans ma tête. J'ai passé ma vie entière à conquérir tout ce que je voulais, donc ce concept n'a rien de nouveau, mais mon désir de poursuivre Iris est inédit.

N'importe quoi. Tu t'es toujours intéressé à elle.

Toutefois, mes pensées n'étaient jamais allées au-delà de l'intérêt. Chercher à séduire Iris était en dehors du champ des possibles, mais je ne peux plus continuer sur cette trajectoire. Je vais devenir fou, à lutter contre le désir qui me consume dès qu'elle entre dans la pièce. Dernièrement, je suis guidé par la sensation brûlante dans mon bas-ventre.

J'arrache ma cravate et la laisse sur ma commode avant de défaire prestement les boutons de ma chemise, que je jette dans un coin de la salle de bains avec mon pantalon.

J'espérais qu'une douche me calmerait, mais je me trompais.

Mon esprit s'égare et élabore un scénario entièrement différent sur ce qui aurait pu se passer à l'issue du dîner. Un scénario où j'aurais acculé Iris dans un coin et embrassé jusqu'à ce qu'elle perde la capacité à faire quoi que ce soit hormis m'entraîner vers ma chambre.

J'essaie d'éviter de me toucher. Ma main n'est qu'un remède temporaire à un problème qui me hante depuis des années, et ne me soulage jamais vraiment.

En imaginant Iris m'explorer de ses mains, je sens mon sexe durcir. Je la vois avide de mon corps, en train de sillonner ma peau de ses ongles.

J'empoigne mon érection de ma main droite. Je me promets que c'est la dernière fois tout en sachant que c'est un mensonge. Un souffle précipité m'échappe quand je la caresse une fois de haut en bas avant d'essuyer la goutte d'excitation qui perle. Mon esprit échafaude une série de sons qu'Iris pourrait émettre en sentant mes mains lui agripper les hanches. Un gémissement quand ma langue jouerait avec la sienne. Le souffle précipité quand je promènerais les dents au creux de son cou. Son grognement essoufflé quand mes doigts s'enfonceraient dans la chair de ses fesses comme pour la marquer de mes empreintes.

Je serre ma queue comme un étau, chaque aller-retour envoyant un coup de chaleur dans mon échine. C'est facile de fantasmer sur ce qui pourrait se passer entre nous si je la poussais à accepter sa nouvelle réalité. À me supplier de la prendre ici et maintenant, comme un animal sauvage.

J'imagine son contact, de plus en plus frénétique en mémorisant son corps avec mes lèvres. Elle ferait de même, apprenant chaque parcelle de mon corps du bout de la langue. Mon excitation se matérialise en gouttes quand j'imagine ses ongles rentrer dans ma peau avec chaque poussée de ma bite. Je porterais fièrement les marques en demi-lune comme des cicatrices de guerre, en sachant ce que j'aurais fait pour les gagner.

La chaleur se répand dans mes veines, et ça n'a rien à voir avec l'eau chaude qui me coule dessus. Je pose violemment l'autre paume contre le carreau pour supporter mon poids, car mes jambes tremblent. La sensation de brûlure devient intenable et mes gestes se font moins précis.

Le fantasme situé dans la chambre passe à la salle de bains : elle qui me surprend à me masturber. Sa main remplacerait la mienne et elle me regarderait de ses grands yeux noirs. Son hésitation en saisissant mon membre, sa progression pour apprendre ce que j'aime.

« Juste pour goûter », chuchoterait-elle avant de se mettre à genoux pour me prendre dans sa bouche.

Il ne faudrait pas grand-chose pour me pousser au-delà de la limite. Il lui suffirait de me lécher lentement quelques fois ; d'aspirer ma bite jusqu'à étouffer. De gémir pendant que je lui attraperais les cheveux et que je m'enfoncerais dans sa gorge, ce qui lui ferait griffer mes cuisses pour avoir un temps de répit.

Cette illusion explose quand mon orgasme me tombe dessus. Des points noirs obscurcissent ma vue et le sperme chaud jaillit contre les carreaux avant d'être emporté par l'eau. Je remue ma queue, passant ma colère sur ce membre qui ramollit.

Ma respiration est saccadée. Je pose la tête contre la faïence et me maudis, car je sais pertinemment que je ne serai satisfait que quand Iris sera à moi.

Et j'en suis loin.

CHAPITRE 26

Iris

La journaliste met trois jours à publier un article sur nous. J'avais bon espoir pour le résultat, mais là, ça dépasse mes attentes les plus folles.

— Je te l'avais prédit ! m'exclamé-je, triomphale, en posant mon téléphone sur le bureau de Declan.

Il apprend ainsi que quelqu'un de bien informé a appris à connaître une facette cachée de Declan Kane. Apparemment, l'homme le plus glacial de tout Chicago aurait une faiblesse pour une seule personne au monde.

Moi.

La description de notre relation est tout droit sortie d'un film. Des secrets chuchotés à la lueur de la bougie. Des regards lancés au moment où l'autre a les yeux ailleurs. Un baiser sous les étoiles sans aucune conscience du monde qui nous entoure.

— Ce n'est jamais arrivé, ça, s'indigne-t-il.

— C'est la rubrique people, par le *Wall Street Journal*. Le but n'est pas de présenter les faits.

— C'est étonnant que leur revue soit encore en activité, avec cette mentalité.

— Des articles comme le nôtre ont déjà été lus un million de fois, et ce n'est pas fini. Rien que l'argent de la pub doit les maintenir à flot.

— Un million ? s'étrangle Declan. Il a été publié il y a une heure !

Je souris en m'installant sur la chaise qui lui fait face.

— Je t'avais dit que ça marcherait.

— Je n'ai jamais douté de toi.

Il s'exprime avec sincérité et j'évite de lui avouer l'effet que cette réplique a sur moi.

— Tu parles, dis-je afin de me changer les idées. Tu n'y croyais pas du tout.

— C'est la nature humaine.

— Non, c'est la nature de Declan Kane.

— Qui m'a permis d'arriver là où j'en suis.

— Non. Ça, c'est parce que ton nom de famille est inscrit sur le bâtiment.

— *Notre* nom.

— Pour l'instant.

— Tu te débarrasses bien vite de moi, ma chère femme !

Je ne sais pas pourquoi, mais ces simples mots augmentent ma température corporelle.

Alerte rouge.

Je fais donc comme chaque fois que Declan fait naître dans ma poitrine des sensations qui n'ont rien à y faire.

Je prends la fuite.

*

Il s'avère que je ne peux pas éviter Declan très longtemps, sachant que nous vivons sous le même toit. Il me retrouve assez vite, en train de batailler pour égoutter des pâtes d'une main.

— Tu essaies de repartir aux urgences ?

Je n'ai pas le temps de m'expliquer qu'il vient prendre la casserole dans ma main valide.

— Si tu veux mon attention, ce n'est pas le bon moyen de l'avoir, ajoute-t-il d'un air sombre.

— Tu rigoles ? Je n'essaie pas d'obtenir ton attention !

Au contraire, je m'efforçais de l'éviter à tout prix, quitte à me brûler au troisième degré.

— Qu'est-ce que tu fais, alors ? demande-t-il en transvasant les pâtes dans la passoire.

— Je cuisine.

Je serre les dents pour éviter d'en dire davantage. Comment se fait-il que, quand c'est moi qui n'ai pas envie de parler, il soit volubile ? Cette injustice est criante.

Il repose la casserole vide sur la gazinière.

— Faire bouillir de l'eau, ce n'est pas cuisiner.

— Tu peux partir, s'il te plaît ? J'essaie de manger en paix.

Interagir avec lui au boulot, c'est une chose, mais qu'il vienne m'envahir en faisant son donneur de leçons, ce n'est pas la façon dont je veux passer ma soirée.

Tu es juste énervée d'apprécier sa compagnie.

Declan s'attarde comme une ombre et je me sers une platée généreuse.

— Tu aurais dû me demander de l'aide.

— Je n'ai pas besoin de ton aide, dis-je, irritée.

— À voir la façon dont tu agrippais ce manche de casserole comme si ta vie en dépendait, j'aurais pu m'y tromper.

— Tu n'as pas besoin d'être quelque part ? Il y a peut-être un documentaire sur les tableurs ou les rapports de dépenses devant lequel tu pourrais t'endormir ?

Il rit et c'est comme si les nuages s'étaient envolés et que les cieux nous octroyaient un miracle.

Non, Iris… Ça commence comme ça.

Je reconnais la chaleur qui se répand dans ma poitrine quand il me sourit.

Je déteste. J'adore. Et je n'arrive pas à m'empêcher d'en vouloir encore.

— En fait, je venais manger, répond Declan.

— Super. Eh bien, je te laisse.

Je noie mes pâtes sous la sauce avant de prendre mon assiette à la main. Je nettoierai quand Declan sera reparti.

— Ou alors tu pourrais rester.

— Quoi ?

— Je ne te chasse pas.

Merde. Si je pars, j'aurai l'air d'être incapable de le gérer pendant une longue période sans surveillance d'un adulte.

Parce que c'est sans doute vrai. Être à la maison avec Declan, ce n'est pas comme passer du temps avec son patron dans un bureau.

— Non, non. Je comptais manger en haut, de toute façon.

Il regarde la serviette et les beaux couverts que j'ai disposés sur la table et, les yeux brillants, me demande :

— Je te rends nerveuse ?

— Non, dis-je trop rapidement.

Son sourire s'agrandit.

Pas étonnant qu'il ne sourie pas souvent. S'il en usait plus fréquemment, le monde n'aurait aucune chance contre lui.

Il ouvre un placard et y prend une assiette avant d'y déposer une généreuse quantité de pâtes.

— On peut parler de travail, si tu te sens mieux.

Mon expression horrifiée ne peut être masquée.

— Pourquoi je me sentirais mieux ?

— Parce que c'est la normalité.

— Mais pas ce qui est souhaitable !

— D'accord. On ne parle pas boutique.

— Bon, mais juste parce que tu as l'air d'avoir désespérément besoin de compagnie.

Je m'assieds sur un tabouret de bar, vaincue. Pendant le temps limité de nos interactions à la maison, Declan et moi n'avons jamais mangé ensemble. Il est toujours affairé dans son bureau et moi, seulette, je prépare mon plat une personne. Et, contrairement à notre dîner dans un restaurant bondé, destiné à un public, l'ambiance est vraiment intime.

Declan se place à côté du set de table qui m'était destiné.

— Donc… dis-je en prenant ma fourchette.

Les yeux amusés, il me laisse bafouiller pour essayer de combler le silence.

— Je n'aime pas ce jeu.

— Quel jeu ?

Il fait tourner ses spaghettis sur sa fourchette. Son coude touche le mien et ma respiration est coupée par la sensation qui irradie dans tout mon bras.

— Tu sais très bien de quoi je parle.

— Je ne vois pas du tout.

Il écarte tranquillement les cuisses et l'une d'elles effleure la mienne.

Je brandis ma fourchette.

— Tu retouches ma jambe et je serai obligée d'exercer des représailles physiques.

Il renverse la tête en arrière. Le rire de Declan est une arme de séduction massive et je suis sa cible. Rauque, inexpérimenté, il me donne le frisson.

Je fonds sur mon tabouret et me laisser réchauffer par ce rire comme par le soleil d'été. Je ressens de la fierté d'avoir cet effet sur quelqu'un qui a le rire aussi difficile. C'est un peu comme mon petit super-pouvoir, et un secret que je compte bien garder.

Declan revient à la réalité et commence son assiette.

— C'est bon ?

— Comme un truc qui sort d'une boîte.

— Je n'ai jamais été une grande cuisinière, reconnais-je volontiers. Au moment de rentrer chez moi, en général, j'ai de la chance si je trouve assez de motivation pour mettre de l'eau à bouillir.

— Je peux cuisiner demain, si ça te dit.

Je reste muette de stupéfaction. Ai-je bien entendu ?

— Tu sais cuisiner ? Je n'étais pas au courant.

— Imagine, si je ne savais pas. Je passerais le restant de mes jours à manger des pâtes, comme quelqu'un de ma connaissance.

— Trois ans.

— De quoi ?

— Pendant les trois prochaines années, pas toute ta vie.

— C'est vrai, répond-il d'une voix neutre.

Je le pousse du coude.

— Mais j'accepte quand même ton offre pour un dîner demain. Je pense que je ne supporterais pas une nouvelle tournée de pâtes, de toute façon.

— Sur toutes les manières dont tu pourrais m'utiliser, tu choisis mes talents culinaires ?

— Et alors ? Ce n'est pas comme si tu avais beaucoup de qualités.

— Eh bien, il y en a qui savent comment s'y prendre pour qu'un homme se sente spécial.

Il me sourit en me renvoyant ce que je lui ai dit le soir où notre vie entière a changé. À mon tour de lui rendre la monnaie de sa pièce :

— Spécial, c'est bien le dernier mot que j'emploierais pour te décrire.

Il tient mon regard en otage.

— Alors, quel mot tu utiliserais ?

Je secoue la tête.

— Je passe mon tour.

— Et tu veux savoir quel mot je préférerais pour te décrire ?

Je ne devrais pas mordre à l'hameçon, mais la curiosité a raison de moi.

— Bon, quel mot ?

Sa façon de me regarder met en envol une multitude de papillons dans mon estomac.

— *Yuánfèn.*

— Euh, pardon ? Tu me parles chinois, là.

Je suis déjà largement désavantagée quand il s'agit de la langue que je parle au quotidien, alors les langues étrangères, ce n'est pas mon fort.

— Peut-être, répond Declan, comme s'il s'était raconté une blague à lui-même.

Je prends mon téléphone et entreprends de chercher le mot, mais je dois massacrer l'orthographe.

— Tu peux me le redire plus lentement ?

Il le répète, cette fois en séparant les syllabes, et ce serait facile à noter pour tout le monde… sauf moi. Je garde les doigts au-dessus du clavier et j'essaie de me concentrer pour écrire le mot, mais je me retrouve redirigée vers le terme « handpan ».

— Je t'aide ?

Sa voix grave me donne le sentiment d'être vulnérable. J'ai envie de jeter mon téléphone contre le mur le plus proche. Mes yeux sont emplis de larmes, mais je ne pleure pas. Montrer de la faiblesse devant Declan, c'est comme agiter un chiffon rouge devant un taureau. Surtout pas.

— Pas grave. C'est sûrement une insulte, de toute façon.

Je descends du tabouret, le téléphone serré dans ma main.

— Pour toi, ça l'est peut-être.

Je fais la sourde oreille. Je suis trop honteuse pour faire autre chose que m'enfuir avant de me retrouver à faire des adieux.

— Hé, où tu vas ?

— Au lit, réponds-je sans croiser son regard.

— Qu'est-ce que tu as ?

Le raclement de son tabouret sur le sol me donne le signal. Je m'éloigne à grands pas et je suis dans l'escalier quand sa main se pose sur mon coude.

— Qu'est-ce qui s'est passé ?

La tête basse, je réponds :

— Rien, je suis juste fatiguée.

Je dégage mon bras et cette fois-ci, il me permet de m'éloigner.

Je monte les escaliers quatre à quatre, tandis que les yeux de Declan me transpercent le dos. Ce n'est qu'une fois dans le confort de ma chambre que je laisse tout sortir. J'attrape un oreiller, j'y enfonce mon visage et je laisse couler les larmes.

Je pleure pour celle qui a été harcelée tout au long de sa scolarité. Celle qui est devenue la cible de blagues à répétition en classe et qui a été traitée de tous les surnoms horribles imaginables. Je pleure pour celle qui a été ridiculisée par son père jusqu'à ce que sa mère doive intervenir, pour la voir se faire démolir par ses mots tout aussi méchants. Cette même personne qui a réussi à trouver un bon travail malgré tous ceux qui lui disaient qu'elle n'irait nulle part dans la vie parce qu'elle ne savait même pas lire.

J'ai passé la majeure partie de ma vie à essayer de prouver que les gens avaient tort. Il m'a fallu des années de cours particuliers pour en arriver là où j'en suis aujourd'hui, et je ne me laisserai pas décourager par un échec.

Que je ne sache pas écrire un mot étranger, quelle importance ? Mon trouble neurologique fait peut-être partie de moi, mais il ne me définit pas. Plus maintenant en tout cas.

Mon téléphone vibre contre ma couette. Je le déverrouille pour trouver un nouveau message de Declan. Le fait qu'il ait envoyé un texto d'un seul mot n'a rien d'étonnant, étant donné qu'il préfère les phrases en cinq mots ou moins. C'est le contenu qui me surprend, et pas parce qu'il me faut trois tentatives pour enfin déchiffrer le mot.

Declan : *Yuánfèn.*

J'envisage de ne pas réagir, mais je suis trop curieuse. Je copie le mot dans ma barre de recherche, les doigts tremblants. Les résultats sont incroyables.

Yuánfèn : affinité prédestinée.

Apparemment, Declan aime passer par une autre langue pour éviter de dire ce qu'il éprouve vraiment. Parce que jamais il ne me dirait face à face qu'il pense que je suis sa destinée !

Je réfléchis soigneusement à ma réponse. Je mets du temps à trouver le message parfait pour exprimer ce que je ressens. Comme mon historique de recherche est rempli de sites de « mots n'ayant pas de traduction exacte dans d'autres langues », je recopie celui qui me paraît correspondre exactement à mon ressenti.

Moi : *Kilig*[1].

Je jette mon téléphone à l'autre bout du lit et je n'y touche pas jusqu'au lendemain matin. Ce n'est qu'une fois habillée et maquillée que j'ai le courage d'ouvrir le message de Declan.

Declan : *Merak*[2].

Je copie-colle aussitôt ce mot dans le moteur de recherche et je lâche mon téléphone, dont l'écran casse sur le carrelage de la salle de bains.

---

1. *Kilig* : nom tagalog : sentiment d'enthousiasme ou d'élévation causé par une expérience inhabituelle ou amoureuse.

2. *Merak* : verbe grec : faire quelque chose avec plaisir.

Un parfait symbole de Declan qui anéantit mes plans un à un.

*

Dans la journée, nous nous adressons à peine la parole. Je reste dans mon espace et lui dans le sien, et aucun de nous ne reparle de ce qui s'est passé hier soir. Je préfère. Nous dansons sur une corde raide et aucun de nous ne veut se lancer.

Entre nous, c'est le total *mamihlapinatapai*[1], avec des regards en douce à la table de conférence sans intention d'aller au-delà. Pas de mon côté, en tout cas. Declan essaie, lui. Sa dernière stratégie des mots étrangers semble fonctionner. Maintenant, je passe mes pauses à rechercher de nouveaux mots et les ajouter à une liste en cours, juste au cas où il essaierait de me vaincre.

Je n'aurais jamais pensé m'amuser autant avec des mots, mais Declan me garde en alerte. Il m'a déjà envoyé deux mots aujourd'hui, dont aucun n'avait l'implication d'hier, mais qui m'ont fait rire compte tenu du contexte. Le premier m'a presque fait griller pour textotage en réunion bihebdomadaire du conseil d'administration. Mais que pensait Declan, à m'envoyer le mot *backpfeifengesicht*[2] par SMS ? Je me suis étranglée avec mon eau, j'ai cherché le mot et trouvé que c'est la version allemande de « tête à claques ». Je crois qu'il n'y a pas de mot plus approprié que « tête à poings » pour Seth Kane, même si je n'arrive pas à prononcer au-delà de la première syllabe.

---

1. *Mamihlapinatapai* : nom yagan : regard échangé entre deux personnes dont chacune souhaite que l'autre entame quelque chose qu'ils désirent tous les deux, mais qu'aucun n'ose commencer.

2. *Backpfeifengesicht :* nom allemand : un visage qui a bien besoin d'un poing.

Declan a donc un côté drôle. Il est également du genre intello, parce que j'ai besoin de Google pour comprendre ses blagues. Franchement, je m'amuse bien. Les mots sont tellement difficiles à prononcer que je n'ai même pas le stress de les déchiffrer. C'est leur signification qui importe.

Si je continue sur cette voie, je vais m'enfoncer encore plus loin en territoire inconnu avec Declan. Alors oui, je peux m'amuser, mais je dois rester sur mes gardes, parce que ces quelques messages rigolos n'impliquent rien d'autre : deux personnes qui ne peuvent être qu'amies, quoi qu'il arrive.

*

— Pourquoi tu n'arrêtes pas de sourire devant ton téléphone ? me demande Cal en arrêtant de taper pour me regarder.

Oups !

— Pour rien, dis-je en rangeant mon portable dans un tiroir.

Tu souriais ? Reprends-toi et arrête de relire tes textos comme une ado en plein crush.

— Mais bien sûr. Tu me prends pour un débile ?

— Tu es sûr de vouloir une réponse ?

Son regard me rappelle celui d'un Golden Retriever en colère.

— Je trouve intéressant que mon frère ait été tout autant captivé par son téléphone aujourd'hui. Et pendant un conseil d'administration, rien que ça.

Nie en bloc !

— Je ne vois pas où tu veux en venir.

— Ah bon ? Parce que chaque fois qu'il reposait son portable, tu prenais le tien.

— Ce n'est pas une preuve, seulement une coïncidence.

— Sauf que j'étais assis juste à côté de toi. J'ai bien vu son nom apparaître sur ton écran deux fois en cinq minutes.

— C'est malpoli de regarder les textos des autres.

— Je me fiche royalement de ce que vous vous envoyez, bande de gens bizarres. Je me soucie plutôt de tes sentiments.

Son commentaire me fait glousser.

— Tes inquiétudes sont mal placées.

— Quel genre de meilleur ami je serais si je ne t'avertissais pas de rester loin de mon frère ?

— Bien vu, à part que tu oublies que mon job, c'est de tout savoir sur ton frère. Il y a très peu de choses que tu pourrais m'apprendre.

— C'est justement ce qui m'inquiète. Tu sais tout et tu l'as quand même épousé de ton plein gré.

— Parce que c'est important pour moi.

— Mais tu t'es demandé pourquoi c'est important ?

— Parce que…

Je pourrais remplir ce silence de beaucoup de réponses qui seraient toutes douteuses du point de vue de Cal.

Declan m'a donné l'occasion d'apprendre de mes erreurs alors que d'autres patrons m'avaient virée en une semaine à cause de fautes « inexcusables » et d'une incapacité à suivre le rythme. Il m'a poussée à travailler plus dur et à penser loin, ce qui m'a aidée à consolider ma confiance en moi. Sans le savoir, il a contribué à me façonner en une femme qui croit en elle, et de cela, je lui suis redevable.

Cal soupire.

— Tu as le droit de bien l'aimer. Je ne dis pas que tu ne devrais pas, mais je veux que tu sois préparée au pire.

— Et c'est quoi, exactement ? Qu'il me brise le cœur ?

— Pire. Qu'il te fasse tomber amoureuse de lui.

CHAPITRE 27

Iris

Entre moi et Declan, tout s'intensifie. Une semaine a passé depuis que mon attelle a été enlevée, mais il ne cède pas de terrain pour autant. Chaque jour, il insiste pour qu'on passe davantage de temps ensemble. Que ce soit pour manger en tête-à-tête le soir ou pour rester à travailler sur sa tablette pendant que je regarde une série devant la cheminée, je n'arrive pas à m'en débarrasser.

Je ne m'imaginais pas qu'il serait prêt à passer autant d'heures avec moi volontairement. Ce n'est peut-être pas dérangeant pour la plupart des gens de se rapprocher de leur faux mari, mais moi, je suis déboussolée. J'ai l'impression d'oublier les raisons qui faisaient qu'on ne formerait jamais un bon couple.

Si je suis vraiment honnête avec moi-même, mes pensées se sont doucement éloignées de l'amitié pour dériver vers un gros interdit qui ressemble à un coup de cœur. Ce n'est pas une question de physique mais vraiment une attirance profonde qui tente la partie brisée de moi de s'ouvrir complètement à lui sans se préoccuper des conséquences.

C'est terrifiant de penser que je pourrais volontairement le laisser s'approcher.

Ce n'est pas comme si tu avais le choix, avec ce qui est prévu ce soir.

Même si je voulais l'éviter, notre sortie rendrait cet objectif impossible.

Je toque à la porte de son bureau.

— Entrez.

Aucun homme ne devrait avoir le pouvoir de faire battre mon cœur à cette allure. Je prends une grande inspiration avant de pénétrer dans son domaine. Après des jours de contact limité, je désire fort son attention.

Non, mais sérieux ? Tu es sûre que tu n'as pas un syndrome de Stockholm version travail ?

Nos regards se heurtent et aucun de nous ne le détourne. Depuis mon visage, Declan descend le long de mon corps avant de s'attarder sur mes talons aiguille. Vert pomme, ils sont pourvus de lanières qui remontent sur mes jambes et me donnent le sentiment d'être un gladiateur romain malgré le petit nœud chic au bout. Son regard remue quelque chose enfoui en moi et mon bas-ventre n'est que chaleur.

— Qu'est-ce qu'il te faut ?

Sa voix rude interrompt ma confusion.

Je relève le menton, prête à me battre.

— On a un faux rendez-vous en amoureux ce soir.

— Un faux.

Son dégoût me fait trembler.

— Tu sais, pour donner l'apparence d'un couple heureux en ménage ?

— Ah oui. Il ne faudrait surtout pas qu'on le soit en vrai, hein ?

Oh, la vache. Il faut que tu t'échappes.

Avec un rire gêné, je reprends :

— Bref… Ton costume est revenu du nettoyage à sec. Tiens-toi prêt à 19 heures précises.

Je me dirige vers la porte, mais Declan me rappelle.

— Pas si vite.

La gorge serrée, je me retourne vers lui.

— Oui ?

— On va où ?

— Le gala de bienfaisance à l'hôtel Walton, réponds-je, rassurée.

— Un gala de bienfaisance ?

Il plisse le nez de dégoût un instant, ce qui me fait sourire.

— Je te promets que ton temps sera très bien employé.

— Ah bon ?

Son masque de froideur est à nouveau en place, mais ses yeux ne peuvent cacher qu'il brûle à l'intérieur.

Le pauvre, il pense que je veux le séduire. Cette pensée me fait sourire, ce qui ne fait qu'attirer son regard sombre sur mes lèvres.

— L'avocat de ton grand-père sera là.

— Ce n'est pas ce que je voulais entendre.

— Évidemment, dis-je en levant les yeux au ciel.

— Si tu voulais que mon temps soit bien employé, tu aurais dû me proposer quelque chose d'un peu plus… tentant.

Il se caresse le menton couvert d'une barbe de trois jours et mon cœur bat plus fort tout à coup.

— Je ne comprends pas. Que peut-il exister de plus tentant que toucher ton héritage ?

Je choisis de jouer les idiotes parce que, au vu de l'expression de Declan, l'autre option me paraît risquée.

— Tu sais aussi bien que moi ce que je veux.

— Je ne veux pas coucher avec toi, dis-je précipitamment.

Rha, mais qu'est-ce que tu as dit ?

— Qui a parlé de coucher ensemble ?

Declan se lève et boutonne sa veste. Au fond de moi, je sais que s'il s'approche, je ne pourrai pas résister. Son regard pénétrant me paralyse et je suis incapable de faire un seul pas vers la sortie. Il contourne son bureau et je reste debout comme un agneau innocent devant l'autel pendant qu'il réduit la distance entre nous.

— Je veux passer un nouvel accord, déclare Declan en me passant la main derrière la nuque.

Électrisée, je lance malgré tout :

— Je ne suis pas ouverte aux négociations.

Haussant les épaules, il m'assène :

— *Strikhedonia*[1].

Il m'empêche de répondre en abattant ses lèvres sur les miennes. Mes yeux restent ouverts mais le choc ne me permet pas d'assimiler tout ce qui se passe en même temps. Declan doit sentir mon trouble, car il passe les dents sur ma lèvre inférieure comme pour m'intimer silencieusement de faire

1. *Strikhedonia* : nom grec : Le plaisir de pouvoir dire : « Tant pis, on s'en fout ».

attention. D'un bras ferme autour de ma taille, il m'emprisonne contre lui pour m'embrasser. Je frissonne tout entière au simple contact de ses dents.

Je ferme les yeux et savoure la sensation de sa bouche contre la mienne. Ses doigts se resserrent légèrement sur mon cou et j'entrouvre les lèvres en soupirant. Il n'arrive pas en terrain conquis mais m'explore comme un homme en mission, sa langue marquant mon âme au fer rouge.

Tout dans son baiser est égoïste. La façon dont ses doigts s'enfoncent dans ma chair. La sensation de sa langue contre la mienne, qu'il caresse, qu'il éprouve, qu'il possède. La façon dont il détruit tout semblant de normalité d'une seule poussée de sa queue raide contre mon ventre.

Je crois que je suis en train de mourir, ou alors en train de m'envoler.

Je suis frappée par une vague d'émotions après l'autre, chacune d'entre elles me malmène sans aucun répit. Je ne comprends pas ce qu'il se passe.

Peut-être que tu ne veux pas comprendre.

Je suis tiraillée par des émotions contradictoires. Ma peau me picote et me brûle à la fois, poussée que je suis par un besoin primitif de prendre le contrôle. Je plonge les mains dans ses cheveux et tire dessus. Il accueille mes gestes comme un affamé, et mes lèvres étouffent son gémissement.

Il aime que tu le touches.

Il caresse mes courbes avant d'agripper mes hanches. Il interrompt notre baiser, et je pousse presque un grognement de protestation avant que ses lèvres ne se dirigent vers ma gorge. Il effleure mon pouls affolé de la langue avant d'aspirer la peau. Je me cabre sous lui, mais je ne fais que m'approcher encore de son érection.

J'ai dû prononcer ces mots à haute voix car il rit contre ma peau. Le son qui m'a mise dans ce pétrin fait tilt en moi, et je le repousse comme je peux.

La façon dont il me regarde… me fait me sentir vivante. Puissante, désirée.

Incapable de supporter le poids de son regard, je scrute le reste de son corps. Le contour de sa bite excitée pressée dans son pantalon me met l'eau à la bouche. Je suis frappée par un désir si fort que j'en ai le souffle coupé.

J'ai à la fois envie de courir et de m'agenouiller pour mieux voir. C'est cette envie qui prend le dessus.

Va-t'en. Vite.

— Je dois répondre au téléphone, dis-je d'une voix rauque.

— Je n'entends rien sonner.

La tentation de l'embrasser pour effacer ce sourire bêta de son visage est assez forte pour me réveiller. Je me dirige vers la porte avec dignité, sans lui accorder un regard.

— Iris…

— Sois prêt à 19 heures.

Je claque la porte derrière moi, mais j'ai quand même le temps de l'entendre murmurer un « putain ».

*

La musique s'échappe bien fort de mon enceinte et je chante tout en me maquillant. Declan déteste les galas, mais ce n'est pas mon cas. Cela ne me dérange pas du tout de me noyer dans les paillettes le temps d'une soirée. Avant, il arrivait à

Declan de m'inviter pour éviter d'être abordé par des femmes et je passais toute une semaine à trouver la tenue parfaite.

Ce soir, ce n'est pas différent. Je mets du temps à me maquiller et à me vernir les ongles. Je me glisse tant bien que mal dans ma robe longue, en faisant attention à ne pas coincer mes tresses. Une fois en place, et malgré mes efforts, je n'arrive pas à atteindre la fermeture éclair. Je me replonge dans le souvenir de ma nuit de noces, mais cette fois-ci, je ne vois pas d'inconvénient à demander un peu d'aide à Declan, tant qu'il est habillé.

Il frappe à ma porte, ce qui m'évite de faire le déplacement.

— Coucou, dis-je après lui avoir ouvert.

Declan s'appuie contre le cadre de la porte, ses cheveux parfaitement coiffés et son smoking moulant ses muscles comme s'il avait été cousu directement sur son corps. La seule chose qui n'est pas soignée chez lui c'est son nœud papillon encore dénoué sur sa chemise.

Il fallait que tu te maries avec l'un des plus beaux hommes de Chicago.

Au diable Chicago. Plutôt le plus bel homme du monde entier.

Je veux me noyer dans ses yeux couleur whisky et ne jamais revenir à la surface. Il y a quelque chose dans la façon dont il me regarde qui me met à nu, me vide de toute pensée sensée. Certains hommes ressemblent à un rêve, d'autres à un cauchemar. Declan est une combinaison mortelle des deux, beau d'une manière qui devrait me terrifier. Avec l'accent sur le « devrait », car j'aspire à plus. Surtout après notre baiser de tout à l'heure.

— Tu es…

Il s'arrête.

— Si tu dis « mignonne », je ferai passer ta mort pour un accident.

— À tomber.

Ma gorge se serre sous le coup de l'émotion.

— On utilise de nouveau des mots qu'on comprend pour décrire nos sentiments ?

Ses yeux brillent.

— Seulement ce soir.

Je romps le contact visuel la première, incapable de supporter son regard.

— Prête ?

— Quasiment, j'ai juste besoin de ton aide pour…

Je me retourne et relève mes tresses, dévoilant mon dos nu.

— Je n'atteins pas la fermeture.

En repensant à notre nuit de noces, je sens mes joues chauffer. Sans même essayer, je me retrouve dans la même posture.

Declan ne fait pas un geste pour m'aider et je regarde derrière moi pour vérifier qu'il n'est pas parti. Il est bien là, hypnotisé par mon dos. Ses yeux suivent mon échine comme des doigts invisibles avant de s'arrêter à ma chute de reins.

— Declan.

Il relève les yeux sur les miens d'un coup.

— Oui, je vais t'aider.

Il s'avance vers moi et tend la main, mais plutôt que de prendre la tirette à remonter, il effleure le bas de ma nuque. Je frissonne alors qu'il descend la main le long de mon dos. Je regrette de lui avoir demandé de l'aide au vu de la tournure de la situation.

Pourquoi tu n'as pas choisi une robe sans glissière ?

J'ai le souffle coupé lorsque ses doigts arrivent aux petits creux qui annoncent mes fesses. Declan pousse un grand soupir et je m'embrase quand la matière soyeuse de son costume frotte contre mes bras nus. Un nouveau courant d'énergie me traverse.

Qu'est-ce qui se passe ?

Le bruit de la fermeture éclair emplit le silence et, trop tôt, la chaleur dans mon dos disparaît.

Declan replace mes cheveux et mon cœur se lance au galop.

— Il faut qu'on y aille, murmure-t-il.

— Attends, tu oublies ça.

Il fronce les sourcils et je m'avance pour saisir les extrémités de son nœud papillon. Je tire sur un bout avant de faire passer le plus long dans le ruban qui entoure son cou. Le souffle de Declan devient saccadé sous l'effleurement de mes doigts et je relève les yeux pour trouver les siens fixés sur moi. Son regard me donne l'impression d'être…

À tomber.

Je précipite les étapes suivantes pour éviter un coup de folie, comme amener sa bouche contre la mienne.

— Voilà, dis-je en rajustant les extrémités pour que le nœud soit centré.

Je m'apprête à m'écarter, mais il maintient mes mains contre son torse.

— Merci.

Je mets un moment à parvenir à répondre :

— C'est juste un nœud papillon.

— Pour tout, je veux dire. Les faux dîners en amoureux…

— Les lois pulvérisées…

— Ainsi que les nez !

Je ris.

— Tout est ta faute.

Le sourire séducteur qui s'ensuit me donne les jambes en coton. Vraiment. Il me caresse la joue et le soubresaut traître de mon estomac me fait très peur.

Peu importe comment cette soirée va se dérouler, une chose est claire : Declan ne va pas reculer. Notre baiser l'a rendu encore plus audacieux qu'avant, on dirait. Je ne sais pas comment je vais survivre à ce soir sans faire de bêtise.

Au secours…

*

Declan et moi arrivons au gala sans nous être embrassés ni disputés… et sans avoir prononcé un mot. Ce n'est que lorsqu'il sort de la voiture et me tend le bras qu'il parle enfin :

— On doit rester combien de temps ?

Je m'accroche à sa main et quitte le véhicule à mon tour.

— On n'est même pas encore à l'intérieur !

— Tu sais ce que je pense de ce genre d'évènements.

— Je sais ce que tu en penses, mais pas pourquoi.

Declan contemple longuement mon corps avant de reposer les yeux sur mon visage.

— J'ai mes raisons.

— Sont-elles liées au fait que tu fasses très mal semblant d'aimer les gens pendant deux heures de rang ?

— Si seulement c'était aussi simple.

— Qu'est-ce que tu ferais si je n'étais pas là pour t'épargner à faire la conversation ?

— Étant donné le cadre, la mort par couteau à huîtres en argent est ce qui conviendrait le mieux.

Je ris en m'approchant de lui. Il m'enlace la taille et je le regarde, les yeux grands ouverts, le sourire encore en place. Il semble vouloir dire quelque chose, mais nous sommes surpris par le flash d'un appareil photo. Quelqu'un crie le nom de Declan et je prends soudain conscience de notre environnement, des différents journalistes qui se déplacent sur le tapis rouge et interviewent chaque personne qui passe.

Je rassure Declan en lui tapotant le torse.

— Allez, qu'on en finisse. Plus vite on sera à l'intérieur, plus vite on pourra partir.

— Tu n'as pas besoin de me le dire deux fois.

Je ris encore et sa main se resserre sur ma taille.

Il aime mon rire ? Avec la préférence de Declan pour le silence, cette idée semble comique.

Ma théorie est pourtant vérifiée quelque temps plus tard, quand je ris aux éclats et que je sens une pression sur ma hanche en réaction. Cette révélation cause une joie en moi.

Intéressant. Très intéressant.

CHAPITRE 28

Iris

Je ne mets pas longtemps à repérer l'avocat de Brady Kane. Difficile de le manquer, avec sa voix tonitruante et son costume brodé voyant.

Declan se dirige vers le coin où il se trouve dans la grande salle, mais je le retiens.

— Il vaut mieux qu'on la joue cool et qu'on le laisse venir à nous.

Les glaçons tintent dans le verre de Declan alors qu'il boit une longue gorgée de whisky.

— Tu veux qu'on attende en faisant quoi, exactement ?

Je sirote mon verre de vin avec un rire gêné.

— On parle ?

Il grimace et je reprends :

— Comment s'est passée ta journée de boulot ?

— Tu étais là, répond-il d'une voix sépulcrale.

— Je ne te suis pas vingt-quatre heures sur vingt-quatre. Je peux louper plein de trucs. Par exemple, si tu as eu des problèmes d'imprimante ou si tu as harcelé un innocent employé parce qu'il n'a pas utilisé la police Arial dans un mail. Je ne comprends pas ce que t'a fait Times New Roman, d'ailleurs.

Declan s'assombrit.

— Ce n'est pas ma faute s'ils ne peuvent pas suivre des règles simplissimes.

— Je crois que tu serais surpris de la motivation des gens à faire du bon boulot quand on arrête de s'énerver.

Il détourne le regard avec exaspération, ce qui me fait sourire.

— Tu sais, en tant que futur PDG, tu devras apprendre quelques trucs au sujet du management si tu veux réussir.

— Je sais diriger.

— Tu en es sûr ? Parce qu'il y a une grosse différence entre donner des ordres et diriger une entreprise.

— Si mon père alcoolique en est capable, je ne devrais pas avoir trop de soucis.

Je bois mon vin en réfléchissant à mes paroles.

— Mais tu ne veux pas être meilleur que lui ?

— Bien sûr que si, répond-il en serrant les dents.

— Alors, qu'est-ce que tu voudras faire en devenant PDG ?

— C'est-à-dire ?

— Quel sera ton premier objectif ? Qu'est-ce qui fait défaut à ton père, à ton avis ?

— Ça me prendrait des années de réparer toutes les relations d'affaires bousillées par mon père.

— Parce que tu es nul pour lécher les bottes ?

Son regard meurtrier me fait rire. Il se détend et je crois bien qu'il se retient de m'imiter.

Il a envie de sourire à cause de toi !

Mon cerveau va faire une surcharge à force de sensations.

— Tiens, mais qui voilà ? On ne m'avait pas dit que vous seriez là ce soir.

Une main ridée se pose sur l'épaule de Declan et l'avocat de Brady Kane sourit.

Declan ne s'embarrasse pas pour lui rendre la pareille et son enjouement est remplacé par une froide indifférence.

— Leonid.

L'avocat frissonne, ce qui fait voleter ses cheveux gris.

— Appelez-moi Leo, voyons. Vous savez bien que je n'aime pas les formalités. Et c'est donc l'épouse sur qui j'ai entendu tant de rumeurs ?

Declan me presse tout contre lui.

— Iris, je te présente Leo, le meilleur ami de mon grand-père.

Son meilleur ami ? Pourquoi Declan n'a pas évoqué ce tout petit détail pendant nos milliers d'échanges à propos de ce mec ?

Sans doute parce qu'il n'a pas de meilleur ami, donc il s'imagine que ça n'a pas d'importance.

Je retiens un soupir.

Leo me tend la main et une fois que je l'ai serrée, il m'extrait des bras de Declan pour m'étreindre.

— Oh, rien de tout ça ! Nous sommes de la même famille, ou c'est tout comme !

Vraiment ? Il serait venu à notre mariage sans que je m'en rende compte, alors ? Il doit lire dans mes pensées.

— Je suis désolé de ne pas avoir pu assister au mariage. Je suis resté déconnecté pendant un mois pour gravir l'Everest et à mon retour, j'ai su que vous vous étiez déjà passés la bague au doigt.

S'il se méfie de notre union, il ne le montre pas.

— Vous avez grimpé l'Everest ?

— J'ai l'air vieux, mais je ne le sens pas du tout, répond-il en se tapant sur la poitrine, le sourire aux lèvres.

— C'est ce que prétend celui qui a dû être rapatrié d'urgence en hélico parce qu'il a cru pouvoir faire le Tour de France ! réplique Declan.

— C'était une idée de ton grand-père. Cet idiot voulait toujours montrer comme il était en forme. Moi, je déteste le cyclisme.

Je vois une lueur de tristesse dans les yeux de Declan et instinctivement, je lui prends la main pour le réconforter. Je regarde ensuite nos doigts entrelacés avec surprise.

Leo assiste à la scène avec le sourire.

— Mais assez parlé de moi. Je veux tout savoir sur vous deux.

— Il n'y a pas grand-chose à raconter, dis-je en lui rendant son sourire.

Il prend Declan par l'épaule et nous guide vers une table.

— N'importe quoi. Mais d'abord, on va porter un toast à votre mariage. Vodka pour tout le monde, ça vous va ?

Le grondement de Declan est sourd et je ne peux m'empêcher d'éclater de rire.

Leo n'arrête pas de sourire en nous regardant ensemble.

— Vous préférez autre chose ?

— Non, de la vodka, c'est très bien, répond mon mari sans enthousiasme. Je ris en silence et Leo me lance un regard interloqué avant d'aller chercher une bouteille.

— Putain, je déteste la vodka, gémit Declan en rapprochant sa chaise de la mienne. Il pose le bras dans mon dos, comme si c'était notre habitude. Il effleure ma nuque au passage et j'en ai la chair de poule.

— Tu as froid ? s'étonne-t-il.

Je hoche la tête, inquiète que ma voix trahisse mes réactions à sa proximité. Il se relève et ôte sa veste.

— Tiens.

Il me fait signe de m'avancer sur mon siège. Je m'exécute, bouche bée quand il pose le vêtement sur mes épaules. Le tissu est imprégné de son odeur de propre légèrement épicé. M'efforçant de rester discrète, j'inhale une deuxième fois et emplis mes poumons de son parfum.

Mes joues s'enflamment quand je constate que Declan a le regard fixé sur moi. La voix intérieure dans ma tête me répète de le garder à distance, de ne pas entretenir l'attraction grandissante entre nous car elle ne donnerait rien de bon. C'est la voix qui gagne et je minimise aussitôt le geste de Declan.

— Qui aurait cru que tu serais doué pour tout ça ?

— Pour quoi ? demande-t-il en se rembrunissant.

— Tu joues tellement bien les maris attentionnés que je pourrais presque y croire, dis-je en désignant la veste qui n'est pas loin de m'engloutir.

— Tout n'est pas du spectacle, merde.

J'ai un mouvement de recul en entendant l'agressivité dans sa voix.

Ce n'est pas ce que tu recherchais ?

Si, bien sûr. Qu'il soit gentil, ça ne fait pas partie du protocole.

Il n'y a pas de protocole. C'est ça, ton problème.

Aucun de nous n'essaie de combler le silence tendu et je ne peux qu'espérer que Leo revienne vite avec assez de vodka pour faire honneur à ses ancêtres russes. N'importe quoi pour m'éviter cette douleur dans la poitrine.

Mes prières sont entendues : peu de temps après, Leo abat sur la table une bouteille contenant un liquide clair.

— Et voilà.

Il fait signe à un serveur qui place trois verres vides sur la nappe.

— C'est une tradition familiale de porter un toast aux jeunes mariés.

Je hoche la tête et prends le verre que me tend le vieil homme.

Il assène une bonne tape sur l'épaule de Declan en lui donnant son verre.

— Si ton grand-père était là, il aurait sans doute prévu tout un discours, donc je vais devoir improviser, dit-il en levant son verre. Le mariage, c'est comme partir en voyage en compagnie de la personne avec qui on veut passer le reste de sa vie, à part qu'on n'a pas de cartes ni de GPS. On n'est pas toujours d'accord sur le choix de la musique ou sur la direction à prendre. Je peux vous garantir qu'il y aura des moments où vous voudrez vous arracher les cheveux, ou vous les arracher l'un à l'autre. Tout comme il y aura des moments éprouvants, où vous penserez que ce serait plus facile si vous faisiez de l'autostop pour faire le reste du chemin avec quelqu'un d'autre. Tout ça pour dire que la vie va vous faire subir de nombreuses épreuves. Des pneus crevés, des impasses, des problèmes mécaniques. Mais vous pouvez soit profiter au maximum du trajet ensemble, soit pleurer de ne jamais atteindre votre destination. Personne ne peut prendre la bonne décision si ce n'est vous.

Et c'est ce qu'il appelle improviser ? Je n'ai jamais entendu quelqu'un décrire le couple d'une façon aussi authentique. Je croise le regard de Declan et je me demande s'il éprouve la même chose. Parce que, quelles qu'aient été nos intentions quand nous avons signé les papiers qui nous liaient comme mari et femme, nous avons effectivement donné notre accord pour un voyage ensemble.

Leo trinque avec nous.

— Aux jeunes mariés.

Declan et lui portent le verre à leurs lèvres, mais je n'arrive qu'à cligner des yeux devant le mien.

Je ne sais pas si je serai un jour prête pour un mariage comme Leo le décrit. Bien sûr, je suis mariée à Declan pour remplir une obligation légale, mais ce n'est pas la vision partagée par l'avocat, qui exige confiance et un partenaire ne traînant pas des traumatismes d'enfance de la taille d'une caravane.

Je n'ai pas besoin de demander à Declan comment il se sent. Ses intentions sont clairement lisibles sur son visage. C'est un instantané montrant son cœur qu'il ne révèle qu'à moi.

Je ne suis pas prête à m'engager dans un voyage. En tout cas, pas celui qu'il désire clairement. Si c'était le cas, j'aurais accepté la demande de mon ex.

Declan n'est pas lui. Très loin de là.

Mon cœur tambourine dans ma poitrine comme un oiseau cherchant à s'échapper de sa cage. Une pensée me taraude et je bois ma vodka en silence.

J'ai peut-être fait la plus grosse erreur de ma vie en épousant Declan.

Putain de merde.

CHAPITRE 29

Declan

Iris se lève au moment où Leo se retire.

— Où vas-tu ?

Sans même me regarder dans les yeux, elle répond qu'elle va aux toilettes.

Je lui prends la main et la force à me regarder.

— Tout va bien ?

Ça me déplaît presque autant de poser cette question que de discerner cette lueur effarée dans ses yeux. Le désespoir me serre la gorge et je crève d'envie de la garder avec moi.

— Oui, oui, répond-elle avec un sourire crispé. Tu veux bien appeler Harrison pour qu'il vienne nous chercher ?

Je hoche la tête.

— Super. Je serai prête dans une minute.

Le corps toujours rigide, elle traverse la salle et disparaît.

Je me demande ce qui lui a fait peur et j'imagine que c'est en rapport avec ce qu'a dit Leo. Elle n'a montré aucun signe de malaise avant qu'il parle mariage…

Est-ce que ça a donné trop de réalité à notre situation pour elle ? Possible, étant donné son aversion pour l'amour. Elle a été absolument claire à ce sujet et j'ai suivi le mouvement parce que c'était ce qu'elle voulait. Ce n'est pas chose facile pour moi. Après avoir regardé mon père détruire ma famille suite à la mort de Maman, je n'ai pas voulu me mettre dans une position similaire. De toute façon, tous les gens que j'aime partent. Pourquoi me rapprocher de quelqu'un si je n'ai pas la garantie que cette personne restera ?

Mais est-ce que tu vas passer le reste de ta vie seul parce que tu as trop peur d'être proche de quelqu'un ? C'est toujours la même solitude, peu importe comment tu la maquilles.

Je sens une chaleur sur ma nuque et je me retourne : Iris a les yeux posés sur moi. Quelques hommes s'arrêtent pour la regarder et je dois faire tous les efforts imaginables pour les ignorer en traversant la salle.

— Harrison est a… ?

J'interromps sa question en prenant Iris dans mes bras.

— Qu'est-ce qui te prend ?

— Leo est repassé et m'a demandé si on restait pour les enchères, alors je lui ai dit que oui.

T'es un salopard de lui mentir.

Je culpabiliserai demain. Ce soir, j'en profite.

— Pourquoi tu as fait ça ? gémit-elle.

— Parce que je ne veux pas lui donner de raison de penser qu'on est venus seulement pour qu'il nous voie.

Elle pousse un soupir et m'étreint en retour.

— Tu as une raison particulière pour me faire un câlin ?

— Je crois avoir vu quelqu'un que je connais.

Mais tu vas arrêter de lui mentir ?

Seulement si une conscience me vient. Étant donné le nombre de mensonges que j'enchaîne, ça m'étonnerait que ce soit dans cette vie.

— La personne est partie ou tu vas me serrer dans tes bras toute la soirée ?

Ma foi, si j'ai le choix…

Tu ne l'as pas.

Avec un sourire, je la lâche à contrecœur pour lui prendre la main.

— On danse ?

— C'est la vodka qui parle ?

— Je n'ai pris qu'un verre.

Elle rit.

— C'est suffisant. Tu n'aimes même pas danser.

Sans lui lâcher la main, je me penche pour lui chuchoter à l'oreille :

— Si tu continues de te donner en spectacle devant tout le monde, je te le ferai regretter tout à l'heure.

Iris frissonne et je caresse d'un seul doigt la chair de poule sur son bras.

— Prometteur…

Elle ouvre et referme plusieurs fois la bouche pendant que je l'entraîne vers la piste de danse. Je lui enlace la taille et elle passe les mains derrière ma nuque. Nos visages ne sont qu'à quelques centimètres d'écart et nous évoluons en cercles au son de la musique douce qui sort des haut-parleurs.

— Si tu voulais danser avec moi, tu pouvais demander. Inutile d'user de menaces en l'air.

— Ton erreur est de croire qu'elles sont en l'air.

Je m'autorise à sourire et elle garde les yeux sur mes lèvres, touchée. Je suis des doigts la douce courbe de ses fesses. Je gronde quand elle sursaute pour éviter ma main et s'appuie contre mon membre qui durcit.

Elle lève des yeux implorants vers moi.

— Dis-moi que c'est un téléphone dans ta poche.

Je rejette la tête en arrière et ris aux éclats. Quand je reprends mon souffle, je trouve ses yeux fixés sur moi. Les siens et ceux de quelques autres personnes autour, qui semblent n'avoir jamais entendu un homme adulte rire auparavant.

— C'est dommage que tu ne ries pas comme ça plus souvent.

Je lui relève le menton.

— Peut-être que j'ai enfin une raison.

Son expression s'adoucit et elle se love contre moi.

— Arrête de me regarder comme ça.

— Comme quoi ?

Elle évite ma question et mon étreinte à la fois. Je ne dis rien, parce qu'elle pose la joue contre mon costume.

Quand le slow se mue en une chanson rythmée, Iris émet un couinement. Moi qui m'apprêtais à quitter la piste, je suis forcé de faire demi-tour.

— J'adore cette chanson !

— Pourquoi ne suis-je pas surpris ?

Je fais mine d'avoir mal aux oreilles, ce qui ne l'empêche pas de se mettre à sauter de haut en bas comme une malade mentale. Quand elle lève les bras et balance les hanches en cadence, je manque de m'évanouir. Je surprends quelques hommes à la lorgner et les fais fuir de mon regard qui tue.

— On va s'asseoir ! dis-je, excédé.

— Allez, encore une chanson ! (Elle pose mes mains sur ses hanches.) Tu n'as qu'à me regarder.

La regarder, c'est tout ce dont je suis capable. Je suis hypnotisé par sa danse, qu'elle exécute à deux centimètres de moi. Il n'y a pas de visée érotique, mais je suis excité quand même.

— Tu ne danses pas, constate-t-elle en souriant.

Actuellement, je ne sais même pas si je respire. Elle rit, noue les bras autour de mon cou et me rapproche encore.

— Bouge les hanches en musique.

J'essaie sans résultat autre que de nouveaux éclats de rire de sa part. Si c'est ma récompense pour avoir l'air d'un idiot, j'assume.

Iris se retourne et place mes paumes sur ses hanches.

— Fais comme moi.

Sa voix rauque est à peine audible par-dessus les battements de mon cœur. Je sors de mon état second pour onduler comme elle. La chaleur parcourt mon corps, ses fesses viennent taquiner mon sexe et je gronde à son oreille. Elle rit et s'exclame :

— Voilà, c'est ça !

Elle se détache de moi et aussitôt, mes mains regrettent le contact de son corps.

Elle se remet à danser en fermant les yeux. Elle se laisse habiter par la musique et je n'essaie même pas de bouger. Je suis bien trop immergé dans ses mouvements pour me soucier de quoi que ce soit d'autre. Autour de nous, tout le monde se balance en rythme jusqu'à la dernière note. Les danseurs se dispersent et le moment se termine bien trop tôt.

— C'était trop bien !

Iris se dirige vers les tables, mais je la retiens.

— Pas si vite.

— Ne me dis pas que tu veux continuer à danser ?

Je lui prends une main et je place l'autre au creux de ses reins.

— Si.

— Je croyais que tu détestais danser à des évènements de ce genre.

— C'était avant.

— Avant quoi ?

— Avant que je puisse faire ça.

Je l'attire contre moi et dépose un doux baiser sur ses lèvres avant de reculer.

Donne-lui envie de plus.

Sa brusque inspiration me fait sourire dans ses cheveux. Elle s'accroche à moi, ma peau s'électrifie et nous trouvons notre rythme. Le morceau change et les gens défilent autour de nous, mais aucun de nous deux n'ose mettre fin à cet instant.

On ne s'éloigne de la piste de danse que pour aller chercher d'autres verres et participer aux enchères qui ne m'intéressent absolument pas. Il suffit qu'Iris couine en entendant parler d'un voyage au Mexique pour que je renchérisse et m'emploie à dépenser plus que tous les autres présents.

Iris passe les bras autour de mon cou et m'embrasse sur la joue quand le commissaire-priseur annonce notre numéro. Je n'ai pas le temps d'assimiler que ses lèvres sont sur ma peau : elle se détache et se rassied.

Merde. Je trouve de la force dans les sourires qu'elle m'envoie. Certains essaient de surenchérir, mais dès qu'un lot est convoité par Iris, je dépasse leur offre à chaque fois. Quand le commissaire-priseur met fin à la vente, j'ai dépensé 55 millions de dollars, juste pour le plaisir que je ressens à voir le sourire d'Iris.

Je me laisse convaincre sans difficulté de retourner danser, après un passage au bar pour me ravitailler. On danse jusqu'au bout de la nuit. Quand la dernière chanson se termine alors que nous sommes le dernier couple dans la pièce, je lâche Iris à regret et constate qu'elle boite. Aussitôt, je la prends par l'épaule pour supporter une partie de son poids, ce qui ne m'attire pas de protestations.

— Je crois qu'il va falloir m'amputer.

Elle trébuche et sa grimace ne passe pas inaperçue. Je la soulève par-dessus mon épaule, ce qui amène ses fesses à hauteur de mes yeux.

— Problème résolu.

— Declan ! crie-t-elle dans mon dos. Mais ça va pas ?

Elle bourre mon dos de petits coups de poing et je grogne.

— Je te porte secours comme un vrai homme du monde.

— Comme un vrai homme préhistorique, oui ! Repose-moi, c'est super-gênant !

— Il n'y a personne pour te voir.

Je retrouve facilement son sac à main puisque les autres invités ne sont plus là. Je le lui passe et elle relève la tête pour découvrir la salle vide.

— Mais où sont-ils tous partis où ?

— Rentrés chez eux.

— Alors pourquoi on est encore là ?

— J'ai perdu la notion du temps.

Iris pousse un cri en consultant son téléphone.

— Minuit !

— Je te ramène à la maison avant que tu te transformes en citrouille, princesse.

— C'est même pas ça, l'histoire.

Son rire est étouffé par le tissu de mon costume. Je décrète :

— Ce n'est pas loin.

— Tu fais honte à ton nom.

Ce commentaire lui vaut une claque sur les fesses.

— Je rêve ou tu viens de me fesser ?

Ma main brûle de le refaire pour entendre à nouveau le petit hoquet qu'elle a émis quand ma paume a cinglé sa chair… mais c'est à son tour de me donner une tape, et fort. Je ne suis pas loin de la lâcher sous le choc, mais je me remets avec un rire.

— Argh ! Tu n'étais pas censée aimer ça !

Je traverse le hall d'entrée avec Iris sur l'épaule. Le gardien nous ouvre, non sans un regard un peu étonné, et je le salue de la tête.

Un passant prend une photo en sifflant entre ses doigts. Iris lui répond par un geste obscène.

— Je te déteste en ce moment, t'as pas idée, gémit-elle.

Harrison ouvre de grands yeux en m'ouvrant la portière.

— Madame Kane va bien, Monsieur ?

Iris le rassure d'un geste.

— Oui, impeccable. En revanche, je n'affirmerai pas que ce sera le cas de mon mari quand on sera rentrés.

Elle m'appelle rarement son mari et une chaleur se diffuse dans tout mon corps. Harrison rit en la voyant me pincer les fesses.

— Tu veux bien me poser ? Je commence à avoir le vertige.

Sans cérémonie, je la balance sur la banquette arrière avant de faire le tour pour m'asseoir. Harrison démarre et Iris regarde par la vitre la ligne des toits de Chicago qui défile pendant que nous nous dirigeons vers la périphérie.

Je passe tout le trajet à échafauder divers scénarios de ce qui pourrait se passer à notre retour à la maison. Quand Harrison gare la voiture, je suis excité comme une puce. Je me tourne vers Iris alors que mes pensées vont à toute allure. Elle est appuyée à la portière et, les yeux fermés, respire profondément.

Elle s'est endormie.

Après avoir tant parlé de se venger, elle n'a même pas pu rester éveillée pour réclamer justice.

— Je la réveille, monsieur ? me demande Harrison.

— Je m'occupe d'elle.

Je passe par l'arrière de la voiture et ouvre la portière tout doucement, afin de pouvoir la rattraper si elle tombe.

Iris ne remue pas d'un cil quand je l'attire dans mes bras pour la porter comme le soir de notre mariage. Je ne sais comment, elle dort encore à poings fermés alors que je traverse la maison et que je monte les escaliers. J'ai du mal à ouvrir sa porte sans la faire tomber, mais je me débrouille.

Sa porte se heurte au mur avec un bruit léger. Je dépose Iris sur le lit. Elle pose la main sous sa joue et se recroqueville sans se préoccuper de sa robe ou de son maquillage. Je n'aime pas l'idée de la réveiller, mais ça m'étonnerait qu'elle veuille dormir comme ça. C'est trop inconfortable.

— Iris… Réveille-toi.

Elle marmonne :

— Declan… Arrête de parler et refais le truc avec ta langue.

Mon pouls s'affole complètement. Elle est en train de… rêver de moi ? Un rêve cochon ?

Iris émet un petit geignement qui va droit à ma queue. Je pense aux conséquences de la réveiller et de lui montrer ce que donne la vraie chose, mais j'y renonce.

Commence petit et sois stratégique.

Tenter une approche ce soir, ce serait très con. J'en crève d'envie, mais je dois éviter de l'effrayer. Ses fiascos en matière de relation montrent ce qui arrive quand on essaie d'aller trop vite.

Je n'ai pas passé autant de temps à la poursuivre pour tout foirer parce que je n'arrive pas à contrôler ma bite. Ma patience sera bientôt récompensée. Ce n'est qu'une question de temps avant qu'elle vienne me trouver en rampant, et je ne compte pas lui rendre les choses faciles.

À partir de demain.

CHAPITRE 30

Iris

Le lendemain du gala de bienfaisance, je me réveille en robe de créateur, avec mon maquillage qui a coulé et un bon syndrome de « comment-je-suis-arrivée-là ». Je remue mes pieds douloureux et remarque plusieurs ampoules que je n'avais pas hier.

Avec un soupir, je regarde l'heure.

— Merde !

J'en tomberais presque du lit. Tout un tas d'insanités sortent de ma bouche devant le SMS que Declan m'a envoyé il y a des heures. Je déverrouille mon téléphone d'un doigt tremblant avant de pousser un soupir de soulagement.

Declan : Congé aujourd'hui.

Je lis son message deux fois pour être certaine que mon cerveau ne me joue pas de tours en redistribuant les lettres dans les mots.

Je serre l'appareil contre moi et je me tortille de joie. L'idée d'avoir un samedi tout à moi me donne envie de me mettre à chanter et danser comme une princesse de Dreamland. Je suis tellement aux anges que je pourrais toucher les étoiles.

En prenant ma douche, je recherche mes souvenirs d'hier soir. Leo a porté son toast. Declan et moi avons dansé jusqu'à minuit. Il m'a ensuite transportée comme un sac de patates parce que j'avais trop mal aux pieds.

Ce détail me fait sourire toute seule comme si j'étais bonne pour l'asile.

Oh, Iris. Dans quel pétrin tu t'es fourrée ?

Tout en descendant l'escalier pour aller prendre mon petit-déjeuner, j'essaie de trouver des réponses, mais sans résultat. Je ne sais pas vraiment ce qui se passe. Le mariage pour lequel j'avais signé n'a rien à voir avec la réalité. Declan ne devait pas être gentil et il n'était absolument pas censé éveiller ce désir que je n'avais jamais ressenti auparavant. Même pendant ma relation la plus sérieuse, je n'ai jamais rien éprouvé de semblable à ce vertige qui me saisit quand Declan fait quelque chose d'inattendu.

Je m'efforce de faire taire mes pensées en mettant de la musique à fond dans mes écouteurs. C'est efficace pour un temps et j'entre dans la cuisine en dansant et en chantant à tue-tête.

Ce que je découvre m'arrête net. L'un de mes écouteurs se décroche et la musique devient à peine audible à cause du bruit que fait Declan en coupant des légumes.

Mon enthousiasme est vite remplacé par de la nervosité lorsque Declan me lance un regard lourd de sous-entendus. Qu'ai-je fait pour récolter ça ?

— Tu es là, dis-je finalement, après ce qui m'a semblé une minute entière à nous dévisager.

— Je suis là.

Il se retourne vers sa planche à découper et reprend son activité.

— Toi aussi, tu prends un jour de congé ?

Il coupe, coupe, coupe.

— Pas vraiment.

— Oh, dis-je avec un soupir de déception.

— J'ai planifié une fausse sortie en amoureux.

— Qu… quoi ? C'est… inattendu.

— On doit être partis dans l'heure.

Je fais mine de brandir un pistolet imaginaire.

— Qui est la cible ?

— Je te dirai ça après.

— Pourquoi pas avant ?

— Je veux que tu restes naturelle.

— Et si tu me dis à qui on essaie d'en mettre plein la vue, le projet serait compromis ?

— Oui.

— Waouh. Ça doit être quelqu'un d'important si tu as été inspiré pour planifier une sortie.

— Je suis capable de planifier une sortie, répond-il en serrant les doigts sur le couteau.

— Je n'en doute pas, mais ça ne veut pas dire pour autant que tu en as envie.

— Qu'est-ce que tu en sais ?

Sa question est bien trop lourde de sens pour que j'y réfléchisse sans café.

Au lieu d'insister pour obtenir d'autres infos de Declan, je l'aide à préparer le petit-déjeuner. Il n'arrête pas de me toucher tout en s'affairant en cuisine, si bien qu'on croirait qu'on vit dans une boîte à chaussures plutôt qu'une luxueuse demeure. J'essaie de ne pas céder aux milliers d'étincelles qui jaillissent de ma peau dès que son corps effleure le mien. Chaque fois qu'il me voit réagir, l'ombre d'un sourire apparaît sur son visage. Je suis persuadée qu'il le fait exprès.

J'arrive difficilement à me concentrer sur la cuisine, ce qui donne une omelette à moitié brûlée. Ce n'est sans doute pas le menu le plus appétissant, mais ça devrait remplir sa fonction. Des calories restent des calories, non ?

Quand son torse effleure mon dos, je lance :

— Ça va, tranquille ?

— Ta technique est à parfaire, constate-t-il d'un ton peiné.

— Très bien, Top Chef. Montre-moi comment on fait, alors.

— Tu as eu mal en ravalant ta fierté ?

— Bah, j'ai avalé pire.

Il reste sur le cul.

Iris : 1. Declan : 0.

Avec le sourire, je recule d'un pas et lui tends la spatule. Au lieu de la prendre, il me coupe le souffle en me plaquant contre la gazinière, s'emparant de ma main occupée.

— Je préfère une pédagogie plus rapprochée, dit-il en appuyant ses hanches contre mes fesses.

— Tu dis ça alors que quand j'ai eu besoin d'aide au boulot, c'était : « Trouve toute seule ou cherche un autre poste. »

Declan réagit en me mordillant le cou.

— Qu'est-ce que tu fais ? dis-je d'une voix haletante.

— J'aide ma femme.

Je déglutis avec peine.

— Ce surnom devient un peu trop courant à mon goût.

— J'aime te rappeler ta place.

— Et elle est où, ma place ?

— Dans mes bras.

Mes joues s'enflamment, suivies par mon bas-ventre. Sans tenir compte de ma timidité soudaine, Declan remue les œufs de sa main libre, tout en me maintenant coincée contre lui.

— Ta première erreur a été d'en mettre trop d'un coup dans la poêle.

Son souffle chaud sur ma nuque me donne des frissons.

Les œufs grésillent, tout comme mes organes internes quand son torse effleure mon dos. Je n'aurais jamais pensé que la cuisine pouvait constituer une expérience érotique. Pas jusqu'à Declan. Avec lui, faire cuire des œufs relève des préliminaires. Je demande d'une voix rauque :

— Et ensuite ?

Il dirige ma main tenant toujours la spatule vers la plaque.

— Tu laisses cuire.

La facilité de cette tâche ne l'empêche pas de retenir ma main en otage tandis que nous retournons doucement l'omelette jusqu'à ce que le dessus ait épaissi. Chaque minute est une éternité dans son étreinte. Il revient toujours vers la courbe de mon cou et m'embrasse là deux fois avant de donner les directives suivantes.

— Maintenant, tu ajoutes ta garniture d'un côté.

— Pas les deux ?

Son rire grave me met en émoi.

— Toujours aussi gourmande.

— Affamée, plutôt.

— Alors, on est deux, répond-il, la voix éraillée, en appuyant fermement son corps au mien.

Ce n'est vraiment pas un téléphone dans sa poche que je sens. Cette fois-ci, j'en suis certaine.

— Je crois qu'on ne parle pas du même genre de faim, réussis-je à articuler.

Son érection se presse contre la raie de mes fesses, me suggérant ce que lui inspire… l'omelette. Mais Declan se détache bien trop vite, emportant sa chaleur. Je ne comprends pas sa réaction.

Qu'est-ce que ça peut faire ? Ce ne sont que des complications.

Je m'en soucie bien plus que je ne veux l'admettre.

Parce que tu as envie de lui aussi.

C'est compliqué de le reconnaître. J'ai envie de lui, très, très envie, mais je ne sais pas comment atteindre cet objectif, ni même ce que je recherche exactement. Du sexe sans se préoccuper du reste, ça paraît presque aussi compliqué que de proposer quelque chose de plus sérieux. Toutes les options sont aussi désespérantes que ma capacité à repousser notre attirance.

Si Declan se rend compte de ma panique intérieure, il ne le montre pas.

— Tu as une demi-heure.

Sur un dernier regard, il prend ma première omelette ratée et sort de la cuisine.

Je m'agrippe au comptoir et respire lentement.

Comment tu vas survivre à une pseudo-sortie en amoureux si tu te sens comme ça ?

*

Declan prend un trousseau de clés accroché au mur.

— C'est toi qui conduis ?

— J'ai donné sa journée à Harrison, répond-il en faisant tournoyer le porte-clés sur son index.

— Je ne sais pas ce qu'on a fait pour mériter ce traitement, mais je suis pour.

Sans émettre de commentaire, Declan se dirige vers une décapotable vintage rutilante qui semble sortir droit d'un film d'espionnage. Je m'exclame :

— C'est là-dedans qu'on va rouler ?

— Oui. Monte avant de nous mettre en retard.

Je reste stupéfaite et il vient m'ouvrir ma portière.

— Waouh, c'est trop cool !

Je m'enfonce dans mon siège en caressant le cuir. Declan ferme la portière et contourne le véhicule par l'arrière. Une fois installé, il met le contact et passe la première.

Je soupire.

— Ce que je ferais pas pour pouvoir être au volant d'une voiture comme ça…

Son rire grave m'ôte toute capacité à respirer.

— Tu peux me pousser à plein de choses, mais pas à te laisser conduire cette voiture.

— Attends, je devine la raison. C'est une voiture pour les hommes, les vrais, dis-je en levant les yeux au plafond.

Son sourire s'efface aussitôt.

— Plutôt une voiture de femme, en fait. C'est celle de ma mère.

J'ai l'impression qu'on retourne un couteau dans mon cœur.

— De ta mère ?

Sa pomme d'Adam se déplace distinctement.

— J'ai eu envie de faire un tour avec, ça fait un mois qu'elle n'a pas roulé.

Il la sort tous les mois ? J'ai mal pour cet homme qui garde en vie la mémoire de sa mère par sa voiture. Je vois à quel point c'est important pour lui, que ce soit par l'intérieur cuir parfaitement entretenu ou l'extérieur lustré.

Je ne trouve rien à dire sous le poids de l'émotion. L'image que renvoie Declan à tout le monde n'a rien à voir avec l'homme qu'il cache. Il est loin d'être parfait, ça reste clair, mais en fin de compte, il est humain. Il souffre comme chacun d'entre nous.

Nous parcourons l'allée et il attend que le portail s'ouvre. Il se met à parler sans fin, ce qui me fait sourire, car c'est une première pour moi.

— Elle aimait cette voiture, peut-être plus qu'elle n'aimait mon père… et si tu les avais connus avant qu'elle tombe malade, ça veut dire beaucoup. Je ne sais pas ce qu'elle lui trouvait, mais je suppose qu'il était différent envers nous tous avant qu'elle meure.

Si j'ai bien compris, la maladie de sa mère a changé toute la dynamique de leur vie, Seth compris. Je me déteste pour le semblant de sympathie que je sens naître pour cette ordure. Je ne sais pas pourquoi, mais l'amour humanise les pires êtres humains.

— Tu voudras bien m'en dire plus sur elle ?

Cette question est loin d'être anodine et je n'ai peut-être même pas le droit de la poser, mais je ne peux m'en empêcher. Je veux en savoir plus sur l'homme qui fait rouler la voiture de sa mère une fois par mois comme si elle allait revenir à tout moment pour la réclamer. Je veux tout savoir.

Declan pousse un soupir, signe qu'il va refuser. Je ne comprends pas pourquoi, mais cette pensée m'est insupportable et me pousse à faire quelque chose d'idiot. Tellement idiot que je suis sûre que je le regretterai demain. Mais j'ai trop envie d'entrer dans son intimité pour m'en soucier.

— Si on passait un marché ?

— Je suis ouvert aux négociations, répond-il, amusé.

— Il y a quelque chose que tu veux ?

Je lui renvoie ainsi la balle et le laisse juger de ce qu'il désire le plus, avant de voir si je suis partante.

— Je veux un échange égalitaire…

Il s'interrompt et je retiens mon souffle.

Un autre baiser ? Une sortie sans faux-semblants ? Une gâterie ?? Les options sont illimitées. Je sens un regain de chaleur à envisager tout ce qu'il pourrait choisir.

— Tu penses à quoi ?

— Je te parlerai de ma mère si tu veux bien m'expliquer ton trouble de l'apprentissage.

Si ma vie avait une bande originale, ce serait le moment où le DJ raye le disque et me fait passer pour une pauvre ratée. Mes poumons se vident comme un ballon dégonflé. C'est quoi, ce marché ? Et comment a-t-il su ?

Je m'enferme derrière la barrière de mes bras.

— Qui t'a dit ?

— Personne.

— Je n'y crois pas une seconde. C'est Cal ?

Je m'apprête à dire à Declan de s'arrêter et de me laisser prendre le volant, juste pour aller régler son compte à Cal.

Il secoue la tête.

— J'ai compris tout seul.

— Mais comment ?

— Je connais les signes.

— Ah oui, tu crois que je vais te croire ? Je ne suis pas si crédule, tu sais.

Declan s'adoucit.

— Ma mère était dyslexique.

— Ta mère ? Celle qui avait une licence d'histoire ?

Il agrippe le volant plus fort que nécessaire.

— Ce n'est pas parce qu'elle avait des difficultés de lecture qu'elle n'aimait pas lire.

Je me sens trop bête d'avoir eu ce préjugé. Franchement, j'ai du mal à assimiler. Que Declan soit au courant de ma dyslexie et que sa mère en était atteinte aussi, ça fait beaucoup pour une seule conversation.

— J'aurais dû savoir que tu comprendrais.

— Tu n'avais pas de raison de le cacher au départ.

Je serre les poings.

— Tu n'as pas à juger mes choix.

— Je veux simplement les comprendre.

La douceur de sa voix est déchirante.

Je garde le silence.

— S'il te plaît…

J'expire avec difficulté. Declan ne dit jamais « s'il te plaît ». Jamais. Cela me rend assez vulnérable pour m'ouvrir sur mon histoire.

Je regarde par la vitre.

— J'ai passé toute ma vie à me sentir différente des autres. Au début, c'étaient des moqueries. Les maîtresses me trouvaient flemmarde, les élèves disaient que j'étais bête. J'ai redoublé et j'ai dû voir tous mes copains passer dans la classe supérieure sans moi. C'était horrible. Après, les enfants sont devenus plus durs, en paroles et en actes. Pour quelqu'un comme moi, ce n'est pas difficile de croire que les insultes sont vraies, surtout quand ton propre père te traite d'idiote et de nulle tous les jours.

Ma voix se brise.

Declan m'ouvre le poing pour pouvoir prendre ma main.

— C'était une prophétie autoréalisatrice. Avec le divorce de mes parents et tout le stress, j'ai arrêté de faire des efforts en classe, même si ma mère faisait de son mieux pour me payer des cours particuliers. Rien ne fonctionnait et je crois qu'elle aussi, elle perdait espoir. Ma honte et mon anxiété n'ont fait qu'augmenter, et je me suis retrouvée à pleurer tous les jours au moment d'aller à l'école. Je me suis renfermée, donc ma mère a pris un risque et m'a trouvée un psy pour que je puisse raconter à quelqu'un ce qui se passait.

Declan me presse la main, rassurant.

— Grâce à cette aide, j'ai commencé à me reconstruire, j'ai trouvé des projets pour lesquels j'étais douée, et qui n'avaient rien à voir avec l'école. C'est à ce moment-là que mon obsession pour les plantes a démarré. Il se trouve que j'avais une vocation pour ramener à la vie les plantes mourantes de ma mère.

— Je croyais qu'une thérapie devait arranger les problèmes, pas en créer !

Ma tension s'apaise et je ris.

— Ça a aidé. J'ai eu une plante à moi, puis deux, puis tout un tas. Ma psy a dit que c'était une stratégie d'adaptation.

— On va dire que ça peut être considéré comme une meilleure solution que la drogue.

Nos yeux se croisent, les siens emplis d'une légèreté que je voudrais y voir tous les jours.

— Une fois que j'ai géré le problème émotionnel, j'étais plus ouverte aux cours particuliers. Ça m'a pris un moment, mais j'ai fini par réussir à l'école.

— Et ensuite ?

— Pour mon diplôme du secondaire, j'ai reçu beaucoup d'aide. Après toutes les difficultés que j'avais eues, je n'étais pas prête à me lancer dans des études, donc j'ai enchaîné des petits boulots et c'est comme ça que je me suis retrouvée à l'agence d'intérim à laquelle vous faites appel.

— Et ensuite, tu as tiré à la courte paille et tu as dû travailler pour moi.

Je fronce le nez.

— Tu changeais d'assistante comme de chemise.

— Ce n'est pas ma faute si elles n'étaient pas à la hauteur.

— Pff… Dès que tu virais quelqu'un, le reste d'entre nous mettait son nom dans un chapeau. J'avais eu de la chance jusque-là, mais ensuite…

— Tu as été choisie, achève-t-il.

— Voilà. Je suis arrivée à ton bureau le lundi, persuadée que je ne tiendrais pas la semaine. Mais…

— Mais ?

— Je voyais à ton regard que tu t'attendais à ce que je me plante.

— Et donc ?

— J'avais passé ma vie à recevoir ces regards. Quand tu m'as dit que ce n'était pas la peine de déballer mes affaires, j'ai vu rouge et ça m'a boostée. J'étais prête à tout pour prouver une fois pour toutes que j'étais capable de réussir ce que j'entreprenais, à commencer par mon boulot.

— Tu n'avais pas peur ?

— Si, bien sûr. Ta réputation était aussi monstrueuse que ton historique avec tes assistantes, mais je savais que rien de ce que tu dirais ne pourrait dépasser les saloperies que j'avais entendues dans mon enfance.

Le volant grince sous la pression de ses mains.

— Si j'avais su plus tôt, j'aurais pu y aller plus doucement dans mes…

Mon rire l'interrompt.

— Oh, arrête. On sait tous les deux que si tu avais eu connaissance de mes difficultés, tu m'aurais éjectée.

— C'est faux.

— Ah bon ?

— Oui. Si ma mère était en vie, elle aurait honte d'un tel comportement de ma part.

C'est comme un coup de poignard dans ma poitrine.

— C'est pour ça que tu me gardes depuis tout ce temps ? Malgré les erreurs, les fautes d'orthographe et des délais allongés ?

J'ai prononcé ces questions d'une toute petite voix mal assurée, tout à fait en accord avec les émotions que je ressens. Declan inspire lentement.

— Je te garde parce que tu es super dans ton boulot. Chaque défi que je t'ai proposé, tu l'as relevé, que ça fasse partie de ta fiche de poste ou non. Pas une seule fois je n'ai eu l'impression que ta dyslexies était gênante. En fait, je crois qu'elle te rend dix fois meilleure, parce que tu ne regardes pas les choses sous le même angle. Regarde le contrat avec

Yakura. Il n'aurait jamais accepté la proposition sans tes ajouts à ma version.

— Oh, dis-je, en proie à une émotion bien plus positive.

— Je peux me montrer froid, impoli et distant, mais je ne suis pas aveugle. Mon travail consiste à évaluer des bénéfices, et il se trouve que tu es mon plus grand atout.

Je n'aurais pas cru que quelqu'un pourrait un jour me parler finance de façon aussi belle et touchante.

Declan me presse encore une fois la main, comme pour me rappeler le lien entre nous.

— Je ne reculerais devant rien pour te garder avec moi.

— Tu n'as pas à essayer trop fort. Je suis ta femme, tout de même.

— Même si tu ne l'étais pas, je ne renoncerais pas à toi.

Le petit sourire sur son visage a un effet hallucinant sur mon rythme cardiaque. Je ne savais pas Declan capable d'avoir des mots aussi gentils ?

— Qui aurait cru qu'il y avait un mec aussi gentil sous des extérieurs grognons ?

— Ne va pas le dire à quelqu'un d'autre, sinon les gens seront déçus en s'apercevant que ce n'est que pour toi.

Finalement, la journaliste people avait raison. Declan a bien un faible pour moi.

— Pourquoi ?

— *Forelsket*[1].

Son murmure rauque me donne le sentiment qu'il partage un secret que je ne peux pas décoder.

1. Forelsket : nom norvégien : le sentiment unique d'être submergé par une vague d'émotions, d'excitation et de joie lorsqu'on s'éprend de quelqu'un.

— Tu me l'épelles ? demandé-je en prenant mon téléphone.

Declan secoue la tête comme si ça pouvait effacer le petit sourire de son visage.

— Certains mots ne sont pas faits pour être traduits.

— Mais quel mensonge ! Tous tes mots ont une traduction.

— Je corrige : certains mots ne sont pas faits pour être traduits *par toi.*

Je croise les bras.

— Où tu les as appris, d'abord, tous ces mots ? Tu ne peux quand même pas connaître toutes ces langues.

Il regarde la route à nouveau.

— C'était un jeu avec ma mère quand j'étais petit.

Ma gorge se serre.

— C'est-à-dire ?

— J'ai toujours été nul pour exprimer mes émotions, bien avant qu'elle tombe malade.

— Tu m'en diras tant…

Je ris devant son air outragé et il continue :

— Elle m'a appris que certaines personnes ont besoin de cent mots pour exprimer une seule pensée alors qu'à d'autres, un mot suffit pour partager cent pensées.

— Je n'y ai jamais réfléchi comme ça.

Les yeux plus vagues, il raconte :

— C'est devenu un rituel. Si j'éprouvais telle ou telle émotion, elle me demandait mon mot.

La lèvre tremblante, je demande :

— Qu'est-ce qui t'a poussé à les réutiliser ?

— Ce n'est pas quoi, mais qui. On a tous les deux du mal avec les mots à notre façon. Toi pour les lire, moi pour les exprimer.

Son explication rend chaque mot étranger qu'il partage encore plus lourd de sens.

La brûlure dans ma poitrine s'intensifie, trahissant à quel point mon cœur souhaite envoyer au diable toute prudence. C'est terrifiant, donc je pose une question moins risquée.

— Qu'est-ce qui t'a poussé à choisir les intraduisibles ?

— On avait commencé par des mots classiques, mais au bout d'un moment, mes petits frères ont repéré ça et se sont mis à me copier. Alors on a puisé dans les langues étrangères. Il était impossible qu'ils puissent prononcer *kyoikumama*, alors sûrement pas le comprendre.

— Tu n'as jamais aimé partager, même petit, hein ?

— Tu es fille unique. C'est impossible que tu comprennes ce que c'est de grandir avec des frères qui passent leur temps à te piquer tes affaires et te copier.

— J'aurais bien aimé ! Ça a l'air beaucoup plus sympa que passer toute sa vie seule.

— Le silence devait être agréable.

— On se lasse vite. Si tout se passe comme je veux, je compte avoir assez d'enfants pour remplir toute une maison, et qu'ils n'aient jamais à grandir en se sentant aussi seuls que moi.

Declan passe une vitesse avec un peu plus de rudesse que nécessaire.

— Des enfants ?

— Tout un minibus si j'ai de la chance.

— Je ne savais pas que tu voulais une grande famille, répond-il, une veine palpitant dans son cou.

— Tu n'as pas demandé et je pensais que ça ne changeait rien.

— Pourquoi ?

— Parce qu'on s'est mis d'accord sur un enfant.

— Et si ce n'était pas le cas ?

Je suis abasourdie par cette question.

— Tu suggères quoi, exactement ?

Declan réfléchit, mais secoue la tête.

— Rien.

Rien ? Je n'ose plus poser de questions de peur de ses réactions. Et à voir comme il se renferme, je sais que je n'aurai pas de réponses aujourd'hui.

C'est peut-être pour le mieux.

CHAPITRE 31

Iris

Il est franchement impossible que la cible visée par Declan ait décidé d'aller au jardin botanique de Chicago un samedi. Après notre conversation dans la voiture, je sais que c'est pour moi qu'il a prévu ça. Il ne le reconnaîtrait pas, donc plutôt que de lui dire que j'ai compris son mensonge, je fais mine d'y croire. Je suis bien trop heureuse d'être ici pour tout gâcher.

Le jardin botanique est mon endroit préféré au monde. J'ai tant de chouettes souvenirs ici qui remontent à mon enfance. On y allait souvent avec ma mère et ma grand-mère après mes cours particuliers du samedi. Maman et moi, on se baladait partout pendant que Nana pestait à propos de son genou douloureux. Cependant, elle se laissait vite distraire par les jolies fleurs et les glaces à l'eau goût champagne.

Je ris en voyant Declan prendre un plan au guichet. Il ne me demande pas d'aide et je ne la lui propose pas. Je connais le moindre recoin de ce parc, mais le voir étudier la carte comme si on se lançait dans l'exploration d'un territoire inconnu est bien trop divertissant pour que je m'en prive.

Il nous localise sur le plan avant de demander :

— Il y a une stratégie à suivre ?

— Une stratégie ? C'est un jardin, pas un jeu d'échecs !

— Pas faux. Alors est-ce qu'il y a quelque chose en particulier que tu veux commencer par voir ?

— On devrait aller là où est la personne par qui tu veux qu'on soit vus, non ? demandé-je en riant sous cape.

— Je ne sais pas où elle est.

Il prononce ce mensonge avec une telle aisance que je suis gênée d'insister.

— Tu sais, si je savais à quoi ressemble cette personne, ça rendrait les choses plus faciles. Comment je peux savoir quand on doit faire semblant ?

Declan replie la carte, la fourre dans sa poche et me prend la main.

— On ne sait pas.

Électrisée par son contact, je poursuis :

— Et donc ? On se comporte en couple pendant tout ce temps ?

— Exactement.

Je fais mine de protester :

— Mais c'est immense, ici. Ça pourrait prendre des heures.

— Peut-être même davantage.

Sans lâcher ma main, il nous fait avancer vers un sentier.

— Ça doit être quelqu'un d'important si tu supportes de marcher dans un jardin pendant des heures en me tenant la main.

— Tu n'as pas idée.

Je détourne la tête pour éviter qu'il ne surprenne mon sourire.

*

Declan m'enlace la taille comme si ce geste était le plus naturel du monde. Qu'est-il arrivé à l'homme qui avait du mal à seulement me toucher il y a deux mois ? On dirait bien que cette personnalité de Declan est enterrée, maintenant qu'il invente un prétexte pour me toucher à ses envies.

Je suis tellement focalisée sur son étreinte que je manque presque mon endroit préféré du jardin.

— Ah ! Arrête-toi ! dis-je en tirant sur le bras de Declan.

— Qu'est-ce qu'il y a ? demande-t-il en jaugeant le périmètre.

— Tu marches tellement vite que j'ai failli louper ma partie préférée.

Il regarde autour de nous, mais ne repère que les buissons. Je lui montre la serre de ma main libre.

— Tu veux rentrer là-dedans ?

— Oui, c'est trop bien !

— Une serre ?

Je souris.

— Et alors ?

— Je suis surpris que tu ne préfères pas l'extérieur.

— Je vais te montrer pourquoi.

Je le traîne quasiment dans la structure de verre. Aussitôt, nous sommes frappés par un courant d'air humide. Des ventilateurs projettent une brume chaude sur les plantes et nous nous retrouvons sous le jet de deux d'entre eux.

— Pourquoi il fait aussi moite ? se plaint Declan.

— Pour recréer un climat tropical.

— Mais quelle idée !

Je suis tout excitée d'en savoir plus que Declan sur un sujet.

— Des plantes comme celles-là ne survivraient jamais en milieu naturel à Chicago. Sans la serre, la plupart seraient mortes.

Il me suit entre les rangées de petits palmiers.

— C'est pour ça que tu gardes tous tes pots à l'intérieur ?

— J'ai besoin d'une raison autre que te saouler avec ?

Son regard mauvais me fait rire.

— Vivre en appartement, ça a plein d'avantages, mais la serre n'en fait pas partie. Pas assez d'espace.

Je le guide vers le petit étang au fond de la serre.

— Tu sais, tes mots différents pour exprimer tes sentiments…

Il hoche la tête.

— Les plantes aussi ont une signification, dis-je avant de désigner les lotus qui émergent de l'eau stagnante. Celles-là, ce sont mes préférées.

— Pourquoi ? me demande Declan sans une trace d'émotion.

— Parce que je suis fascinée qu'une fleur magnifique puisse s'épanouir dans les pires conditions. (Je regarde mon reflet dans l'eau boueuse.) C'est bête de s'identifier à un lotus…

— Je ne trouve pas.

Je constate qu'il a les yeux fixés sur moi. Leur chaleur m'encourage à m'ouvrir sans me soucier du reste.

— J'ai passé beaucoup de temps à me sous-estimer, mais je me suis rendu compte que je devais dépasser les mauvaises expériences et trouver la lumière.

Il s'arrête à côté de moi pour contempler les fleurs de plus près.

— C'est pour cette raison que tu aimais venir dans cette serre ?

— La principale.

— Il y en avait d'autres ?

— Tu es devant une autre.

Je me retourne, bras tendu, pour effleurer les feuilles d'une plante retombante.

Il pince les lèvres dans une piètre tentative de masquer son sourire.

— Tu es une folle de plantes.

— Ah non. Je n'aurai pas le titre officiel avant d'avoir une serre à moi.

— Tu en voudrais une ?

— Une serre ?

— Les pesticides qu'ils mettent ici te montent à la tête ou tu as des difficultés de compréhension ?

— Peut-être que j'ai du mal à comprendre à cause de ce que tu demandes.

— Je vais te reposer la question très simplement : est-ce que tu aimerais avoir une serre ?

— Dans ton jardin ?

— Je crois qu'on peut commencer à dire le nôtre, sachant que tu vis là aussi.

— Euh… tu proposes de me faire construire une serre ?

— Ne serait-ce que pour m'éviter de trébucher sur tes pots au milieu de la nuit quand je veux juste un verre d'eau.

— Bien sûr. Je ne vais quand même pas m'imaginer que tu voudrais une serre juste pour me rendre heureuse.

— Je ne fais que ce qui me profite.

Mais le sourire qu'il affiche dit exactement le contraire.

La sensation de bien-être qu'il me cause demeure en moi durant tout notre moment dans la serre. Je prends le temps de montrer les différentes plantes à Declan. Pour quelqu'un qui est toujours aux commandes, il n'est pas le moins du monde embêté de me suivre.

Lorsque nous ressortons au soleil, Declan demande :

— Et maintenant, on va où ?

Je désigne le sentier qui fait le tour du lac.

— Par là.

Nous déambulons main dans la main comme si c'était tout ce qu'il y a de plus normal. Declan m'interroge sur différentes plantes et je lui réponds, avec beaucoup trop de passion sur des sujets comme la différence entre tropical et subtropical. Il a quelques questions très bêtes, dont je suis sûre qu'elles sont faites seulement pour me faire rire.

Sérieusement, il est impossible que j'aie épousé de mon plein gré quelqu'un qui ne sait pas distinguer un cactus d'une succulente. Mon mari ne comprend pas bien que tous les cactus soient des succulentes, mais que l'inverse ne soit pas vrai. Je passe donc une bonne heure dans la serre au climat aride à lui expliquer tout ce que je sais sur ce qui y est exposé. Il n'a jamais l'air de s'ennuyer malgré mon débit ininterrompu.

Declan, qui répugne à parler plus de cinq minutes d'affilée, a dialogué avec moi pendant des heures, et cette idée me fait tourner la tête.

Ce n'est qu'à la tombée du jour qu'il nous dirige vers la sortie.

— Et donc, tu l'as trouvée ?

— Quoi ?

Je lève nos mains entrelacées pour lui rappeler notre devoir.

— La personne devant qui on devait faire semblant.

— Non.

— Je le savais ! Tu peux arrêter de mentir, maintenant.

— À quel sujet ?

— Tu n'as pas choisi le jardin botanique pour qu'on soit vus.

Les yeux brillants, il fait mine de protester :

— Sinon, pour quelle autre raison serait-on venus ?

— Parce que tu voulais me faire plaisir, mais tu ne voulais pas le reconnaître au cas où j'aurais dit non, donc tu as inventé une histoire pour que j'accepte.

— Est-ce que le narcissisme est génétique ou notre enfant sera-t-il préservé de cet atroce trait de personnalité ?

En entendant « notre enfant », j'éprouve un sentiment sur lequel je refuse de mettre un nom.

— Tout dépend. Si on se base sur l'héritage paternel, ce bébé prendra direct un mauvais départ.

Declan me passe doucement un doigt sur la lèvre.

— Espérons qu'il hérite de la générosité de sa mère, alors.

Je hisse officiellement le drapeau blanc : je me mets sur la pointe des pieds et je l'embrasse.

CHAPITRE 32

Iris

Nous gardons le silence pendant tout le trajet retour. Je ne sais pas trop quoi dire et Declan a l'air tout près de craquer et de me prendre là, dans la voiture de sa mère, donc je ne l'incite pas.

Mon rythme cardiaque atteint un seuil critique au moment où il coupe le moteur de la voiture. Il me traîne hors du garage, directement dans la maison.

Tout va très vite. À un moment, je lève la tête pour le regarder, et la seconde suivante, je me retrouve plaquée au mur. Ma colonne vertébrale picote.

— Dis-moi ce que tu veux.

L'expression affolée de Declan a un effet hallucinant sur mon corps. Mon cœur cogne dans ma poitrine et je perds toute capacité à parler. À sa façon de me dévorer des yeux, les dents serrées, les narines qui gonflent à chaque inspiration saccadée, je frissonne.

— Je ne sais pas…

Il gémit et s'écarte. Sa chaleur me manque aussitôt.

— Declan.

Je tends la main vers lui, mais il prend mes deux poignets et les maintient au-dessus de ma tête.

— Tu n'as pas encore gagné le droit de me toucher.

— Et toi, tu l'as gagné ?

De sa main libre, il caresse la courbe de mon cou et tout mon corps s'embrase.

— Oui, parce que je n'ai pas peur de réclamer ce qui m'appartient.

— Je n'ai pas peur non plus !

C'est vrai, je ne redoute plus ce qui va se passer. Finis, les allers et retours. Cette incertitude me rendait folle et c'était injuste envers lui. Il a planifié une sortie qui me ferait plaisir et a fait comme si c'était bidon, juste pour que j'accepte de l'accompagner. Je crois que personne n'a fait quelque chose d'aussi mignon pour moi avant ça.

— Alors prouve-le.

Il me lâche les poignets.

— Strikhedonia.

Je dois massacrer la prononciation, mais cela m'attire tout de même un vrai sourire de Declan.

Je lui passe la main derrière la nuque et attire ses lèvres contre les miennes. Contrairement à notre premier baiser, Declan me laisse diriger. Je suis hésitante au début, pressant juste plusieurs fois ma bouche contre la sienne, chaque fois avec plus d'insistance. Il ne me touche pas mais ma peau réclame son contact. Son défi silencieux pour prouver combien j'ai envie de lui est présent, en sourdine, pendant que je suis sa lèvre inférieure du bout de la langue.

Je n'aurais jamais cru que je désirerais qu'il me touche autant qu'en cet instant et je m'agace qu'il contrôle autant la situation.

Ça ne va pas se passer comme ça. Mes doigts me démangent de le toucher partout. Partout. Je m'enhardis et les glisse sous sa chemise pour les diriger droit sur la bosse de son pantalon. Il exhale un souffle troublé quand je suis les contours de son érection. J'en profite pour provoquer sa langue de la mienne, et les résultats sont miraculeux.

Declan gronde et trouve ma nuque pour me clouer sur place pendant qu'il dévore ma bouche. Je caresse son sexe de ma paume et son baiser devient incontrôlé lorsque je défais prestement sa ceinture et sa braguette. Nos langues se mêlent, ce qui étouffe son gémissement quand je pose la main directement dans son caleçon. Je caresse l'extrémité de sa queue, étale la perle d'excitation en formant des cercles sur le gland.

Il me mord la lèvre inférieure et un goût métallique apparaît dans ma bouche. Je ris en retirant ma main.

— C'était une preuve ?

Declan resserre la main sur ma nuque et son pouce appuie sur le pouls affolé dans ma gorge. La poitrine soulevée de respirations oppressées, il rouvre des yeux immenses et j'ai les sens en émoi sous son regard.

— Je ne suis pas entièrement convaincu.

— Alors là, tu exa…

Je suis coupée dans mon élan : il me prend sur son épaule avant que j'aie eu le temps d'esquiver.

— Non, mais tu rigoles ? Encore ? m'indigné-je en lui donnant de petits coups de poing dans le dos.

Il se tourne vers l'escalier.

— Je veux procéder à une observation plus théorique.

— Tu as un coup de folie ou bien ?

— Quand il s'agit de toi, c'est de la folie tout court.

Je ris et il entame l'ascension du million de marches qui mènent à l'étage.

— Tu es au courant que je sais marcher, au moins ?

— J'en ai une conscience aiguë. Ça ne veut pas dire que je compte te laisser faire.

— Mais pourquoi ?

— Trop risqué.

— N'importe quoi !

— Si on faisait à mon idée, tu porterais un bracelet de cheville pour que je puisse toujours te localiser.

— C'est absolument terrifiant, ce que tu me dis.

— Ne m'en parle pas. Je me suis déjà renseigné sur les puces GPS pour notre enfant.

Notre enfant. Ces deux mots sont un étau sur mon cœur aujourd'hui. D'une voix tremblante, je demande :

— Tu penses souvent au fait de devenir père ?

— Plus que de raison.

Étrangement, cette idée ne me fait pas si peur. Je savais à quoi je m'engageais en signant, mais c'est un tel contraste comparé à l'homme qui devait être manipulé pour accepter la garde partagée…

Oh, Iris. Qu'est-ce que tu vas faire, maintenant ?

Declan me répond en entrant dans sa chambre. Je m'accroche à sa chemise, les paumes moites, cherchant à tout prix un repère.

Mon monde bascule à la normale quand il me jette sur le lit. J'ai le souffle coupé, sous le choc, mais aussi pour une raison très différente. Declan agrippe mes cuisses et me tire vers le bord du matelas. Ma robe remonte dangereusement près de mon string.

Il s'arrête et me regarde comme s'il me décortiquait.

— On va jouer à un jeu.

— Oh, toi et tes jeux ! C'est pas possible, tu as été frustré quand tu étais gamin.

Il remonte les paumes sur mes cuisses et je les serre pour cacher qu'elles tremblent.

— Celui-là, tu vas l'aimer. Promis.

Declan me débarrasse vite de mes baskets et de mes chaussettes, et l'ensemble tombe sur la moquette comme une armure sur un champ de bataille.

Je me redresse sur mes coudes.

— Quelles sont les règles ?

Ses yeux virent au noir.

— Il n'y en a qu'une.

— Ça a l'air facile.

Il remonte ma robe un peu plus haut, ma respiration se fait précipitée, mais il en est plutôt encouragé qu'autre chose.

— Tu dois me supplier.

— Si tu crois que je vais te supplier pour avoir ta bite, il va falloir réviser ton jugement.

Avec une moue arrogante, Declan répond :

— Qui a parlé de ma bite ?

— Parce que tu voudrais que je te supplie p…

Il agrippe mon string et le descend en prenant son temps, transformant le fait de m'ôter mes habits en événement.

Je supporte à peine ses longs contacts et les coups d'œil enflammés.

— J'aime pas ce jeu, grommelé-je, de plus en plus impatiente à chaque seconde qui passe.

Declan relève encore ma robe et m'écarte les cuisses.

— Je suis sûr que je peux te faire changer d'avis assez vite.

Ma réponse éventuelle est éclipsée quand il pose la main sur ma poitrine et me rejette en arrière avant de se mettre à genoux. Il m'attire tout contre son visage et…

Oh, mon Dieu. Rien que cette vue pourrait amener une femme au bord de l'orgasme. Étant donné les pulsations qui agitent mon pubis, je n'aurais pas besoin de grand-chose pour basculer dans la jouissance. Surtout avec le regard dont il me couve. J'en suis effrayée autant qu'envoûtée. Je danse entre les deux et pendant ce temps, il avance les doigts pour m'ouvrir à lui. Mon corps entier vibre et Declan sort sa langue pour me mettre au supplice. Je creuse le dos en réaction et serre les cuisses autour de sa tête. Ses gloussements envoient des ondes dans mon clitoris. J'agrippe la couette tandis qu'il anéantit ma capacité à penser à quoi que ce soit hormis sa langue qui plonge en moi.

Je ne crois pas avoir déjà été aussi excitée de ma vie. Tout chez lui est sensuel, de ses doigts qui s'enfoncent dans mes cuisses pendant qu'il fait monter le désir, jusqu'à ses grondements contre moi. Je soupire longuement et perds la bataille au moment où il glisse un doigt en moi. Il entoure mon clitoris de ses lèvres et l'aspire au point de faire mal, avant de s'arrêter chaque fois que j'approche du sommet. Je le maudis en même temps que je l'applaudis et il traîne d'autant plus.

Aucun homme ne m'avait autant… consumée jusqu'ici. Je veux qu'il mette fin à cette torture tout autant que je souhaite qu'il n'arrête jamais de me tourmenter.

Je suis tout près de craquer et de le supplier de terminer ce qu'il a commencé, mais je tiens le coup. S'il s'attend à ce que je cède, je vais le faire bosser tout aussi dur pour avoir raison.

Je ne céderai pas. Ni dans un conseil d'administration, ni dans un lit.

Declan se montre à la hauteur du défi. Mon clitoris tout sensible est douloureux et demande grâce, ce que Declan ne lui accorde pas. Complètement en transe, je donne des à-coups contre les draps. Il prend son temps, m'amenant presque au point de rupture avant d'interrompre le mouvement. Ma frustration grandit et je renonce : ma réplique m'ouvrira la porte du paradis.

— S'il te plaît…

Mes joues sont humides de larmes que je n'avais pas senti couler. Son léger rire provoque encore une vague de désir en moi.

— Tu as bien lutté. Tu seras récompensée, dit-il.

Je gémis quand il recourbe deux doigts en moi pour caresser mon point G. Ses coups de langue sur mon clitoris combinés à la torture de ses doigts me projettent dans la volupté ultime.

Mon corps entier tremble tandis qu'il continue de me baiser avec sa langue. Il joue de mon corps comme de son instrument préféré et fait durer la note aussi longtemps que possible. Je m'attends à ce qu'il arrête quand je redescends, mais ses gestes se font encore plus frénétiques.

La voix rauque, je crie son nom, ce qui semble le rendre fou. Il empoigne mes fesses et m'attire en avant pour enfoncer sa langue en moi comme j'aimerais qu'il le fasse avec son sexe. Je m'accroche à ses cheveux et il gronde, appuyant le pouce sur mon clitoris. Ses cercles sur ma chair gonflée me font monter jusqu'à atteindre mon deuxième orgasme dans une pluie d'étoiles filantes.

Declan abandonne mon bouton de chair et me prend dans ses bras pour poser sa bouche sur la mienne. Il étouffe ainsi mes cris, ouvre mes lèvres et effleure ma langue, me faisant prendre conscience combien j'ai envie de lui. Il me prend par la nuque et son pouce caresse mon pouls rapide sur ma gorge.

Son baiser devient moins goulu. De punitif, il devient contrit, et les frôlements de sa langue sur ma lèvre inférieure me mettent dans un état second.

J'ai la tête qui tourne et je crois bien que je n'arrive plus à redescendre.

— Tu es sûr que tu es vierge ?

Il me donne une claque sur le pubis.

— Qu'est-ce que tu as dit ?

— Je plaisantais !

— Ce n'est pas parce que je n'ai pas été avec quelqu'un depuis longtemps que j'ai oublié comment ça fonctionne.

— Pourquoi tu n'as vu personne depuis tout ce temps ?

C'est une très mauvaise idée de poser cette question, mais je n'arrive pas à m'en empêcher, comme pour tout ce qui concerne Declan en ce moment.

— Je ne le sentais pas.

— Parce que tu ne pensais qu'à moi ? dis-je pour attiser le feu dans son regard.

Il dépose un baiser sur mes lèvres.

— Très narcissique de ta part.

— Oh, ça doit être contagieux.

Il m'embrasse jusqu'à ce que je sois transformée en chiffe molle qui attend l'étape suivante.

D'ailleurs… Quelle est l'étape suivante ?

— On devrait peut-être parler de ce qui va se passer ?

Declan saisit ma paume et la pose sur son jean, juste au-dessus de son érection de granit. Il descend le long de ma gorge en y apposant une kyrielle de baisers. Je caresse sa queue avec vigueur avant de retirer ma main pour redemander :

— Et donc ? Du sexe de temps en temps ?

Il mordille la peau sensible au creux de mon épaule.

— Tout n'a pas besoin d'être planifié.

— Mais…

Il caresse le contour de mon sein.

— Tu veux qu'on le fasse ou pas ?

J'ai l'impression qu'il a placé un pistolet chargé dans ma main.

— Ça va compliquer les choses.

— Je te le garantis. (Il s'enhardit, touchant mon téton sensible à travers ma robe.) Maintenant que c'est établi, ai-je la permission de te baiser ?

— Tu m'as l'air bien trop excité à cette perspective.

Tout son visage s'éclaire et j'enregistre cette image pour pouvoir me la repasser en boucle plus tard. Declan s'allonge sur moi, je noue les bras autour de son cou et je l'embrasse jusqu'à plus soif. Jusqu'à être prise de vertige et prête à tout pour en avoir davantage.

Je pose les mains sur son torse pour le repousser. Il me libère de son poids et se redresse.

— Qu'est-ce qu… ?

Je le coupe en me levant aussi pour empoigner sa chemise.

— Enlève ça.

Il obéit à mon ordre, révélant un torse pâle et musclé qui me fait pousser un soupir. Son corps devrait être classé aux monuments nationaux. Si je ne souffrais pas d'une grosse possessivité, je le nommerais moi-même.

— Ce que tu vois te plaît ?

— Hmm, ça dépend. C'est juste pour frimer ou tu as l'énergie d'assumer ?

Son sourire en coin me va droit au cœur.

— Je te jure, tu aimes m'exciter.

— Juste parce que j'aime encore plus te voir exploser.

Je caresse ses abdos, suivant chaque renflement du bout des doigts. Il a un frisson quand je les dirige vers sa ceinture pour la retirer. Je me mets à genoux et il laisse échapper un souffle haletant.

— Détends-toi, dis-je avec une belle assurance qui n'est pas confirmée par les battements effrénés de mon cœur.

Je ne mets pas longtemps à descendre son jean pour découvrir la bosse qui orne son caleçon.

Les contours de sa queue me font saliver. En tirant sur le tissu pour voir sa bite se balancer devant moi, je suis prise de folie. L'excitation perle à l'extrémité et, oublieuse de tout, y compris de moi, je passe la langue sur son membre depuis la base jusqu'au gland, léchant la goutte tentatrice.

Declan me prend le menton pour que je le regarde.

— C'est mieux que tout ce que j'ai pu imaginer.

Les joues brûlantes, je demande :

— Tu penses souvent à moi ?

— Malheureusement.

Je vais lui montrer s'il est malheureux ! Je tire sur la ficelle d'un des nœuds qui retient ma robe et, les yeux dans les siens, je passe à la bretelle suivante. Je tire dessus et ma robe tombe. Le tissu s'affaisse autour de mes hanches comme un halo.

Automatiquement, son regard se fixe sur ma poitrine.

— Regarde-moi dans les yeux.

Je claque des doigts et désigne mon visage avant de prendre sa bite dans ma bouche. Il pousse un râle et j'alterne entre la sucer et la suivre du bout de la langue.

— Tu as pensé à ça ?

J'entoure ses testicules de ma main, causant un grognement avant de le reprendre en bouche. Il enfonce son sexe plus loin. J'ai eu un sentiment de puissance dans bien des situations, mais ce n'est rien comparé au fait de voir Declan submergé par le plaisir que je lui apporte.

— Et à ça, peut-être ?

Grâce à de longues inspirations par le nez, j'ouvre ma gorge pour l'attirer encore plus loin. Son goût salé envahit ma langue et j'aspire le bout pour en avoir encore une goutte.

— Je pense plutôt à ça.

Declan se dégage entièrement et je reste bouche ouverte alors qu'il me jette à nouveau sur le lit.

Il ne met pas longtemps à se débarrasser de ma robe et me laisse cligner des yeux vers le plafond, nue et en attente. Il me déplace sur la couette pour me tirer tout au bord du lit. Mes jambes pendent sur le côté et il ne tarde pas à les ouvrir d'un mouvement brusque.

Il insère un doigt en moi et le fait aller et venir avant d'en ajouter un.

— Eh bien, tu aimes beaucoup sucer !

Je me relève sur mes coudes.

— Te rendre fou, c'est plutôt addictif.

D'après le sourire sur son visage quand il se détourne pour attraper un préservatif, il a aimé ma réponse. Espérons que je sois récompensée pour mon honnêteté.

Pendant que je le regarde glisser la capote sur son membre, je suis frappée par une nouvelle vague d'admiration pour lui. Savoir qu'il est prêt à attendre pour atteindre son grand objectif, lequel implique ma grossesse, me touche beaucoup.

Declan revient entre mes jambes et se place à la bonne hauteur. Alors, il me pénètre brutalement en faisant claquer ses hanches contre les miennes. Le souffle coupé, j'ai les larmes aux yeux de le sentir m'étirer.

Il noue mes jambes tremblantes autour de sa taille et je le trouve très gros en moi.

— Je te déteste, dis-je les dents serrées.

— Je vais éjecter ce mensonge à coups de bite.

La faim dans ses yeux me fait frissonner. Il enfonce ses ongles dans ma chair en se retirant, pour mieux revenir. Encore une fois, l'air est expulsé instantanément de mes poumons et il passe à un rythme d'homme insatiable.

Ses assauts viennent à bout de tout le contrôle que je pouvais avoir sur la situation. Il relève une de mes jambes par-dessus son épaule avant d'ajouter l'autre, m'ouvrant encore davantage pour que je sois entièrement à sa merci.

Un désir brûlant dans mon bas-ventre s'intensifie à chaque coup de boutoir. J'agrippe les draps, je griffe son torse puis ses cuisses. Tout pour me retenir pendant qu'il mémorise mon corps comme une langue que lui seul peut traduire.

Sous ses poussées incessantes, mon orgasme commence à monter. Declan passe le pouce sur mon clitoris, puis trace de petits cercles dessus. Je détone comme une bombe et la chaleur explose dans ma poitrine pendant qu'il me pousse au-delà du point de non-retour. Je ferme les yeux, mais les rouvre grands quand il pince mon bouton de plaisir.

— Regarde-moi.

Ce chuchotement rude ravive le feu liquide en moi. Les yeux dans les siens, je vibre autour de son phallus. Ma jouissance enclenche la sienne. Ses doigts se resserrent encore sur moi et il effectue des va-et-vient à l'allure d'un possédé. Il gémit et rejette la tête en arrière au moment d'éclater. Le voir se répandre ainsi anéantit tout dernier espoir que j'avais de le tenir à une distance raisonnable.

Je suis devenue accro, et il se trouve que c'est à mon faux mari.

CHAPITRE 33

Declan

— Pourquoi tu as mis un préservatif ? demande Iris en enfilant un tee-shirt m'appartenant.

Je m'affaire à chercher dans un tiroir.

— Je n'allais pas tuer l'ambiance en te demandant si tu voulais essayer d'avoir un enfant.

— C'est gentil, répond-elle en riant, mais je sais pour quoi j'ai signé.

— Et donc, le sexe, c'est juste une façon de remplir ta part du contrat ? dis-je d'un ton un peu plus acerbe que je ne pensais.

— Ce n'est pas ce que j'ai dit.

— Alors quoi ?

— Alors, on s'était mis d'accord pour une fécondation in vitro, mais si on est attirés l'un par l'autre, peut-être...

Non, mais elle se fout de moi ? Si on est « attirés » l'un par l'autre ? Cette façon de minimiser le lien entre nous me donne envie de la jeter à nouveau sur le lit et de lui montrer qu'elle est un peu plus qu'attirée par moi. Des conneries, voilà !

Tu t'en veux parce que tu commences à avoir des sentiments et pas elle.

Putain, ça, je suis énervé. Je déteste cette gêne dans ma poitrine à chaque fois que j'inspire et ça me tue qu'elle soit la seule personne au monde que je ne peux pas contrôler.

Je claque le tiroir, ce qui la fait sursauter. Cette réaction ne fait qu'empirer mon humeur en pleine dégradation.

Freine ta colère, tu risques de faire quelque chose que tu vas regretter.

J'enfile rapidement un pantalon de jogging et un tee-shirt avant de prendre mon portefeuille.

— Attends que je t'explique.

Iris me prend le bras, mais je me dégage.

— Je ne veux pas de ton explication.

Ce que je veux, c'est le silence et du temps pour penser seul, parce qu'il y a quelque chose dans ma manière de m'y prendre qui ne fonctionne pas. Je l'ai poursuivie. Je l'ai conquise. Et pourtant, elle refuse de reconnaître les sentiments manifestes qui naissent entre nous.

— Où tu vas ? demande-t-elle en me suivant dans le couloir.

— Je sors.

— Il est tard.

Elle reste sur mes talons, la voix au bord de la panique.

Je me retourne presque, mais je ne m'y résous pas. Pas quand je me sens comme ça. Je ne sais même pas de quoi il s'agit, mais j'ai envie d'enfoncer les ongles dans ma poitrine jusqu'à pouvoir arracher ce cœur inutile.

— Ne t'en va pas. Pas de cette façon.

Elle prend mon menton pour m'obliger à la regarder.

— Dis-moi pourquoi tu ne veux pas que j'y aille.

— Ce serait malaisant, répond-elle aussitôt.

— Pourquoi ? insisté-je.

Elle se mord la lèvre et détourne le regard.

— Parce que tu es en colère.

— Essaie encore.

Une dernière chance avant de partir.

— Parce que je ne veux pas que tu partes.

— C'est mieux, mais pas suffisant.

Je l'embrasse sur le front avant de quitter la maison.

Elle ne m'arrête plus, même si c'est ce que j'aurais voulu.

*

Je roule sans but dans Chicago. Le vide dans ma poitrine s'accentue à chaque kilomètre que je mets entre Iris et moi, ce qui est très frustrant. Je ne veux pas être éloigné d'elle, mais je ne supporterais pas d'être là-bas non plus. Je suis hors de contrôle et une phrase suffirait à détruire tous les progrès que j'ai faits jusqu'ici.

Je refuse de lui donner une autre raison de remettre en question notre relation, même si elle ne sait pas qu'on en a une. Mais comment convaincre ma femme sous contrat que nous devons être ensemble par choix ?

Cette question me torture pendant une heure. Aucune réponse n'est assez bonne et je reviens toujours au même problème.

Quand je tape à la porte de Cal, je suis au désespoir.

Il m'ouvre en peu de temps.

— Je me demandais quand tu arriverais.

— Elle t'a appelé.

Son absence de sourire est une confirmation suffisante.

— Je ne sais pas ce que tu as fait, mais retournes-y et arrange ça.

— Pourquoi tu pars du principe que j'ai mal agi ?

— Tu me poses sérieusement cette question ?

— OK, je reconnais.

— Allez, entre, soupire mon frère. Avoir quelqu'un à qui parler ne te fera pas de mal.

Je pénètre dans son appartement, qu'il maintient dans un état impeccable, à l'opposé de ce qu'on attendrait de lui, avec sa vie personnelle désastreuse.

— Tu veux un verre ?

— De l'eau, c'est bien.

En bon hôte, Cal m'apporte un verre d'eau et un autre de mon whisky préféré.

— Je me suis dit que tu supporterais le supplément.

— Tu n'aimes même pas le whisky.

— Non, mais j'aime bien mon frère. *Parfois.*

Il prend la bouteille et la pose à côté du verre au cas où. Je prends l'eau et laisse le whisky sur la table basse. L'alcool ne pourra qu'empirer les choses et j'ai besoin d'avoir les idées claires.

— Je suis flatté que tu sois venu prendre conseil auprès de moi, mais je ne pense pas pouvoir t'aider, reprend Cal.

— Pourquoi ?

— Iris est ma meilleure amie. Je ne vais pas t'aider si ça implique de la faire souffrir.

— Je n'essaie pas de la faire souffrir, triple buse ! J'essaie de lui montrer mes sentiments pour elle.

— Oh, putain, fait Cal, stupéfait.

Il y a des moments où je voudrais que la vie ait un bouton « retour ».

— Tu as des sentiments pour Iris ? Vraiment ?

Son air mystifié me rappelle le jour où je lui ai révélé que le père Noël n'existait pas. Je me retiens d'ajouter autre chose.

Il prend le verre de whisky, en boit une gorgée qu'il recrache dedans sans cérémonie.

Et dire qu'on est de la même famille…

— Bon, ça change tout. Je croyais que tu allais la faire tomber amoureuse de toi, pas l'inverse.

Il se met à rire à gorge déployée et je maugrée :

— Je n'ai pas parlé d'amour.

Cal se contente de rire encore, au point que je serre les dents.

— Tu as fini, oui ?

— Désolé, c'est trop drôle. Tu l'as épousée en pensant te faciliter la vie, pour en fait te rendre compte qu'elle te plaît. Beaucoup.

Aux yeux de Cal, on dirait que je suis une bonne blague.

— Je ne vois pas pourquoi je suis venu, dis-je en me relevant.

— Attends. Excuse-moi, je n'aurais pas dû me moquer de toi alors que visiblement, tu traverses des moments difficiles.

Sauf que ses yeux pétillent littéralement de rire contenu.

— J'y vais.

Il me bloque la sortie.

— Arrête. Je vais t'aider.

— Je commence à douter que tu saches faire, de toute façon.

— Tu n'apprécieras peut-être pas mes conseils, mais si tu veux essayer, je pense que tu seras content du résultat.

— Je t'écoute, dis-je en me rasseyant.

— Iris n'est pas si différente des autres femmes. Elle a des envies, des besoins et des peurs.

— Eh ben, ça c'est utile.

— Si tu veux qu'elle tombe amoureuse de toi, poursuit-il avec un regard sévère, tu dois lui prouver que tu es différent de tous les hommes qu'elle a fréquentés.

— Ça ne doit pas être trop difficile. Ils étaient tous pitoyablement banals à tous points de vue.

— Dommage pour toi que tu entres dans la même catégorie.

Je fronce les sourcils.

— Voilà qui m'étonnerait.

— Tu peux soit contester chaque fait que j'expose, soit la fermer et écouter quelqu'un d'autre, pour une fois.

Je ferme la bouche et j'attends.

— À chacune de ses relations, il y a eu quelque chose qui la retenait de s'impliquer à fond, déclare-t-il, mais les raisons étaient toujours dues au même problème.

— Lequel ?

— Elle n'arrivait jamais à être entièrement en confiance.

— Je lui ai donné toutes les raisons de me faire confiance, répliqué-je.

— Votre relation entière est un mensonge.

Avec agacement, je réponds :

— Non, pas du tout !

— Ce n'est pas moi qu'il faut convaincre.

— Qu'est-ce que tu me suggères ?

— Facile. Commence par la vérité.

— Quelle vérité ?

— Le fait qu'au fond de toi, tu étais amoureux d'elle depuis longtemps, bien avant d'avoir signé un contrat de mariage.

Et voilà qu'il reparle d'amour. Ça pourrait expliquer mon besoin démentiel de garder Iris tout près de moi et de la protéger. L'oppression dans ma poitrine quand elle n'est pas là. Les battements de mon cœur dès qu'elle entre dans la même pièce. Mon soin de choisir mes mots pour ne pas la blesser.

Merde…

Je suis amoureux d'Iris. Tous les signes étaient là mais je n'en ai pas tenu compte parce que je ne les comprenais pas réellement.

Plutôt qu'une vague de panique démesurée à l'idée d'aimer Iris, je ne ressens que de la sérénité. L'amour, je peux faire avec. Je ne sais pas comment on fait, mais je veux bien apprendre. Pour elle et seulement elle.

*

La personne qui a décrété que la vérité libère était sacrément bête. Mes jambes sont alourdies par des blocs de ciment invisibles quand je retourne à la maison. Après avoir jeté les clés sur le comptoir, je me dirige vers l'escalier, mais je change d'avis en apercevant la lumière allumée de l'autre côté de la maison.

Dans un coin du salon, une lampe diffuse une lumière tamisée.

Iris, qui porte encore mon tee-shirt, est affalée sur le canapé, une couverture à moitié sur elle et le téléphone encore dans la main.

Elle t'a attendu.

Je regrette ma décision d'avoir éteint mon téléphone après son premier appel. C'était un choix régi par la colère du moment, mais clairement, ce n'était pas le bon.

Je la soulève doucement dans mes bras en faisant attention de ne pas la réveiller par des gestes brusques. Iris marmonne avant de se blottir contre moi. Je la regarde le cœur serré en me demandant comment je m'y suis pris pour me retrouver marié à une femme aussi exceptionnelle.

Tu le sais très bien.

Je souffle avec agitation et Iris bouge légèrement la tête, mais reste assoupie.

Je la porte dans l'escalier et je parviens à la mettre dans mon lit sans la réveiller, même si elle bredouille quelques phrases au sujet de sa mère dans son sommeil.

Je prends une douche avant de me mettre au lit en douceur, attirant Iris contre moi. J'entremêle nos jambes et la colle à moi afin qu'elle ne puisse pas s'échapper demain matin.

CHAPITRE 34

Iris

Je me réveille en sueur, incapable de bouger autre chose que la tête. Je ne sais pas comment je me suis retrouvée dans le lit de Declan, coincée non seulement entre ses bras, mais aussi ses jambes.

Le culot de cet homme est sans pareil. J'essaie d'échapper à son étreinte, mais cela ne fait qu'empirer les choses. Il resserre les bras sur moi en marmonnant des paroles inintelligibles dans mes cheveux.

— Declan.

J'essaie de le pousser.

— Chhh… fait-il en m'embrassant sur le front avant d'émettre un petit soupir.

— Réveille-toi.

J'appuie plus fort sur son torse, et là, ça fonctionne

Il cligne des yeux vers le plafond avant de me regarder.

— Bonjour.

Il garde les bras autour de moi, ce qui est aussi irritant que ses jambes qui me retiennent prisonnière.

— Ton bonjour, tu peux te le mettre au cul.

Il rit et je suis extrêmement contrariée que ce son me fasse l'effet d'un bon feu au cœur de l'hiver.

— Il y a une raison pour que je sois dans ton lit ?

— Parce que je voulais être en mesure de faire ça.

Mon dos se retrouve contre le matelas et il abat ses lèvres sur les miennes. Ce baiser est en contraste total avec l'urgence d'hier et je me sens frustrée qu'il semble aussi contrôlé. Doux, mignon, bien trop sage après le sexe d'il y a peu.

Comment peut-il m'embrasser comme ça après m'avoir laissée derrière lui ? Littéralement, ça me chauffe les oreilles. Je le repousse.

— Écarte-toi.

— Pas possible.

— Quoi ?

— Je te retiens en otage jusqu'à ce que tu m'écoutes.

Je reste sans voix. J'essaie de bouger, mais il a formé une cage avec ses membres.

Tu t'es laissé avoir comme une débutante.

Au lieu de l'embrasser, j'aurais dû essayer de m'enfuir. Declan m'a complètement hypnotisée avec sa bite. Je suis bitnotisée.

— Arrête de lutter et donne-moi dix minutes.

— Tu ne mérites pas dix secondes de mon temps, alors certainement pas dix minutes.

— Dix mots, alors ?

Je ris.

— J'aimerais bien entendre ça !

— Sache que je suis amoureux de toi, Iris Elizabeth Kane.

Je relève sur lui des yeux éberlués. Soit je dors encore, soit je n'ai pas bien entendu, car il est impossible que Declan Kane vienne de m'avouer qu'il est amoureux de moi.

Rigoureusement impossible.

Non ?

Je ferme fort les yeux, comme si ce geste pouvait effacer les mots de ma mémoire.

— Tu déconnes.

— Non.

— Ça fait encore partie de ton jeu.

— Ce n'est plus un jeu pour moi depuis longtemps.

— Tu mens.

Il fronce les sourcils.

— Tu sais pourquoi je n'aime pas quand les gens utilisent la police Times New Roman plutôt qu'Arial ?

— Tu es sérieux, là ? Quel rapport ?

— Parce que c'est pour toi que je l'ai choisie.

— Je te demande pardon ?

— J'ai lu en ligne que les polices sans empattement sont plus faciles à lire pour les personnes dyslexiques, donc j'ai modifié mes exigences. J'ai forcé tout le monde à changer avec moi ou à affronter ma colère. Parce que je voulais te faciliter la tâche, à toi.

L'émotion m'étreint et m'empêche de répondre. Que puis-je dire comparé à ça ?

Declan ne me laisse pas le choix, car il poursuit.

— Tu t'es demandé pourquoi j'ai gardé le cactus ?

Je hoche la tête.

— Parce que c'est la première fois que quelqu'un m'a offert un cadeau qui me faisait rire.

Si les cœurs pouvaient fondre, le mien serait liquéfié. Declan détourne les yeux.

— Tu veux savoir pourquoi ta mutation t'a été refusée ?

Nooon.

— Dis-moi que ce n'est pas toi.

Ses lèvres se transforment en une mince ligne blanche.

— Je ne supportais pas l'idée de me passer de toi.

— Je n'arrive pas à croire que tu m'aies fait ça !

J'appuie sur ses épaules, mais ce n'est pas plus efficace que si j'avais essayé de déplacer un rocher.

— Pour info, je n'en suis pas fier.

— Tu m'as sabotée.

Son visage s'adoucit.

— Je suis désolé.

— Désolé ? J'ai passé des mois sur ma présentation, à la peaufiner jusqu'à l'obsession, pour essuyer un refus parce que tu étais trop égoïste pour accepter que je bosse avec quelqu'un d'autre ? Qui fait ça ?

— Quelqu'un qui n'y connaît strictement rien en amour, mais qui veut bien essayer si tu lui laisses une chance.

— Tu veux que je te donne une chance après ce coup bas ? Tu me prends pour une débile ?

Declan grimace et ma colère fait disparaître sa vulnérabilité.

— L'intelligence n'a rien à voir avec ça.

— Facile à dire, tu n'es pas celui qui se sent con.

— Tu es sûre ? Parce qu'au vu de ta réaction à l'instant, je me sens vraiment con d'avoir avoué que j'étais amoureux de toi.

Il sort du lit et me laisse avec une sensation glaciale.

— Declan…

Je tends la main vers lui, mais il recule d'un pas.

Les yeux me piquent qu'il me rejette ainsi. C'est trop douloureux.

— Je ne te demande pas de m'aimer en retour. Je ne peux pas l'exiger, je sais que je suis difficile à aimer. Je suis égoïste, impoli, je n'y connais rien en relations amoureuses. Mais malgré tout, pour toi, je suis prêt à essayer, si tu veux bien.

Comment pourrais-je être en colère après lui alors qu'il s'estime indigne d'être aimé ? Je souffre de l'entendre se dénigrer ainsi.

Je viens le serrer contre moi. Il garde les bras ballants, donc je les prends pour les placer autour de ma taille.

— Que tu aies fait des choix égoïstes ne fait pas de toi quelqu'un d'égoïste. Pas complètement, en tout cas.

Declan a protégé ses frères de leur père alcoolique pendant des années sans rien attendre en retour. Si ce n'était pas altruiste, je ne sais pas ce que c'est.

— Ta logique est au mieux contestable.

— La tienne aussi, toi qui trouves que tu n'es pas aimable.

Il se raidit de tout son corps.

— J'énonce des faits.

— Je ne sais pas quelles conneries ton père t'a racontées avec les années, mais ce n'est pas vrai. Tes frères t'aiment.

— Ils sont obligés.

— Personne n'est « obligé » d'aimer quelqu'un, qu'il soit lié à lui par le sang ou pas.

Il inspire profondément avant de reconnaître :

— Tu as raison.

Je lui souris.

— Je pourrais m'habituer à entendre ces mots.

Declan prend mon visage entre ses mains.

— Donne-moi une chance et je te les dirai tous les jours.

Avec un soupir, je baisse la tête.

— Je ne sais pas.

— Dis-moi ce qui t'arrête.

— Les relations, ce n'est pas ton truc.

— Heureusement que je suis marié, alors.

Je secoue la tête.

— Notre mariage n'est même pas réel.

— Ce n'est pas un bout de papier qui définit ce qu'on est. Ce sont les sentiments, et les miens sont authentiques à 100 %.

J'évite son regard pénétrant.

— Et si mon instinct me dit de fuir ?

— C'est mignon de t'imaginer que tu pourrais courir plus vite que moi, mais je peux te laisser de l'avance juste pour pimenter les choses.

Je bafouille.

— Tu… tu as toujours réponse à tout ?

— Pas à ce qui est le plus important.

Son regard remue quelque chose de lointain, d'enfoui en moi.

Un désir profond.

J'ai envie de lui laisser une chance, sans me préoccuper des risques d'échec.

Tu risques de souffrir.

C'est possible, mais je pourrais passer à côté de quelque chose de merveilleux parce que j'ai trop peur des possibilités. J'en ai marre d'être comme ça. Même si je prends le risque de souffrir, je préfère essayer et échouer que de ne jamais avoir tenté.

Je me hisse sur la pointe des pieds et pose mes lèvres sur les siennes. Declan me serre fort contre son torse, comme s'il redoutait de me lâcher.

Je me détache pour murmurer :

— Ça pourrait virer au désastre, mais je suis partante pour essayer.

Il me fait taire en scellant ses lèvres aux miennes comme il scelle notre nouvel accord. Il m'embrasse comme il ne m'avait jamais embrassée. Il prend mon visage entre ses mains et ses lèvres se fondent dans les miennes, éveillant mon désir jusqu'à me tourner la tête. Du pouce, il me caresse la joue et la chaleur descend dans mon dos jusqu'à mon bas-ventre. Je me sens chérie. Protégée. Aimée d'une façon qui me donne envie de ne jamais redescendre dans la réalité.

Je pourrais passer l'éternité à être embrassée ainsi et ne pas en avoir assez. Declan n'est pas toujours au top quand il s'agit de communication verbale, mais son baiser dit tout.

Il est amoureux de moi. Traduction inutile.

CHAPITRE 35

Iris

Le week-end suivant, je me réveille à cause d'un vacarme sans nom au rez-de-chaussée. Je m'extirpe du lit de Declan, cours dans ma chambre pour avoir autre chose qu'un tee-shirt d'homme sur le dos et je me rafraîchis à la salle de bains.

Pas besoin d'embaucher un détective privé pour repérer d'où vient le bruit. Je n'ai qu'à suivre la voix de Cal jusqu'au salon.

— Et regardez qui s'est enfin décidée à se joindre à nous ! s'écrie mon ami en battant des mains.

— Qu'est-ce qui se passe ?

Je regarde l'étalage habituel de donuts, mimosas, cigares et autres produits de contrebande.

Declan fixe la télé sans me répondre. À le voir analyser l'écran noir, on croirait qu'elle est allumée.

— Ton mari nous a invités à regarder une course de F1.

— Nous ?

— Rowan et Zahra sont en retard, pour ne pas changer.

Cal prend un donut pour faire la démonstration de l'activité à laquelle il pense qu'ils se livrent.

— Ils arrivent ?

— Surprise ?

Cal regarde son frère, mais celui-ci ne réagit pas. Il annonce simplement :

— Les piles de la télécommande sont mortes.

Là-dessus, il quitte la pièce. Ce n'est pas lui qui va me fournir des réponses.

— Il ne t'a vraiment rien dit ?

— Non. Il a dû oublier.

Ou il voulait te faire la surprise.

Mon cœur est prêt à éclater à l'idée que Declan ait planifié tout ça pour moi. J'avais laissé tomber l'idée quand il avait protesté, donc savoir qu'il a pensé à moi plutôt qu'à lui pour me faire plaisir…

J'ai envie de l'embrasser.

Ou de lui faire l'amour.

Les deux, en fait.

Cal soulève la bouteille de jus de pomme en fronçant le nez.

— Tu as une bonne nouvelle à partager ou tu cherches à me punir ?

Je ris.

— Je ne suis pas enceinte.

— Pour l'instant, ajoute Declan en revenant dans la pièce.

Soudain, j'ai l'impression que ma température est trop élevée de dix degrés. Les regards de cet homme me posent question : est-il possible de tomber enceinte par regard intense et désir palpable ?

— Bon, c'est le moment pour moi de trouver un truc plus fort. Pas moyen que je tienne la chandelle sans avoir envie de me couper la bite.

Declan foudroie du regard son frère qui sort du salon.

— Donc… commencé-je.

Il utilise la télécommande qui fonctionne à nouveau pour allumer la télé et met la bonne chaîne.

— Je peux savoir pourquoi tu as planifié tout ça ?

Je vois les muscles de son dos jouer sous son tee-shirt.

— *Gezelligheid*[1].

Je prends mon téléphone et regarde ma barre de recherche d'un air vide.

— G-e-z-e-l-l-i-g-h-e-i-d, épelle-t-il lentement sans que j'aie besoin de lui demander. Je l'ai appris pendant mon mois d'études aux Pays-Bas.

Je ris en regardant les résultats à l'écran.

— Se sentir bien ? C'est pour ça que tu as fait ça ?

— C'est davantage encore. C'est l'idée de créer un espace où les gens peuvent se détendre et se sentir heureux.

— Depuis quand tu te soucies de rendre les gens heureux ?

— Le bonheur des autres, je m'en fous. Il n'y a que le tien qui compte.

J'en ai le cœur serré.

— Je crois que c'est l'aveu le plus mignon, quoiqu'extrêmement tordu, qu'on m'ait fait de ma vie.

— En quoi c'est tordu ? me demande Declan, visiblement étonné.

1. *Gezelligheid* : nom néerlandais : sentiment chaleureux de bonheur partagé avec des êtres chers dans un environnement douillet.

— Tu devrais faire des trucs sympas parce que tu en as envie, pas parce que tu penses que ça me rendra heureuse.

— Mais je veux te rendre heureuse. Par conséquent, je fais des trucs sympas.

Impossible de contester sa logique, surtout quand ça me donne envie de l'embrasser à perdre haleine.

Je me mords la lèvre.

— Et quand ce qui me rend heureuse ira à l'encontre de tes désirs ?

Son regard s'assombrit.

— Alors je te convaincrai.

— Mais ce n'est pas comme ça que ça fonctionne, une relation.

— On n'est pas dans une relation typique. Par conséquent, les mêmes règles ne s'appliquent pas.

— Il y aura peut-être un moment dans ta vie où tu ne pourras pas me convaincre. Qu'est-ce qui se passera, dans ce cas ?

— Quand il s'agit de toi, je ne suis pas contre utiliser tous les moyens nécessaires.

— Y compris la torture ?

Declan m'attire vers lui.

— Est-ce que c'est encore considéré comme de la torture si je te laisse avoir un orgasme ?

— J'ai délivré un monstre affamé de sexe.

Il rit et me donne un baiser enflammé qui me met dans tous mes états. Avec la caresse de sa langue sur la mienne, notre conversation est effacée de ma mémoire.

On sonne à la porte et Declan hésite à me lâcher pour que j'aille ouvrir. Il me retient pour un dernier baiser.

La sonnette retentit à nouveau et, en riant, je laisse un Declan râleur derrière moi pour aller ouvrir la porte. Rowan et Zahra sont sur le seuil, main dans la main.

— Coucou ! me lance Zahra.

Toute souriante, elle me saute au cou sans que j'aie pu placer un mot.

— Je suis trop contente de venir passer un moment avec toi !

— Moi aussi, réponds-je, la respiration légèrement oppressée.

L'ombre de Declan apparaît et tout le monde se fige.

— Declan, le salue Rowan avec un signe de tête.

— Merci d'être venus, dit-il en tendant la main à son frère, qui l'ignore et l'étreint avec un bon tapotage sur l'épaule.

— Tes menaces m'ont intrigué.

— Des menaces ? interviens-je.

Sans me répondre, Declan envoie un regard noir à Rowan.

Celui-ci se tourne vers moi et un grand sourire illumine son visage.

— Je vais m'éclater, aujourd'hui.

— Tu es un grand fan de F1 ?

Il regarde Declan en me répondant :

— Très fan. J'adore regarder les gens se crasher et leur voiture brûler.

— C'est atroce ! proteste Zahra en lui donnant une tape sur le bras.

Le tic à la mâchoire de Declan se met en place.

— Bon, ce concours à qui pisse le plus loin est très drôle, mais il y en a qui sont venus pour les mimosas, déclare Zahra, qui me passe le bras sur l'épaule et m'éloigne des deux frères. Montre-moi où c'est.

Je garde un œil sur eux en avançant. Declan pointe un doigt dans les côtes de Rowan et empiète sur son espace, ce qui ne le dérange pas du tout son frère. Il rit et dit quelque chose que je n'entends pas.

Zahra me tapote la main.

— Ne t'en fais pas pour eux. Rowan est en guéguerre contre Declan depuis la débâcle Dreamland. Il faut juste leur laisser du temps pour régler ça.

Je ne suis pas certaine qu'une simple conversation résoudra tout, car Declan était très énervé que Rowan choisisse de déménager à Dreamland plutôt que de rester à Chicago en tant que directeur financier de la société.

— Tu es au courant ?

— Oh oui, répond-elle gaiement. Rowan m'en a parlé après avoir décidé de rester à Dreamland.

— Ça alors.

— Je suis ravie de son choix mais je ne suis pas pour les embrouilles en famille, donc je préfère arranger les choses au plus tôt. Pour Rowan, en tout cas. Il raconte qu'il se fiche que Declan soit en colère, mais je le connais. Il aime son frère.

— Si ça peut être utile, je pense qu'il manque à Declan aussi.

— C'est surtout se moquer de son tout petit frère qui lui manque.

Cal débarque dans le hall.

— Declan a trouvé quelqu'un d'autre à torturer à présent, donc je crois qu'on est à l'abri de sa colère tant qu'Iris veut bien passer à la casserole.

— Eh, il n'a pas été question de ça ! m'étranglé-je.

— Je vous ai surpris à vous embrasser tout à l'heure.

Zahra arrondit les yeux.

— Tu l'as embrassé !

Les joues enflammées, je détourne le regard.

— Incroyable ! Il faut qu'on parle. Tout de suite.

Elle m'entraîne vers l'escalier, mais je fais un petit détour par le salon pour nous prendre deux mimosas. Il nous faudra bien ça pour cette conversation.

*

Zahra et moi entrons dans ma chambre, les verres à la main. Pour la première fois depuis que j'ai emménagé, j'utilise la partie salon à côté de la grande fenêtre.

— C'est joli. Très différent de ce que j'aurais cru, dit-elle en balayant la pièce du regard.

— Les oubliettes sont en travaux, donc c'était le mieux qui restait.

Elle rit.

— Pardon. J'ai tendance à parler tout haut parfois et j'oublie les bonnes manières.

— Ne t'en fais pas. Je suis sûre que cette situation éveille ta curiosité.

— Oui ! avoue-t-elle. J'ai très envie de te poser des questions sur votre faux mariage, mais le jour de la cérémonie n'était pas le moment propice.

— Pour des raisons légales, je dois te sommer de ne répéter cette conversation à personne.

— Pff ! Cette phrase fonctionne sur tes amis ?

— Je ne sais pas, dis-je en haussant les épaules. Cal est au courant de tout et à part lui, je n'en ai pas.

— Oh, c'est triste.

— Bof, ça fait un moment.

On ne devait pas parler de mon mariage ? dis-je en un détournement de conversation qui ferait la fierté de Declan.

Zahra trinque avec moi avant de boire une gorgée.

— C'est délicat. Compris.

Aussitôt, je m'en veux d'avoir été cinglante.

— Pardon, je ne voulais pas être impolie.

— Ne t'inquiète pas. Je ne suis pas là pour te juger.

— Même pas un petit peu ?

— Pourquoi ?

— Tu ne trouves pas ma situation un peu… bizarre ?

— Oh, pas du tout ! En fait, c'est plutôt romantique, sachant que Declan nous a invités pour passer du temps avec toi.

— Rien que ça, c'est bizarre.

— Ah bon ?

— Je lui en avais parlé il y a un moment et il ne voulait pas.

— Eh bien… Je vois.

— N'hésite pas à me dire ce que tu en penses.

— Pas grand-chose. Tu voulais quelque chose et il l'a fait. Au moins, il apprend vite. Rowan a mis des mois avant de comprendre qu'il se souciait davantage de mes sentiments que des siens.

— Houlà, fais-je avec un rire gêné, je n'ai pas parlé de sentiments.

Elle lève les yeux au ciel.

— Oh, franchement, tu dois bien savoir qu'il a des sentiments pour toi.

— Il me l'a dit lui-même.

— Alors, où est le problème ?

— Chez moi.

C'est dur de l'avouer, mais c'est la vérité. Je ne sais pas si je serai un jour capable de faire entièrement confiance à quelqu'un. Je suis peut-être trop brisée.

— D'accord. Tout s'explique, maintenant.

— Quoi ?

— C'est normal d'avoir peur de la nouveauté. J'étais comme toi. J'avais peur, je ne savais pas si je pourrais être de nouveau en couple après avoir été gravement échaudée.

— C'est vrai ?

Je n'associais pas du tout l'énergie positive de Zahra à des difficultés à faire confiance.

— Oh, oui. J'ai eu une rupture difficile avec quelqu'un que je pensais épouser un jour. En fait, il me trompait avec l'une des princesses de Dreamland.

— Dur.

Son sourire faiblit.

— Sur le coup, j'ai eu l'impression que le monde s'écroulait, mais maintenant, je me rends compte que c'était la meilleure chose qui pouvait m'arriver.

— Parce que tu as trouvé Rowan ?

— Non. Parce que je me suis trouvée, moi.

— Je crois qu'un mimosa ne suffira pas pour ce genre de conversation.

— Trop profond pour un dimanche matin ?

— Beaucoup trop.

Sur un éclat de rire, on passe à des sujets plus légers n'ayant rien à voir avec ma relation. Je suis contente que Declan ait prévu cette réunion de famille, juste pour passer du temps avec Zahra et entendre l'avis de quelqu'un d'autre sur mon mariage. Cal est bien intentionné, mais on ne peut pas dire que ce soit le gourou de l'amour. D'ailleurs, il freine des quatre fers pour contacter Alana alors qu'elle lui est indispensable pour toucher son héritage.

En parlant du loup, il ouvre la porte de ma chambre d'un grand geste théâtral.

— Vous me voyez désolé d'interrompre votre moment intime, mais la course va débuter et Declan commence à être en stress.

— Il en a juste marre de devoir te parler depuis vingt minutes.

— Le voir peiner à faire la conversation sur des sujets n'ayant rien à voir avec le travail ni nos héritages, c'est très divertissant finalement.

Je prends Zahra par le bras.

— Allons mettre fin à ses souffrances.

— Tu es de parti pris parce que tu es sa femme, signale Cal. Il souffre depuis sa naissance.

Zahra nous fait un clin d'œil.

— J'ai dans l'idée que ça va changer.

CHAPITRE 36

Declan

De retour au boulot, il suffit d'un mail pour pourrir toute mon année.

— Iris !

Elle se précipite dans mon bureau, suivie de mon frère.

— Qu'est-ce qui se passe ?

Je ne prends pas la peine de demander pourquoi il est là. Le connaissant, c'est en rapport avec le fait d'éviter ses responsabilités.

— Tu as vu le dernier mail de Yakura ?

D'un coup de doigt rageur sur la souris, je ferme l'onglet de ma messagerie pour éviter de faire une attaque.

— Non. Qu'est-ce qu'il y a ?

J'ai le visage en feu.

— Il a reçu un appel de mon père.

— Putain de merde, souffle Cal, dont les propos reflètent exactement mes pensées.

— Yakura parle de se retirer du projet.

Iris s'assied face à moi.

— Pourquoi ?

— Il n'est pas entré dans les détails, mais sa phrase au sujet de nos objectifs qui semblent diverger est la plus éclairante.

Inutile d'être un génie pour comprendre ce qui s'est produit. Étant donné la personnalité de mon père, prêt à tout pour rester PDG, je ne doute pas qu'il ait fait le nécessaire pour que mon projet paraisse mauvais. Parce qu'à l'arrivée, l'avenir de la société Kane lui importe peu tant qu'il reste à sa tête. S'il doit compromettre un contrat destiné à nous rapporter des milliards, il le fera.

Il veut me faire paraître faible et inexpérimenté par rapport à lui et jusqu'ici, c'est la meilleure occasion qu'il ait eue d'anéantir la crédibilité que je pouvais avoir auprès du conseil d'administration. Les cadres savent que je donne tout pour ce projet. S'il tombe à l'eau, le contrecoup pourrait être très mauvais pour ma transition à la présidence de la société.

— On peut régler ça. Je vais appeler Yakura.

Iris carre les épaules et relève le menton. Elle a une capacité unique à prendre le contrôle des situations et apaiser mes tensions.

— Pour lui dire quoi ? intervient Cal. Désolée, Seth est un gros con. Il ne cherchait pas à faire ça.

— Mais non. Tu me prends pour qui ? Une amatrice ?

— Et comment comptes-tu regagner sa confiance ?

— Je vais lui montrer que nos objectifs sont en phase, déclare Iris en se tournant vers moi.

— Tu les connais, au moins ? demande Cal, qui nous regarde l'un après l'autre.

Mon visage est aussi vide que mes pensées. Je croyais que le but de Yakura était de construire un parc digne de son terrain, mais apparemment, ce n'est pas le cas.

— J'ai une idée, mais je ne sais pas si elle est bonne... commence Iris.

— Ce n'est pas encourageant, grimace Cal.

Je lui lance un regard sévère.

— Continue, Iris.

Contente de mon intérêt, elle reprend :

— Quand on a présenté l'idée d'un Dreamland Tokyo, la première question de Yakura ne concernait pas les bénéfices. J'ai trouvé surprenant que quelqu'un qui a aussi bien réussi ne s'intéresse pas d'abord à l'argent qu'il allait en retirer.

— Il a parlé de quoi ? demande Cal.

— Il a demandé si on pouvait construire le parc avant qu'il soit trop vieux pour en profiter avec ses petits-enfants.

— Je ne m'en souviens pas, dis-je en essayant de me remémorer notre première visioconférence avec Yakura.

— Évidemment, soupire Iris. Tu étais trop impatient d'afficher la diapo suivante pour aborder le chiffre d'affaires prévisionnel.

— Donc, la famille est importante pour lui, infère Cal.

— Voilà.

— Bon, on est foutus, conclut mon frère. Jamais Declan ne va pouvoir travailler avec quelqu'un comme ça.

— Je ne suis pas d'accord, répond Iris. Votre père est peut-être astucieux, mais il a oublié un détail.

— Lequel ?

— Moi, déclare-t-elle.

Son sourire éclipserait presque le soleil, ce qui tombe à pic pour apaiser entièrement ma colère envers mon géniteur. À la place, je ressens un renouveau d'espoir. Si j'ai l'aide d'Iris, je pourrai convaincre Yakura de maintenir notre projet. Elle est capable de faire ressortir l'humanité chez n'importe qui, même moi.

Cal émet un sifflement.

— Il y en a une qui a une haute opinion d'elle-même.

J'ai envie de lui mettre une calotte, mais je me retiens. Ce serait dommage de détruire ses derniers neurones à cause d'un geste impulsif.

— Je connais mes points forts, et arranger les choses après le passage de Declan en fait partie.

— Et donc, quel est ton plan ? demande mon frère.

— Facile. On lui montre exactement ce que Dreamland a à offrir, déclare-t-elle, les yeux pétillants.

— Et comment on s'y prend ? dis-je en réfléchissant.

— On lui fait visiter le parc où tout a commencé pour lui montrer ce qu'il louperait en refusant le contrat.

— Tu suggères un voyage en famille à Dreamland ? s'étonne Cal.

Iris hoche la tête et il ne sourit plus. Je ne suis pas enchanté non plus. Contrairement à Rowan, nous ne voulons pas du tout nous impliquer dans le parc. Chaque souvenir de notre vie avec notre mère est lié à Dreamland. Les seules fois où j'y suis allé à l'âge adulte, c'était seulement pour le boulot, sans exception.

— Et en quoi ça le fera changer d'avis ? dis-je sur un ton plus cassant que prévu.

— Yakura est un homme attaché à la famille. On doit lui montrer que tu l'es aussi, à l'inverse de ton père.

Le rire de Cal me vrille les nerfs. Je serre les dents.

— Qu'est-ce qu'il y a de drôle ?

— L'idée que tu joues le mec attaché aux valeurs familiales, c'est trop. Je ne peux pas rater ça. Vous pouvez compter sur moi pour y être.

— Je ne t'avais pas invité, rétorque Iris.

Elle le toise comme s'il était un insecte sous sa chaussure, et je pourrais l'embrasser. Cal se désigne et affirme :

— Je fais partie du pack promotionnel.

— Pas question, dis-je à mon tour.

Il cherche le soutien d'Iris, qui hausse les épaules.

— C'est Declan qui décide.

J'oublie l'idée de l'embrasser. Je veux lui faire l'amour, là, tout de suite, par bonheur qu'elle soit avec moi plutôt que Cal. Il lève les yeux au ciel.

— Ça ne me plaît pas de vous voir vous liguer contre moi.

— C'est dans ton intérêt, lui assure Iris. De toute façon, tu détestes parler business.

— C'est vrai, soupire-t-il. Mais c'est nul, t'es ma meilleure amie.

— Et Declan est mon mari. Ne m'oblige pas à choisir entre vous deux.

Je sens le monde basculer quand elle prononce ces mots. Leur poids me met presque par terre, et j'agrippe les accoudoirs de mon fauteuil.

— Vous deux amoureux, c'est écœurant, affirme Cal.

— Personne n'a parlé d'amour ! se défend Iris.

Cette dénégation rapide me fait l'effet d'un poignard dans le cœur. Ma poitrine est en feu.

Laisse-lui le temps de se faire à l'idée.

J'ai vu la manière dont elle me regarde. C'est impossible qu'elle ne m'aime pas, il faut simplement qu'elle l'accepte. Je grommelle :

— Dans tous les cas, Yakura n'acceptera pas de venir.

Je l'espère presque, pour éviter de me rendre à Dreamland.

— Après tout ce temps, tu doutes encore de moi ?

Iris semble un peu vexée.

— Ce n'est pas toi qui m'inquiètes, rectifié-je.

C'est tout ce que Dreamland va réveiller.

— Laisse-moi faire, conclut-elle.

*

Iris pose une liasse de feuilles sur mon bureau.

— Tiens.

— Qu'est-ce que c'est ?

— L'itinéraire de la semaine prochaine. J'ai déjà libéré ton agenda pour qu'on puisse avoir le temps de s'acclimater à Dreamland avant la venue de Yakura.

Oh, putain. Elle l'a fait.

Est-ce que tu doutais d'elle, de toute façon ?

Non, sûrement pas. Je craignais les dégâts qu'avait pu causer mon père, et je ne savais pas comment Iris allait surmonter les problèmes, mais je n'ai jamais douté d'elle.

Je parcours les papiers. Dans le premier paquet, je trouve des informations sur notre pilote et notre programme à Dreamland, avec une visite du parc en compagnie de Rowan et Zahra ainsi que des réunions avec les équipes de créateurs. Elle m'a même réservé un bureau pour que je puisse travailler.

Dans le second paquet, c'est tout ce qui concerne Yakura. Ses préférences, son arbre généalogique, Iris a fouillé toute sa vie.

— Dis-moi que tu as réussi à exécuter ton plan en toute légalité.

— Tout dépend, est-ce que tu considères contraire à la loi de détourner l'avion de Yakura qui comptait passer ses vacances dans le Grand Canyon pour l'envoyer en Floride ?

— T'as pas fait ça...

Elle éclate de rire, ce qui a un effet étrange sur mon rythme cardiaque.

— Mais non ! N'empêche, je suis flattée que tu me penses capable d'arriver à un truc pareil.

— Quand tu décides quelque chose, aucune réussite de ta part ne m'étonne.

Son sourire hésite.

— Ne commence pas à me dire des trucs gentils au boulot.

— Pourquoi ?

— Parce que ça me donne envie de faire des choses très indécentes.

Je repose les papiers sur le bureau et m'enfonce dans mon fauteuil.

— Comme ?

— Non ! Pendant les heures ouvrables, je suis fermée !

Le sang se concentre aussitôt dans ma bite.

— On pourrait dire qu'on est malades.

Qu'est-ce qui te prend, de proposer de sécher le boulot ?

— On est au milieu de la journée et tu as rendez-vous avec le responsable développement du parc dans dix minutes, répond-elle en riant.

— Dans ce cas, on a intérêt à faire vite.

J'appuie sur le bouton de fermeture automatique de la porte et le cliquetis la surprend.

— Qu'est-ce que…

Je lui prends la main et l'attire sur mes genoux.

— Merde, t'as perdu la tête !

— Alors j'espère ne jamais la retrouver.

J'abats mes lèvres sur les siennes, mettant fin à ses protestations. Des étincelles courent sur ma peau quand elle se met à m'embrasser en retour, avec assez d'intensité pour me donner le vertige. Embrasser Iris, c'est comme entrer par intrusion au paradis, et je compte profiter de chaque seconde.

Nous nous détachons et elle s'installe à califourchon sur moi. Je pose la tête contre le dossier de la chaise et elle se presse contre ma queue, ondulant des hanches d'une façon qui me rend dingue de désir. Je lui agrippe les fesses avec force pour la garder collée à moi. Iris m'embrasse dans le cou, jusqu'au creux de l'épaule, avant d'aspirer à l'endroit qui me fait me cambrer contre elle.

À force qu'elle se balance d'avant en arrière sur mon sexe raide, l'humidité pénètre mon caleçon. Je la fais descendre et remonter en changeant d'orientation ; aussitôt, elle gémit et se presse contre moi sous un angle différent.

Ce moment est interrompu par la sonnerie aiguë de son téléphone.

Iris se détache de moi, mais je ne la lâche pas.

— Je dois répondre, dit-elle d'une voix rauque qui me secoue d'une nouvelle vague de désir.

— Laisse basculer sur messagerie.

Je lui prends le menton pour l'embrasser encore. Elle détourne la tête à la dernière seconde, me présentant sa joue.

— Ça pourrait être important.

— Pas autant que ça. (Je l'aide à se remettre debout avant de la tourner vers mon bureau.) Penche-toi et pose les mains sur le plateau.

Je place les paumes au creux de ses reins et je pousse.

Elle doit me sentir près de craquer parce qu'elle fait ce que je lui demande sans poser de questions. Elle s'incline et sa robe se relève à un niveau très intéressant. Sa respiration précipitée emplit le silence. Je lui caresse l'arrière des cuisses du bout des doigts et soulève sa robe, révélant les globes de ses fesses.

— C'est pour moi que tu as mis ça ?

Le membre dur comme du bois sous mon pantalon, je joue avec la ficelle en dentelle du string vert d'Iris. Ce n'était pas ma couleur préférée avant, mais ça le devient, c'est clair. Elle tourne la tête pour pouvoir me lancer un regard incisif.

— Ton narcissisme reparaît !

— Comment ça ?

— Le vert, c'est ma couleur préférée.

— Depuis quand ?

— Depuis bien avant que ce soit ta couleur d'adoption.

Entendre son rire est comme passer du temps sous un rayon de soleil. Je secoue la tête et m'efforce de reprendre le contrôle.

— Tu sais ce que je pense ?

— Non, mais n'hésite pas à le garder pour toi.

Iris fait moins la maligne lorsque je lui caresse les cuisses.

— Je crois que tu espérais qu'il arrive quelque chose dans ce genre.

Ses yeux sont deux astres noirs.

— Tu t'y crois, toi.

— Donc, tu n'en as pas envie ?

Je tire sur le triangle de tissu humide avant d'arrêter, ce qui me vaut un regard assassin.

— Je n'irais pas jusque-là…

Je ris en tirant sur le sous-vêtement pour le descendre le long de ses jambes. Elle soulève chaque pied, puis je le ramasse. Elle me voit avec surprise mettre le string dans ma poche.

— Je ne te savais pas du genre à emporter des souvenirs.

— Pourquoi aurais-je besoin d'un souvenir alors que je peux t'avoir quand je veux ?

Je lui ouvre les jambes et elle étouffe un gémissement quand je passe l'index le long de sa fente pour récupérer le suc de son excitation. Mes pulsations bourdonnent dans mes oreilles, plus fortes à chaque seconde. Je plonge un doigt en elle, mais le retire au bout d'une seconde.

Iris relève les fesses et dit :

— S'il te plaît.

— S'il te plaît… ?

Je me mets hors de portée et elle agite les hanches dans le vide.

— Fais-moi jouir, s'il te plaît.

Son regard se remplit de désir quand j'insère deux doigts en elle. Ma bite a très envie de les remplacer et mes gestes se font frénétiques. J'appuie le pouce sur son clitoris avant de tracer de petits cercles lents dessus. Des autres doigts, j'effleure son point

G et elle doit s'arc-bouter au bureau parce qu'elle chancelle. Elle s'abandonne et ses jambes lâchent pendant son orgasme.

Iris est encore sonnée pendant que je défais ma ceinture et descends mon pantalon. J'enfile vite le préservatif sans écouter mon cœur qui proteste à l'idée de ne pas remplir mon devoir envers elle.

Ce n'est qu'une question de temps. Elle va se faire à l'idée, mais il faut la laisser y venir.

J'appuie mon érection contre son intimité. Elle se redresse d'un coup, mais je lui plaque à nouveau le buste sur le bureau.

Je me penche, le torse dans son dos.

— Je pourrais jouir rien qu'à te regarder, les fesses en l'air, le visage sur la table, toute mouillée pour moi.

— Ça serait décevant, et c'est peu de le dire !

J'écarte ses cheveux pour accéder à son cou et l'embrasser juste à l'endroit qui la rend folle. Elle soulève le bassin sous moi, amenant l'extrémité de mon sexe en elle. Je me mords les joues pour éviter de gronder tout haut. Jamais je ne me suis senti aussi lié à une femme. Aussi poussé par le désir de la posséder de toutes les manières possibles.

J'ai une réunion dans cinq minutes et je suis trop occupé à la baiser pour m'y préparer. En réalité, ça m'excite de penser qu'ils sont en train d'attendre et d'écouter comme Iris se sent bien grâce à moi.

Elle n'apprécie pas mon manque d'action et s'appuie au bord du bureau pour pousser en arrière et me faire pénétrer plus loin.

Je lui reprends les hanches.

— Ce n'est pas toi qui mènes la danse.

— Oh, mon chéri. C'est toujours moi qui ai mené la danse. Tu étais trop obnubilé par toi-même pour te rendre compte de qui dirigeait ici.

Son grand sourire me bloque la respiration.

Je donne un grand à-coup en elle et son hoquet étouffé me satisfait.

— Tu disais ?

Elle rit, ce qui déclenche mon côté sauvage, celui que je garde soigneusement sous clé d'ordinaire. Je me retire pour l'emplir à nouveau avec une force punitive. Ses yeux dilatés reflètent encore l'amusement et ça me rend bestial qu'elle ne soit pas le moins du monde affectée par ce lien entre nous. Je tiens à lui montrer qui de nous deux a le pouvoir.

Je reporte ma contrariété sur son corps. Je lui agrippe la taille tout en la pilonnant, encore et encore. Sa respiration devient oppressée et elle ne s'accroche plus au bureau, pas plus qu'à sa maîtrise d'elle-même.

Pas aux commandes ? Mon cul.

On frappe à la porte et Iris écarquille les yeux.

— Monsieur Kane ? Je voulais vous signaler que je suis là pour notre réunion de quinze heures.

J'appuie le pouce sur son clitoris.

— Réponds-lui.

— Bonjour, monsieur Davis. Nous serons prêts dans quelques minutes, dit-elle sur un ton professionnel en gros décalage avec l'excitation dans son regard.

Iris essaie de s'éloigner de moi, mais je la maintiens en place.

— Qu'est-ce que tu fais ? chuchote-t-elle.

— Je ne t'ai pas encore permis de partir.

— T'es un trou du cul.

Je me retire et suis le contour de ses fesses avec mon gland.

— Est-ce que ça signifie que tu m'offres le tien ?

— Si tu essaies, je te tuerai à coups de crayon à papier.

— Pff. Peut-être la prochaine fois.

Avec un sourire, je m'enfonce à nouveau en elle sans prévenir. Son petit cri m'emplit de fierté et le tremblement de ses jambes me rend fou. Baiser Iris devient mon loisir préféré à vitesse grand V, et chaque séance est comme un combat de volontés pour voir qui succombera le premier.

Un courant électrique me parcourt l'échine, mais je me retiens de jouir. Je fournis un effort pour chaque gémissement qui franchit ses lèvres et quand elle explose autour de moi, je me sens victorieux. Ses jambes cèdent et je la retiens tout en la martelant jusqu'à déferler à mon tour.

L'explosion me consume tout entier et emplit ma vision de taches noires. Iris se raccroche au bureau lors de mon dernier coup de boutoir. Mes jambes flageolent aussi, mais je ne veux pas me retirer tout de suite. J'ai envie de conserver notre lien, et tant pis si quelqu'un attend de l'autre côté de la porte.

Je l'embrasse dans le cou.

— Quand tu penses que c'est toi qui diriges, souviens-toi de ça.

C'est entièrement faux. J'ai perdu le contrôle il y a des semaines et je ne suis plus que l'esclave des sensations qu'elle me procure.

— Je ne verrai plus jamais ce bureau de la même façon, soupire-t-elle.

— Toi, au moins, tu pourras bosser sans traces de griffes.

Elle lisse la surface du bureau comme si ça changeait tout.

— Au moins, ça te rappellera de bons souvenirs.

— Ou ça me fera bander.

— Pourquoi pas les deux ?

Elle rit et je souris contre sa peau parce que j'adore provoquer cette réaction chez elle.

Foutu. Tu es entièrement foutu.

CHAPITRE 37

Iris

On arrive enfin à Dreamland et l'odeur des cookies juste sortis du four me fait saliver. Notre voiturette de golf six places s'élance avec aisance dans les rues pavées vides. Nous dépassons des employés souriants, des princes et princesses dans leurs plus beaux atours, et des boutiques qui se préparent à ouvrir pour une nouvelle journée bien remplie.

Quand on s'approche de l'immense château de princesse au milieu du parc, mon excitation ne fait que croître.

Declan pose la main sur ma cuisse qui tressaute.

— Tu vas bien ?

— Oui, juste survoltée, dis-je en souriant.

Il semble interloqué par mon enthousiasme. Zahra se retourne vers moi.

— C'est quand, la dernière fois que tu es venue à Dreamland ?

Mon sourire s'efface.

— On est venus une fois pour le boulot.

— Tu n'es venue qu'une fois ? Et c'était professionnel ?

Son visage affiche une horreur absolue.

Je sens la main de Declan se resserrer sur ma cuisse, dans une invitation à le regarder, mais je ne veux pas voir la pitié sur son visage. J'envisage de mentir, mais je préfère éviter.

— Ma mère n'avait pas assez d'argent pour nous prendre des tickets. Entre le vol, l'hôtel et le billet d'entrée, ça représentait un mois de courses.

— Qu'est-ce qu'elle fait, ta mère ?

— Prof d'arts plastiques.

Zahra saisit le bras de Rowan.

— On devrait faire des réductions pour les enseignants. Et pour leurs enfants. Et des réductions pour les adultes qui n'ont jamais vu Dreamland étant enfants.

— À ce compte-là, on ne fera plus de bénéfices.

— Il y a des adultes qui n'ont jamais vu Dreamland, Rowan. Ce n'est pas le moment d'être radin.

Il cherche le regard de Declan pour avoir du soutien, mais son frère ne regarde que moi.

— Je ne savais pas que tu n'étais jamais venue.

— Tu n'as jamais posé la question.

La main sur ma cuisse serre plus fort. Je lève enfin les yeux vers Declan et son regard me fait frissonner.

— Tu voudrais qu'on fasse la visite ?

— Professionnellement ?

— Non, pour nous amuser.

Cette idée me fait rire.

— Tu as horreur de cet endroit.

— Je veux bien faire semblant, le temps d'une journée.

— Et ta préparation à la venue de Yakura ?

— Le parc sera toujours là demain. On parlera boulot à ce moment-là.

Je sens une chaleur se répandre dans ma poitrine et je noue les bras autour de son cou.

— Ça me ferait très plaisir.

Declan s'adresse alors à tout le groupe.

— Changement de programme.

Zahra couine de ravissement et hop, notre journée est entièrement altérée parce que Declan vient de le décréter.

Juste pour moi.

*

Zahra est la meilleure guide possible dans le parc. Elle y vient depuis l'enfance, donc elle sait tout au sujet de Dreamland. Avec ses connaissances et l'aide de Rowan pour nous faire couper les files d'attente, rien ne nous empêche d'explorer tout le parc dans la journée. Enfin, rien sauf moi. J'essaie de mon mieux de rester concentrée, mais je suis distraite tous les quelques pas par les différents arrangements de fleurs et autres plantes. La cascade de couleurs me captive et c'est plus fort que moi, je m'arrête chaque fois pour admirer les topiaires parfaitement taillées à l'effigie de différents personnages de Dreamland.

Declan me suit comme une ombre et évalue chacun de mes gestes. Les joues enflammées, je me tourne vers lui.

— Qu'est-ce qu'il y a ?

— J'aurais dû savoir que tu t'intéresserais davantage aux plantes qu'aux attractions.

— Mais regarde ça ! C'est de l'art !

Je désigne avec enthousiasme la sculpture d'Iggy l'extraterrestre, le premier des personnages iconiques de Brady Kane. Il est entièrement réalisé à partir de fil de fer et de feuilles vertes d'un arbuste.

— De l'art ?

Malgré son visage neutre, sa voix recèle une trace d'amusement.

Zahra arrive vers nous en bondissant.

— Si ça t'intéresse, Iris, on peut t'amener rencontrer les jardiniers.

J'ouvre de grands yeux.

— Vraiment ?

Elle sourit.

— Bien sûr, ce n'est pas compliqué.

— Oh, mais ça serait génial !

— Vu comme tu prends des tonnes de photos et tu t'extasies sur leurs plantes, ils se sentiront sûrement comme des rock stars.

— Parce que ce sont des rock stars !

Elle tapote sur son téléphone et relève bientôt les yeux.

— Tu as du temps libre demain ? Le directeur du département horticulture sera là et ce sera un plaisir pour lui de te faire visiter. Ils seront peut-être un peu plus occupés que d'habitude parce qu'ils sont en préparatifs pour le festival des fleurs, mais ils seront ravis de te montrer les coulisses.

Je m'écrie :

— Le directeur du département ? Il serait prêt à me faire visiter ?

— Mais oui. Il me l'a dit lui-même.

Elle me montre les SMS sur son téléphone.

Declan se racle la gorge.

Merde. Ce ne sont pas des congés, tu te souviens ? Aujourd'hui, on est déjà en plein détour par rapport au programme. Il n'a vraiment pas besoin que je me laisse distraire par des choses qui n'ont pas d'importance maintenant. Je pourrai revenir à Dreamland quand je voudrai, mais nous n'avons qu'une chance de convaincre Yakura d'implanter un parc à Tokyo. Les plantes attendront.

— En réalité, demain, ce n'est pas bon. Excuse-moi auprès de lui, et peut-être que la prochaine fois, je pourrai caser ça dans mon emploi du temps.

— Oh, fait Zahra, déçue. Pas de problème.

Declan m'attrape discrètement par le coude.

— Pourquoi tu refuses ?

— Parce qu'on a nos étapes de visite à réviser. Yakura sera là dans deux jours et on doit être prêts à l'éblouir.

— Ça ne sera pas différent de ce que tu as vu aujourd'hui.

— Mais on est une équipe.

— Je suis sûr que je peux survivre quelques heures sans toi pendant que tu vas regarder des plantes.

— Oh, franchement ! Quand on est au bureau, tu n'arrives pas à rester plus d'une demi-heure sans me faire venir.

— J'aime bien te donner des instructions verbales.

— Pourquoi ?

— Ai-je besoin d'une meilleure raison que le fait que j'aime voir tes yeux s'illuminer d'une lueur de défi ?

— Non mais quel menteur !

Il cligne légèrement d'un œil.

— J'ai fait des recherches sur les réactions aux instructions verbales et écrites des gens ayant des troubles de l'apprentissage comme les tiens.

Tout à coup, je sens mes jambes trembler.

— Et qu'est-ce que tu as appris ?

Declan m'enlace la taille, ce qui est préférable, parce que deux aveux de plus de sa part et je m'effondre.

— Les messages audio ou les appels téléphoniques fonctionnent mieux.

Malgré la boule d'émotion qui se forme dans ma gorge, je ris.

— Et moi qui croyais que tu détestais juste les textos.

Il relève un tout petit peu le coin des lèvres.

— C'est vrai que je déteste les textos. Ne va pas croire que c'est lié à toi d'une façon ou d'une autre.

— Arrête, dis-je en le poussant légèrement.

Il ne bouge pas, mais forme un vrai sourire.

— Zahra, tu peux programmer les activités de demain. Ce sera peut-être dur, mais Iris va réussir à survivre une journée sans moi.

Je lui tire la langue.

— Attends, je crois que tu n'as pas passé une journée de boulot entière sans moi en trois ans.

Il baisse la voix et ses yeux sombres capturent les miens en transe.

— Et je ne compte pas que ça arrive dans un avenir proche.

*

Je me blottis contre Declan, qui rabat la couette sur nos corps enlacés. J'apprécie son initiative, parce que j'ai mal aux muscles après avoir fait le tour entier du parc pas moins de deux fois.

Je dessine des motifs sur son torse du bout du doigt.

— Merci pour aujourd'hui.

— Tu n'es pas obligée de me remercier chaque fois que je fais un truc sympa.

— Il paraît que donner un retour positif sur les bons comportements augmente les chances de les reproduire.

— Il existe de meilleures façons de renforcer les bons comportements.

Sa voix rauque me transforme en un puits de lave incandescente.

— L'idée du sexe est très tentante, mais je crois que je ne peux pas bouger un seul muscle.

— Je ferai tout.

— Je ne te savais pas aussi proactif !

— Il paraît qu'à force de pratique, on arrive à la perfection, donc j'essaie de caser autant de séances d'entraînement que je peux.

Je ris si fort que j'ai peur d'en faire pipi à la culotte.

— Tu n'as pas besoin d'entraînement supplémentaire, crois-moi.

Pour quelqu'un qui a évité les femmes pendant un temps infini, Declan sait vraiment bien ce qu'il fait au lit. Ou au bureau. Ou sous la douche. Tous les endroits où on trouve une surface libre sont risqués, en fait.

— Mon ego te remercie, mais je parle d'entraînement pour faire un bébé.

J'ouvre grand les yeux. On n'a pas reparlé préservatifs depuis notre conversation il y a deux semaines où Declan est parti au milieu d'un conflit. Aucun de nous n'a osé aborder le sujet, donc on n'a pas arrêté la contraception.

— Tu suggères…

Je ne parviens même pas à prononcer les mots.

— Quand tu seras prête, je serai partant pour nous lancer dans la conception de notre équipe de foot.

— Qui a parlé d'une équipe de foot ?

— Toi, en fait.

— Ah bon ? Quand ?

— Si je me souviens du mot exact, il était question d'un minibus.

Je réponds sans être sûre de respirer encore.

— Mais on s'était mis d'accord sur un seul enfant.

— Les plans peuvent changer.

— Tu ne voulais même pas t'occuper d'un seul. Comment je peux croire que tu as envie d'une équipe de foot, maintenant ?

— J'en ai envie parce que ça te rendrait heureuse.

— Ce n'est pas pour cette raison que les gens ont des enfants. C'est un engagement pour la vie…

Il pose les lèvres sur les miennes pour m'arrêter.

— Justement.

— Mais…

Il m'embrasse encore et mon corps fond sur le matelas.

— On peut avoir un enfant comme cinq, du moment que tu n'en as qu'avec moi. Je t'offrirai la vie en minibus seulement si ça te fait plaisir.

— Et si je ne suis pas prête ? Si c'est trop d'un coup, que je ne peux pas gérer une nouvelle relation et un nouveau bébé ?

Il déglutit.

— Alors, on attendra.

— Mais ça retarderait ton arrivée au poste de PDG.

— Tant pis.

Je suis submergée par une telle émotion que j'en ai les larmes aux yeux. Une seule coule sur ma joue avant d'échouer sur l'oreiller. Jamais, même en un million d'années, je n'aurais cru entendre ces mots de sa bouche.

Declan m'embrasse jusqu'à ce que nos langues nous chatouillent et que mes jambes tremblent autour de sa taille. Nos vêtements atterrissent en tas sur le plancher. Quand il tend la main vers le paquet de préservatifs, je l'arrête.

— Tu es sûre ?

Il me regarde avec le plus grand sérieux et je hoche la tête, trop émue pour parler. Il gronde et m'embrasse à nouveau avec assez d'énergie pour mettre mes lèvres en feu. Sans se presser, il caresse mon corps comme si c'était la première fois.

Il trace un chemin de baisers de ma bouche à ma poitrine et je me sens adorée. Il prend un téton dans sa bouche, taquinant la pointe de sa langue. Je sursaute sous l'effet du courant électrique déclenché. Je sens mon corps vibrer du rire de Declan transmis par sa gorge, mais son amusement disparaît quand il se remet à torturer mon sein. Il passe ensuite à l'autre, concentrant toute son attention sur le fait de me pousser aux confins de la folie.

Je me frotte à lui, cherchant désespérément un apaisement. La pression monte en moi sous ses coups de langue, ses aspirations et mordillages de ma poitrine, mais je ne peux pas être délivrée.

Dans ma frustration, je lui tire les cheveux.

— Il y en a une qui s'impatiente.

— Il y en a une qui va finir elle-même si tu ne te mets pas à bouger.

Son rire m'emplit d'une chaleur différente de l'excitation sexuelle. Declan se déplace sur le lit et transforme les draps en une masse informe en m'écartant largement les jambes. Nous restons les yeux dans les yeux lorsqu'il plonge la langue en moi. Je creuse le dos mais il me plaque sur le lit tout en me baisant de sa langue.

Est-ce que ce sera toujours aussi bon ?

Son gloussement envoie de nouvelles vibrations dans mon corps ; j'ai dû prononcer cette phrase à voix haute.

— Seulement avec toi.

Ses doigts sont désormais à l'unisson avec sa langue et il fait sourdre le plaisir en moi à chaque poussée. Du pouce, il caresse mon clitoris et je gémis quand l'orgasme me saisit.

Declan ne s'arrête que quand je me retrouve étalée sur le lit sans défense, à l'attendre.

— Tu es trop belle, dit-il en venant prendre mon visage entre ses mains.

Il écarte mes jambes encore davantage, ce qui lui donne la place de s'installer entre elles.

— Je pourrais passer le reste de l'éternité dans tes bras et ce ne serait pas suffisant pour terminer tout ce que j'ai prévu pour toi.

— Ça fait beaucoup de prévisions.

— On va déjà commencer par celle-là.

Je frissonne quand Declan place son membre à l'orée de mon intimité. Il le passe plusieurs fois le long de ma fente, récoltant le fruit de mon excitation. Sa respiration saccadée est source de fierté pour moi. Je noue les jambes autour de lui pour l'encourager à continuer.

— Tu es certaine ? s'assure-t-il d'une voix hésitante.

— Seulement si tu l'es aussi.

— Je ne te mérite pas. Je ne t'ai jamais méritée et je ne te mériterai jamais de ma vie.

— Tu es digne de vivre de belles choses.

Nos yeux ne se quittent pas quand sa queue me remplit peu à peu. Nous tremblons tous les deux lorsqu'il me pénètre complètement, et Declan ferme les yeux en prenant de profondes inspirations.

— Oh, putain, marmonne-t-il.

Putain, oui. J'ai peur qu'il n'explose tout de suite, mais il se maîtrise et commence des allées et venues en moi.

À chaque coup de reins, je monte plus haut et ses mouvements se font déments. Sans contrôle. Primitifs comme je n'en ai jamais connu auparavant. La tête me tourne sous l'effet du déluge de sensations diverses. Je me sens toute légère, presque hors de mon corps.

Declan est là, avec moi. Les yeux d'un noir de jais, il me possède, laisse des bleus sur les parties de mon corps qu'il oriente comme il le souhaite. Je me sens responsable de son plaisir et c'est merveilleux.

Il me positionne pour que son organe glisse à répétition contre le point qui me fait chercher de l'oxygène. Il repose le pouce sur mon clitoris et après seulement quelques cercles lents, j'explose de jouissance.

Declan continue de me baiser pendant mon orgasme, au point que je me remets à me tortiller sous lui. Quand il atteint enfin le sien, il pousse un grondement que je sens directement dans mon clitoris. Sans cesser de se déhancher, il jouit en moi. Il s'abaisse sur les coudes en prenant garde de ne pas m'écraser et il m'embrasse, puis pose le front sur le mien.

Aucun de nous n'a envie de bouger et de rompre cet instant. Nous restons ainsi jusqu'au moment où Declan se retire de moi. Une partie de son sperme coule sur le drap et il pousse un juron. Enchanté, il en utilise une partie comme lubrifiant pour caresser mon clitoris.

Je soupire et sens de petites étincelles dans tout mon corps, jusqu'à mes orteils.

— C'est le son le plus sexy que j'aie jamais entendu.

Sa voix éraillée a un effet sans appel sur ma libido.

Je croyais qu'il en avait fini avec moi, mais il ne cesse de me toucher jusqu'à ce que je tende les mains vers lui avec une frénésie renouvelée.

Quand il me pénètre pour la seconde fois, c'est avec des mouvements lents et tendres. *Amoureux.* Il compense sa brutalité précédente par de doux baisers et des caresses témoignant de sa vénération. Sa façon de me regarder pendant qu'il me prend est sans équivoque, je ne me suis jamais sentie aussi aimée de ma vie.

Declan m'embrasse dans le cou, sur les épaules, les seins et le front. Mon âme elle-même est sollicitée, car il se met à murmurer des mots étrangers à mon oreille. Je ne sais pas ce qu'ils signifient, mais sa façon de me les susurrer me fait frissonner de la tête aux pieds.

— *Daisuki*[1].

Sa pénétration profonde me fait crier.

— *Szeretlek*[2].

Il pose les lèvres sur mon front. Mon pouls s'accélère et envoie une décharge de plaisir dans mon corps tout entier.

— *Ich liebe dich*[3].

Je plonge le regard dans le sien et mes tremblements n'ont rien à voir avec l'acte et tout avec son adoration.

Je ne suis pas très forte pour dire des mots étrangers de mémoire comme lui, mais je comprends le ton et le langage corporel, et ce qu'il dit m'emplit le cœur au point qu'il risque d'exploser.

Tu es amoureuse de lui.

Pour la première fois de ma vie, je n'ai pas peur de l'amour. Si c'est ce que l'on ressent quand on aime, je veux bien essayer, et tant pis pour les conséquences.

---

1. *Daisuki* : nom japonais : Je t'aime.
2. *Szeretlek* : nom hongrois : Je t'aime.
3. *Ich liebe dich* : expression allemande : Je t'aime.

CHAPITRE 38

Declan

Bien entendu, c'est juste quand Iris prend un jour de congé que tout se met à merder.

— On a un problème, me dit Rowan dès que je décroche le téléphone.

— Qu'est-ce qui se passe ? demandé-je en rajustant ma cravate devant le miroir.

— Yakura vient d'arriver dans mon bureau.

— Oh, bordel.

J'attrape mon portefeuille sur la commode et j'enfile mes chaussures à toute vitesse.

— Ce n'est pas tout. Devine qui est avec lui ?

— Sa femme ?

— Notre paternel. Ramène-toi, et tout de suite.

Sans avoir le temps de paniquer, je me précipite hors de la chambre d'hôtel. J'appelle Iris aussitôt, mais je tombe sur sa messagerie. Quand je rappelle, elle ne répond qu'à la quatrième sonnerie, ce qui ne lui ressemble pas.

— Coucou ! dit-elle en riant à ce qu'on lui dit derrière. Attends, deux secondes.

Quelqu'un lance un « Bouh ! » déçu, et on dirait bien que c'est Zahra. Je me sens soudain coupable. Vais-je vraiment enlever à Iris sa journée de repos pour qu'elle vienne m'aider à réparer les saloperies de mon père ? Ce n'est pas sa faute s'il n'arrête pas de pourrir nos plans. Et pour être honnête, je ne tiens pas à ce qu'elle soit près de lui. Je lui ferais confiance pour se maîtriser, mais sa présence donnerait à mon père un moyen de pression sur moi. Or il lui a fait assez de mal à ce stade.

— Je te manque déjà ?

J'hésite à lui dire ce qui se passe et je renonce. Je repense à notre lune de miel, à sa réaction quand je l'ai forcée à travailler.

Ça fait trois ans que je passe ma vie à m'assurer que tu as tout ce que tu veux, même si je dois sacrifier mon bonheur dans ce but.

Non, je ne vais pas l'arracher à sa journée sympa. Elle a déjà tant donné pour moi et elle n'est pas responsable si mon père ne me lâche pas. Avec une grande inspiration, je prends un ton tranquille :

— J'appelais pour savoir comment tu allais. Ça se passe bien ?

J'appuie sur le bouton d'appel de l'ascenseur.

— C'est comme le jardin botanique de Chicago, mais sous stéroïdes. Ils ont quinze serres différentes. Je me suis déjà perdue deux fois !

Son exubérance me conforte dans ma décision : je vais la laisser profiter de sa journée. La seule autre option serait de la projeter dans une guéguerre familiale à laquelle elle ne mérite pas d'être mêlée. Quand il s'agit d'Iris, mon père n'a pas de limites et après tout ce qu'elle a déjà vécu, je refuse de faire subir à celle que j'aime le genre de tourments qu'il est capable de causer.

— Il va falloir investir dans ce bracelet de cheville.

— Si seulement tu pouvais être là…

Le regret dans sa voix me fait me sentir encore plus mal.

— J'aimerais aussi.

Si je n'avais pas une montagne de responsabilités, je pourrais prendre ma journée pour la passer avec elle. Comme un homme normal.

Mais tu n'es pas un homme normal.

Je ferais mieux de m'habituer à ce sentiment parce que ça ne fera qu'empirer une fois que je serai au poste de PDG.

J'entends Zahra appeler Iris.

— Zahra veut savoir si on est toujours d'accord pour le dîner à quatre ce soir ?

— Seulement parce que tu m'as convaincu par une overdose de sexe.

— Tu ne t'en plaignais pas hier soir.

— Je me rattraperai plus tard.

— Allez, tu seras gentil avec Rowan ?

— Je ne promets rien.

— Declan…

— Bon, d'accord. C'est bien parce que c'est toi.

L'ascenseur s'ouvre devant moi.

— Merde, je dois y aller.

— Moi aussi. On part dans les coulisses du festival des fleurs. Je t'enverrai des photos !

Son enthousiasme est contagieux et je souris, certain que ma décision est la bonne. Je ne vais pas lui faire rater cette visite qui lui plaît tant. Je ne suis pas un mari normal, mais ça ne fait pas de moi un mari bête. J'espère, en tout cas.

— Amuse-toi bien, dis-je avant que la communication ne coupe.

C'est bien de savoir qu'au moins l'un d'entre nous va passer une bonne journée. Même si ce n'est pas moi.

*

Que M. Yakura débarque avec deux jours d'avance, c'est un problème que je peux gérer.

Que mon père ait décidé de s'incruster pour se faire bien voir, c'est encore autre chose. Une possibilité dont je suis conscient depuis le début. Je ne connais pas son plan dans son intégralité, mais je serais bête de ne pas parvenir à le reconstituer en voyant que mon père parle à Yakura d'avancer la date.

Ce salopard veut me piquer mon contrat.

Rowan m'envoie un regard signifiant : « Tu dois régler ça. »

— Monsieur Yakura.

Le vieil homme m'aperçoit et me sourit. Ses cheveux blancs sont coiffés à la perfection et il a troqué son costume habituel contre une chemise hawaïenne et un pantalon en toile.

— Declan. Justement l'homme que j'espérais voir.

Nous nous serrons la main et je lui dis ma surprise de le voir déjà là.

— Oui, répond-il en souriant, je disais justement à votre père que j'étais trop impatient de visiter le parc.

— Où est votre épouse ?

— Oh, je ne voulais pas l'ennuyer avec les petits détails, donc je me promènerai avec elle demain dans le parc. C'est grâce à elle que j'ai répondu positivement à votre proposition. Elle ne voulait pas passer à côté d'un voyage à Dreamland.

Je dirai à Iris d'envoyer un joli cadeau à cette dame pour la remercier.

— Je peux vous avoir des billets coupe-file, s'empresse de proposer mon père.

Je le fusille du regard et il m'ignore avec le sourire.

Yakura réagit en levant un sourcil de manière presque imperceptible. Ce n'est pas grand-chose, mais cette méfiance envers mon père me rassure.

Ils ne sont toujours pas en bons termes. Mon père essaie de l'appâter en avançant les dates, mais Yakura ne mord pas à l'hameçon.

Mon contrat n'est pas encore mort, on dirait. Avec une amabilité non feinte, je demande :

— Alors, vous êtes prêt pour la visite ?

Yakura me fait signe de passer la porte.

— Après vous.

J'envoie à Rowan un regard pour lui signifier d'occuper mon père par tous les moyens nécessaires. Il hoche la tête.

Au moins, j'ai une personne de mon côté aujourd'hui. C'est bien, parce que je sais déjà que j'aurai besoin de son soutien.

*

Mon père ne me laisse pas longtemps la direction des opérations. Une fois que j'ai montré à Yakura la rue des Histoires et l'entrée du château de la princesse Cara, mon père intervient en évoquant quelque chose que je ne connais même pas.

— Si vous êtes partant pour monter quelques marches, je serais ravi de vous montrer une partie secrète du château.

Rowan me regarde et secoue la tête.

Merde.

— Oh, ça peut attendre qu'on ait fait le tour du parc.

Mon père sourit de manière encore plus éclatante.

— Autant le faire pendant qu'on est là.

Yakura donne son accord malgré une certaine retenue. Rowan pose brièvement la mains sur sa tête.

On est mal.

Mon père et Yakura montent les premiers, donc je reste en arrière avec Rowan. Je n'ai pas envie de laisser mon géniteur trop longtemps seul avec Yakura, mais je dois avoir les informations nécessaires pour préparer ma contre-attaque. Quand ils disparaissent après la première volée de marches, je chuchote à mon frère :

— Qu'est-ce qu'il fait ?

— Il lui montre la tour secrète.

— Quelle tour secrète ?

— Celle que Grand-père a fait construire pour Grand-mère avant qu'elle meure. Comme elle n'a jamais pu la voir, il ne l'a montrée à personne.

Yakura marche à fond dès qu'il s'agit d'histoires tristes. Mon père n'a plus qu'à profiter du fait que sa mère n'ait jamais pu voir le parc finalisé. Notre vendeur potentiel va adorer, puisqu'il tient lui-même à construire un parc dont il pourra profiter avec sa famille tant qu'il sera en vie.

Tu es cramé.

— Et tu n'as jamais pensé à me raconter cette histoire, pendant le nombre de conversations infini qu'on a eu sur Dreamland ?

— Je ne voyais pas l'importance.

— Et à l'évidence, tu te trompais, ce qui devient une habitude, dis-je d'un ton sec.

Je comptais éviter d'évoquer sa décision de déménager ici, mais je ne peux pas m'en empêcher. La colère me rend con et mesquin.

Un sale trait de personnalité hérité de celui que tu ne peux pas encadrer.

— Ne te venge pas sur moi parce que tu es énervé, répond Rowan.

— Énervé, c'est insuffisant à décrire ce qui m'habite. Tu avais un seul truc à faire. Imaginer que tu as renoncé à tout pour ce poste ici et que tu ne peux même pas le faire bien, c'est d'une tristesse !

C'est un reproche bien bas, et je ne suis pas fier de m'emporter, mais je ne trouve pas la force de m'en empêcher. Il est hors de question que je perde face à mon père, ce connard immoral.

— Va te faire foutre avec ta visite. (Mon frère me balance son passe avant de sortir par là où nous sommes entrés.) Retrouve-toi tout seul dans Dreamland, connard.

Je me dis que tout va bien et que je n'ai pas besoin de lui. Si je ne peux pas faire signer le contrat à Yakura, alors je ne mérite pas le poste de PDG. Voilà les pensées qui me poussent à aller trop vite.

Il est temps de me prouver que je suis de taille à remplacer mon père. On ne jouera peut-être pas à armes égales, mais ça ne rendra ma victoire que meilleure.

*

Je laisse à mon père son moment de gloire. Comme je l'avais prévu, Yakura est très ému par l'histoire de ma grand-mère et de son décès avant que Dreamland ouvre ses portes. Ma victoire m'échappe un peu plus chaque fois que mon père touche la corde sensible. Il est doué pour dire aux gens ce qu'ils veulent entendre. J'ai imité ce talent après l'avoir vu agir de même avec chaque personne sur son passage. Son emprise sur les émotions des gens est inégalée.

Mon père se rengorge au moment où nous sortons du château. Je suis content qu'il attende le passage de Yakura aux toilettes pour se vanter.

— Tu croyais pouvoir faire ce petit voyage impromptu sans que je m'en aperçoive ?

— Ce n'est pas ton contrat.

— C'est moi le PDG. Tout dans cette entreprise est à moi.

Je garde les poings plongés dans mes poches.

— Sauf que cet accord-là sera passé seulement quand ce sera moi aux manettes.

— Je t'en empêcherai.

Son sourire est authentique, ce qui est d'autant plus irritant. Il s'épanouit en voyant mes faiblesses.

— Tu n'en voulais même pas, de ce contrat.

— Jusqu'au moment où tu as cru pouvoir me faire chanter et t'en tirer à bon compte. Je serai enchanté de t'arracher ce projet, ne serait-ce que pour te montrer quel PDG lamentable tu ferais.

J'ai été nul de m'imaginer que je pourrais survivre à cette journée sans Iris. Jamais je ne vais arriver à gérer les stratégies de manipulation de mon père et les demandes de Yakura en même temps.

J'affiche son numéro sur mon téléphone, mais j'hésite devant le bouton d'appel.

Tu vas vraiment lui gâcher sa journée encore une fois ?

Je n'ai pas trop le choix. Sans elle, je risque de perdre le contrat.

Mais si tu la fais venir, tu pourrais perdre tous les progrès que vous avez faits.

Bon, il le faut. Si je peux compter sur une personne pour rattraper tout ça, c'est elle.

— T'appelles ta femme au secours ?

J'ignore complètement mon père, le téléphone sonne déjà dans mon oreille. Il ricane :

— Tu es un pauvre minable si tu as besoin de ta femme pour sauver la situation.

Je refuse de céder à ses provocations. Je ne vaux pas moins parce que je reconnais avoir besoin de l'aide d'Iris. C'est elle qui comprend le mieux Yakura et je serais bien bête de ne pas en tenir compte.

Elle répond à la deuxième sonnerie.

— Coucou, je pensais justement à toi en voyant…

— J'ai besoin de toi.

— Qu'est-ce qui se passe ?

Je me sens aussitôt coupable d'entendre l'inquiétude dans sa voix.

— Yakura et mon père sont arrivés avant la date prévue.

— Oh.

Cet unique mot parvient à transmettre sa déception plus qu'un long discours.

J'envisage de lui dire que ce n'est pas grave, mais elle ne m'en laisse pas le temps.

— Envoie-moi ta localisation, j'arrive.

CHAPITRE 39

Iris

En raccrochant, je baisse la tête. Je me sens très coupable que Zahra a planifié toute cette journée pour qu'elle se retrouve à l'eau à cause du travail.

Encore une sortie annulée parce que je travaille pour Declan. Mais ce n'est pas sa faute si son père lui fait un coup bas, donc je m'en veux de penser comme ça.

Je ne peux cependant pas effacer cette sensation dans ma poitrine à l'idée d'annuler encore un plan. J'aime beaucoup Zahra. J'ai l'impression de me retrouver à l'époque où j'ai perdu tant d'amis.

C'est toi qui n'as pas mis de limites. Cal t'avait avertie que ça allait mal tourner, mais tu es quand même restée à ce poste.

Si j'avais travaillé pour n'importe qui d'autre qui m'aurait appelée lors d'un jour de repos, je l'aurais envoyé sur les roses. Avec Declan, je n'ai pas le choix.

Je souffle longuement et traîne les pieds pour retourner dans la serre.

— Viens voir, m'appelle aussitôt Zahra. Ça fait six ans qu'ils attendent la floraison. Six ans !

Je regarde l'Arum Titan avec tristesse.

— Je vais devoir annuler pour aujourd'hui. Je suis vraiment désolée, mais il y a une urgence.

— Oh non, se désole Zahra, ça va bien ?

— Je me sens… Honnêtement, je ne sais pas comment je me sens.

Je suis déçue de cette journée. J'ai l'impression que Declan et moi retombons dans la même dynamique que d'habitude.

— Je peux t'aider ?

— Tu peux me dire comment retourner au parc. Seth a débarqué et je dois aider Declan pour éviter le pire.

— Seth Kane est là ? demande Zahra en se rembrunissant.

— Avec M. Yakura.

— Ensemble ?

— Je ne sais pas du tout comment ça se fait, mais Seth est derrière ça à coup sûr.

— Bon, on ne va pas le laisser prendre le dessus !

Zahra s'élance et, à l'extérieur de la serre, demande à quelqu'un des clés. Quelqu'un qui travaille ici les lui lance et elle démarre une voiturette de golf encore chargée de quelques plantes à l'arrière.

— Tu m'emmènes ?

— Il faut bien que tu y retournes, non ? Je ne vais pas te laisser y aller à pied, ça te prendrait des heures.

— Merci.

Je m'assieds sur la banquette et Zahra actionne la pédale.

— C'est à ça que servent les amis.

— Tu n'es pas contrariée que je doive annuler ?

— Bah, on ira une autre fois.

— Encore une fois, je suis vraiment désolée.

— Arrête de t'excuser, je comprends. Rowan aussi a des urgences tout le temps.

— Et ça t'énerve, parfois ? demandé-je avec un soupir.

— Oh oui, confirme-t-elle en riant. Parfois, j'ai envie de piquer son téléphone pour le balancer dans les toilettes les plus proches.

— Mais tu ne le fais pas.

— Seulement grâce à une volonté de fer et un orgasme d'adieu avant que Rowan aille régler la crise du moment.

— C'est sûr que c'est un moyen d'apaiser son conjoint.

— Tu n'as pas idée. Si tu demandais à Declan, je parie qu'il serait heureux d'appliquer cette règle.

— Sans doute…

Zahra me donne un petit coup d'épaule.

— Qu'est-ce qui ne va pas ? Quelque chose me dit que ça n'a rien à voir avec les orgasmes.

— C'est juste que…

Je m'arrête. Zahra garde le silence et dirige la voiturette dans les allées sinueuses et sous les tunnels. J'essaie de trouver comment exprimer mes sentiments, mais ils semblent petits en comparaison de la source de stress. Je suis la compagne de Declan et je devrais tout laisser tomber pour l'aider. Je le comprends et je suis tout à fait d'accord pour le faire. Mais je m'inquiète de ce qui pourrait se produire si nous continuons ce schéma.

— J'ai du mal à ne pas lui en vouloir pour des trucs comme ça. C'est super intéressant d'être son assistante, mais c'est épuisant. J'ai peur que ça empire encore avec le poste de PDG. Je ne peux pas m'empêcher de me demander si ça pourrait saborder notre couple, avec des rancœurs qui n'existeraient pas si je n'étais pas son employée en plus de sa femme.

— Et si vous avez un bébé…

— Il est impossible que je puisse être enceinte et continuer à ce rythme de dingue. Je passerais plus de temps endormie sur mon bureau qu'en train d'y travailler.

— Tu as l'intention de trouver une remplaçante prochainement ?

— Je ne sais pas… J'ai envisagé de me faire muter, mais je n'y ai pas repensé depuis.

— Tu devrais y réfléchir à nouveau, surtout si vous êtes un couple sérieux à présent. Parfois, ce qui ne paraît pas bien à un moment peut s'avérer parfait un peu plus tard.

— Il ne veut pas me laisser partir.

— C'est normal, il paraît que tu es vraiment au top dans ton boulot.

Je lui adresse un faible sourire.

— Merci, mais j'ai plutôt l'impression d'être tout en bas, là.

— La vie est comme ça. Tous les projets ne se déroulent pas comme on aurait voulu.

Zahra donne un bon coup de frein et la voiturette s'arrête dans un grand couinement.

— C'est là que je peux t'arrêter au plus près sans que les invités me voient.

— Merci mille fois.

— Tu me revaudras ça en défonçant Seth, me dit-elle en me tendant mon sac à dos. Allez, vas-y ! Prends par l'arrière pour éviter la foule.

Elle n'a pas à me le dire deux fois. Je fonce dans les allées pour courir après le petit point bleu qui symbolise l'endroit où se trouve Declan. Malgré mes membres tremblants et mes poumons qui protestent, je ne m'arrête pas avant d'avoir trouvé les trois hommes en train de parler. Ou plutôt, Seth en train de parler, Declan qui semble très près de le pousser dans la fontaine la plus proche et Yakura qui ne sait pas sur quel pied danser. Il est le premier à poser les yeux sur moi et s'exclame :

— Iris !

Incapable de répondre, je me penche en avant, les mains sur les cuisses, pour respirer le plus profondément possible, mais mon souffle ne s'améliore pas. Bientôt, j'ai l'impression qu'on m'enserre la gorge. Je vois deux chaussures noires s'arrêter devant moi.

— Où est ton inhalateur ?

Declan a une voix très tendue qui me hérisse.

— Ton inhalateur, Iris, répète-t-il d'une voix encore plus cinglante.

Entre deux sifflements, je désigne mon petit sac à dos. Il trouve rapidement le petit pulvérisateur parmi toutes les brochures de Dreamland que j'ai récoltées durant les vingt-quatre dernières heures.

— Là.

Il le débouche avant de me le tendre.

Je suis le protocole habituel et, à mesure que le médicament se propage dans mon organisme, ma respiration se fait plus facile. Declan me reprend l'inhalateur de la main et le range dans mon sac.

En me redressant, j'adresse un sourire contrit à M. Yakura. À sa façon de nous regarder Declan à moi, on dirait qu'il est sous le charme de la démonstration d'inquiétude de mon mari.

J'avoue que c'était mignon, mais il n'aura que ça pour lui aujourd'hui. Actuellement, il se comporte comme un gros nul. Il ne me regarde même pas, occupé qu'il est à lorgner son père avec hargne.

— Je me demandais où vous étiez, me dit Yakura en m'étreignant avec gentillesse.

Je vois Seth me foudroyer du regard de loin et je le salue de la main.

— Et où est votre femme ?

En me lâchant, Yakura répond :

— Elle est restée à l'hôtel. Si j'avais su que vous seriez là aussi, je l'aurais emmenée.

— On pourrait passer la chercher ?

Son visage s'éclaire.

— Vous êtes sûre ? Je ne voudrais pas vous incommoder en changeant le programme.

— N'importe quoi. On ne peut pas passer cette journée à Dreamland sans elle. Il manquerait quelque chose.

— C'est pour ça que je vous aime bien.

Seth me fixe comme une ennemie à détruire et je lui renvoie un regard de défi. C'est sa faute si Declan et moi nous retrouvons dans cette position.

Et je ne compte pas l'oublier.

CHAPITRE 40

Declan

Je croyais qu'avoir Iris avec nous résoudrait tous mes problèmes, mais c'est loin d'être le cas. En fait, ce n'est qu'une complication supplémentaire à mon plan qui était déjà en train de foirer.

Son idée de faire venir Mme Yakura était super sur le papier, mais il s'agit en réalité d'une emmerde de plus. Elle s'arrête tous les trois mètres pour regarder quelque chose, ce qui nous ralentit et donne à mon père encore plus d'occasions de mener la discussion. Iris essaie de la faire avancer, mais elle se focalise sur chaque putain de fleur, enfant ou panneau se trouvant sur notre chemin.

Faire la visite avec Mme Yakura, c'est aussi efficace que rassembler des chats errants. Ça n'aide pas que son mari l'encourage et partage son attention entre tous les participants.

Je respire profondément pendant que M. Yakura s'écarte de l'allée avec Iris et sa femme pour regarder encore une topiaire. On croirait qu'ils n'ont jamais vu un buisson de leur vie.

— Ça va, fiston ?

Un mot de plus et j'étrangle mon père avec sa cravate.

Respire.

Je tente mes exercices habituels pour me calmer, mais chaque fois que j'essaie, ça empire.

— Je vais très bien.

Mon père émet un petit rire.

— Tu peux abandonner à tout moment, je prendrai le relais pour signer le contrat. Je suis prêt à glisser un bon mot à ton sujet pendant le prochain CA, si tu veux.

— Ta gueule.

— J'essaie de t'aider. Je serais ravi de sceller l'accord pour un nouveau parc, mais il suffirait d'un manquement de ma part, et le contrat est mort.

— Tu ne devrais même pas être là, grommelé-je.

— Alors tu aurais dû prévenir ta femme avant qu'elle ne programme un mail de réponse automatique qui raconte à tout le monde où tu es cette semaine.

— Tu mens.

— Vas-y, regarde sur ton téléphone. J'attends.

Je commence à le sortir, mais je m'arrête. Il ne réussira pas à me manipuler.

— Je ne te crois pas.

Et même si Iris a programmé ce mail, ça ne veut pas dire que mon père pouvait savoir que je prévoyais d'être à Dreamland avec Yakura.

— J'en conclus que tu refuses mon offre d'aider à conclure cet achat une bonne fois pour toutes.

— Tu devras le faire sur mon cadavre.

— Aucun parent ne souhaite enterrer son enfant, mais après tout, je veux bien faire une exception.

— Je n'ai pas le temps pour ces conneries.

J'accélère le pas pour rejoindre Iris et les Yakura.

— Je leur racontais le nombre de serres qu'il y a sur le terrain de la société à quelques kilomètres d'ici, m'informe Iris en souriant.

— Super. Après, je doute que ça les intéresse de les visiter.

Elle cesse de sourire, mais se reprend.

— Alors, qu'est-ce que vous avez envie de visiter maintenant ?

— Les montagnes russes.

— Rien qui fasse mal au dos.

Je vais devoir choisir entre donner à M. Yakura des séquelles irréversibles ou faire plaisir à sa femme.

Parfait, putain, parfait.

*

Mon père et moi passons l'après-midi à nous disputer l'attention de M. Yakura. Il se met constamment en avant pour nous rappeler qu'il fait partie du groupe et Yakura avale sans difficulté. Il veut en savoir plus sur notre famille, notre histoire vis-à-vis du parc, et ce que c'était de grandir avec un père qui a créé le plus grand empire de contes de fées au monde.

Je m'immisce et réponds à certaines questions avant que Seth puisse le faire, mais ses années d'expérience lui donnent un avantage. Yakura a l'air content des informations que je lui donne… mais mon père l'intéresse tout autant. Peut-être même plus.

S'il n'était pas là, ce problème n'existerait pas. Il a été causé par un putain de message automatique créé par mon assistante. Mon père n'est pas un idiot. Il sait très bien ce que veut dire un voyage à Dreamland : ce n'est pas pour rendre visite à Rowan.

J'ai vérifié mes mails et les réponses automatiques sont très claires. Mon père ne mentait pas. Iris a déconné dans les grandes largeurs et maintenant, je dois réparer le bordel qu'elle a causé. Comme si elle sentait mon humeur, elle me tire par la manche.

— Je dois aller aux toilettes.

J'hésite à laisser mon père seul avec les Yakura, mais je n'ai pas trop le choix car Iris m'entraîne vers les toilettes à proximité, hors de portée d'oreilles.

— Ça ne se passe pas bien.

— Vraiment ? Comment tu as deviné ? dis-je sèchement.

— Ce n'est pas comme on se l'imaginait. Je pense qu'il faut qu'on abrège et qu'on élabore une nouvelle stratégie avant que ça nous explose à la figure.

— Je ne vais pas fuir quelque chose de difficile parce que ça n'est pas « comme on se l'imaginait », dis-je avec un peu plus d'agressivité qu'escompté.

— Ton père mijote quelque chose.

— Merci pour ton inquiétude, mais je ne t'ai pas demandé de venir pour que tu perdes ton temps à analyser mon père, qui ne serait même pas là si tu ne l'avais pas fait venir.

— Quoi ?

— Il m'a dit pour le mail de réponse automatique.

— Et alors ? J'en programme toujours un. C'est le protocole de la société Kane…

Je la coupe.

— À quoi ça sert de respecter le protocole de la société, si je n'ai pas de société à diriger dans un an à cause de ça ?

Iris a un mouvement de recul.

Calme-toi avant de prononcer des mots que tu pourrais regretter.

J'essaie de me reprendre en inspirant un grand coup, mais avec tout ce qui se passe aujourd'hui, c'est peine perdue. Tout ça parce que mon père s'est incrusté à cause de la personne à qui je faisais confiance pour prendre les choses en main.

Ce n'est pas le moment de lui faire des reproches.

Je ferme les yeux pour éviter de la voir.

— Tu devrais repartir, je crois.

C'était une erreur de l'entraîner là-dedans.

— Tu plaisantes !

— Ce sera pour le mieux. Tu n'es qu'une distraction et là, je n'ai pas le temps.

— Une distraction ? s'indigne Iris. Tout ce que je fais, c'est essayer de t'aider.

— Selon ta fiche de poste, tu dois régler des problèmes, pas les causer.

Elle recule d'un pas comme si je l'avais giflée.

— C'est injuste, ce que tu dis.

— La vie aussi. Remets-toi.

Ses yeux sont couverts d'un voile brillant qui ne s'y trouvait pas une minute plus tôt.

— Je crois que tu fais erreur en t'acharnant pour la visite d'aujourd'hui. À ta place, je laisserais tomber et je reprendrais demain en essayant de voir Yakura en privé. Il est plus observateur que tu ne crois.

— J'appréciais d'avoir ton point de vue jusqu'ici, mais c'est moi le chef. Je suis en droit de décider si je continue ou non.

— On est censés être une équipe.

— Oui, mais toute équipe a un chef, et ce n'est pas toi.

Iris inspire avec difficulté. Ce bruit agit comme une aiguille sur la pression dans ma poitrine et je suis frappé d'un fort sentiment de culpabilité.

Sois meilleur que lui.

Je tends la main vers sa joue, mais elle recule d'un pas.

— Non. Tu n'as pas le droit de me toucher, là, maintenant.

Son rejet va à l'encontre de ma résolution.

— Alors, ça va être ça ? Tu vas me punir dès que ça ne se passera pas comme tu veux ? Et ensuite ? Pas de sexe à cause d'une connerie, du genre, j'ai relevé une faute d'orthographe ?

— Ce n'est pas ce que je te reproche et tu le sais.

— Alors c'est quoi, ton problème ?

— Tu ne me fais pas confiance. Pas entièrement. Sinon, tu m'écouterais parce que je t'aide depuis deux ans à construire ce projet à partir de zéro. Je ne veux pas que tu le foutes en l'air parce que tu ne penses pas rationnellement. Aujourd'hui, il n'est pas question de battre ton père ou de parler mieux que lui. Il s'agit de montrer à Yakura que tu fais passer la famille en premier, quels que soient tes sentiments personnels, parce que c'est dans l'intérêt de l'entreprise.

— J'ai suivi ton plan pourri et tu as été nulle, donc ne me fais pas la leçon alors que pour commencer, c'est ta faute si mon père est là. Si tu faisais aussi bien ton job que tu le dis, alors rien de tout ça ne serait arrivé.

En reculant encore, Iris trébuche. Je tends le bras pour la retenir mais elle a un geste de dégoût.

Merde.

Putain de merde.

Mon remords est instantané, comme une balle dans le cœur. Faire des reproches injustifiés à mon frère parce que je suis énervé, c'est une chose, mais mal parler à Iris, c'est une autre catégorie.

Dis quelque chose.

Je voudrais pouvoir remonter le temps et faire de meilleurs choix, parce que son expression me fait mal au ventre. Littéralement, je sens mon estomac se retourner.

— Iris, je n'aurais pas d…

Elle s'esclaffe, et le son produit la même réaction que des ongles sur un tableau à craie. Je tends à nouveau la main, et elle doit être sous le choc parce qu'elle me laisse prendre la sienne.

— Je n'aurais jamais cru que tu passerais ta colère sur moi un jour, mais j'aurais dû me douter qu'en étant ta femme, ça ne m'épargnerait pas ce genre de traitement. Ça rend les choses dix fois pires, en fait.

— Je ne le pensais pas. J'étais très énervé par mon père et c'est à toi que je l'ai fait subir.

Elle garde le silence, donc je l'embrasse. Elle a les bras ballants, ce qui ne fait qu'accroître mon désespoir. Je veux faire quelque chose. N'importe quoi qui mettrait fin à cette sensation dans mon ventre.

— Excuse-moi, murmuré-je contre ses lèvres.

Une goutte salée tombe sur les miennes et je me détache d'Iris pour découvrir plusieurs autres larmes qui lui baignent le visage. Je les essuie, comme pour effacer la trace de mes paroles, mais d'autres les suivent. Rien ne les arrête et on ne répare pas une fuite avec de l'adhésif.

— Ne pleure pas, s'il te plaît.

Elle me regarde de ses yeux embués.

— Tu ne ris pas.

— Quoi ?

— Tu m'avais dit que quand tu faisais pleurer les gens, tu riais.

Sa voix se brise et je suis chamboulé. Elle ne me regarde même pas, elle a plutôt l'air de voir à travers moi. Ses yeux sont la fenêtre de son âme et ce que j'y trouve est navrant. Une belle âme brisée qui se trouve être le miroir de la mienne.

Tu l'as blessée.

Je ne me sens pas meilleur que mon père, à manier les mots comme des couteaux sous l'effet de la colère. Les mots ne laissent pas le même genre de blessures que les poings, mais ils peuvent faire souffrir plus que tout.

Dire que tu as tant essayé de ne pas devenir comme lui, tout ça pour te rendre compte que tu es sa copie conforme.

Iris renifle sans croiser mon regard.

Peut-être même pire.

C'est bien l'impression que j'ai, en tout cas.

Je la serre contre moi et l'embrasse au sommet du crâne, mais son habituel soupir ne vient pas. Elle ne se blottit pas contre moi comme elle le fait toujours et mon inquiétude s'accentue.

— Lâche-moi.

Je mets fin à mon étreinte comme si Iris allait prendre feu dans la seconde. Son regard me fait le même effet que si elle s'était arraché les ongles pour les planter dans mon cœur.

— On peut s'expliquer.

Elle fait un grand pas en arrière et s'entoure de ses bras comme pour se faire un câlin à elle-même. Je voudrais être celui qui la console, mais comment la réconforter alors que c'est moi qui lui ai fait mal ?

— Beaucoup de gens m'ont dit que j'étais nulle dans ma vie, y compris mon propre père, et pourtant, aucun d'eux n'a réussi à me faire souffrir comme toi. J'avais confiance en toi.

Incapable d'échapper à la nausée qui m'envahit, je sens mon estomac se retourner.

— Je suis déso…

— Arrête. La dernière chose que je veuille entendre, c'est que tu es désolé. Je n'arrive pas à croire que j'ai accouru ici en voulant t'apporter mon aide pour me retrouver avec des reproches. Quelle blague ! Les deux seules personnes qui méritent des reproches ici, c'est toi et ton père. Lui, parce que c'est un connard absolu et toi parce que tu suis ses traces, à passer ta colère sur moi plutôt que de prendre tes responsabilités.

J'avance vers elle, mais elle recule aussitôt.

— Ne t'en va pas, dis-je impuissant.

Iris secoue la tête et s'éloigne encore.

— On est une équipe.

— Je ne veux pas être de ton équipe. Plus maintenant.

Un coup de poing en pleine face m'aurait sans doute fait moins mal que sa façon de me regarder, comme si je valais moins qu'elle.

— Je vais m'améliorer.

— C'est drôle, c'est toujours ce que mon père disait à ma mère. Ensuite, il se remettait à la frapper.

Son dernier coup porte exactement à l'endroit qu'elle visait. J'essaie de respirer, de réfléchir à une réplique, mais je ne trouve rien de recevable.

Elle profite de mon état de sidération pour prendre une sortie cachée du parc sans m'accorder un autre regard. Laisser Iris seule en sachant combien elle est affectée, ça paraît inacceptable, mais je ne peux pas laisser Yakura entre les griffes de mon père.

Tu pourras voir Iris plus tard, quand tout ça sera fini.

Ça semble être la meilleure idée, mais j'ai du mal à retourner vers les autres. Chaque pas qui m'éloigne d'Iris est comme un déplacement dans des sables mouvants.

Tu n'as pas passé deux ans de ta vie à travailler là-dessus pour tout perdre maintenant. Reprends-toi.

Je retourne auprès du groupe en faisant abstraction du poids qui pèse de plus en plus sur ma poitrine. Pour mon avenir, je dois mettre de côté mes émotions et continuer. C'est simple en théorie, mais très vite, Mme Yakura demande où est passée Iris.

— Elle ne se sentait pas très bien.

Une lueur malveillante s'allume dans les yeux de mon père et je ne supporte pas de le regarder, car j'aurais envie de le dégager.

— Oh non. Elle a besoin d'aide pour retourner à l'hôtel ? propose M. Yakura.

— Non, elle ne voulait pas qu'on arrête la visite pour elle.

— Vous êtes sûr ? On pourrait…

— Je suis sûr, lancé-je d'un ton sec.

— Espérons qu'elle se sente mieux bientôt, dit Mme Yakura en souriant.

Si l'expression d'Iris était un indicateur de sa souffrance, je pense qu'elle n'ira pas mieux avant longtemps.

J'ai tout fait pour.

CHAPITRE 41

Iris

Est-ce que je m'attendais à ce que Declan m'agresse de cette façon alors que je venais de tout laisser tomber pour venir l'aider à sa demande expresse ? Non, mais la surprise m'a fait presque aussi mal que tout ce qu'il m'a dit.

« Selon ta fiche de poste, tu dois régler des problèmes, pas les causer. »

Ma gorge se serre. Comment ose-t-il parler de mon boulot comme ça ? Je n'arrive pas à croire que j'ai passé trois ans de ma vie à aplanir toutes les difficultés qui se présentaient pour qu'il me réduise à néant à la minute où je dérape.

Si toutefois tu as vraiment dérapé.

Peu importe ce que j'ai fait, Declan n'aurait jamais dû me parler comme ça. Il a utilisé mes insécurités contre moi jusqu'à ce que je reste devant lui en me sentant plus malmenée que jamais. J'avais déjà eu droit à ses colères, mais jamais de cette manière. C'était personnel, et je ne veux jamais revivre ça.

Tu n'as à t'en prendre qu'à toi-même. C'est toi qui l'as fait entrer dans ta vie.

Que m'a toujours dit Declan ?

Ah, oui.

« Apprends à utiliser tes mots comme une arme parce qu'ils peuvent être plus puissants que n'importe quel poing. »

Je me sens trop bête de lui avoir donné des munitions contre moi. Une larme coule et je l'essuie d'un revers de manche.

Plutôt que de me complaire dans l'autocompassion dans le bus qui me ramène à l'hôtel, j'appelle le pilote en lui demandant de préparer le jet privé pour un décollage ce soir. Je suis peut-être nulle, mais je suis toujours une Kane, donc Declan pourra prendre un avion de ligne s'il veut rentrer à Chicago demain. Je ne vais pas rester à Dreamland une heure de plus après la façon dont il m'a parlé. Le parc est trop petit pour nous deux en ce moment, je préfère prendre le large. Au moins, je pourrai repenser à tout ce qu'il m'a dit sans être devant quelqu'un qui essaie de me saboter, de me rabaisser ou de me faire pleurer. Connaissant Declan, si je reste, je pourrais avoir droit aux trois.

Fuir, voilà ce que je sais faire. En revanche, rester pour affronter les problèmes qui font un mal de chien… non merci, j'me casse.

Qu'il aille se faire foutre, avec son contrat de merde. Je mérite mieux que m'en prendre plein la tête pour qu'il se rassure sur lui-même, surtout après tous les sacrifices que j'ai faits pour lui.

Le bus me dépose à l'hôtel. Je ne sais pas de combien de temps je dispose avant le retour de Declan, donc la panique me pousse à l'action. Avec un peu de chance, M. Yakura voudra discuter du contrat pendant des heures. Peut-être même des jours.

Mais cette pensée ne me rend pas heureuse. Elle enclenche une nouvelle salve de pleurs, parce que j'imagine Declan choisir le contrat plutôt que de me rejoindre. Après tout ce qu'il a dit, on penserait qu'il voudrait régler la question tout de suite si c'est vraiment important pour lui.

Je me fais tellement de nœuds au cerveau que je ne sais plus si c'est égoïste ou non de souhaiter ça.

Je me secoue et commence à faire mes bagages. La valise semble prête à exploser, mais par miracle, mes affaires tiennent dedans.

Je jette ma clé d'hôtel sur la table de nuit, écris un mot à la hâte et quitte la pièce sans un regard en arrière. Je m'inquiétais pour rien : Declan n'a même pas pris la peine de venir me parler. Plutôt que de me sentir soulagée, je sombre à nouveau dans le désespoir.

C'était évident. Les priorités de Declan seront toujours celles de la société Kane, peu importe le coût. Il est habitué ainsi depuis le plus jeune âge et j'étais d'accord pour passer en deuxième parce que son amour en valait la peine.

Valait. Au passé. Ce n'est plus le cas. Savoir qu'il a pris mon cœur et l'a pulvérisé, c'est tout simplement atroce.

« Tu n'es qu'une distraction et je n'ai pas le temps. »

Il s'est excusé tout de suite après.

Oui, comme faisait mon père après avoir dit les pires atrocités à ma mère. J'ai appris des erreurs qu'elle a commises et je ne compte pas tomber dans le même piège.

Il faut que tu partes d'ici.

J'espère que Declan aura le contrat. Pas pour les heures de boulot que j'y ai moi-même consacrées, mais parce que je veux que ça vaille tout ce qu'il aura perdu pour l'avoir. Y compris la possibilité de gagner mon amour.

*

La réception m'appelle un taxi pour m'amener à l'aérodrome privé. Quand j'y arrive, la porte de la cabine est ouverte et l'avion est prêt à décoller. Je sors de voiture et regarde l'appareil, prise de doute. Devrais-je retourner à l'hôtel ?

Est-ce que tu vas vraiment le laisser là ? Et s'il a besoin de toi ?

Ses paroles me reviennent en mémoire.

« Toute équipe a un chef, et ce n'est pas toi. »

Je secoue la tête. Ce souvenir met fin à tous mes doutes.

Tu ne vas pas y retourner alors qu'il s'est adressé à toi de cette façon.

Décidée, je monte les marches et prends place à l'opposé de nos sièges habituels. Le personnel de bord se limite à une hôtesse qui m'offre des boissons et des en-cas. Mon estomac n'aime pas du tout l'idée d'absorber quoi que ce soit pour l'instant, donc je décline.

Je ne sais pas comment mais je parviens à garder la face pendant l'intégralité du voyage. Harrison vient me récupérer et a la gentillesse de ne pas me demander où est Declan. Je ne sais pas comment je supporterais d'entendre cette question sans pleurer. En percevant son regard, je me demande s'il est au courant de notre dispute, mais il m'aide à décharger mes bagages sans rien dire et me dépose chez Cal avant de repartir.

Jusqu'ici, je suis restée en mode survie, anesthésiée. J'ai versé quelques larmes, bien sûr, mais sans me laisser vraiment aller à repenser à tout ce que m'a dit Declan. Au moment où je frappe à la porte, tout me revient en pleine face.

En m'ouvrant, Cal s'étonne :

— Tiens, tu es déjà de retour ?

Les larmes s'échappent de mes yeux avant que j'aie le temps de les retenir.

— Oh, merde.

Il m'entraîne dans la maison et referme la porte.

Cal me prend dans ses bras et me soutient pour que j'arrive à marcher, car je suis passée aux sanglots déchirants. Il m'écoute relater tout ce qui s'est produit aujourd'hui, et ne m'interrompt que par quelques questions. Quand je m'arrête de parler, il commente :

— C'est un con de t'avoir traitée comme ça. Le seul truc qui a tout fait foirer dans cette journée, c'est son attitude.

Je redresse la tête et grimace devant la traînée de larmes que j'ai laissée sur sa chemise.

— Il a dit que j'avais été nulle.

— C'est lui qui a été nul au moment où il a perdu le contrôle. Personne n'a à te parler comme ça, et surtout pas lui.

Je renifle.

— C'est qu'il était tellement énervé contre moi…

— Je me fous complètement de comment il se sentait. Ça ne justifie pas son comportement.

Je baisse la tête.

— J'ai fait une erreur.

Cal me prend par la main et me fait asseoir sur le canapé. Il disparaît avant de revenir avec une boîte de mouchoirs, un cachet pour le mal de tête et un verre d'eau. Je le remercie avec un faible sourire. Il se rembrunit en étudiant mon expression.

— C'est la moindre des choses, sachant que c'est moi qui l'ai encouragé à te courtiser.

— Ce n'est pas ta faute.

— Je savais bien qu'il ne te méritait pas.

Je suis mal à l'aise en me souvenant que Declan a dit la même chose.

— Je...

— Ne lui trouve pas d'excuses. Il a dit des choses inacceptables, surtout après tout ce que tu lui as confié.

— Tu veux bien que je reste là, ce soir ?

— La chambre d'amis est à toi aussi longtemps que tu en auras besoin.

Je pousse un soupir.

— Je ne peux pas me cacher ici indéfiniment.

— Tu peux faire ce que tu veux. Declan n'a aucun droit sur toi.

— Je sais, mais je dois me comporter en adulte.

— Comme si lui, il était très adulte dans sa manière d'agir.

— On est mariés. Notre dispute ne va pas changer ça.

Il souffle longuement avant de concéder :

— Non, mais ça peut changer ta vision de ton mariage.

— Je sais, dis-je en me tordant les mains.

Cal s'assied à côté de moi sur le canapé.

— Tout va bien se passer.

— Tu crois ? Parce que je n'en ai pas l'impression. Après tout ce qu'il a dit, Declan n'a même pas essayé de me suivre.

Il m'a laissé partir comme si je ne signifiais rien pour lui, parce que Dreamland Tokyo, c'est tellement plus important.

Une unique larme tombe sur mes genoux.

— Il a merdé. Il n'y a pas de belle manière de l'exprimer.

— Qu'est-ce que je dois faire ?

— Toi, rien. C'est lui qui est en tort. Je sais que tu as l'habitude de rattraper ses bourdes, mais là, tu ne peux pas tout régler pour lui.

Je déglutis avec peine.

— Et s'il ne veut pas arranger le problème ?

— Alors c'est qu'il n'est pas digne de toi.

CHAPITRE 42

Declan

Mon père et moi continuons de nous disputer l'attention de M. Yakura. Plutôt que de suivre les conseils d'Iris, je choisis d'y aller plus fort et de prouver que je suis le meilleur candidat pour amener Dreamland Tokyo à la vie. Mon père rend coup pour coup. Il fait des promesses qu'il ne pourra sans doute même pas tenir, mais paraît extrêmement sûr de lui. Je vois très bien que le parc de contes de fées se transforme en champ de bataille. Le couple Yakura essaie de continuer de sourire, mais j'imagine que cette concurrence doit être épuisante.

Iris m'avait prévenu qu'il valait mieux arrêter, mais je ne l'ai pas écoutée.

Non. À la place, je l'ai piétinée parce que j'étais trop énervé pour réfléchir avec clarté. Après avoir tant galéré à gagner sa confiance, j'ai tout bousillé au premier signe d'adversité. Je suis le seul responsable. Ce n'est pas mon père et ce n'est absolument pas Iris, même si je lui ai tout mis sur le dos.

Un nuage noir me suit pendant tout le reste de la visite. Je ne peux m'empêcher de penser en boucle que j'ai commis une énorme erreur de la poursuivre, en dépit de l'avis d'Iris. Plus le temps passe, moins je suis sûr que mon choix était le bon. Mes doutes n'ont rien à voir avec le fait que mon père accapare Yakura, mais bien avec l'idée que j'aie blessé Iris et que je l'aie laissé partir. L'envie de planter là tout le monde pour aller retrouver ma femme est plus forte que jamais.

Je n'arrête pas de me repasser ce que je lui ai dit quand j'étais en colère. La considérer comme une distraction, ce n'était déjà pas terrible, mais remettre en question ses capacités dans son boulot, c'était encore pire. Je sais qu'elle est capable de tout abattre, et pourtant, je l'ai rabaissée. Je ne suis déjà pas fier de lui avoir dit que son plan ne valait rien, mais prétendre qu'elle avait été nulle, c'était minable. J'ai choisi mes mots sous l'effet de la colère sans réfléchir à leur impact.

Ce n'est que quand nous retournons à l'entrée du parc que M. Yakura me prend à part. Mon père nous suit du regard pendant que nous nous éloignons.

— Declan, est-ce que tout va bien ? me demande-t-il en affichant un sourire aussi éblouissant que sa chemise fluo ridicule.

— Je vais bien.

— J'ai remarqué que vous étiez beaucoup plus discret depuis qu'Iris est partie. Je vous remercie d'avoir passé la journée avec nous, mais nous aurions préféré que vous soyez avec votre femme si elle ne se sentait pas bien.

Si tu as une femme auprès de qui retourner…

— Elle voulait que j'aille au bout.

Je l'espère, en tout cas. Le sourire de Yakura s'efface.

— Je m'en doutais. Elle a été très convaincante quand elle m'a appelé pour organiser tout ce voyage. J'ai presque regretté d'avoir invité votre père, sachant que vous n'êtes pas dans les meilleurs termes, tous les deux.

Non mais… quoi ?

— Je vous demande pardon ?

— C'est moi qui ai invité votre père, pourquoi pensez-vous qu'il est venu ?

— Vous l'avez appelé quand ?

— Alors… C'était le jour où Iris a tout mis au point avec mon assistante. Je voulais que tout le monde puisse être là. C'est dommage qu'Iris soit repartie. Je sais qu'elle a beaucoup travaillé pour Dreamland Tokyo et j'aurais préféré pouvoir partir en lui disant que ma décision n'est pas liée à elle.

Mon estomac proteste et je suis tout près de vomir. Iris n'a rien à voir avec la venue de mon père, qui était au courant de notre visite avec Yakura bien avant de recevoir le mail automatique.

Merde.

J'ai fait une erreur colossale. Par colère, de manière irrationnelle, tout ça parce que je voulais reprocher mon échec à tout le monde sauf moi.

— Pourquoi avoir fait ça ?

— J'étais curieux de vous voir travailler ensemble, et mes théories se sont avérées justes.

Au diable Yakura et au diable mon père. Si Yakura veut faire affaire avec lui, parfait. S'il veut traiter avec moi, parfait aussi, bien que moi, je n'aie plus trop envie de parlementer avec lui. Il s'est joué de moi. Je préfère travailler avec des gens honnêtes qui ne cherchent pas à me manipuler.

Il lève les mains.

— Je vois que cette information vous perturbe. Je vous promets que ce n'était pas pour vous vexer. Mon intention était simplement de mieux comprendre la dynamique familiale avant de prendre la décision de faire affaire avec l'un de vous.

— Et finalement, vous ne voulez pas, c'est ça ?

— Ce n'est pas que je ne veux pas, mais votre relation avec votre père est complexe. Je vois beaucoup d'animosité entre vous, même si vous essayez de le cacher. C'est devenu plus évident après le départ d'Iris.

Si tu l'avais écoutée plutôt que de lui rentrer dedans !

J'essaie de ralentir mes pensées.

T'es vraiment un con, Declan. Un gros con qui a repoussé la seule personne de ton côté parce que tu voulais prouver que tu étais capable de clore un accord.

— Est-ce que vous êtes venu dans l'intention de signer un contrat, ou même pas ?

— Je suis venu l'esprit ouvert. Ma femme et moi, nous vous apprécions tous les deux, mais je vois que vous avez encore beaucoup à surmonter. Vous êtes jeune, Declan. Jeune, ambitieux et assez passionné pour devenir PDG un jour. Personne ne le conteste, même si vous devez en avoir l'impression à cause de ma décision.

Mes tempes sont malmenées par la pression qui s'intensifie sous mon crâne.

— Je vois.

— J'imagine que ce n'est pas de moi que vous voudrez entendre cela, mais je souhaite tout de même vous donner un conseil, de PDG à futur PDG.

Je respire profondément pour m'éviter une réaction à chaud.

— Allez-y.

Yakura semble soulagé que j'accepte.

— Vous n'êtes fort qu'à l'aune de votre plus grande peur. Prenez votre père, par exemple. Il craint de se retrouver sans pouvoir, donc il fait tout pour empêcher le succès de son propre enfant, simplement pour se sentir fort et à la hauteur. Ce sera la cause de sa chute un jour, je peux le garantir. Alors choisissez d'en tirer des enseignements avant qu'il ne soit trop tard pour vous. Affrontez vos peurs et sortez-en grandi ou passez le reste de votre vie à lutter contre elles à chaque tournant.

J'essaie de tourner la langue sept fois dans ma bouche, mais c'est impossible.

— Quelle est la mienne ?

M. Yakura rit.

— Sondez votre âme et trouvez vous-même. Je ne peux pas vous donner toutes les réponses. C'est le principe de la vie.

Mme Yakura appelle son mari et il lui fait signe d'attendre.

— Une dernière chose, me dit-il.

Cette conversation peut-elle encore empirer ?

— Dites-moi.

— Revenez me parler quand vous sentirez le moment venu. Si les articles people que lit ma femme disent vrai, alors ce sera peut-être assez vite. J'espère que d'ici là, vous aurez réglé vos problèmes.

Il m'adresse un clin d'œil et, je ne sais comment, je comprends qu'il soupçonne quelque chose.

— Allez prendre soin de votre femme. Présentez-lui mes excuses et dites-lui que j'espère qu'elle comprend.

Sur un dernier sourire, lui et sa femme quittent le parc.

Je les regarde disparaître derrière le portail, aussi je ne vois pas mon père me rejoindre.

— Alors, ça fait quoi de perdre ce pour quoi tu travailles depuis deux ans ?

— Ce n'est pas aussi lamentable que pour toi, qui vas rentrer dans une maison vide en sachant que tu n'auras que ta pauvre carcasse pour te tenir compagnie. À lundi.

J'entends le bruit de ses pas me suivre.

— Où tu vas ?

— J'en ai fini ici. J'ai tenté, j'ai perdu. Si tu veux bien m'excuser, je vais retrouver ma femme et me barrer d'ici.

Il me prend le bras et je me dégage vivement. Je crache :

— Ne me touche pas.

— On n'a pas fini.

— Si tu attends une grosse réaction de ma part, tu n'en auras pas. C'est terminé.

— Ah oui ? Je vais devoir attendre lundi, que tu présentes ton échec au CA.

— Peu importe ce qu'ils pensent de moi. La moitié estime que tu es une grosse merde et te lèche quand même le cul à cause de ton nom de famille. Tant que je touche mon héritage, leur avis sur moi n'a aucune valeur.

— Et tu considères que c'est faire tes preuves ? Ça fait de toi un choix de PDG minable.

— Peut-être, mais Grand-père s'est débrouillé pour que ça soit sans importance.

— Je me battrai contre toi à chaque étape.

— Tu peux toujours essayer, je ne compte pas lutter. C'est fini pour moi. Tu es une cause perdue et je refuse d'y consacrer encore de l'énergie. Je préfère la diriger vers ce qui est important, comme ma femme, mes enfants et mes frères. Tu as choisi d'être un pitoyable connard, mais ce n'est pas pour ça que je dois suivre ce chemin aussi.

Je pars vite avant d'ajouter pire. M. Yakura m'a suggéré d'affronter ma plus grande peur et c'est ce que je viens de faire.

Je ne veux pas devenir comme mon père.

J'ai passé toute ma vie à me démener pour être meilleur que lui, au point de suivre ses traces pour prendre son poste. J'ai passé bien trop de temps à essayer de le détruire au lieu de me concentrer sur ce qui est important.

Je n'ai pas l'intention de refaire cette erreur. C'est fini.

*

Je retourne à l'hôtel, mais découvre la chambre où je croyais trouver Iris vidée de toutes ses affaires. Si elle a loué une autre chambre pour m'éviter, je ne peux pas lui en vouloir, mais si elle croit que je vais accepter qu'elle dorme autre part, elle se trompe.

Les disputes de couple, ça existe. On peut s'en sortir. Mais pour commencer, j'ai besoin qu'elle m'écoute.

Je regarde mes messages, mais aucun d'Iris. Le cœur cognant dans ma poitrine, j'appelle sur son portable, mais je me retrouve sur messagerie.

— Merde.

Je jette mon téléphone sur le lit et il atterrit sur un petit bout de papier que je n'avais pas vu sur la couette blanche. J'ai presque peur de regarder, mais je prends mon courage à deux mains. Ce mot est mon pire cauchemar.

Papier carré à en-tête Dreamland :

Considère ce message comme ma lettre de démission informelle. La lettre protocolaire sera sur ton bureau lundi à 9 heures.

Iris

Je froisse le papier avant de le jeter dans la corbeille. Je ne vais pas la laisser démissionner parce qu'on s'est disputés à propos du boulot. J'ai employé des mots durs, injustifiés et dépassant les bornes, mais ça ne signifie pas qu'elle peut partir sans me laisser une chance de me racheter.

Il faut déjà que tu la retrouves.

— Merde !

CHAPITRE 43

Declan

Je ne trouve Iris nulle part dans l'hôtel. Le seul autre endroit auquel je pense où elle aurait pu se rendre, c'est chez Rowan.

Je frappe à sa porte en prenant une grande inspiration. La lumière au-dessus de moi s'allume avant que Zahra ne m'ouvre. Comme toujours, elle a l'air enjoué, comme si elle tirait son énergie du soleil. Je ne sais pas comment mon frère supporte ça.

— Tu as vu Iris ? demandé-je sans m'embarrasser de politesses.

— Euh, ce n'est pas avec toi qu'elle devrait être ?

Je me détourne et redescends les marches du perron. Je n'ai pas de temps à perdre.

— Hé ! Attends ! crie Zahra en me courant après.

J'accélère le pas.

— Arrête-toi ! J'ai quelque chose à te dire.

Je n'obéis pas.

Le son des tongs sur le sol est irritant. Je l'ignore, mais bientôt, c'est mon frère qui m'arrête car il revient de son jogging. Il retire un écouteur de son oreille et me dévisage sans aménité.

— Qu'est-ce que tu fais là ?

Zahra me rejoint et s'efforce de reprendre son souffle.

— On t'a déjà dit que tu as de très longues jambes ?

— Pourquoi tu poursuis mon frère ?

— Je veux lui parler, mais il s'enfuit.

Rowan me regarde avec sévérité.

— Et toi, tu veux bien m'expliquer pourquoi tu fuis ma chérie ?

Je prends une profonde inspiration.

— Je n'ai pas le temps pour les blablas. J'en ai assez perdu comme ça.

— Alors, prends le temps.

— J'essaie de retrouver Iris.

— Bon courage.

— Tu sais où elle est ?

— Je te le dirai si tu m'accordes quelques minutes comme te le demande Zahra. C'est la moindre des choses, après avoir joué au con avec moi tout à l'heure, tu ne crois pas ?

Je serre les dents.

— OK. Vas-y, dis-je en toisant Zahra.

— On peut rentrer à l'intérieur, d'abord ? Il me faut un verre d'eau.

Ma patience déjà limitée s'évanouit complètement pendant que je les suis dans la maison où j'ai passé presque toutes les vacances de ma jeunesse. Les souvenirs me tombent dessus quand j'aperçois la balancelle de maman, toujours au même endroit depuis toutes ces années.

— C'est mon endroit préféré de toute la maison, me dit Zahra avec un petit sourire.

Pas étonnant.

Sans lui répondre, je passe la porte d'entrée. L'endroit n'a pas changé en dehors d'un coup de peinture et de meubles plus modernes. Dans la cuisine, le chambranle porte toujours les marques de notre taille évoluant avec les années, les miennes étant les plus hautes.

— C'est bizarre de revenir ici après des années, hein ? me dit Rowan qui s'appuie au comptoir de la cuisine sans cesser de m'observer.

— Comment supportes-tu de vivre ici ?

— Ça me rappelle certains bons moments.

— Tu es bien le seul.

Il sourit en une réponse silencieuse.

— Tu veux quelque chose à boire ? me propose Zahra en sortant la tête du réfrigérateur.

— De l'eau, c'est très bien.

Elle nous sert un verre à tous les deux.

— Donc, quelqu'un veut bien me révéler pourquoi je suis retenu en otage émotionnel ?

Rowan regarde Zahra, qui se contente de sourire.

— J'ai menti en racontant que j'avais quelque chose à te dire. J'espérais te retenir le temps que Rowan revienne pour que vous puissiez parler et régler vos différends une bonne fois pour toutes.

Rowan lève les yeux au ciel.

— Qu'est-ce que t'es chiante.

— Oui, mais c'est pour ça que tu m'aimes.

Après lui avoir déposé un baiser sur la joue, elle disparaît dans l'escalier.

— Elle est futée.

— Elle se mêle de tout, oui. Elle déteste quand on se dispute, surtout au sujet de mon choix de rester ici.

— Tu lui as parlé de tout à l'heure ?

— Je lui dis *tout*.

Je bois une gorgée d'eau.

— Intéressant.

Il est probable que Zahra me considère comme le plus gros connard de la planète.

Mon frère prend un verre qu'il remplit d'eau également.

— Comment s'est passée la visite ?

— Pourquoi tu veux savoir ?

— Parce que je m'intéresse.

— Même après que je t'ai engueulé pour rien tout à l'heure ?

Il soupire.

— L'amour, ce n'est pas soumis à conditions. Je sais que notre père nous a fait croire ça, mais ce n'est pas parce qu'il m'arrive de m'énerver contre toi et inversement que je ne t'aime pas ou que je n'en ai rien à faire de toi. Même si le plus souvent, tu te comportes en idiot.

— Qui aurait cru que Dreamland te changerait en gros sentimental ?

— Dreamland et les gens qui s'y trouvent.

Il sourit, d'un authentique sourire radieux, et je ne me souviens pas de la dernière fois que je l'ai vu aussi heureux. Peut-être jamais.

Personne ne contrôle le fait de tomber amoureux et, il a trouvé l'amour dans le dernier endroit imaginable à mes yeux. Pour nous deux, il est temps que je l'accepte et que je tourne la page. Je le punis de rechercher ce qui le fait se sentir épanoui, tout ça parce que je me suis senti trahi. Je me suis accroché à l'idée qu'il m'avait abandonné, comme tout le monde, pour me préoccuper de mon père et de toutes les attentes de l'entreprise. Plutôt que de le soutenir, j'ai retenu son bonheur contre lui, tout comme mon père l'a fait d'innombrables fois pendant notre vie.

Tu ne vaux pas mieux que lui.

Quelle amertume, de prendre conscience que l'homme à qui j'en ai voulu toute ma vie est celui que je suis progressivement en train de devenir.

Il n'est pas trop tard pour prendre de meilleures décisions.

Ma bouche reste sèche, quelle que soit la quantité d'eau que je bois.

— J'ai commis des erreurs.

Rowan semble un peu étonné, mais me laisse poursuivre.

— J'ai dit des trucs dont je ne suis pas fier. Je t'ai menacé, je t'ai rabaissé et repoussé parce que tu as fait un choix qui ne me plaisait pas. Je suis ton grand frère, donc je suis censé donner l'exemple. Être celui qui pardonne. Prendre les bonnes décisions. Rester fort même si on essaie de m'abattre. Mais tout ce que j'ai fait, c'est te montrer ce qu'il ne faut pas faire. Plutôt que de te laisser devenir celui que tu veux être, j'ai essayé de te remettre dans un moule qui ne te convenait plus. C'était égoïste et je suis désolé.

— Ça alors, fait-il éberlué.

Je n'ai pas grand-chose d'autre à dire. Dorénavant, je veux être quelqu'un de meilleur. Fin.

Je me lève.

— Bon, il faut que j'y aille.

Rowan prend des clés sur le comptoir.

— Je te conduis à l'aéroport.

— À l'aéroport ?

Il glousse.

— Iris a repris le jet pour Chicago tout à l'heure.

— De quoi ?

— Tu vas devoir prendre un avion de ligne ce soir. Tu ferais mieux d'acheter un billet.

J'essaie d'assimiler le fait qu'en ce moment, Iris est à Chicago.

Pourquoi serait-elle restée ? Tu ne lui as donné aucune raison de s'attarder, avec ta manière de lui parler.

Je ravale la boule dans ma gorge.

— J'ai déconné.

— Il va falloir lui prouver tes remords mais ça peut s'arranger.

— Comment… ?

— On va en discuter dans la voiture, dit-il avec un sourire inquiétant.

La vache. Ça va être un trajet intéressant.

*

Pour prouver mes remords, puis-je raconter à Iris que j'ai pris un vol commercial pour la première fois en une décennie, juste pour pouvoir la rejoindre au plus vite ? Parce que dans ce cas, la place en classe économique que j'ai dû acheter au dernier moment valait chaque minute atroce que j'y ai passée : j'étais coincé entre un bambin qui n'arrêtait pas de parler et une mère avec son bébé en train de brailler.

Mes oreilles sifflent encore quand j'arrive à la maison. Harrison m'ouvre la portière et je sors. Je ne pense pas à lui demander où est Iris avant d'entrer dans une maison vide et silencieuse.

— Iris ?

J'avance dans le vestibule rempli de ses plantes, mais pas de réponse. Je fouille deux fois la maison avant d'avoir la certitude qu'elle n'y est pas.

— Putain…

J'appelle Iris, mais sans surprise, elle ne répond pas.

Je compose le numéro de Cal, mais il ne décroche pas non plus.

Moi : Iris est avec toi ?

Il ne répond pas tout de suite et je ne vois pas l'intérêt de rester à attendre. Autant aller jusque chez lui.

Moins de trente minutes plus tard, je me gare devant l'appartement et cherche à l'appeler à nouveau. Il répond enfin, d'une voix plus bourrue qu'à l'accoutumée :

— Qu'est-ce que tu veux ?

Je comprends qu'Iris l'a contacté la première.

— Où est Iris ?

J'entends une porte qui se ferme.

— Elle dort.

— Chez toi ?

— Je pense que ça n'a pas d'importance, du moment que ce n'est pas chez toi.

— Passe-la-moi.

— Elle n'a pas envie de te parler en ce moment.

— Je veux qu'elle me le dise elle-même.

— Écoute-moi, frangin. Donne-toi la nuit pour te calmer. Vous êtes tous les deux trop sensibles en ce moment.

— De la merde !

Je raccroche. Je ne vais pas laisser Cal me dire comment me comporter avec ma femme. Ils sont amis, mais moi, je suis son mari. Même énervée, elle doit être dans notre maison. Les couples se réconcilient en parlant. Ils n'ont pas besoin d'un médiateur.

Le gardien de la résidence m'ouvre. J'appuie sur le bouton de l'ascenseur et tape du pied jusqu'à ce que la porte s'ouvre. La montée est rapide et très vite, je suis devant l'appartement de Cal.

— Ouvre !

— Putain…

La porte s'ouvre et mon frère me lance : « Rentre chez toi ! » avant de la rabattre, mais je la bloque du pied et la rouvre.

— Où elle est ?

Il me pousse, me faisant perdre l'équilibre.

Quoi ? Cal m'a poussé ? Ce n'est vraiment pas son genre, lui qui ne touche même pas les gens. La seule fois où je l'ai vu faire quelque chose dans ce goût-là, c'était pendant un match de hockey au lycée, et ça faisait partie du sport.

Il me pointe un doigt sur le torse.

— Elle ne veut pas te voir maintenant.

— Et alors ? Tu sais ce qui est le mieux pour elle ?

— Il faut bien que l'un de nous le sache, puisque toi, tu sais que dalle. Je me doutais que t'étais incapable de prendre soin d'elle. Je le savais, et pourtant, je t'ai aidé en croyant que tu commençais vraiment à changer. Que tu l'aimais peut-être vraiment.

— Mais je l'aime vraiment. Même si je ne te dois pas d'explications.

— Non, Declan. Tu ne l'aimes pas si tu lui as dit qu'elle était nulle, comme tous les autres connards qui l'ont déçue.

— Ferme ta gueule !

— Et pourquoi ? Ce n'est pas comme si à toi, ça t'arrivait de la fermer.

— J'ai fait une erreur, dis-je, les poings serrés.

— Une erreur ? s'exclame-t-il en riant. Tu as rabaissé ta femme pour qu'elle se sente aussi minable que toi. Tu l'as poussée à se sentir petite, inutile et insignifiante. Tout ça parce que tu as plus d'intérêt pour ton boulot que pour la personne que tu prétends aimer. Alors tout ce que je peux dire, c'est félicitations, Declan. Tu as passé toute ta vie à nous protéger de notre père pour finalement devenir comme lui.

— Va te faire foutre.

Je me mords la langue et le goût de sang se répand dans ma bouche.

Cal me salue d'un doigt d'honneur avant de me claquer la porte au nez.

*

Il n'y a rien de pire que de retourner à la maison sans Iris.

Le poids de la défaite pèse sur mes épaules et chaque pas est plus difficile que le précédent. Je me traîne dans la maison vide qui est silencieuse comme une tombe. Ce qui auparavant m'apportait du réconfort me remplit de crainte à présent, surtout en sachant ce que j'ai fait pour y avoir droit. Je suis coincé là à me repasser les paroles de mon frère pour combler le vide.

« Tu lui as dit qu'elle était nulle, comme tous les autres connards qui l'ont déçue. »

« Tu as rabaissé ta femme pour qu'elle se sente aussi minable que toi. »

« Tu as passé toute ta vie à nous protéger de notre père pour finalement devenir comme lui. »

C'est cette dernière phrase qui fait le plus mal. Entendre ce que Cal pense de moi…

Ça me donne envie de me mettre en rage. Pas à cause des sacrifices que j'ai faits, mais parce qu'il a raison. Si je ne me reprends pas en main, je vais devenir exactement comme mon père. Lui non plus n'est pas né en étant un parfait connard. Il lui a fallu du temps et un cœur brisé pour plonger dans la noirceur.

Tu peux être différent. Il n'est pas trop tard.

Je souffle un grand coup en me dirigeant vers la cuisine. Après mon vol infernal et les répliques de mon frère, je n'ai plus d'énergie pour cuisiner mais mon estomac réclame à être nourri.

Je fouille le cellier et retourne plusieurs boîtes avant d'opter pour ce que préfère Iris.

Des pâtes.

La pression sur ma poitrine s'intensifie quand je repense à toutes les fois où elle nous a fait à manger ces dernières semaines. Ce n'était pas de la grande cuisine, mais je m'en fichais bien, j'étais content d'être en sa compagnie.

Sa compagnie dont je suis privé ce soir, parce que je l'ai repoussée.

Je dispose les deux sets de table sans réfléchir. Ce n'est qu'au bout de dix minutes que je me rends compte de mon erreur. Ma gorge se serre au point que j'ai du mal à respirer. J'essaie malgré tout de manger, mais tout a un goût de carton.

De plus en plus incommodé, je laisse mon assiette à moitié pleine dans l'évier et je monte. Où que j'aille, je ne peux pas échapper à mes erreurs. Même dans ma chambre, les souvenirs d'Iris m'assaillent dès le premier pas.

Son parfum qui imprègne encore l'atmosphère. Son élastique sur la commode. Un talon resté abandonné dans un coin pendant qu'on faisait l'amour. Une photo encadrée de nous le jour de notre mariage, avec elle qui me sourit alors que je fais la tête devant l'objectif.

Je pose la main sur mon cœur en souhaitant ne plus avoir mal. Les mains tremblantes, je tente des exercices respiratoires pour freiner la crise de panique.

Tu ne l'as jamais méritée.

Non. Et pourtant, je voulais quand même vivre avec elle.

Ma femme me manque. Sa place est auprès de moi, à se plaindre que je veuille la câliner après l'amour, alors qu'en fait, elle adore ça. Je ferais n'importe quoi pour l'entendre râler contre mon réveil le matin ou s'approcher pour recevoir mon baiser avant que je quitte le lit pour aller à la salle de sport.

Après une douche, je m'enfonce sous la couette et regarde le plafond, immergé dans l'odeur du gel douche à la noix de coco d'Iris. Aucune position n'est confortable sans elle.

Tu es foutu.

Je me retourne pour la troisième fois et contemple le cactus qu'elle m'a offert il y a deux ans.

Arrête de piquer.

J'essaierai. Juste pour elle.

CHAPITRE 44

Declan

Je suis sur le seuil de chez Cal à 8 heures le lendemain matin, un café à la main, prêt à parler avec Iris. Après une nuit interminable passée à tourner et me retourner dans le lit, je fonctionne avec peu de sommeil et beaucoup de caféine.

Mon frère m'ouvre, en costume et cravate, ce qui n'est pas son habitude, sachant qu'il n'a pas de travail où se rendre.

— Tu vas où ?

— Au boulot, répond-il avant de fermer sa porte à clé.

— Depuis quand tu as un job ?

— Depuis que tu as besoin d'un assistant.

Je suis cloué sur place.

— Pardon ?

— Iris ne vient pas aujourd'hui.

— Oh, mais si. Son préavis de deux semaines n'a même pas commencé.

— Je te conseille de consulter tes mails, me répond Cal en riant.

Perplexe, je regarde ma boîte mail.

— Sans déconner…

— Non. Elle prend deux semaines de congé à compter d'aujourd'hui.

— Pas question.

Mon frère a le culot de sourire.

— Tu m'emmènes au boulot, oui ou non ?

— Pourquoi tu t'éclates comme ça ?

— Parce que ça fait du bien de voir enfin quelqu'un te remettre à ta place. Tu t'imaginais vraiment pouvoir t'adresser à elle de cette manière et qu'elle vienne faire ses deux dernières semaines comme si de rien n'était ?

Je serre les dents avec force.

— Je veux lui parler.

— Elle te parlera quand elle sera prête.

— Alors c'est moi qui parlerai.

Je lui pique les clés et déverrouille la porte avant qu'il ne puisse me les reprendre.

— Dec…

Je lui claque la porte au nez et tire le verrou.

— Ouvre, putain ! crie-t-il en tapant du poing sur le bois.

Je jette ses clés sur un guéridon avant de suivre la musique qui me mène à la cuisine. Iris me regarde aussitôt dans les yeux.

— Qu'est-ce que tu fais là ?

— Je t'apporte du café, dis-je en m'approchant pour lui tendre le gobelet, qu'elle inspecte comme s'il était empoisonné.

— Tu es venu jusqu'ici… pour m'apporter du café ?

— Non. Je suis venu te parler. Le café, c'est juste pour te convaincre de m'accorder un peu de temps.

— Je ne veux plus de tes cafés. Fini.

— OK. Peut-être plus tard, dis-je en le posant sur le comptoir.

— Je peux savoir comment tu es entré, ou la réponse est trop ahurissante ?

— J'ai piqué les clés de Cal et je l'ai enfermé sur le palier.

— Declan…

— Tu me manques.

— Tu m'as vue il y a moins de vingt-quatre heures.

— Le gène de l'addiction est très dominant dans ma famille. Aie pitié de ton mari.

Iris se renfrogne. Je refuse de perdre espoir, malgré son regard pas du tout encourageant, et j'enchaîne :

— Tu me manques tellement que je me traîne lamentablement. La maison est trop calme et la salle de bains beaucoup trop rangée. Même les pâtes n'ont pas le même goût quand ce n'est pas toi qui les cuisines.

— Je ne cuisine pas. Je fais bouillir de l'eau. D'après toi, il y a une grande différence.

— Reviens à la maison. Je cuisinerai tous les jours du reste de notre vie, du moment que tu es d'accord pour ne plus jamais repartir.

Elle ferme les yeux avant de répondre :

— Non.

Je profite qu'elle ait baissé sa garde pour me rapprocher d'elle. Son menton tient parfaitement dans la paume de ma main et, du pouce, je lui caresse la joue.

— S'il te plaît. Je suis malheureux comme un caillou, sans toi.

Elle bat des cils.

— Je ne suis pas prête.

— Qu'est-ce que ça veut dire, ça ?

Iris se dégage et mon mal d'estomac revient, encore plus fort qu'avant. Chaque cellule de mon corps me pousse vers ma femme comme un aimant, mais je ne la retiens pas.

— J'ai besoin de réfléchir.

— Mais à quoi ?

— Toi. Moi. Nous.

— Comment ça, nous ?

— S'il y a vraiment eu un « nous », pour commencer.

Je suis terrassé par son aveu. Plutôt que de m'attarder sur la douleur qui me gangrène, j'objecte :

— Tu as signé un contrat.

— Qui n'a jamais parlé de vraie relation. Toi-même, tu as dit que c'était un jeu.

— Mais putain, ce n'est pas un jeu et tu le sais.

L'idée qu'elle le pense me donne envie de me mettre en rage, mais je me contiens. J'ai fait assez de dégâts comme ça.

Elle secoue la tête.

— Je ne sais plus quoi croire.

— Et donc ? Tu veux juste revenir à la façon dont ça se passait avant qu'on tombe amoureux ?

Elle détourne le regard, mais je le lis clairement sur son visage. *C'est exactement ce qu'elle pensait.*

Je lâche un rire amer.

— D'accord, prends ton temps, mais rien ne va changer le fait que toi et moi, c'est inévitable.

Il me faut un effort incroyable pour m'éloigner d'elle, mais si j'insiste, rien de bon n'en ressortira. Elle veut du temps et je vais le lui laisser. Tant que ça se passe selon mes règles.

*

Cal dépose la lettre de démission officielle d'Iris à 9 heures pile, comme elle l'avait promis. Après tout ce que j'ai traversé pour éviter que ça arrive, elle part quand même.

Par ta faute.

Cal reste devant moi et je relève les yeux.

— Oui ?

— Tu vas signer l'accusé de réception ?

Je tiens la lettre entre deux poings serrés.

— C'est ce que je compte faire.

Il me désigne le papier d'un air interrogateur.

— Tu peux retourner à ton bureau, dis-je.

— Et louper tout ce conflit interne et cette angoisse ? Tu me prends pour quoi ?

— Un cadavre ambulant ?

Il sourit largement.

— Te voir batailler, c'est bien trop divertissant, surtout après que tu as rendu Iris aussi malheureuse.

— Tu peux me laisser seul, s'il te plaît ? Je ne suis pas d'humeur.

Cal affiche une expression stupéfaite et je me rends compte de mon changement d'habitude : je lui ai demandé de partir, et poliment de surcroît.

Depuis que je suis arrivé au bureau, j'ai des brûlures d'estomac constantes. Toutes les réunions et occupations ne parviennent pas à détourner mon esprit de ma conversation avec Iris ce matin.

D'instinct, je passe à côté du bureau de Cal, m'attendant presque à ce qu'elle soit là, et je me souviens alors qu'elle ne reviendra pas. J'ai tellement l'habitude qu'elle soit dans les parages que je ne sais pas comment faire sans elle.

— C'est pour le mieux, me dit mon frère.

Il tire la chaise d'Iris, mais je lui fais signe de s'abstenir. Non sans un regard lourd de sous-entendus, il s'assied sur une autre chaise.

— Elle ne reviendra pas. Ce n'est pas en lui gardant sa chaise que ça va changer.

— C'est encore ma femme. Cette chaise est à elle, qu'elle soit en congé ou pas, donc prends l'autre.

— Est-ce qu'elle est encore ta femme, vraiment ?

— Dégage, Cal !

— Je pose la question, c'est tout.

— Non, tu cherches la bagarre.

— Peut-être. Comme ça, au moins, on pourrait régler le problème. Je n'aime pas travailler avec toute cette tension.

— Il n'y a rien à régler. Je ne sais pas ce que tu t'imagines, mais c'est entre elle et moi.

— Elle est venue chez moi en pleurant, Declan. Je ne vais pas l'occulter parce que tu as décidé un peu tard que tu avais fait le mauvais choix et que tu voulais la récupérer.

Je serre les poings.

— Je ne vais pas revenir là-dessus avec toi.

— Alors, signe le papier, et je pars.

Je prends un stylo mais je m'arrête au-dessus du cadre réservé à la signature.

— Si tu l'aimes vraiment, il faut en passer par là, dit Cal d'un ton moins agressif.

— Même si ça ne me paraît pas normal ?

— Bien sûr que ça paraît anormal. Vous êtes co-dépendants depuis bien trop longtemps.

— Au moins, je ne t'ai pas payé toutes ces cures de désintox pour rien.

Mon frèreIl n'a pas arrêté de boire, mais il a appris quelques trucs sur l'addiction. Après un doigt d'honneur, il ajoute :

— Ce n'est pas au boulot de vous réunir ni de vous séparer. Si tu veux avoir une chance que ton mariage soit heureux, tu dois accepter son départ en tant qu'assistante.

Avec résignation, j'appose ma signature sur le papier.

— Tiens.

Je le lui jette pour éviter de le déchirer en petits morceaux.

— Ça va aller.

— Je ne sens pas que ça va du tout. J'ai l'impression de la perdre avant de l'avoir eue.

L'expression de Cal s'adoucit.

— Il n'est pas trop tard pour la récupérer.

— Comment tu le sais ?

— Parce que, pour une raison que je ne cerne pas, elle t'aime alors qu'elle aurait toutes les raisons de te détester.

— Elle ne me l'a jamais dit.

— Quoi ?

— Qu'elle m'aimait.

Ma voix se brise et Cal se lève.

— Ça ne veut pas dire qu'elle ne le fera pas plus tard.

Le papier en main, il quitte mon bureau.

Sans pouvoir me retenir, je prends mon téléphone. Je ne vais pas revenir sur la promesse de laisser Iris respirer, mais je ne suis pas obligé de garder un silence absolu.

Je retourne dans nos messages et lui envoie un seul mot pour exprimer mon ressenti.

Moi : *Litost*[1].

J'y ajoute une photo de sa chaise vide pour lui montrer que je me sens très seul sans elle.

Elle ne répond pas. C'était prévisible, mais je n'en sens pas moins un poids sur la poitrine.

J'essaie de me remettre au travail, mais je reviens sans cesse à Iris. Mon cerveau est incapable de se concentrer sur quoi que ce soit. Au lieu d'insister, j'éteins mon ordinateur et passe le reste de la journée à réfléchir sur comment reconquérir ma femme.

Les mots de Cal résonnent dans ma tête :

« Elle t'aime alors qu'elle aurait toutes les raisons de te détester. »

Et si je lui donnais toutes les raisons d'être amoureuse de moi ?

---

1. *Litost* : nom tchèque : état de grande souffrance ou d'affliction.

CHAPITRE 45

Iris

Je passe mon premier jour de vacances à ne strictement rien faire. Ça devrait être génial et conforme à tout ce que j'espérais, mais je n'arrive pas à me remettre d'avoir démissionné. Sans compter que j'ai l'impression d'avoir aussi quitté Declan.

Je regarde au plafond pendant ce qui me semble être des heures et j'essaie de décider quoi faire. L'envie de voir comment se débrouille Cal est presque aussi forte que celle de répondre au message de Declan. Comment mes doigts pourraient-ils ne pas me démanger alors qu'il m'a envoyé une photo de ma chaise vide et un mot qui évoque son malheur ?

Je ne sais pas comment interpréter toutes les émotions qui m'envahissent en même temps. Je reste en colère contre Declan à cause de son comportement à Dreamland, mais je me sens tout aussi coupable qu'il souffre par ma faute. Je ne suis pas rancunière. La rancœur me rend nauséeuse, irritable et anxieuse au plus haut point.

J'essaie de me distraire en remettant mon CV à jour. Je préfère avoir une activité utile plutôt que de m'attarder sur mes problèmes. Cependant, c'est une tâche qui me sollicite davantage émotionnellement que je ne l'aurais cru. Je commence par détailler mes fonctions d'assistante de Declan puis je m'arrête longuement à la rubrique que j'aime le moins, celle intitulée « Formations ». La seule ligne qui y figure est mon diplôme du secondaire obtenu de haute lutte.

Je n'ai plus honte comme avant de ne pas avoir fait d'études supérieures, ce qui me surprend. J'ai passé plusieurs années à éviter les conversations avec les autres employés au sujet de mes diplômes. J'étais très consciente de ne pas avoir la même expérience que les autres, donc j'ai bossé pour montrer à tout le monde que je valais quelque chose.

Les paroles de Declan m'ont fait mal pour une multitude de raisons, mais la plus importante n'a rien à voir avec lui. Parce qu'au fond, je suis nulle, mais pas de la façon que pensent les gens.

J'ai été nulle pour affronter mes peurs. Au lieu de ça, j'ai passé des années à lier ma valeur à mon travail. Maintenant que je n'en ai plus, je suis perdue. J'avais remis à plus tard la question des études et joué la sécurité. Et même quand j'ai pris le risque de postuler aux ressources humaines, j'essayais encore de rester dans ma zone de confort.

J'ai évité de faire des études par peur de l'échec. Au lieu d'assumer cette peur, je suis tombée dans une ornière et ça dure depuis que j'ai eu mon diplôme de lycée à dix-neuf ans. Ça se poursuivra tant que je laisserai mes insécurités passées prendre le dessus sur mes décisions actuelles.

Tu n'es plus cette fille-là. Tu n'as à prouver ta valeur qu'à toi-même.

Voilà. Je suis enfin prête à prouver que les seules limitations que j'ai sont celles que je me m'impose.

J'ouvre une nouvelle fenêtre Internet pour me renseigner sur les universités des environs. Si l'ancienne Iris pouvait me voir en ce moment, elle ferait une crise cardiaque. Je n'aurais jamais cru que je m'inscrirais volontairement à la fac.

Tu crois que c'est ça qui lui donnerait une crise cardiaque ? Et le fait que tu aies épousé ton patron pour un héritage qui ne t'était même pas destiné ?

Je chasse les pensées concernant Declan. Si je veux arriver à quoi que ce soit aujourd'hui, il est la dernière personne à qui je dois penser, malgré tout ce qui m'y pousse.

Je crée un nouveau classeur Excel et j'entame une liste de pour et de contre avec différentes écoles, leurs programmes et leurs frais de scolarité. Ensuite, j'établis une liste de choses à faire avant même de pouvoir m'inscrire, dont étudier pour le test d'évaluation que réclament les universités.

Lorsque Cal revient de son premier jour de boulot, je suis sûre d'une chose : je vais me lancer dans des études supérieures.

*

Mon téléphone vibre et je le prends sur le comptoir pour découvrir un message de Declan.

Declan : *Saudade*[1].

Une photo de notre îlot de cuisine apparaît. Mon set de table y est disposé avec le sien, comme si j'allais le rejoindre pendant qu'il mange ses pâtes. C'est le troisième soir de suite qu'il m'envoie ce type de photo avec chaque fois un mot différent sur le même thème.

Nostalgie. Tristesse. Regrets.

Declan n'est peut-être pas le seul à souffrir de *saudade*.

Je n'arrête pas de repasser sur son message, une douleur dans la poitrine, et j'ai envie de rentrer chez moi.

Chez moi.

Merde. Depuis quand cette maison est-elle devenue chez moi ?

Depuis que tu es tombée amoureuse de lui.

Ma gorge se serre et j'ai du mal à respirer correctement.

— Qu'est-ce qui ne va pas ? me demande Cal en arrivant dans la cuisine.

— Rien.

— Declan t'a encore envoyé un message.

— Oui, avoué-je avec un soupir.

— Tu lui as répondu ?

— Non.

J'en ai envie, vraiment envie, mais mon côté rationnel me retient en me posant des questions qui m'arrêtent.

Et s'il se remet à déconner ?

1. *Saudade* : nom portugais : sentiment de vide provoqué par le manque d'une personne aimée, mélange de nostalgie, de mélancolie et de désir.

Et s'il ne veut me reconquérir que pour son héritage ?

Et si je retombe amoureuse de lui malgré tous les signes de mauvais augure, en sachant qu'il pourra me refaire souffrir ?

Ma tête est emplie de questions qui n'ont pas vraiment de réponses.

— Tu veux l'appeler.

J'évite de croiser le regard Cal pour répondre :

— Non.

— Il te manque, dit-il sur le ton de l'évidence.

— C'est sûr. Il me manque tellement que j'en suis malade, parce que je me sens coupable d'avoir autant envie d'être avec lui.

— Alors, pourquoi tu ne veux pas lui parler ?

— Parce que j'ai suivi mon cœur et regarde où ça m'a menée. Maintenant, je doute de tout. Si c'est ça, l'amour, je n'en veux pas parce que putain, ça fait trop mal.

Mes yeux s'embuent de larmes.

— Tout va bien se passer, m'assure Cal en me prenant dans ses bras.

— Comment tu peux en être aussi sûr ? dis-je d'une voix étouffée par sa chemise.

— Parce que si Declan t'aime moitié autant que toi, tu l'aimes, alors il ne reculera devant rien pour se faire pardonner.

*

Suite à mon craquage d'hier, je décide d'aller voir la personne qui me comprend le mieux. Peut-être qu'elle pourra m'aider à comprendre toutes ces émotions qui m'étreignent.

Même si elle ne sait pas tout de mon mariage, elle s'y connaît assez en relations pour m'apporter un éclairage.

Sa classe n'a pas changé avec les années. Elle sent toujours la vieille peinture avec une touche de colle, ce qui me rappelle les après-midi passés à faire du coloriage pendant qu'elle animait le club d'arts plastiques.

— Eh bien, quelle surprise, dit ma mère en me serrant dans ses bras.

— J'avais envie de te voir.

— Qu'est-ce qui s'est passé ? me demande-t-elle avec l'air qu'elle a toujours quand elle devine qu'il se trame quelque chose.

— Rien…

Elle tapote l'un des sièges d'élève en riant.

— Allez, assieds-toi.

Elle me passe une feuille à dessin blanche et des crayons de couleur.

C'est toujours comme ça que ça a fonctionné entre nous. Elle donnait à ces séances le nom « coloriage et confession », parce qu'elle finissait toujours par me faire avouer mon problème.

— Je suis très contente que tu viennes me voir, mais je ne peux pas m'empêcher de me demander pourquoi.

— J'ai besoin d'une excuse pour rendre visite à ma mère ?

— Sachant que ça fait trois ans que tu n'es pas venue dans ma classe, oui.

Je pousse un soupir.

— C'est si grave que ça, alors ? insiste-t-elle.

Je baisse la tête.

— Avec Declan, on s'est disputés la semaine dernière.

— Ah, c'est bien ce que je me disais.

— Il a été un peu trop honnête, si tu vois ce que je veux dire.

— Il a dit des choses blessantes.

Je lui fais un résumé de la scène, les problèmes de boulot qui rejaillissent sur notre vie personnelle.

— Je ne peux pas m'empêcher de me demander…

Je m'interromps en me demandant comment exprimer mon inquiétude.

— S'il pourrait être comme ton père ?

— Oui.

Maman pose la main sur la mienne et m'arrête dans mes dessins.

— C'est une peur logique après tout ce à quoi tu as assisté entre ton père et moi, mais tu dois comprendre que les disputes de couple, ça arrive. Ça fait partie d'une relation saine. Ça ne signifie pas que l'autre personne doive te rabaisser ou te faire mal exprès, mais les gens font parfois des erreurs. Ce n'est pas la première ni la dernière fois que Declan te dira quelque chose qu'il ne pense pas dans le feu de l'action. Mais tant qu'il le regrette – et je veux dire, qu'il le regrette vraiment – alors tu dois apprendre à lui pardonner.

— Facile à dire.

Elle me presse la main avec chaleur.

— Apprendre à pardonner, c'est aussi important qu'apprendre à demander pardon.

CHAPITRE 46

Declan

Avec une régularité de métronome, j'envoie un message à Iris le lendemain matin. C'est une photo de nous au jardin botanique accompagnée d'un mot qui décrit exactement ce que je ressens pour elle.

Moi : *Sahnsucht.*

Je regarde mon écran de téléphone bien plus longtemps que je ne devrais dans l'attente d'une réponse qui ne vient jamais. À chaque message ignoré, mon cœur se racornit dans ma poitrine.

Tu peux soit te lamenter sur ton sort, soit continuer à accomplir ton plan.

Décidé, j'éteins mon ordinateur et ferme mon bureau derrière moi.

— Tu vas où ? me demande Cal, devant son ordinateur.

— Merci d'annuler mes rendez-vous pour le reste de la journée. Je ne serai pas disponible.

— Tous les huit ? s'exclame-t-il.

— C'est un problème ?

— Non, mais…

— Parfait. À demain. (Je me dirige vers la sortie, mais me retourne vers mon frère, qui est encore hébété.) Merci pour ton aide. Je sais que tu n'es pas obligé, mais c'est sympa de remplacer Iris.

— C'est pour elle que je le fais, pas pour toi.

— Je sais. C'est pour ça que j'apprécie d'autant plus.

Je quitte le bureau la tête haute et prêt à mettre mon plan en action.

*

Je sillonne Chicago avec Harrison pour fouiller un refuge après l'autre, à la recherche du chien parfait. Iris a été très précise sur ce qu'elle voulait, donc je ne veux pas me planter. Mon enthousiasme s'amenuise après chaque endroit où je ne trouve pas, et au dixième, je perds espoir.

— On peut réessayer demain, monsieur, me propose Harrison en m'ouvrant la portière.

Je pousse un long soupir. Ça fait partie intégrante de mon plan, et déjà, je foire. Comment est-ce que ça peut être si dur de trouver un grand chien poilu qui suivrait Iris partout ?

Apparemment, c'est presque impossible.

Je regarde le refuge suivant sur ma liste dans mon téléphone.

— Encore un et on arrête pour la journée.

Ce refuge n'est pas situé dans les plus beaux quartiers, donc je n'ai pas l'intention de m'attarder, parce que la Maybach et son chauffeur pourraient ne pas être là le temps que je ressorte.

Une sonnette retentit au-dessus de moi quand j'entre dans le bâtiment. La seule employée ne lève pas les yeux de son magazine.

— Bonjour, dis-je en m'approchant du comptoir.

Elle fait une bulle avec son chewing-gum.

— On est fermés.

Je vérifie les horaires inscrits sur la devanture.

— Vous avez encore une demi-heure d'ouverture, donc pas de ça avec moi.

Elle ouvre de grands yeux, puis semble reconnaître mon visage sans bien savoir qui je suis.

— Je peux vous aider ?

— Je recherche un grand chien poilu qui souffre de l'angoisse de la séparation.

— C'est très spécifique.

— Je ne vous le fais pas dire. Vous en auriez un qui correspond à ma description ?

— Euhh, pas que je sache.

Mon dernier espoir s'écroule. Je réessaierai demain, après une bonne nuit de sommeil. Ou du moins, aussi bonne qu'elle pourra l'être en ayant Iris qui dort dans l'appartement de mon frère, à l'autre bout de Chicago.

Je pianote sur le comptoir.

— Je vois. Merci quand même.

— Vous voulez regarder, au cas où ?

Après avoir failli refuser, je me ravise.

Tu es venu jusqu'ici, autant aller voir les chiens.

— D'accord, montrez-moi.

L'employée m'amène dans l'arrière-salle. Des cages alignées contre les murs sont remplies de divers animaux attendant de trouver un nouveau foyer. Certains se réfugient dans un coin quand je passe à côté d'eux, d'autres grognent ou aboient.

— Vous en voyez un qui vous plaît ?

— Non.

Ils sont tous trop petits, trop bien élevés ou trop effrayants.

Dans une cage tout au fond de la salle, un chien aboie.

— C'est quoi, celui-là ?

— Cet enclos est réservé à ceux qui vont être euthanasiés. Il doit être un peu anxieux d'être séparé des autres.

— Vous comptez le liquider ?

— On manque de place et de moyens pour tous les loger, donc après un certain temps ici, s'ils ne sont pas adoptés… vous voyez.

La vache. Je marche jusqu'à la dernière cage. Des yeux noirs se lèvent vers moi, à peine visible sous un amas de poils blancs et gris.

— C'est quelle race ? Ours polaire ?

L'employée vient regarder sa fiche.

— On pense que c'est un chien de berger ancestral. Difficile d'être sûr sans test ADN.

Il a bien l'air ancestral, en effet. D'après les infos, on estime qu'il serait né il y a plus de cinq ans. En années de chien, c'est déjà vieux.

— Vous pouvez le faire sortir ?

— Vous êtes sûr ? Il est un peu… agité.

À en juger par les yeux de l'employée qui parcourent la salle, on croirait qu'elle a besoin d'un Taser pour gérer un chien.

— Ouvrez, on verra bien.

Après un haussement d'épaules, elle déverrouille la porte. L'animal s'élance de sa cage comme une balle et se jette sur moi. J'essaie de me stabiliser, mais je me retrouve sur les fesses et le chien me lèche du menton jusqu'aux cheveux. C'est absolument répugnant, mais je ne peux m'empêcher de rire quand il reproduit ce geste de l'autre côté de mon visage, ne laissant aucune zone sans salive.

— Il va être piqué demain ?

— Demain matin à la première heure.

L'animal se met à geindre comme s'il comprenait la conversation. Il s'assied sur moi comme un chiot, et mes parties génitales subissent son poids de plein fouet.

Je le repousse pour me relever.

— Personne n'a voulu l'adopter ?

— Non, dit-elle en consultant à nouveau la fiche. Ah, mais regardez. Il souffre de peur de l'abandon et ne supporte pas d'être laissé seul plus de quelques heures. Sinon, il risque de bousiller votre canapé ou de faire pipi sur votre tapis préféré.

Parfait. Au moins, le mystère est résolu.

Le chien lève la tête vers moi et cligne des yeux, comme en une promesse silencieuse d'être sage. J'ai du mal à le croire, vu la façon dont il bave sur mes chaussures comme s'il voulait en faire son nouveau jouet.

— Je crois que c'est le plus proche que je trouverai.

— Vous le prenez ?

— Oui. Donnez-moi les papiers.

Et me voilà fier papa d'un chien pot de colle qui va très probablement saccager notre chez-nous avant même qu'Iris soit revenue.

Parfait. Vraiment parfait.

*

Le lendemain, je viens au travail avec le chien qui n'a pas encore de nom. Comme il a détruit mes mocassins préférés quand j'étais sorti pour mon jogging du soir, je ne peux pas le laisser dans mon joli intérieur. L'amener au boulot, c'est une solution temporaire. Je vais devoir trouver un plan B rapidement, de préférence une crèche canine qui inculque les bonnes manières.

— Qu'est-ce que c'est ? me demande Cal en s'arrêtant à la porte de mon bureau.

Sans relever les yeux de mon écran, je réponds :

— Un chien.

Réponse ponctuée par un aboiement. Le berger essaie de se libérer de sa laisse, que j'ai accrochée à mon bureau, mais n'y parvient pas.

— Je vois, mais qu'est-ce qu'il fait là ? Dans ton bureau ?

— Il a peur de l'abandon.

Le chien aboie à nouveau pour approuver.

— Il est à toi ? demande mon frère en esquissant vers lui un pas hésitant.

— Et Iris.

— Ne me dis pas que tu as pris un chien parce que tu penses que ça la rendra heureuse.

— OK, je ne te le dis pas.

Il se frotte le visage.

— Merde, alors.

— Si tu dois juger mon plan, tu peux retourner à ton travail. Je suis assez stressé comme ça.

Entre la recherche d'intérimaires pour remplacer Iris et le déroulement du reste de mon plan, c'est l'angoisse.

— Mais c'est quoi, ton plan ?

— Qu'est-ce que ça peut te faire ?

— Je suis ton frère et je me sens dans l'obligation de t'aider avant que tu prennes des mesures drastiques.

— Il y a plus fou que d'adopter un chien ?

— Alors là, je ne veux surtout pas savoir, dit-il en caressant la tête de l'animal.

— Je croyais que tu étais en colère contre moi.

— Oui, mais je veux ce qu'il y a de mieux pour Iris, même s'il s'avérait que ce mieux, ce soit toi.

— Mille mercis pour ce compliment à double tranchant, salopard.

— Comme si tu avais besoin qu'on booste ta confiance en toi.

— Sachant que ma femme refuse de me voir, toute aide est la bienvenue.

— Que l'amour te rende aussi pathétique, c'est inattendu !

— Si tu trouves ça pathétique, attends de voir ce que j'ai prévu pour la suite.

CHAPITRE 47

Iris

— On est encore loin ?

Quand Cal m'a demandé de venir faire une course avec lui, je croyais qu'il parlait d'un aller-retour rapide à l'épicerie. Mais, on a dépassé depuis longtemps les magasins ainsi que tout signe de civilisation.

— On arrive bientôt, répond-il en tapotant le volant au rythme de la musique diffusée par la radio.

— J'ai l'impression que ça fait des heures qu'on tourne en rond.

— Ça fait une demi-heure tout au plus, dit-il en riant.

Un éclair zèbre le ciel.

— Il va pleuvoir.

— Comme c'est pratique, réplique-t-il sèchement.

— Tu vas me dire ce que tu as prévu ou c'est une surprise ?

— Ce n'est pas moi qui vais te surprendre.

— Quoi ?

Il se gare sur le côté de la rue et déverrouille les portières.

— Dehors.

— Tu rigoles ?

— Non, malheureusement. Mais je préférerais, je t'assure.

Je ne bouge pas d'un poil. Cal sort du véhicule et vient ouvrir ma portière.

— Allez, viens.

— On est au milieu de nulle part.

— Arrête un peu. On a vu un Starbucks il y a dix minutes.

— Mais qu'est-ce qu'on fait là, d'abord ?

Dans mon état de choc, je le suis hors de la voiture.

— Laisse-lui une minute.

— Dis-moi que ce n'est pas un traquenard.

Tout en cherchant la personne à qui Cal veut laisser le temps d'arriver, j'attends une réponse qui ne vient pas : au contraire, mon ami saute au volant de sa voiture et effectue un demi-tour à tombeau ouvert. Les pneus crissent et il accélère pour s'éloigner en me laissant en train d'étouffer dans les gaz d'échappement.

— Mais ça va pas ?

Je prends mon téléphone dans mon sac, mais ce salopard m'envoie directement sur messagerie. Je me mets à parler à la seconde où le bip se fait entendre :

— Tu as intérêt à avoir une très bonne raison de me planter comme ça…

Mon discours est interrompu par un véhicule qui se profile au bout de la route. J'ai vu assez de documentaires criminels pour savoir que l'autostop auprès d'inconnus ne donne rien de bon. Je scrute le périmètre à la recherche d'un endroit où me cacher, mais je suis entourée de terrains vagues et de quelques ordures.

— Putain de merde. Cal, ce soir, je vais te tuer dans ton sommeil.

Quand le véhicule s'approche, je me rends compte que ce n'est pas une voiture mais un minibus blanc, qui ressemble monstrueusement à ces vans conduits par des serial killers dont on avertit les femmes de ne pas approcher. Mon cœur cogne fort dans ma poitrine, prêt à se faire la malle. Je croise les doigts en chuchotant :

— Pas un meurtrier à la hache… Pas un meurtrier à la hache…

Je sursaute en entendant un coup de klaxon suivi d'un gros aboiement.

— Je te dépose ?

J'ouvre des yeux ronds en entendant la voix de Declan.

— Ce n'est pas possible…

Je me mords la langue pour vérifier que je ne rêve pas.

Bon, ça doit se passer dans la réalité, alors.

Declan sort du minibus, vêtu de son plus beau costume.

— Je dois aller quelque part, donc si tu as besoin que je t'avance, il va falloir que tu montes.

Et il s'appuie sur le capot, comme si on n'était pas dans la situation la plus bizarre du monde.

J'ouvre la bouche pour demander pourquoi Cal m'a piégée, mais un nouvel éclair déchire le ciel.

— Alors, on y va ou tu es tentée de te faire électrocuter ?

Je traîne les pieds vers la portière passager.

— Dépose-moi au Starbucks plus loin sur la route.

— Je vais dans l'autre sens.

— Alors fais demi-tour.

Je m'assieds au moment où la pluie se met à tomber.

Sans répondre, Declan ferme ma portière avec un petit sourire.

— Qu'est-ce que….

Un aboiement me coupe la parole. Je regarde et découvre sur la banquette arrière un énorme chien attaché à une espèce de siège pour enfants. Il est tellement couvert de poils que je distingue à peine ses yeux. Je suis surprise qu'il passe à l'arrière tellement il est massif.

Quand Declan se met au volant, je lui demande :

— C'est le chien de qui ?

— Le nôtre.

— Le nôtre ??

Le chien répond par un aboiement.

Je ne vais même pas répondre. Je cherche le fameux café dans mon GPS et lui demande de m'y amener, mais il ne tient aucun compte de ma carte et part dans la direction opposée.

— Declan !

— Je sais que je ne le mérite pas, mais accorde-moi dix minutes de ton temps.

Je suis replongée dans le souvenir de la fois où il m'a demandé dix minutes, mais finalement, m'a donné dix mots.

« Sache que je suis amoureux de toi, Iris Elizabeth Kane. »

Ce souvenir me donne suffisamment d'indulgence pour garder mon calme pendant qu'il continue sur cette route. Nuages et pluie nous accompagnent et Declan met en route les essuie-glaces.

Le chien geint en entendant le tonnerre.

— Pourquoi tu as pris un chien ?

— Tu en voulais un.

Je reste muette.

— Il m'a fallu faire onze refuges pour en trouver un qui corresponde exactement à ce que tu voulais, mais j'ai fini par y arriver. J'espère juste que tu l'aimeras, parce qu'il n'y a pas moyen que je le ramène dans cet endroit affreux. Ils allaient l'euthanasier.

Un rire m'échappe. Quand j'ai inventé l'histoire du chien, je ne pensais surtout pas que Declan irait m'en chercher un. Et encore moins en adopter un de la taille d'un grizzly.

— Mais pourquoi tu as fait ça ?

Ma voix est à l'égal de ma résolution : tremblante.

— Tu le voulais, alors j'ai fait en sorte que ça arrive.

— Et le minibus…

— Autant en avoir un prêt à partir pour tous les enfants que tu voudras avoir.

Un film humide gêne ma vision.

— Tu ne peux pas être sérieux.

— Oh, si, et je compte te le prouver.

Sans ajouter un mot, il appuie sur l'accélérateur.

Le reste de la route est un peu cahoteux et je suis contente quand il arrête le van avant que je ne vomisse. Il le gare devant une vieille ferme aux fenêtres condamnées par des planches et à la terrasse surélevée qui semble prête à s'effondrer. Declan sort négligemment, sans parapluie, ce qui me ferait presque oublier qu'il pleut.

Il vient ouvrir ma portière.

— Il pleut.

— Je sais. C'est l'idée.

Il me prend la main et m'entraîne sous les gouttes. Il s'arrête vite devant la terrasse couverte en piteux état. L'eau lui tombe sur les cheveux, la peau, les vêtements. Je ne dois pas être plus jolie avec mon tee-shirt qui me colle au corps. Je suis tentée de me réfugier sous l'avant-toit de la terrasse, mais le bois a l'air d'avoir subi des années de négligence.

— On est où, là ?

— Une minute.

— Bien sûr, attendons d'attraper une pneumonie.

Il prend ma main gauche et fait tourner mes bagues jusqu'à ce qu'elles glissent de mon annulaire.

Une gêne insupportable naît dans ma poitrine quand je regarde mon doigt nu.

— Attends…

Declan sort un écrin de la poche de sa veste et pose un genou à terre. Son visage est entièrement dépourvu d'émotions visibles quand il relève les yeux vers moi.

Je sens mon cœur tambouriner lorsqu'il prend ma main gauche.

— Qu'est-ce que tu fais ?

— Je te demande en mariage sous une pluie diluvienne en costume Tom Ford.

Oh. Mon. Dieu.

Incroyable. Il ne peut quand même pas avoir recréé l'histoire que j'avais inventée pour Tati.

Quand même pas ?

Eh bien si. Il ouvre l'écrin et je pousse un petit cri. Même avec la grisaille ambiante, je vois qu'il a acheté la plus belle émeraude que j'aie jamais vue.

— Iris.

— Oui ?

Je détache les yeux de la bague et les relève sur son visage.

Sa main tremble. Oui, elle tremble, et je sais que ça n'a rien à voir avec la pluie. Je la presse pour le rassurer et Declan marmonne quelque chose qui ressemble à : « Allez, c'est rien du tout ». J'ai le souffle coupé qu'il montre ainsi sa fragilité.

— *Ya'aburnee. Tu m'enterres.* C'est une traduction approximative de la façon dont je souhaite quitter ce monde avant toi, parce que je ne peux pas imaginer devoir vivre une seule journée sans que tu en fasses partie. Si cette dernière semaine était un aperçu de la vie sans toi, je te certifie qu'elle ne vaut pas le coup d'être vécue. Tu es ma femme et ma meilleure amie. La future mère de mes enfants et la seule personne avec qui je me sente « chez moi ». Tu es celle avec qui je veux passer le restant de mes jours, pas parce que tu as signé un contrat, mais parce que tu m'aimes assez pour rester avec moi sans contrat.

Je veux être le genre d'homme qui est digne d'une femme comme toi… si toutefois c'est possible. Je te promets de faire des efforts chaque jour pour que tu ne regrettes pas d'avoir épousé un malheureux comme moi. Parce que quand je suis avec toi, je ne suis pas malheureux du tout. Tu me rends heureux à un point qui me donne peur de cligner des yeux, de crainte que tout disparaisse.

La vulnérabilité dont il fait preuve fait vibrer chaque corde de mon cœur.

— Je te donnerai ce que tu voudras. Tout ce que tu voudras, du moment que tu me donnes une chance de te rendre aussi heureuse que tu me rends heureux. Un chien. Une famille. Un chez-nous. Je veux tout. Ce sont mes termes et conditions, à prendre ou à laisser parce que je ne suis pas ouvert aux négociations.

— Il n'y a que toi pour faire sonner une demande en mariage comme une OPA.

— Épouse-moi, Iris, ordonne-t-il avec un sourire qui pourrait me faire donner mon accord à tout et n'importe quoi.

— Je t'ai déjà épousé !

Mes larmes se mêlent aux gouttes de pluie et je ne sais pas distinguer les unes des autres.

— Épouse-moi vraiment, cette fois-ci. Pas de contrat. Pas d'héritage. Aucune exigence en dehors de m'aimer malgré toutes les raisons qui font que tu ne devrais peut-être pas.

Sans plus rien ajouter, il garde les yeux sur moi. Les émotions fluctuent sur son visage, du bonheur à la peur. La pluie se transforme en une petite bruine pendant que je contemple Declan.

L'épouser encore, ce serait lui confier mon cœur, même en sachant qu'il peut le briser. Ce serait lui donner une vraie chance d'apprendre de ses erreurs et de devenir un homme meilleur à partir de là. Le mariage n'est pas facile, mais la vie non plus et je ne peux pas m'imaginer ni l'un ni l'autre sans lui. Heureusement, je n'en ai pas besoin.

— Oui.

J'ai chuchoté, alors je répète d'une voix plus ferme :

— Oui. Je veux t'épouser.

Le sourire qui éclaire son visage me donne des frissons. Declan passe la nouvelle bague à mon doigt et un rayon de soleil qui perce les nuages fait miroiter les diamants qui entourent la pierre verte.

— Ces trente secondes ont été les plus atroces de ma vie.

— C'était mérité, après tout ce que tu m'as fait subir, dis-je en riant.

Il se relève et me prend dans ses bras. Il s'empare de mes lèvres avec fièvre, me coupant la respiration, et il m'embrasse en y mettant tout son amour jusqu'à la dernière goutte. Me retrouver entre ses bras, c'est comme rentrer enfin chez moi. Je suis en ébullition, des pieds à la tête, sous la douce pression de ses lèvres qui formulent des excuses silencieuses.

Notre baiser se prolonge pendant ce qui semble des heures. Quand nous nous détachons, la pluie a entièrement cessé mais nous sommes trempés jusqu'à l'os.

Le regard dont me couve Declan m'émeut au plus haut point. Je recule d'un pas. Je sais ce qu'il signifie. Après m'être éclairci la voix, je demande :

— Et tu vas me dire ce qu'on fait ici, au milieu de nulle part ?

— Je te montre notre nouveau chez-nous.

— Notre nouveau quoi ?

Je regarde avec stupéfaction la maison abandonnée.

— J'ai quelque chose à te montrer.

Il me prend la main et nous nous dirigeons vers l'arrière de la maison.

— J'y-crois-pas !

Il sourit.

— Tu aimes ?

J'esquisse un pas vers la magnifique serre. Contrairement à l'habitation, elle est restée entretenue. Les vitres en parfait état brillent et me donnent une bonne idée de l'espace vide à l'intérieur.

Pour la remplir, il faudrait que j'achète des centaines de plantes. Un millier, peut-être.

Declan m'attire contre lui et pose son menton sur mon épaule.

— J'ai eu envie de te laisser choisir une propriété à rénover, mais quand l'agent immobilier m'a envoyé cette liste, j'ai su que c'était celle-là. Je suis venu la visiter le jour même et j'ai fait une offre.

— Quoi ? dis-je d'une voix éraillée.

— Il n'y a rien que je souhaite plus qu'avoir une maison qui deviendra chez nous.

Declan devrait être fourni avec des avertissements au public, parce que je risque de m'évanouir face à ces mots.

— Elle est magnifique.

Il m'étreint avec tendresse.

— Tu veux entrer à l'intérieur ?

— On peut ?

Avec le sourire, il va ouvrir la porte. Je passe les cinq minutes suivantes à explorer les lieux en enregistrant tout l'espace dont je vais disposer.

— Je crois que je suis au paradis.

Je passe le doigt sur une table vide qui attend d'être recouverte de pots.

— Alors j'en conclus qu'elle te plaît ?

Sa voix assurée n'est pas du tout au diapason avec le doute dans son regard.

Il est nerveux.

Le Declan angoissé, c'est mon préféré, car c'est une facette de lui que personne ne connaît. Il essaie si fort de la cacher à tous les autres, mais avec moi, ça ne le dérange pas de baisser sa garde. Je sens une chaleur dans ma poitrine de savoir qu'il a suffisamment confiance en moi pour me révéler cette part de lui. Parce que pour quelqu'un comme lui qui a grandi en pensant que les émotions sont une faiblesse, c'est sans doute plus lourd de sens que je ne peux même l'imaginer.

Je cours lui sauter au cou.

— Je l'adore !

— Super. Parce que si ma demande ne fonctionnait pas, c'était mon option suivante pour te convaincre de m'épouser.

Je mets une tape sur son torse mouillé.

— On n'achète pas l'amour des gens comme ça.

Ses yeux pétillent.

— Je ne veux pas de l'amour des gens. C'est le tien qui m'intéresse.

— Tu l'as déjà.

Il reste en arrêt.

Je me hisse sur la pointe des pieds pour placer mes lèvres face aux siennes.

— *Daisuki.*

Je pose la bouche sur la sienne et il émet un souffle tremblant.

— *Szeretlek.*

Declan pousse un grondement quand je vais plus loin dans mon baiser. Hors d'haleine, je me détache de lui moins d'une minute après.

— *Ich liebe dich.*

Je lui ai répété les trois phrases qu'il m'a dites en me faisant l'amour et il ferme les yeux comme s'il était en surcharge sensorielle.

— Je t'aime.

Je préfère être sûre de transmettre mon message, parce que je viens vraisemblablement de massacrer le japonais, le hongrois et l'allemand.

— Tu peux répéter ? demande-t-il, ses yeux troublés sur ma bouche.

— Je t'aime.

Il m'embrasse sur le front. La douleur sur son visage me fait fondre, car je sais très bien qu'il a passé trente-six ans de sa vie à se croire indigne d'amour, tout ça à cause d'un père innommable et violent. J'ajoute en lui posant la main sur la joue :

— Je t'aimerai toujours. Aujourd'hui. Demain. Pour l'éternité.

— Tu dis ça maintenant…

Il baisse la voix et détourne le regard. Mon cœur se serre, mais je réponds avec fermeté :

— Et je te le dirai tous les jours jusqu'à ce que tu y croies enfin.

— Ça pourrait prendre une éternité.

Je suis le contour de son alliance du bout du doigt.

— Heureusement qu'on a tout notre temps, alors.

ÉPILOGUE

Iris

Un an plus tard

— Il est occupé ? demandé-je en m'arrêtant devant le bureau de l'assistant de Declan.

— Allez-y.

Il secoue la tête avec un sourire avant de regarder à nouveau son écran.

Je me dirige vers la porte et frappe comme je l'ai déjà fait tant de fois. J'entends sa voix grave et j'ouvre avant qu'il puisse me refuser l'entrée.

— J'ai dit que je ne voulais pas être dér…

Mon mari s'interrompt en me voyant et son expression contrariée cède la place à son fameux petit sourire qui me donne des papillons dans le ventre.

Mes jambes tremblent et je me tords presque la cheville avant de me rétablir.

Il se précipite pour venir m'aider à m'asseoir, dans le but d'éviter un accident malheureux de type étalage sur la moquette. Son comportement depuis que je lui ai annoncé ma grossesse me donne l'impression qu'il ne sera pas tranquille tant que je ne serai pas emballée en permanence dans du papier bulle.

— Je te dis depuis des semaines d'arrêter de porter ces pièges ambulants.

Depuis que Declan a lu une histoire d'horreur au sujet d'une femme enceinte en talons, il ne me lâche pas. Un jour, je vais rentrer à la maison pour trouver un placard vide et mes talons chéris en train de brûler dans la cheminée.

— Je veux profiter de mes chaussures tant que je peux, dis-je en caressant mon petit ventre.

— C'est dangereux.

— Je porte des talons depuis que je marche et que j'ai découvert ceux de ma mère. Ne m'insulte pas.

Il dépose un baiser sur mon crâne.

— Et comment va ce bébé chéri ?

Je manque de le corriger, mais je me retiens.

Ne gâche pas la surprise.

— En pleine forme. Et je me suis réveillée sans avoir à courir aux toilettes, donc cette journée est une victoire à célébrer.

Je pose le sac contenant les plats à emporter de notre italien préféré.

— Qu'a dit le médecin sur tes nausées ?

— Il m'a assuré que les nausées constantes étaient passagères et qu'avec un peu de chance, elles ne dureraient pas. Il n'a pas donné de date ! Il faut « un peu de chance » !

— Pourquoi on appelle ça les nausées matinales si ça dure toute la journée ?

— Parce que la publicité mensongère fonctionne à merveille sur des jeunes femmes naïves comme moi.

Declan rit et quand il saisit le sac en papier, mon cœur bat plus fort. Il s'arrête au moment de l'ouvrir et je me fais violence pour ne pas laisser transparaître ma déception.

Calme-toi, il va avoir des soupçons.

Planifier une surprise dans le dos de Declan, c'est compliqué. Il tient à venir à chaque rendez-vous médical, donc j'ai dû faire du charme à son assistant pour remplir son emploi du temps. Le pauvre Jeff a dû subir sa colère toute la matinée.

Je m'assurerai qu'il touche une bonne prime pour son sacrifice.

— Vous avez parlé d'autre chose ?

— Non. Tout se passe bien, même si j'ai déjà pris presque 5 kg.

Son sourire s'élargit et je me rembrunis, ce qui le fait rire.

— C'est rassurant de savoir que tu te nourris bien.

— Je me nourris ? Je me fais chouchouter, oui !

Declan est à la maison avant l'heure du dîner tous les soirs pour me cuisiner un repas équilibré. Au début, j'ai cru à un phénomène isolé, mais en fait, il est de retour à 19 heures sans faute.

— Il va falloir t'y habituer.

— Pour combien de temps ?

Une fois qu'il sera PDG, je doute qu'il ait le temps de souscrire à ce rituel.

— C'est un contrat à durée indéterminée.

— Mais… même quand tu seras PDG ?

— Surtout quand je le serai. Tu me permets de ne pas sombrer dans la folie.

— Sachant que j'ai pleuré la semaine dernière devant une pub de bouffe, c'est terrifiant.

— Bah, c'était une très bonne pub, aussi.

Je ris aux éclats et quand je reprends mon souffle, Declan a le regard braqué sur moi.

— Qu'est-ce qu'il y a ?

Ses yeux malicieux accompagnent bien son sourire.

— Ça me manque de t'avoir ici.

Je suis submergée par une vague de tendresse.

— Jeff fait bien son boulot.

— Jeff n'est pas toi.

Je contourne son bureau, il recule sa chaise et me prend sur ses genoux. Il m'enlace en posant une main sur mon ventre arrondi.

Son expression satisfaite affole mes sens. Il m'embrasse, mais des gargouillis l'arrêtent.

— Tu as mangé ?

— Non…

Declan me soulève et m'aide à me rasseoir dans mon fauteuil. Il prend le sac en papier et le déchire.

— Ce n'est pas très sain, ça…

— Excuse-moi d'être d'humeur festive.

— Tu veux fêter qu… ?

Il s'interrompt en extrayant une toute petite succulente du sac. L'inscription « Mon grand *succ*ès, c'est ma fille ! » ressort en noir sur le pot blanc.

— Tu pourras la mettre sur ta table de nuit avec le cactus.

— On va avoir une fille ? demande-t-il, les yeux exorbités.

— Oui ! Je l'ai su tout à l'heure.

Declan me prend dans ses bras et m'embrasse avec force. Il me serre contre lui et relève mon visage pour posséder ma bouche. Je ne suis pas loin de me consumer sous l'effet de tout l'amour qu'il fait pleuvoir sur moi. Il ne met fin à ses baisers que quand mon estomac gargouille pour nous rappeler que la troisième petite personne dans cette pièce a faim.

Il se détache et je m'apprête à protester, mais je m'arrête en le voyant à genoux devant moi.

Il dépose une kyrielle de baisers sur mon ventre et je fonds. Mes yeux s'emplissent de larmes, dont l'une coule sur ma joue.

— Je sais que ce ne sera pas de tout repos avec toi, bébé Kane, mais chaque cheveu blanc que j'aurai en vaudra la peine. J'en suis certain.

ÉPILOGUE BIS

Declan

— Tu te souviens de ce que je t'ai dit ?

— Y faut pas fai-re de bruit !

Ilona pose un doigt sur ses lèvres et se met à rire. Ma fille n'est pas au point pour parler bas, mais je ne le lui reproche pas. Elle n'a que cinq ans.

Je regarde sa tenue complètement désassortie avant de demander :

— Et ton affiche, elle est où ?

Elle forme un rond de sa petite bouche adorable.

— Oups ! J'ai oublié !

Elle retourne dans le couloir et ses tresses volettent derrière elle, faisant rebondir les élastiques papillon.

D'après les bruits qui proviennent de sa chambre, on dirait qu'une guerre est en cours. Je résiste à l'envie d'aller l'aider. Iris dit que je dois arrêter d'être un père hélicoptère parce qu'Ilona doit commencer à grandir.

C'est nul. Je veux qu'elle ait cinq ans pour toujours.

— Je l'ai ! crie-t-elle en fonçant hors de sa chambre.

— Chut, lui rappelé-je, le doigt sur les lèvres.

Elle rit encore et ce son est comme une gorgée de soleil. Elle fait claquer ses petites chaussures sur le plancher en revenant vers moi.

— Fais voir, dis-je en affichant un air sérieux.

Elle me montre l'affiche à l'envers et je la retourne pour y lire :

BRavo poUR Ton BipLomE

On n'est pas loin. Je me caresse le menton avec un : « Hmmm… » et elle me regarde, ses grands yeux marron emplis d'incertitude.

— Tu crois qu'elle va aimer, Maman ?

Je dépose un baiser sur sa joue rebondie.

— Je crois qu'elle va a-do-rer.

— Voui ! s'écrie-t-elle en une tentative de chuchotement qui me fait fondre.

— Allez, on va voir Maman.

Je lui tends la main et elle la regarde un instant avant de courir tout droit vers notre chambre sans m'attendre.

— Ilo…

Trop tard, elle est déjà entrée en trombe.

— SURPRISE, MAMAN !

Je la suis au pas de course. Il ne faudrait pas que, dans son excitation, elle fasse du mal à Iris.

Notre fille saute sur le lit, envoyant des paillettes dorées de son affiche partout sur notre couette blanche. Je déteste les paillettes, mais en élevant une fille obsédée par les loisirs créatifs, j'en inhale autant qu'un cocaïnomane sniffe sa poudre.

Iris me lance un regard amusé qui me montre qu'elle pense à la même chose.

— On peut savoir ce qui se passe ?

Même après des années de mariage, le sourire d'Iris est capable de me paralyser. Rien qu'à la voir, je suis empli de désir.

Après avoir frôlé la catastrophe aux urgences le mois dernier, Iris est alitée pour le restant de sa grossesse. Ce changement a été difficile pour elle. Elle allait à la fac tout en élevant Ilona, et elle s'est retrouvée prisonnière. Elle refuse de le reconnaître, mais je sais qu'elle est encore déçue de ne pas avoir pu assister à la cérémonie d'ouverture de Dreamland Tokyo la semaine dernière.

D'où la fête pour son diplôme. Je ne pouvais pas laisser se clôturer des années de dur labeur sans marquer le coup. Elle a mis plus longtemps que la plupart des autres à obtenir son diplôme universitaire, mais grâce à ses sacrifices pour faire passer la famille en premier, nous avons une enfant en parfaite santé et les numéros 2 et 3 en route.

— Papa, il t'a organisé une fête pour ton biplome !

— Mon quoi ?

— Ton diplôme, interviens-je en venant embrasser Iris doucement sur les lèvres. Je t'ai organisé une fête, dis-je en jetant un regard sceptique sur les paillettes.

— Tu es sûr que tu es prêt pour des jumeaux ? me demande Iris.

— Bien sûr. On a encore toute une moitié de minibus à remplir.

Elle sourit.

— À ce rythme, ça va être un bus tout court !

— Ça peut s'arranger.

Elle pousse un petit cri quand je lui enlève la couette avant de me lancer des regards lascifs.

— Arrête de me distraire. On a des invités qui t'attendent en bas.

— Quoi ? Maintenant, tu veux dire ?

— Oui. C'est parti.

Iris regarde sa tenue avec affliction.

— Je ne peux pas recevoir les gens comme ça.

— Tu es très bien.

— Psst. Papa ? m'appelle Ilona.

— Oui, mon cœur ?

— T'as oublié le chapeau, dit-elle à voix haute, oubliant complètement la surprise.

Iris étouffe un rire.

— Oups. Une seconde.

Je cours chercher le chapeau carré destiné à la cérémonie des diplômes d'Iris. Quand je reviens dans la chambre, ma femme a enfilé une robe confortable et Ilona n'est plus là.

— Je peux savoir pourquoi tu marches ?

— Je dois me reposer, pas rester sous perfusion. C'est bon un peu d'exercice tous les jours.

Je lui mets le chapeau sur la tête avant de la soulever dans mes bras. Elle lève les yeux au ciel.

— Tu es mélodramatique…

— Je préfère « surprotecteur ».

Je la porte dans l'escalier et les voix des invités se font plus fortes quand nous entrons dans le salon.

— Surprise ! crie tout le monde.

Ollie aboie à n'en plus pouvoir. Je distingue à peine son petit chapeau de diplômé dans son pelage touffu.

— Oh, la vache, souffle Iris.

Nos deux familles sont dans le salon. La mère d'Iris m'a aidé à décorer : serpentins, ballons de baudruche et assez de confettis pour rendre Ilona très heureuse.

Iris prend ma tête entre ses mains et je la regarde.

— Merci d'avoir planifié ça, dit-elle, les yeux brillants.

— Tu le mérites. D'abord, c'est ma faute si tu es tombée enceinte.

Elle rit à gorge déployée.

— Toi et ce fichu jet privé. On n'aurait pas eu ce problème si on avait pris un vol commercial.

— Tu veux parier ?

Elle me donne une tape sur le torse avant que je ne la dépose sur le canapé.

Une fois que tout le monde a un verre de jus de pomme pétillant à la main, j'appelle notre fille pour qu'elle fasse son discours. Elle a refusé de me dire ce qu'elle avait prévu, mais j'imagine que ce sera court et mignon.

J'aurais dû me douter que ça se passerait autrement.

Elle pose la main sur son cœur et commence, comme tous les matins à l'école :

— Je prête serment d'allégeance au drapeau des États-Unis d'Amérique…

Iris hennit de rire et tout le monde se regarde avec perplexité avant de se joindre au serment d'allégeance. Quand c'est à mon tour de parler, la moitié des invitéss a les larmes aux yeux ou le visage rougi à force de rire.

Ilona me regarde.

— C'était bien, papa ?

— Bravo, ma chérie. Ça va être difficile de passer après.

Elle m'envoie un sourire ravi avant de courir jouer avec ses cousins et cousines.

Depuis que je suis PDG, je n'ai plus peur de m'exprimer en public, mais ça ne m'empêche pas d'avoir un coup au cœur devant le regard d'Iris. Je lève mon verre.

— Toutes mes félicitations pour ce grand accomplissement. Je n'ai jamais douté de tes capacités à devenir une mère extraordinaire, tout comme une étudiante hors pair, mais je sais que toi, tu as eu des doutes. Malgré tout, tu as persévéré et obtenu ton diplôme qui te permettra d'aider des personnes ayant les mêmes difficultés que toi. Ce diplôme, personne ne le mérite plus que toi, surtout avec les sacrifices que tu as faits pour l'avoir. Tu es la personne la plus forte que je connaisse et la collaboratrice la plus acharnée au travail avec qui j'ai eu le plaisir de bosser. Je suis heureux que nos enfants t'aient comme modèle à admirer.

Iris s'essuie les yeux et je termine sur un seul mot, destiné à elle seulement :

— *Gunnen*[1].

— Qu'est-ce que ça veut dire ? C'est dans quelle langue, d'abord ? demande Nana.

— Je dirais allemand ou néerlandais, lui répond Rowan.

— Et pourquoi il a dit ce mot ?

— Parce qu'on s'aime à ce point, explique Iris avec le sourire.

---

1. *Gunnen* : nom néerlandais : trouver le bonheur dans la réussite de quelqu'un parce qu'on l'aime.

REMERCIEMENTS

Comme Declan avec Iris, j'ai la chance d'être soutenue par la meilleure équipe possible pour la publication de *Terms and Conditions*. Je vous remercie du fond du cœur.

À mes lectrices : Merci. Sans votre amour pour *The Fine Print*, cette suite n'aurait jamais été possible. Je suis reconnaissante à chacune de vous qui a lu, critiqué, et recommandé mes livres à des amies, de la famille et des abonnées. Votre amour pour mes personnages et ma façon de raconter a changé ma vie de la meilleure manière possible. N'hésitez pas à m'envoyer un mail ou autre message quand vous voulez. Je les lis tous.

Maman : Merci de m'avoir rappelé d'arroser mes plantes pendant que je rédigeais ce tome. Elles apprécient ta contribution à leur survie pendant que j'étais embarquée dans mon élan créatif.

Mr Smith : Tu n'es peut-être pas milliardaire, mais je t'aime quand même.

DP : Tu te demandes sans doute ce que c'est que ce bazar, en lisant ce remerciement en plein milieu d'une librairie. Surprise ! J'écris des romances… mais ne te sens pas dans l'obligation d'acheter cet exemplaire.

Erica : Me contenter de te remercier d'avoir corrigé ce livre serait l'euphémisme du siècle. Ton amitié, tes encouragements et ton soutien pendant l'une des années les plus dures de ma vie me sont extrêmement précieux. Merci d'avoir apporté de la lumière à mes journées.

Becca : Merci d'avoir cru en moi et mon histoire, même quand j'oubliais de le faire. Tu me pousses à être une meilleure autrice et je suis impatiente de continuer à grandir avec toi.

Mary : À l'une de mes premières amies d'écriture et celle à qui j'envoie le plus de SMS au monde (désolée, Mr Smith), merci. Ton talent parle de lui-même et je peux pérorer des heures sur tes dons de graphiste, mais je garde ça pour un audio.

Kendra : Merci de m'avoir aidée à amener ce livre à l'étape suivante. Tu es vraiment une perle au sein de la communauté du livre et j'ai de la chance d'avoir ton soutien. Des propositions de chansons à ta contribution au bouche-à-oreille, je ne peux exprimer assez de gratitude pour tout ce que tu as fait pour moi.

Elizabeth T : Je te remercie d'avoir été ma lectrice sensible. Tes retours et ton aide à la réflexion m'ont beaucoup aidée à amener à la vie Iris et sa famille.

Mes bêta-lectrices (Amy, Mary, Nura, Mia, Elizabeth et Kendra) : Merci à vous de m'avoir aidée à amener cette histoire à la vie. Merci d'avoir supporté mes délais serrés, mon syndrome de l'imposteur ainsi que mes questions et modifications incessantes.

Jos : Tes textos et audios me donnent toujours le sourire et j'ai de la chance de t'avoir dans ma vie. Merci de supporter mes SMS foireux.

Mes « Bandini Babes » : Merci d'avoir fait du groupe une deuxième famille. J'aime apprendre à toutes vous connaître par votre prénom, votre pilote de F1 préféré et le petit ami sorti d'un livre que vous voulez vous approprier.

À toute l'équipe de Valentine PR : Merci de m'avoir aidée à rendre cette publication possible.

Aux deux vers de la chanson *illicit affairs* de Taylor Swift au sujet d'un langage codé : Merci d'exister. Vous avez inspiré le jeu sur les mots de Declan et Iris.

À PROPOS DE L'AUTRICE

Dotée d'une imagination débordante, Lauren passe son temps libre à lire et à écrire. Son rêve est d'aller visiter tous les endroits dont elle parle dans ses romans. Elle aime créer des personnages imparfaits à qui on peut s'identifier et qu'on ne peut pas s'empêcher d'apprécier. Les histoires qu'elle écrit sont palpitantes, torrides et vous mettent la larme à l'œil.

Ses activités extrascolaires sont : regarder des vidéos sur Youtube, enchaîner de vieux épisodes de *Parks and Recreation*, et chercher de nouveaux restaurants sur Yelp avant d'opter pour l'un de ses préférés. Elle trouve que le meilleur moment pour travailler, c'est après son café du matin et elle ne dira jamais non à une sieste.

Achevé d'[illegible] par [illegible]
[illegible] publication mars 2016
[illegible] ISBN : 978-2-01-720704-7
Dépôt légal [illegible] mars 2014

« Pour l'éditeur, le principe est d'utiliser des papiers composés de fibres naturelles, renouvelables, recyclables et fabriquées à partir de bois issus de forêts qui adoptent un système d'aménagement durable. En outre, l'éditeur attend de ses fournisseurs de papier qu'ils s'inscrivent dans une démarche de certification environnementale reconnue. »

Composition et mise en pages : Nord Compo

PAPIER À BASE DE FIBRES CERTIFIÉES

hachette s'engage pour l'environnement en réduisant l'empreinte carbone de ses livres. Celle de cet exemplaire est de : 680 g éq. CO_2 Rendez-vous sur www.hachette-durable.fr

Achevé d'imprimer en Espagne par Rodesa
Dépôt légal 1re publication mars 2024
45-3261-9 – ISBN : 978-2-01-720704-7
Édition : 01 – Dépôt légal : mars 2024